CHRISTINE MERRILL

El mayor pecado

HARLEQUIN™

Editado por Harlequin Ibérica.
Una división de HarperCollins Ibérica, S.A.
Avenida de Burgos, 8B - Planta 18
28036 Madrid

© 2024 Harlequin Ibérica, una división de HarperCollins Ibérica, S.A.
N.º 80 - 15.5.24

© 2013 Christine Merrill
El mayor pecado
Título original: The Greatest of Sins
Publicada originalmente por Harlequin Enterprises, Ltd.

© 2014 Christine Merrill
El pecado de amar
Título original: The Fall of a Saint
Publicada originalmente por Harlequin Enterprises, Ltd.
Estos títulos fueron publicados originalmente en español en 2014

I.S.B.N.: 978-84-1062-832-8
Depósito legal: M-7283-2024
Impreso en España por: BLACK PRINT
Fecha impresión Argentina: 11.11.24
Distribuidor exclusivo para España: LOGISTA
Distribuidor para México: Distibuidora Intermex, S.A. de C.V.
Distribuidores para Argentina: Interior, DGP, S.A. Alvarado 2118. Cap. Fed./
Buenos Aires y Gran Buenos Aires, VACCARO HNOS.

¿Sabe el amor los pecados que esconden los ojos de los enamorados?

Nosotros sí, porque sabemos mucho de eso, y os podemos asegurar que no hay pecado más grave que el que no se puede cometer. También Christine Merrill sabe desentrañar con su pluma la melancolía y el ardor de lo prohibido, en esta magnífica novela que tenemos el gusto de recomendar. En ella aparecen dos hombres muy distintos y muy parecidos a la vez, atractivos los dos, y una misma mujer que ocupa sus corazones. El resto es historia, os animamos a descubrirla.

¡Feliz lectura!

Los editores

Para James, que está viviendo tiempos interesantes

Nota de la autora

Para darle a mi protagonista la posibilidad de usar un estetoscopio, tuve que situar la historia después de las guerras napoleónicas y esperar que hubiera conseguido uno de algún barco francés mientras servía en la marina. En Inglaterra semejante instrumento era desconocido, y el de Sam habría resultado toda una novedad. Aunque el que le regalé a Sam era un tubo de madera, el primero de todos no era más que un pedazo de papel enrollado.

René Théofile Laënnec fue el médico francés que descubrió que era posible escuchar mejor los latidos del corazón por medio de un tubo. Antes de él, los médicos o bien acercaban directamente la oreja al pecho del paciente o bien golpeaban su espalda con un martillo y escuchaban su resonancia. En 1816, el pobre Laënnec fue llamado para tratar a una dama de busto generoso con una afección cardiaca. Quedó tan azorado de aplicar la oreja directamente a su seno que improvisó un tubo de papel para escuchar a su través.

Y fue así como nació uno de los componentes más comunes del instrumental médico.

Uno

¡Sam volvía a casa!

Parecía mentira el efecto que podían causar tan sencillas palabras. Evelyn Thorne se llevó una mano al corazón, sintiendo su frenético latido solo de evocar su nombre. ¿Cuánto tiempo había estado esperando su regreso? Cerca de seis años. Sam se había marchado a Edimburgo cuando ella todavía estaba en la escuela y, desde entonces, no había dejado de esperar aquel día.

Había estado segura de que Sam volvería a buscarla. De que algún día oiría sus pasos ligeros y apresurados en el suelo del vestíbulo. De que lo oiría saludar efusivamente a Jenks, el mayordomo, y preguntar con tono alegre por su padre. Y de que la respuesta le llegaría del mismo despacho en lo alto de la escalera, porque su padre estaría tan deseoso como ella de ver lo que su pupilo había hecho con su vida.

Una vez cumplimentados lo saludos de rigor, las cosas volverían a la normalidad. Se sentarían juntos en el salón y en el jardín. Ella lo obligaría a acompañarla a bailes y veladas, que serían mucho menos tediosas teniendo a Sam para hablar con él, para bailar con él... y para protegerlo de las ambiciones maritales de las otras muchachas.

Y, al final de la Temporada en Londres, volvería con ellos al campo. Allí pasearían por el huerto y por el jardín; recorrerían el sendero que llevaba al pequeño estanque donde contemplarían los pájaros y demás animales; y se tenderían en mantas que él habría portado para la ocasión.

Y compartirían el picnic que ella misma habría preparado con sus propias manos, ya que no confiaba en que su cocinera reservara los más selectos bocados a alguien que no era «un verdadero Thorne».

Como para reforzar aquel pensamiento, la señora Abbott se aclaró la garganta, de pie en el umbral, a su espalda:

—Lady Evelyn, ¿no estaríais más cómoda en el salón matutino? En el vestíbulo hace frío. Si vienen invitados...

—¿... no sería más decoroso recibirlos allí? —terminó Eve por ella, con un suspiro.

—Si viniera Su Excelencia...

—Pero no es a él a quien esperamos, Abbott, como ya debes de saber bien.

El ama de llaves soltó un ligero bufido de desaprobación.

Evelyn se volvió hacia ella, dejando a un lado su pueril entusiasmo. Aunque solamente contaba veintiún años, era la dueña de la casa y debía ser obedecida.

—No quiero oír ninguna protesta, ni de ti ni de

ningún otro sirviente. El doctor Hastings es tan miembro de la familia como yo. Quizá incluso más. Mi padre lo rescató de la inclusa tres años antes de que yo naciera. Él ha formado parte de esta casa desde que tengo memoria y es el único hermano que tendré nunca.

Por supuesto, había pasado bastante tiempo desde la última vez que había pensado en Sam como un hermano. Inconscientemente, se tocó los labios. Abbott entrecerró ligeramente los ojos al advertir el gesto.

Por un instante, Eve pensó en hacer una diplomática retirada al salón matutino. Allí su comportamiento sería menos obvio para los sirvientes. Pero... ¿qué mensaje estaría mandando a Sam si lo recibía allí como si fuera una visita ordinaria?

Inclinó la cabeza, como reconociendo lo acertado de la sugerencia de Abbott, y dijo:

—Tienes razón. Aquí hay corriente. Si fueras tan amable de traerme un chal, estaría perfectamente. Y no me pasearé delante de la ventana: será mucho más cómodo que me quede en el banco, detrás de la escalera —desde allí podría dominar bastante bien la puerta principal, permaneciendo invisible para quien entrara. De ese modo, su aparición constituiría una súbita y agradable sorpresa.

Al pasar al lado, se miró en el espejo del vestíbulo, arreglándose cabello y vestido, atusándose rizos y alisando arrugas. ¿La encontraría bonita Sam, ahora que había crecido? El duque de Saint Aldric la había proclamado la muchacha más guapa de Almack's, el club mixto de Londres, calificándola de «diamante de primera calidad». Pero era un hombre tan aficionado a los cumplidos que más de una vez ella se había cuestionado su sinceridad. Sus maneras le habrían exigido soltar esas frases en su presencia.

En la misma situación, Sam no le habría ofrecido ninguna falsa galantería. La habría calificado quizá de «atractiva». Si ella le hubiera tirado de la lengua, esperando que la llamara «bella», él la habría tildado de vanidosa y habría citado a varias otras muchachas a las que encontraba más hermosas.

Pero luego habría suavizado la pulla recordándole que era lo suficientemente bonita para un hombre corriente. Habría añadido que, a ojos de un hombre humilde como él, era como una visión del paraíso. Luego le habría sonreído, como prueba de lo bien que se entendían. Y su comentario habría hecho desmerecer a todos los demás pretendientes.

Pero Sam no había tenido oportunidad de hacerle tales observaciones, porque no había vuelto para la primera Temporada que había pasado Eve en Londres. No bien hubo acabado la universidad, se había enrolado en la marina. Desde entonces habían transcurrido ya varios años, que ella había pasado rastreando noticias de su barco en los periódicos y teniendo buen cuidado en convertirse en la clase de mujer que él esperaría encontrar cuando volviera. Había tachado los días del calendario diciéndose cada diciembre que, para el año siguiente, la espera habría terminado. Que Sam regresaría a casa y que ella estaría preparada para recibirlo.

Pero el único contacto que habían recibido de él había sido una escueta carta dirigida a su padre, en la que le hablaba de sus planes para ocupar una posición en el *Matilda*.

Porque a ella no le había escrito una sola línea desde el día en que se marchó. No había sabido de su destino como cirujano de navío hasta que ya hubo zarpado. No había tenido oportunidad de razonar con él y de convencerlo de que optara por un plan más seguro. Había zarpado y punto.

Aún seguía en el mercado matrimonial, después de tres años demorando la decisión. Porque no podía elegir a ningún partido hasta que no volviera a ver a Sam. La gente consideraba extraño que no hubiera aceptado ninguna proposición a esas alturas. Y si rechazaba finalmente a Saint Aldric, quedaría como una dama demasiado altiva y orgullosa para cualquier hombre. Con una excepción, por supuesto.

Por fin llamaron a la puerta, con golpes secos y enérgicos, y Eve dio un respingo en su silla. No era así como había imaginado que sería la llamada. Aunque tampoco estaba segura de lo mucho o poco que un golpe de aldaba podía decir de una persona. En cualquier caso, había logrado sobresaltarla.

En lugar de correr a abrir la puerta, esperó sentada en el pequeño rincón situado detrás de la curva de la escalera. Era algo cobarde por su parte. Pero el ocultamiento le permitiría verlo por primera vez después de tanto tiempo y sin que él se diera cuenta, y reservar así aquel momento para ella sola. Tampoco necesitaría ocultar su expresión delante de la servidumbre.

Podría embeberse de su vista, mientras pensaba en todas aquellas cosas que nada tenían que ver con paseos por el jardín y picnics junto al arroyo.

Jenks acudió a abrir la puerta, y su alta y envarada figura ocultó a la figura que esperaba en los escalones del porche. La petición de entrada fue realizada con firmeza y cálida cordialidad: nada impulsiva ni estridente, que era lo que Eve había imaginado. Ella había estado pensando en el muchacho que se había marchado, reflexionó, y no en el hombre en que se habría convertido. Seguiría siendo Sam, por supuesto. Pero había cambiado, al igual que ella.

El hombre que apareció en el umbral constituía una extraña combinación de novedad y familiaridad. Caminaba con el aire erguido de un militar, pero carecía de las cicatrices y lesiones que había visto en tantos oficiales que volvían de la guerra. Evidentemente, él había pasado su servicio alejado del escenario de batalla propiamente dicho: bajo cubierta, curando las heridas causadas por la misma.

Seguía teniendo el pelo rubio, aunque los antiguos reflejos cobrizos se habían oscurecido hasta tornarse casi castaños. Sus mejillas habían perdido la aniñada blandura de antaño, sustituida por una mandíbula de trazo firme, perfectamente afeitada. Sus ojos seguían siendo azules, por supuesto, y tan vivaces e inquisitivos como siempre.

Recorrieron el vestíbulo de forma parecida a como ella lo estaba mirando a él, reparando en los cambios y en las similitudes. Remató el reconocimiento asintiendo brevemente antes de preguntar si su padre estaba en casa y en disposición de recibir visitas.

El muchacho que recordaba había tenido un carácter risueño, una pronta sonrisa y una mano siempre dispuesta a ayudar o a consolar, pero el hombre que tenía en ese momento ante ella, ataviado con un capote azul marino, parecía sombrío. Hasta podría calificarse de severo. Supuso que se trataría de una necesidad de la profesión. Nadie esperaba que un médico le diera a uno una mala noticia con una sonrisa en los labios. Pero era más que eso. Aunque sus ojos expresaban una gran compasión, tenía una mirada vacía, como si él mismo hubiera experimentado los padecimientos de aquellos a los que había atendido.

Quiso preguntarle su la vida en la marina había sido tan terrible como ella había imaginado. ¿Le habría perturbado ver tantos cuerpos destrozados y haber podido hacer tan poco por ellos? Las batallas que había ganado a la muerte, ¿habían bastado para compensarlo de la brutalidad de la guerra? ¿Realmente eso lo había cambiado tanto? ¿O acaso quedaba algún resto del muchacho que había sido?

Ahora que había vuelto, deseaba preguntarle tantas cosas... ¿Dónde había estado? ¿Qué era lo que había hecho allí? Y, lo más importante, ¿por qué la había abandonado? Eve había pensado en aquel entonces, superado el estadio de simples compañeros de juego, que habían estado destinados a convertirse en mucho más

Su actual actitud, cuando pasó por delante de su

escondite y siguió a Jenks escaleras arriba, representaba un crudo contraste con la de Saint Aldric, que siempre estaba sonriendo. Aunque el duque tenía numerosas responsabilidades, su expresión no era tan preocupada como la de Sam. Acogía los obstáculos con optimismo, y casi parecía tener derecho a hacerlo: eran pocos los éxitos que no conseguía en la vida.

Podía ver las similitudes que compartían los dos hombres, en su aspecto exterior. Ambos eran rubios y de ojos azules. Pero Saint Aldric era más alto, y más guapo también. En el aspecto físico, era superior. Tenía más poder, más dinero, rango y título.

Y sin embargo no era Sam. Eve suspiró. Ninguna dosis de sentido común podía desviar su corazón del objeto de su elección. Si aceptaba la proposición que ya le había sugerido el duque y que inevitablemente se produciría, sería seguramente bastante feliz con él, pero no lo amaría.

Y sin embargo, si la persona a la que amaba sobre todas las demás no estaba interesada en ella, ¿qué podría hacer?

En aquel momento Sam acababa de dirigirse a ver directamente a su padre, sin preguntar siquiera por lady Evelyn. Quizá no le importara. Con su tácita indiferencia, Samuel Hastings parecía estar diciendo que no se acordaba de ella de la misma forma que ella de él. Tal vez seguía pensando en Eve como en una amiga de la infancia, y no como una joven dama de edad casadera con la que podría comprometerse.

¿Acaso no se acordaba del beso? Cuando aquel

beso ocurrió, ella sí que había estado segura de sus sentimientos.

Él no, al parecer. Porque después se había tornado frío y distante. Eve dudaba que Sam le hubiera robado un beso solo para demostrarle que había sido capaz de hacerlo. ¿Acaso había hecho algo que lo había ofendido? Quizá se había mostrado demasiado dispuesta. O no lo suficientemente entusiasta. ¿Pero cómo podía haber esperado Sam que ella supiera lo que tenía que hacer? Había sido su primer beso.

Aquello lo había cambiado todo entre ellos. De la noche a la mañana, su sonrisa se había desvanecido. Y, muy poco después, había desaparecido ya tanto de cuerpo como de espíritu.

Incluso aunque ella lo hubiera malinterpretado todo, había esperado que Sam le dejara una nota de despedida. O que hubiera respondido al menos a alguna de las cartas que ella le había escrito religiosamente cada semana. Quizá no las había recibido. En una de sus breves visitas a casa cuando estaba en la universidad, le había preguntado al respecto. Él había admitido, con una breve inclinación de cabeza y una helada sonrisa, que las había leído. Pero no había añadido nada más que indicara que aquellas cartas le habían producido algún tipo de placer o bienestar.

Todo aquello resultaba ya irrelevante, por supuesto. Cuando una dama llamaba la atención de un duque, que no solo era rico y poderoso, sino también apuesto, cortés y encantador, no tenía por qué lamentar un desaire procedente de un simple médico de baja cuna.

Suspiró de nuevo. De todas formas, últimamente no había dejado de pensar en ello. Aunque no la amara, Sam había sido su amigo. Su más cercano, íntimo compañero. Deseaba conocer su opinión sobre Saint Aldric: sobre el hombre, y sobre la decisión que ella debería tomar. Y si acaso tenía él algún motivo para desaprobarlo...

Por supuesto, no podía haber ninguno. Y él no iba a aplazar de pronto el proceso presentándole una proposición matrimonial de última hora. Por lo demás, debía recordarse que convertirse en Su Excelencia la duquesa de Saint Aldric no era precisamente una marcha hacia el patíbulo.

Pero si no la quería, lo menos que podía hacer el doctor Samuel Hastings era felicitarla. Porque eso le permitiría dejar de mirar al pasado para concentrarse en el futuro.

—Un cirujano de navío —el tono rotundo de lord Thorne destilaba desaprobación—. ¿No es ese un trabajo que puede realizar un carpintero? Seguro que un médico titulado de la universidad habría podido conseguir algo mejor.

Sam Hastings soportó la sombría mirada de su benefactor con gesto inexpresivo y porte militar. Recordaba bien una época en que sus actos habían chocado constantemente con su desaprobación. En respuesta, Sam se había esforzado desesperadamente por complacerlo, temiendo siempre decepcionarlo. Pero tal parecía que todos tus esfuerzos por seguir el consejo final de Thorne, el de «haz algo provechoso con tu vida», iban a ser acogidos con dudas y objeciones.

Si tenía que ser así, que lo fuera. Su necesidad de vindicarse se había enfriado, al igual que el propio afecto de Thorne hacia él.

—Al contrario, señor. En la mayoría de los barcos hay una gran escasez de personal médico especializado. Aunque a menudo contratan a oficiales carpinteros para el trabajo de cirujano, nadie quiere ponerse en sus manos. Estoy seguro de que tanto el capitán como la tripulación agradecieron mi ayuda. He salvado más miembros de los que he tenido que cortar. He conocido y ganado experiencia con numerosas enfermedades, muchas más de las que hubiera visto de haberme quedado en tierra. Me encontré con algunas fiebres tropicales que constituyeron un verdadero desafío. El tiempo que no gasté en la acción, lo empleé en el estudio. Son muchas las horas de ocio en una travesía que pueden ser dedicadas con provecho a la instrucción.

—Hum… —ante una respuesta tan bien argumentada, el pésimo humor de su tutor se trocó en resignación—. Si no podías encontrar otra manera de ganar la suficiente experiencia, entonces supongo que tuviste que encontrarla fuera.

—Y me fui bastante lejos para encontrarla —añadió Sam—. Cuando me marché de aquí, vos me animasteis a viajar.

—Eso es cierto —el tono de Thorne se volvió circunspecto, que era lo más cercano a la aprobación que Sam podía esperar conseguir—. Y... ¿no has hecho todavía ningún plan para casarte? A eso también te animé.

—Aún no, señor. He tenido muy poca oportunidad, habiendo estado rodeado todo el tiempo de compañía masculina. Pero tengo mis buenos ahorros en el banco y planes para invertirlos.

—¿En Londres? —inquirió Thorne, ceñudo.

—En el norte —le aseguró Sam—. Ciertamente que puedo permitirme una esposa y una familia. Estoy seguro de que encontraré alguna mujer que no se muestre renuente a casarse con... —dejó la frase sin terminar, prefiriendo no ser demasiado explícito. Que Thorne pensara lo que quisiera. Porque no habría matrimonio, ni hijos, ni futuro de ninguna clase.

—Evelyn, por supuesto, está a punto de hacer un gran casamiento —le informó su tutor, como aliviado de cambiar de tema. Sonrió, evidentemente orgulloso de su única hija. En beneficio de Sam, la frase fue pronunciada con tono rotundo, irreversible.

—Eso fue lo que entendí por vuestras cartas —asintió Sam—. ¿Va a casarse con un duque?

A esas alturas, Thorne estaba ya radiante de satisfacción.

—Pese a su rango, Saint Aldric es el más generoso y tolerante de los caballeros. Posee tanta campechanía y buen humor que permite que sus amigos le llamen «Saint». Santo.

Al parecer, Eve se había conseguido un santo varón, pensó Sam. No se merecía menos. Él se había mantenido lo más alejado posible de ella. Su propio origen no podía estar más alejado de la alcurnia de aquel partido.

—Evelyn es la más afortunada de las mujeres.

—Es una lástima que no puedas quedarte para conocer al duque. Esperamos su visita para la tarde.

La frase sonó tan brusca como un portazo en plena cara. Ser «como un miembro de la familia» no era lo mismo que un parentesco reconocido, reflexionó Sam. Una vez que ya había recibido una educación y tenía un oficio, Thorne no sentía ninguna obligación ni responsabilidad hacia él.

—Una lástima, efectivamente. Pero es claro que no puedo quedarme.

En realidad no tenía deseo alguno de conocer a ese «santo» que iba a casarse con su Eve, ni permanecer en aquella casa más de un segundo del estrictamente necesario.

—Transmitiréis mis saludos a lady Evelyn, por supuesto —tuvo el buen cuidado de nombrarla formalmente, evitando cualquier indicio de familiaridad.

—Por supuesto —repuso Thorne—. Y ahora, no quiero entretenerte más.

—Por supuesto que no —Sam forzó una sonrisa y se levantó, como si hubiera sido intención suya que la visita fuera tan breve y su marcha no tuviera nada que ver con aquella brusca despedida—. Solo deseo daros las gracias, señor, y recordaros la importancia que vuestra tutela y patronazgo ha tenido en mi vida. Decíroslo por carta me habría parecido poco apropiado —terminó haciendo una formal reverencia al hombre que se consideraba su benefactor.

Thorne se levantó de su escritorio y le palmeó el hombro, sonriendo como solía hacer antaño. Que un gesto semejante solamente se hubiera producido ante su marcha era otro amargo recordatorio de lo mucho que habían cambiado las cosas.

—Me siento conmovido, muchacho. Y me alegro de saber que te estás desenvolviendo tan bien. ¿Nos volveremos a ver, si es que aún continúas en Londres? ¿Para la boda, quizás?

«Para cuando sea ya demasiado tarde y no pueda producir perjuicio alguno», pensó Sam, irónico.

—No lo sé. Aún no tengo nada decidido —si podía encontrar algún barco que necesitara sus servicios, se marcharía en seguida. Pero… ¿y si eso no ocurría? Quizá hubiera algún remoto lugar en Escocia o Irlanda que necesitara de un médico.

—Estás invitado, claro está. Tendremos mucho que celebrar. La pequeña Eve no lo es ya tanto. Saint Aldric se ha mostrado muy insistente en su proposición, ya desde el principio de la Temporada, pero ella todavía tiene que aceptarlo. Ya le tengo yo dicho que no juegue con los afectos de un duque. Pero no me hace caso —Thorne seguía sonriendo, como si incuso su desobediencia fuera un preciado bien.

Sam pensó que si durante todo ese tiempo había continuado satisfaciendo cada uno de sus caprichos, Eve se habría convertido en una dama terca y malcriada. Y acabaría descarriándose sin un marido fuerte a su lado. Él mismo, por ejemplo.... Pero se apresuró a ahuyentar aquel pensamiento.

—Se avendrá al final, estoy de seguro de ello, señor.

Con un poco de suerte, él se habría marchado para cuando eso sucediera. Si ella no se había decidido aún, sería un desastre quedarse allí y correr el riesgo de confundirla con su presencia.

Tanto Thorne como él representaron el ritual de una amable despedida de camino hacia la puerta. Pese a ello, habrían podido ser dos perfectos desconocidos. Hubo un tiempo en que Sam había anhelado un vínculo más profundo de afecto entre ellos. Pero desde que supo la verdad de su relación, de lo que se lamentaba era de haberlo conocido. Unas cuantas vacías promesas más acerca de que seguirían en contacto y al fin se encontró solo en el pasillo, disponiéndose a bajar las escaleras de la casa que antaño había considerado su hogar.

Solo unos pasos más y estaría fuera. Pero una partida sin incidentes era algo improbable, porque, mientras subía las escaleras hasta el despacho de Thorne, había sabido durante todo el tiempo que Evie lo estaba esperando, a unos pocos metros de distancia.

Cuando atravesó el vestíbulo, había tenido buen cuidado de no mirar hacia el lugar donde ella debía de haber estado escondida. No quería verla. Eso haría su marcha mucho más difícil.

Pero antes, conforme se había acercado a la casa, una parte de él había temido que Evie no estuviera allí para saludarlo. Aquel pobre estúpido había querido registrar la casa en su busca, abrir los brazos y gritar su nombre. Habría sido por tanto igualmente estúpido sufrir si ella no hubiera salido a buscarlo, o si ya se había lanzado a los brazos de otro. Uno no podía resucitar el pasado, sobre todo cuando aquella pasada felicidad había estado basada en la ignorancia y el engaño.

Recordó lo sucedido unos minutos antes, cuando el mayordomo le abrió la puerta. No la había visto. Desgarrado entre el temor y alivio, había tenido miedo de preguntar por ella. Pero luego, cuando pasó por delante de su escondite, había olido su perfume.

No había sido exactamente así. Había percibido un aroma de mujer en el aire del vestíbulo, fresco y cada vez más intenso conforme se acercaba al rincón de detrás de la curva de la escalera. No había estado seguro de que fuera Evie. La muchacha que había dejado allí había olido a jabón de limón y a colonia de lavanda. Aquel nuevo perfume olía en cambio a la India: misterioso, penetrante y sofisticado.

Debió haberse girado sin más. La habría sorprendido escondida al pie de la escalera, porque estaba seguro de que era eso lo que había estado haciendo, lo mismo que había hecho cuando eran niños. Podría haber fingido que no pasaba nada y haberla saludado con la naturalidad de un viejo amigo. Podrían haber intercambiado cortesías. Y luego podría haberle deseado lo mejor y haberse despedido de ella, después de haber cruzado unas pocas frases.

Pero aquella fragancia lo había dejado embriagado y habría necesitado de toda su fuerza de voluntad incluso para pronunciar unas pocas palabras. De no haber podido dominarse, se imaginaba bien cuáles habrían sido esas primeras palabras. Así que había optado por la salida cobarde: fingir que no la había visto y esperar que se retirara al salón de la mañana, o a donde fuera que ella pasara su tiempo a esas horas.

No podía imaginarse a su Evie, sentada cual una gran dama en un diván o frente a un escritorio, dispuesta a regalarle una elegante pero helada bienvenida y una banal conversación. Demasiados años había pasado rumiando el recuerdo de la muchacha que había sido, deseando que no cambiara nunca. Podía imaginársela en el jardín, corriendo, saltando y sentándose en las ramas bajas de los árboles con su ayuda, cuando nadie había estado allí para impedírselo.

Y sin embargo no era posible que ella siguiera comportándose así, de la misma manera que habría abandonado su colonia de lavanda. Había crecido. Iba a convertirse en una duquesa. La muchacha que él recordaba había desaparecido, sustituida por una experimentada dama de la alta sociedad con encanto suficiente para tener en suspenso a un duque, a la espera de su decisión. Una vez que se encontrara con aquella desconocida, quizá entonces pudiera finalmente liberarse de ella y alcanzar un poco de tranquilidad.

Pero de repente, cuando acababa de bajar el último escalón, ella salió de su escondite y se lanzó hacia él, echándole los brazos al cuello y gritando: «¡pillado!». Sintió a continuación sus labios en las mejillas, primero una, luego otra, en un par de fraternales besos.

Se quedó inmóvil, paralizado de cuerpo y de espíritu. Había tenido tiempo para preparar su primera reacción a su cercanía. Pero aquel súbito e intenso contacto era simplemente demasiado. Sus brazos ya se habían levantado para abrazarla antes de que lograra dominarse, consiguiendo finalmente mantenerlos pegados a los costados, temeroso de tocarla.

—Evie —se las arregló para pronunciar con un tono tan rígido como su postura—. ¿Es que no has aprendido decoro alguno en estos seis años?

—Ni una pizca, Sam —replicó con una carcajada—. No pensarías que ibas a escaparte tan fácilmente de mí...

—Por supuesto que no —¿acaso no lo había intentado, yéndose al fin del mundo para lograrlo?, se preguntó, irónico—. Te habría saludado apropiadamente, si tú me hubieras dado la oportunidad —mintió. Alzó los brazos pero para retirarle las manos de su cuello, al tiempo que se apartaba.

Ella lo miró ceñuda, pero en son de broma y para imitar su expresión; Sam estaba seguro de ello. Soltó otra carcajada.

—Claro, porque debemos siempre comportarnos de manera correcta y apropiada, ¿no es verdad, señor Hastings?

Sam retrocedió otro paso para esquivar el segundo abrazo que sabía iba a producirse. Y le tomó las manos con tal de evitar la sensación de su cuerpo apretándose contra el suyo.

—Ya no somos unos niños, Evelyn.

—Eso espero —le lanzó una mirada que venía a

demostrar que ella, al menos, era bastante consciente de que se había convertido en una mujer joven y deseable—. Ya voy por mi tercera Temporada.

—Y tendrás a la mitad de los caballeros de Londres colgando de los cordones de tu retícula, sin duda —era lo suficientemente bella como para hacerlo. Tenía el cabello tan liso y suave como el pan de oro, los ojos tan azules como las primeras flores de primavera y unos labios que, solo de mirarlos, se le hacía la boca agua. Y habría podido conocer también los nuevos contornos de su cuerpo, si hubiera aprovechado la oportunidad de tocarlo cuando ella lo besó…

Bastó ese pensamiento para que le flaquearan las rodillas.

Ella se encogió de hombros como indiferente a lo que pudieran pensar los demás hombres y lo miró con los ojos levemente entrecerrados, como si él fuera el único hombre que le importara.

—¿Y cuál es vuestro diagnóstico, doctor, ahora que habéis tenido la oportunidad de examinarme?

—Tienes buen aspecto —respondió, y se maldijo por lo inadecuado de sus palabras

Eve hizo un mohín y la tentadora mujer volvió a convertirse en la muchachita de antaño, balanceando los brazos como invitándolo a jugar con ella.

—Si eso es todo lo que voy a sacar de vos, me decepcionáis, señor. Otros hombres han dicho de mí que soy la joven más bonita de la Temporada.

—Razón por la cual te ha ofrecido matrimonio Saint Aldric —repuso, recordándola a ella, y a sí mismo, lo mucho que todo había cambiado.

Eve frunció el ceño, pero no le soltó las manos.

—Por el momento no he aceptado oferta alguna.

—Tu padre acaba de decírmelo, hace unos minutos. Me dijo que tenías al pobre hombre en ascuas mientras esperaba una respuesta. Eso es muy injusto por tu parte, Evelyn.

—Más injusto es mi padre al presionarme con ese asunto —replicó ella—. Y todavía peor, por lo poco científico, es que tú expreses una opinión a partir de tan escasas evidencias —volvió a sonreír—. Yo preferiría que me dijeras qué es lo que piensas de este casamiento, después de que hayamos pasado un rato juntos, charlando.

—Me atengo a mi primera conclusión —le dijo, a riesgo de parecer uno de aquellos pomposos imbéciles que preferían aferrarse a un mal diagnóstico antes que admitir la posibilidad de un error—. Se imponen las felicitaciones. Tu padre asegura que Saint Aldric es un magnífico caballero y yo no tengo razón alguna para dudarlo.

Eve le lanzó una penetrante y ambigua mirada, antes de sonreír.

—Qué bien que mi padre y tú os mostréis tan de acuerdo sobre el asunto de mi futura felicidad. Dado que estás tan decidido a verme casada, supongo que habrás venido preparado, ¿verdad?

Había caído en algún tipo de trampa, estaba seguro. Y era aquella una prueba más de que Eve no era ya la transparente muchacha de antaño, incapaz de guardar un secreto. Ante él tenía a una mujer, claramente irritada por algún mal paso que él había dado, pero nada deseosa de señalárselo, ni de explicarle cómo debía enmendarlo.

—¿Preparado? —inquirió, cauto, a la busca de alguna señal en su reacción.

—Para celebrar mi inminente compromiso —terminó Eve, esperando todavía a que lo adivinara. Finalmente soltó un suspiro exasperado, como renunciando ya a toda esperanza—. Regalándome alguna prenda para conmemorar el suceso.

—¿Un regalo? —su audacia le arrancó una reacia sonrisa, perdido momentáneamente el control.

—Mi regalo —pronunció con tono firme—. No es posible que hayas estado tanto tiempo fuera, perdiéndote cumpleaños, fiestas de Navidad y un posible compromiso mío, y no me hayas traído nada. ¿Me obligarás a registrarte los bolsillos para encontrarlo?

Pensó en sus manos, moviéndose con toda familiaridad por su cuerpo, y se apresuró a replicar:

—Por supuesto que no. Lo llevo aquí, evidentemente.

No llevaba nada. Una vez le había comprado una cadena de oro en Menorca, que al final no había tenido el coraje de enviarle. La había llevado en el bolsillo durante un año entero, imaginándose cómo quedaría en su cremoso cuello. Luego se había dado cuenta de que eso solo había servido para acentuar más sus recuerdos, para hacerlos más vívidos y gráficos, y la había arrojado al mar.

—¿Y bien? —ella había advertido su momento de confusión y le estaba tirando ya de las solapas, como una chiquilla ansiosa.

Sam echó mano al bolsillo y sacó lo primero que encontró: una caja alargada de madera que contenía un pequeño catalejo de bronce.

—Toma. Lo he llevado siempre conmigo. En el mar son terriblemente útiles. Pensé que quizá podrías usarlo en el campo. Para ver pájaros.

Cualquier otra dama de Londres lo habría rechazado con disgusto, no antes de recordarle que ni siquiera se había tomado la molestia de quitarle el polvo.

Pero no su Evie. Cuando abrió la caja, su rostro se iluminó como si acabara de entregarle un joyero. Enseguida sacó el catalejo, lo abrillantó de un rápido restregón contra su falda y lo desplegó.

—¡Oh, Sam! ¡Es maravilloso! —lo arrastró hacia la ventana más cercana y, una vez allí, enfocó el catalejo—. La gente del otro lado de la plaza se ve tan cerca como si estuviera encima de ellos...

Lo bajó y se volvió para mirarlo, sonriente. Su expresión era tan parecida a la que Sam recordaba que se le desgarró el corazón. Otra vez estaba muy cerca, tanto que un contacto accidental resultaba inevitable. Se apresuró a apartarse, ignorando la marea de recuerdos que le despertaba su cercanía.

Pero ella parecía impertérrita ante su incomodidad, suspirando de placer.

—Me lo llevaré al campo, claro. Y a Hyde Park, y a la ópera.

Sam se echó a reír.

—Si vas a necesitar un catalejo en la ciudad, te compraré unos impertinentes. Con una cosa tan monstruosa pegada al ojo parecerás una pirata.

—¿Qué me importa a mí lo que piense la gente? —resopló desdeñosa—. Me resultará mucho más fácil ver lo que ocurre en el escenario —esbozó una pícara sonrisa—. Y podré espiar también a los demás espectadores. Esa es la verdadera razón por la que todos vamos al teatro. No se me escapará nada. Compartiré el cotilleo al día siguiente y enseñaré mi telescopio. En una semana, todas las muchachas un poco curiosas se habrán hecho con uno.

—Perversa criatura... —sin pensar, alzó una mano y le tiró suavemente de un rizo color miel. Físicamente no había cambiado un ápice: seguía teniendo aquel rostro luminoso, lleno de curiosidad y tan fresco que casi podía sentir su vitalidad impregnando el aire que los rodeaba.

—¡Vamos a mirar algo! —le tomó la mano, entrelazando los dedos con los suyos, y tiró de él hacia las puertas que llevaban al jardín, el lugar que antaño había constituido su refugio.

Y entonces se perdió.

Dos

Debió haberlo adivinado. Antes de ir, Sam se había fortalecido contra la tentación a fuerza de oraciones. Su plan había consistido en resistirse a tener todo contacto con ella. Apenas unos minutos antes, le había asegurado a su padre que se marcharía de allí. Y sin embargo, al primer contacto de su mano, se había olvidado de todo para seguirla a través de la casa como un cachorrillo atado a una correa.

En ese momento estaba sentado a su lado en un pequeño banco de piedra a la sombra del olmo, mientras ella experimentaba con su nuevo juguete. Aquella tarde, tan parecida a los cientos de otras tardes igualmente felices que habían pasado allí, le recordaba lo mucho que había echado de menos aquel hogar, así como lo mucho que ella formaba parte de él.

Evie enfocó firmemente con el catalejo el árbol más próximo.

—Hay un nido. Y tres pajarillos con la boca abierta, esperando a ser alimentados. ¡Oh, Sam, es un espectáculo maravilloso!

Lo era, ciertamente. Podía ver el rubor de placer de sus mejillas y los familiares hoyuelos que en ellas había abierto su sonrisa. Estaba absolutamente entusiasmada por una cosa tan nimia como un nido de pájaros. Pero... ¿acaso no había sido siempre así? Era la alegría personificada y un bálsamo para un alma cansada.

—Puedes ajustarlo, dándole vueltas a esto así —fue a mostrárselo y, por un instante, le cubrió la mano con la suya. La impresión que le produjo el contacto fue tan fuerte como siempre, y le hizo preguntarse si ella lo habría sentido también. Si así había sido, debía de ser tan buena disimulando como él, porque no reaccionó.

—Así está mucho mejor. Ahora puedo distinguir cada pluma... —desvió la mirada de los pájaros y le sonrió, cargada de malicia—. Es evidente que he hecho hoy un buen negocio a costa de vuestros bolsillos vacíos, señor.

—¿Perdón?

—Si del bolsillo hubieras sacado una caja de rapé, sinceramente habría tenido que hacer un gran esfuerzo para aceptarla. Pero un telescopio sí que es de mi gusto.

—¿Tan evidente era que no te había traído nada? —le preguntó él, suspirando.

—La expresión de alarma de tu rostro era lo suficientemente elocuente —admitió mientras cerraba el pequeño cilindro para volver a guardarlo en la caja—. Pero no creas que podrás quitármelo cambiándomelo por un collar. Ahora es mío y no pienso devolvértelo.

—Ni yo esperaría que lo hicieras —Sam le devolvió la sonrisa y volvió a experimentar aquella maravillosa sensación de familiaridad en forma de un confortable silencio. Después de seis años, con miles de kilómetros recorridos y convertidos ya ambos en personas adultas, ninguna de las cosas importantes había cambiado entre ellos. Evie seguía siendo su alma gemela. Al menos podía reconocer que eso era más profundo que el deseo que sentía por ella.

Fue Eve la que rompió el silencio.

—Háblame de tus viajes.

—Me faltaría tiempo para hablarte de todas las cosas que he visto —le dijo él. Pero ahora que se lo había preguntado, la tentación de intentarlo era grande y las palabras fueron brotando solas—. Los pájaros y las plantas no se parecen en nada a los que encuentras en Inglaterra. ¿Y el espectáculo del océano, embravecido o en calma, o el cielo antes de una tormenta, cuando no hay tierra alguna a la vista? La mejor palabra que se me ocurre es «majestuosidad». El mar y el cielo estirándose en todas direcciones hasta donde no alcanza el ojo humano, y nosotros un diminuto punto en medio...

—Me encantaría ver eso… —confesó ella, nostálgica.

Se la imaginó a su lado, tendida en cubierta contemplando las estrellas. Pero enseguida ahuyentó esa fantasía.

—Por muy maravillosos que fueran algunos de aquellos momentos, no te los habría deseado si hubieras tenido que ver el resto. Un navío de guerra no es lugar para una mujer.

—¿Tan dura es realmente la vida naval?

—Durante la batalla, era mucho lo que tenía que hacer —admitió de manera evasiva, nada deseoso de compartir lo peor de aquellas experiencias con ella.

—Pero tú ayudabas a los hombres —su expresión se iluminó mientras lo decía, como si hubiera algo heroico en cumplir simplemente con un trabajo—. Y eso era lo que tú siempre habías querido hacer. Estoy segura de que debió de resultarte muy gratificante.

—Cierto —le dio la razón. Se había sentido útil. Y le había reportado un gran alivio encontrar un lugar donde sí había podido encajar, después de tantas dudas.

—Y si eso te hizo a ti feliz, entonces también a mí me habría gustado verlo —declaró Eve con tono firme.

—¡De ninguna forma! —no quería pensar en Evie mezclada con tanta sangre y tanta muerte. Como tampoco quería perder su admiración, en caso de que lo viera algún día impotente frente a hechos y casos que no tenían remedio.

Eve le lanzó una mirada apenada.

—¿Cómo puedes haberte olvidado? ¿No fui yo acaso quien te animó a emprender tus estudios de medicina? Yo te veía atender a cada animal herido que te encontrabas en el camino y diseccionar a los que acababan muriendo... Recuerdo que, en aquellos días, preferías diseccionar las chuletas a comértelas.

—La verdad es que pude haberme convertido fácilmente en carnicero, con todo lo que aprendí haciendo eso —admitió—. Pero trabajar con una persona es algo por completo diferente —a veces, añadió para sus adentros, era como otra forma de carnicería.

—Estudiaste anatomía humana en Edimburgo —dijo ella—. Diseccionando.

Sam reprimió una sonrisa. Evie seguía siendo tan valiente. Y no menos macabra, pese a su refinada apariencia.

—Harías muchas otras cosas también, estoy segura.

—Observé —la corrigió—. No fue hasta que dejé la universidad cuando puse en práctica aquellas habilidades. Ahora estoy pensando en volver a Escocia —le dijo, para recordarle a ella, y también a sí mismo, que no podía quedarse allí—. Tengo muchos amigos en la universidad. Quizá podría dar clases.

Eve sacudió la cabeza.

—Escocia está demasiado lejos.

Era precisamente por eso por lo que lo había sugerido. Ella había vuelto a agarrarle de la mano, como si no pudiera soportar perderlo nuevamente de vista. Pensó en retirarle los dedos, pero entonces tendría que tocarla, así que los dejó donde estaban.

—Estarás demasiado ocupada con tu nueva vida como para perder tiempo conmigo. Dudo que me eches de menos.

—Sabes bien que eso no es cierto. ¿Acaso no te escribí a menudo durante estos últimos años? Una carta prácticamente cada semana, y tú nunca me respondiste.

Se le fue apagando la voz, de manera que Sam pudo detectar en ella el dolor que le había causado.

—Probablemente porque no las recibí —replicó, simulando un tono de indiferencia—. El correo es un servicio muy precario cuando uno está embarcado —en realidad lo había recibido con la suficiente frecuencia. Y lo había conservado como un tesoro. Durante los años que habían permanecido separados, el pequeño fajo de cartas atado cuidadosamente con un cordón había crecido tanto que había tenido que guardarlas en un pequeño cofre. Allí había atesorado las misivas gastadas de tanto leerlas, tan familiares que hasta podía recitar su contenido de memoria.

—Pero en la universidad no tuviste excusa —le recordó ella—. También allí te escribí. Pero tampoco contestaste a esas cartas. Llegué a pensar que te habías olvidado de mí.

—Nunca —le aseguró con tono ferviente. Eso, al menos, era la verdad.

—Bueno, pues no volverá a suceder. Edimburgo está demasiado lejos. Debes quedarte cerca. Y si tienes que enseñar, pues enséñame a mí.

Se echó a reír para disimular su sorpresa. Aquello no era posible, por muchísimas razones. Aunque algún deseo sentía de compartir con ella esos conocimientos, no se atrevió a hacerlo. Evie era una mujer adulta, no una chiquilla curiosa. Discutir con una mujer de los íntimos detalles de un cuerpo humano era ya de por sí algo difícil, delicado. Pero, con Evie, sería imposible.

Y si iba a casarse con el duque, sus respectivos círculos sociales serían tan distintos que incluso las conversaciones convencionales serían infrecuentes.

—Sabes que eso no es adecuado —dijo al fin. Tu padre no lo permitiría. Y tu marido tampoco.

Ambos debían recordar que habría otro hombre interponiéndose entre ellos.

«Y algo más que eso», pronunció para sus adentros. Se estaba volviendo a olvidar de él mismo... y de la razón por la que debía mantenerse apartado. No podían ser más amigos más de lo que podían ser amantes. Él había pasado años lejos de Evie, había conocido a otras mujeres y había rezado para poder recuperar el sentido común. Porque nada había conseguido apagar sus sentimientos por ella. El deseo era igual de fuerte que antes, casi palpable la necesidad de estrecharla en sus brazos, de abrazarla hasta que el mundo dejara de dar vueltas. Si ella se casaba con el duque, eso tampoco cambiaría. Continuaría deseándola. Simplemente añadiría el pecado de adulterio a una lista ya formidable.

Le palmeó la mano como para expresarle un afecto apropiado, fraternal.

—No, Evie. No puedo permitir que me enredes en tus alocados planes, como cuando éramos niños. Yo debo volver a mi vida y tú a la tuya.

—Pero te quedarás un tiempo en Londres, ¿verdad? —le preguntó, alzando la mirada hacia él con un brillo de esperanza en sus ojos imposiblemente azules.

—No había pensado hacerlo.

¿Por qué no había conseguido decirlo con un tono más firme? Acababa de dejar la puerta abierta a la persuasión.

—Tienes que quedarte para el baile de compromiso. Y para la ceremonia.

Como si eso no fuera la más exquisita de las torturas...

—No sé si eso será posible...

Eve giró entonces la mano, apretándole fuertemente los dedos.

—No permitiré que te vayas. Aunque tenga que retenerte por la fuerza.

Debería saber que carecía de la fortaleza necesaria para ello. Pero lo había intentado a menudo, cuando eran niños: agarrándolo e intentándolo derribarlo con una llave, de manera muy poco femenina.

La idea de que pudiera volver a intentarlo resonó en su mente como una campanada de alarma.

—Muy bien —admitió con un suspiro, solo para que lo soltara—. Pero luego me marcharé enseguida. Quizá, en lugar de Escocia, me vuelva al mar.

—Al mar —replicó ella, apretándole de nuevo los dedos—. Eso te alejaría aún más de mí, y durante demasiado tiempo... Y aunque no has hablado de ello, estoy segura de que tiene que haber sido muy peligroso. Yo nunca consentiría que volvieras a poner en riesgo tu vida.

Había sido bastante peligroso. Podría pasar horas contándole historias que la habrían dejado estremecida.

—En realidad, no. Era un trabajo; nada más que eso. Al contrario que Saint Aldric, yo tengo que trabajar para vivir —fue consciente de lo petulantes que sonaron sus palabras. No debería sentir envidia de un hombre que había nacido con un rango que él nunca podría llegar a adquirir.

—Tienes que conseguir una posición en tierra. Hablaré con mi padre. O con Saint Aldric.

—¡De ningún modo! Soy perfectamente capaz de encontrar una por mí mismo, gracias. En cualquier otra circunstancia, una oferta de patronazgo por parte de una futura duquesa habría sido justamente lo que necesitaba. Pero no de Evie. De ella, nunca.

—Valoras tu independencia más que nuestra amistad —le dijo Eve, soltándole la mano—. Muy bien, entonces. Si nada de lo que pueda decir logrará que cambies de idea, no te molestaré más con el asunto de tu trabajo.

Por supuesto, había una única cosa, una simple frase que podía hacerle cambiar de idea. Una frase que le habría puesto de rodillas ante ella, dispuesto a hacer lo que le pidiera.

Pero dado que esa era precisamente la frase que ninguno de los dos debía pronunciar nunca, se marcharía a Edimburgo o al fin del mundo para no poder escucharla nunca.

Tres

Realmente no había nada más que decir. Eve lo había despachado en cierta forma, con su promesa de no inmiscuirse en sus asuntos. Y, sin embargo, Sam detestaba la idea de abandonarla. ¿Cuando volvería a tener una oportunidad de sentarse a su lado, como antaño solían hacerlo? En aquel momento estaba examinando con expresión concentrada la caja que contenía el catalejo, como si poseyera la respuesta de algún misterio.

Y Sam estaba concentrado contemplando sus manos mientras la acariciaban. ¿Habían sido tan finas y elegantes la última vez que las había visto? Podía recordar unos dedos algo regordetes, con las uñas deterioradas del excesivo tiempo que pasaba haciendo diabluras con él. Ese día no se había molestado en ponerse guantes, y podía ver las delicadas puntas de sus dedos recorriendo la madera. Habría sido feliz con quedarse sentado allí durante toda la eternidad, admirando aquellas manos.

—¿Es aquí donde te encuentro? En el jardín, flirteando con otro hombre. Te juro, Evelyn, que eres más difícil de capturar que una liebre. No puedo dejarte un momento sola. En cuanto te doy la espalda, te escapas.

Las palabras sonaron detrás de ellos y Sam se encogió por dentro al reconocer la identidad del intruso. Aquella voz señalaba el final de la intimidad que habían podido disfrutar aquella tarde. O que volverían a disfrutar nunca, suponiendo que el duque tuviera algo de cerebro. Si Sam hubiera sido el prometido de Evie, jamás habría tolerado que se le acercara otro hombre. Se levantó para saludar a su rival cara a cara.

Si hubiera tenido que dar una opinión profesional sobre el hombre que se les acercaba en aquellos momentos, lo habría definido como el hombre más sano y saludable que había visto en su vida. Bajo aquella ropa tan cara, la figura de Saint Aldric era perfectamente simétrica. No tenía un solo gramo de grasa superflua, ni señal de que tal perfección hubiera sido adquirida a base de rellenos o de fajas. Espalda recta, miembros esbeltos, músculos bien desarrollados; tez, ojos, dentadura y cabello limpios y brillantes, rezumando vigor. De la misma forma no se distinguía arruga alguna en su frente, por edad o por preocupación, ni rastro en su expresión de nada que no fuera buen humor. Su mirada era de una inteligencia bondadosa, su paso firme y confiado. Si Sam se hubiera visto obligado a expresar una opinión sobre su aspecto, lo habría calificado de excepcionalmente guapo. Aquel individuo era, de los pies a la cabeza, la perfección de la virilidad inglesa.

Lo cual hizo que Sam fuera todavía más consciente de su propio aspecto, en comparación. Lord Thorne podía considerarlo una amenaza para la felicidad de Evie. Pero con aquella vieja chaqueta azul, su delgada cartera y su modesta figura, un duque apenas se habría fijado en su presencia. A no ser que Evelyn hubiera desarrollado tanta estupidez como hermosura, no tendría problema alguno en escoger al mejor de los dos

Como para confirmar ese pensamiento, Evie se levantó también y tendió las manos al duque. Sonriendo cariñosa, le saludó con un genuino afecto:

—Saint Aldric.

—Querida...

Le tomó las manos y se las retuvo por un momento, y Sam sintió la incómoda punzada de los celos y el castigo de verse ignorado. Evie ya estaba tirando al duque de la mano, al igual que antes había hecho con él para llevarlo al jardín para que se sentara a su lado. Aquella era otra prueba de que la sensación de comunión entre ellos que había percibido antes no era nada más que el amor que Evelyn demostraba por todos los seres vivos de la tierra.

En ese instante se volvió para sonreírle, con apropiado y fraternal orgullo.

—He esperado mucho tiempo para presentaros a los dos y ahora por fin veo llegada mi oportunidad. Excelencia, quiero presentaros al doctor Samuel Hastings.

—El mismo de quien te he oído hablar con tanto cariño. Y con tanta frecuencia.

Se produjo una ínfima pausa entre ambas frases, como para indicar celos, o quizá envidia por la atención que ella le prestaba.

—Excelencia —Sam se inclinó ante él, con el respeto debido a un gran señor.

El duque lo observaba en silencio. Sam estaba seguro de que si hubieran compartido un saludo tan democrático como un apretón de manos, este se habría convertido en una prueba de fuerza. En ese imaginario apretón Saint Aldric habría sentido las duras callosidades de sus manos, consecuencia del frecuente empleo de la sierra de amputar, y habría rechazado quizá el contacto como impropio de un caballero.

—Doctor Hastings.

No fue necesario el contacto físico: el simple empleo de su nombre, sin título alguno, bastó para dejar claro su mensaje. Una vez confirmada la inferioridad de Sam, el helado tono del duque se deshizo en una atractiva sonrisa, que volvió a esbozar cuando se volvió hacia Evie.

—Yo también anhelaba conocer a esta figura incomparable que tantas veces me habías descrito. Te juro que tu rostro se ilumina cuando hablas de él.

—Porque es mi más viejo y más querido amigo —explicó Evie—. Nos criamos juntos.

«Como hermanos», pensó Sam. ¿Por qué nunca lo decía? Las cosas habrían sido mucho más fáciles si hubiera podido entender la importancia de aquella frase.

—Pasamos muy poco tiempo separados hasta que él se marchó a la universidad —añadió ella.

—Para convertirse en un chupasangre… —repuso el duque con voz suave, como si se estuviera refiriendo a una sanguijuela.

—Para convertirse en médico —lo corrigió Evie, protegiendo su dignidad—. Era tan inteligente cuando tomábamos lecciones juntos... Era bueno en matemáticas y lengua, y le fascinaba el funcionamiento del cuerpo humano y en general todas las cosas de la naturaleza. Sam ha nacido para filósofo. Estoy segura de que es maravilloso en su trabajo.

—Y no lo has visto en todos estos años —le recordó el duque—. Intentaré no encelarme demasiado por el evidente afecto que le profesas —y pasó a constatar lo obvio, para que no cupiera confusión alguna—: Si el doctor Hastings no ha venido antes para llevarte consigo, entonces es claro que ha perdido su oportunidad.

—Supongo que sí —repuso Evie. Parecía despreocupada, pero Sam sospechaba que detrás de aquellas palabras se ocultaba una cierta tensión, como si lo estuviera provocando.

—¿Supones? —rio Saint Aldric, dispuesto a hacer ver que ella había estado bromeando—. No es ese el tono de confianza que me habría gustado escuchar. ¿Esperas acaso que nos batamos en duelo por ti? Desafiaré a tu amigo y veremos quién es mejor de los dos.

También aquello sonaba más a broma que a amenaza.

—No digáis tonterías —se apresuró a regañarle Evie—. Os juzgaría a ambos muy estúpidos si os pusierais a luchar por mí.

—Si tanto te desagrada, descuida que no lo haré. Al fin y al cabo, es un militar. Sería todavía peor que el señor Hastings demostrara sus habilidades derrotándome en un duelo a pistola —el duque sonrió a Sam, como invitándolo a sumarse a la broma y a demostrarle que no albergaba pretensión alguna hacia ella—. Con la suerte que tengo, terminaría con una bala en el hombro... que tendría que quitarme el mismo hombre que la disparó. Me vencería doblemente y yo te perdería dos veces más rápido.

—No tenéis nada que temer —repitió Evie.

—Ni tú tampoco —le recordó Saint Aldric con tono suave, antes de darle un beso en la frente.

No hubo pasión alguna en aquel beso. Fue casi un beso de bendición, pero Sam lo vio como lo que era. Aunque no se hubiera producido anuncio público alguno, la situación estaba clara. En respuesta, Sam indicó al duque, con una levísima inclinación de cabeza, que el mensaje había sido entendido.

Evelyn no prestó mayor atención a ese beso que la que habría prestado a cualquier otro saludo. Pero estaba mirando al duque con el mismo burlón afecto que le había demostrado a Sam apenas unos momentos antes.

—Veo que habéis vuelto a venir con las manos vacías.

En lugar de reprenderla por su codicia, Saint Aldric rio como si se tratara de otra antigua broma entre ellos.

—Te conozco demasiado bien, querida. Me habrías despachado con viento fresco si no me hubiera presentado con algún tipo de regalo.

Una vez más, Sam se maldijo por no haber sido capaz de dirigirle él mismo esas palabras. Pero aliviaría de algún modo sus celos que Saint Aldric se revelara como el hombre vano y frívolo que pensaba que era, regalándole algo que no fuera del gusto de Evie.

Desafortunadamente, no parecía que ese fuera a ser el caso. El bulto que llevaba en el bolsillo de su chaqueta tembló ligeramente, pese a que el duque no se movió.

—¿Qué es eso? —inquirió Evie, mirando el bulto con curiosidad—. Dámelo ahora mismo. No parece muy feliz donde está.

—Por eso te lo he traído. Estoy seguro de que, atendido por ti, estará mucho más contento —deslizó dos dedos en el bolsillo y sacó un diminuto gatito de color dorado, que colocó suavemente sobre el regazo de Evie.

—¡Oh, Michael...! —fascinada, dejó a un lado el catalejo y levantó la criatura para poder mirarla de cerca.

El gatito la miró parpadeando antes de soltar un nervioso maullido y acomodarse en el cuenco de su mano. Eve le acarició la cabecita y se la acercó a la mejilla, toda sonriente.

—Es perfecto...

Sam tuvo que admitir que lo era, efectivamente. Como el catalejo, la había fascinado de una forma que nunca hubiera conseguido un collar. Pero a diferencia del afortunado azar de Sam cuando se encontró con algo conveniente en su bolsillo, Saint Aldric había sabido de sus preferencias y había planeado deliberadamente aquella sorpresa.

Ella lo recompensó con una sonrisa tan cariñosa que Sam habría jurado que el duque enrojeció levemente de humilde placer. Aquello era indignante. Aquel intruso, ¿no podía haberse comportado con la pompa y altanería de los de su clase, fanfarroneando en aquel santuario y profanándolo de manera que Sam no hubiera podido menos de odiarlo con la conciencia tranquila? ¿No podía haber poseído un físico menos imponente, con un asomo de barriga o alguna mancha en la piel?

En lugar de ello, continuaba siendo perfecto. Y estaba mirando en ese momento a Evie con el gatito como si fuera la escena más encantadora del mundo.

—¿Cómo te llamaré, pequeñito mío? —Evie volvió a levantarlo, contemplando sus ojos verdes de mirada seria—. Algo que concuerde con tu naturaleza, porque estoy segura de que serás un gran cazador, cuando tengas la edad suficiente para ello. Orión, quizás.

Saint Aldric se aclaró la garganta.

—Yo diría que Diana sería más apropiado.

¿Sería culto, también? Unos rudimentos sobre mitología no eran indicio de una gran preparación. Pero al menos demostraban que no era un tarugo redomado.

Evie dio vuelta al gatito y examinó la parte inferior de su anatomía.

—Creo que tenéis razón —volviéndolo de nuevo, le besó la cabecita como para bautizarlo—. Te llamarás Diana. Tendrás derecho a habitar el jardín y a un cuenco de leche. Y, más adelante, a todos los ratones que seas capaz de cazar en esta casa.

—La malcriarás terriblemente —dijo Sam, adoptando el papel de hermano mayor gruñón y responsable.

Evie lo miró disgustada.

—No es posible malcriar a ninguna criatura prodigándole afecto. Si la mimo un poco, estoy segura de que me querrá todavía más y hará mejor su trabajo. Y tú deberías aprender de ello no descuidando a tu familia durante tanto tiempo como has hecho —dicho eso, sonrió de nuevo a la gatita y al hombre que se la había regalado.

Era como si la hubiera visto ofrecerle el regalo de su propia persona para luego girarse y dárselo a otro. Lo estaba castigando, favoreciendo deliberadamente al duque. Y aunque estaba tan celoso como ella pretendía, nada podía hacer para evitarlo. Se arrepintió de haber ido. Si sus sonrisas eran todas para Saint Aldric, que lo fueran. Allí ya no había lugar alguno para él.

Y por mucho que le hubiera gustado encontrar alguna falla a su rival, era imposible. Evie se merecía a un hombre así. Evidentemente le profesaba un gran afecto. Él no tenía más que apartarse de su camino y dejar que la naturaleza siguiera su curso. Aquellos dos estarían casados para finales del verano.

Mayor razón entonces para no seguir atrapado en aquel jardín con la feliz pareja, experimentando náuseas ante aquel espectáculo de amor floreciente. Rezó para poder encontrar una excusa que le permitiera escapar.

—¡Evelyn! —lord Thorne la llamó en ese momento desde la casa, saliendo apresurado al jardín.

En cualquier otra circunstancia, Sam se habría resentido de aquella interrupción de su tutor. Pero en ese momento la acogió con verdadero alivio.

—¿La habéis encontrado, Excelencia? —Thorne soltó una carcajada como riéndose de su propia preocupación, y respondió a su propia pregunta—: Por supuesto que sí. Al fin y al cabo, no se había perdido —al descubrir a Sam, abrió mucho los ojos con una expresión que reflejaba más disgusto que sorpresa—. ¿Sigues aún con nosotros? Si mal no recuerdo, dijiste que te marcharías.

—Yo tenía otros planes para él —dijo Evelyn, triunfante—. Intentó escabullirse sin saludarme, pero yo lo detuve a tiempo.

—Yo estoy seguro de que habría podido escapar incluso de ti, de haberlo intentado de verdad —comentó Thorne.

Se trataba de otro recordatorio sobre cuál era su lugar. Sam podía sentir que su temperamento normalmente plácido se iba tensando hasta romperse. Pensó en decirle a su tutor alto y claro que pensaba marcharse inmediatamente, aunque no fuera más que para dejar de oír sus continuas insinuaciones sobre su evidente inferioridad.

—Y pretenderá alojarse en una posada, y no con nosotros, como debería. Es algo horrible por su parte. No lo soportaré —añadió Evie con el mismo tono de burlona recriminación que había estado usando con Saint Aldric.

—Si el buen doctor desea quedarse en una posada, nosotros no somos nadie para impedírselo —argumentó Thorne.

—Por supuesto que sí —replicó ella, impertérrita—. Somos su familia. Mandará traer su equipaje y se instalará en su antigua habitación mientras dure su estancia en Londres. Yo me encargaré de que aireen y preparen el dormitorio —dicho eso, se levantó, dejó el gatito sobre el banco y tomó a su padre del brazo.

Sam pensó que, aunque seguía siendo su amorosa y cariñosa hija, Evie tenía una voluntad de hierro y estaba acostumbrada a salirse con la suya. Estaba seguro de que insistiría incansable hasta conseguir doblegar a su padre.

—Vamos, papá, añade tu voz a la mía. Estoy segura de que la señora Abbott se enfadará conmigo por este repentino cambio de planes —tiraba ya del brazo de su padre para llevarlo de regreso a la casa, sermoneándole sobre la hospitalidad mientras se alejaba de sus invitados.

En un determinado momento lanzó una sonrisa a los dos, como si eso fuera suficiente para retenerlos hasta que volviera.

—¿Podréis prescindir unos minutos de nuestra compañía, caballeros?

—Por supuesto —respondió Saint Aldric, hablando por los dos—. Estoy seguro de que el doctor Hastings podrá entretenerme durante tu ausencia.

—Te dejaré también a cargo de Diana —dijo Evie, como si no estuviera segura de que la compañía de Sam bastara por sí sola. Y luego clavó en Sam una fría mirada—. Y no te muevas de este lugar, Samuel Hastings, sin mi permiso. Todavía no te he perdonado por la última vez que lo hiciste.

Ni él se había perdonado a sí mismo. Esa vez le debía una despedida, al menos. Asintió, reacio, y ella se volvió para volver a tomar a su padre del brazo.

—No temas. No tardaré mucho.

Cuatro

—¿Qué significa esta grosería, Evelyn? Has dejado abandonado a Saint Aldric cuando venía a verte específicamente a ti.

A su lado, Evelyn podía ver a su padre boqueando de indignación como un pez tropical. Sonriendo, le regaló un amoroso abrazo y una mirada adoradora, avergonzándose por dentro de tan descarada manipulación. Su tía Jordan le había enseñado que una dama debía servirse de la miel para cazar moscas. Pero a veces no podía sino envidiar la capacidad de los hombres para cazar moscas con un argumento razonable.

—No he dejado abandonado a Saint Aldric, padre. Sam se ha quedado con él.

—Eso no significa nada.

Aquella gruñona protesta fue un último y desesperado intento por controlarla. Algo que no había conseguido en veintiún años.

—Yo creo que sí —repuso con tono dulce, todavía sonriendo, pero agarrándolo firmemente del brazo mientras lo guiaba a través del vestíbulo hacia la biblioteca. Una vez allí, cerró la puerta a su espalda para que ningún sirviente pudiera escuchar lo que deseaba decirle. Revisó luego la ventaba que daba al jardín, para asegurarse de que estuviera bien cerrada. Hasta que hubiera confirmado sus sospechas, ni una palabra de aquella conversación debía llegar a los oídos de los hombres que allí estaban

—¿Un médico y un duque? —Thorne sacudía de un lado a otro la cabeza como un perro royendo un hueso—. La única razón por la que esos dos deberían hablar sería en el supuesto de que el duque estuviera enfermo, y tú sabes perfectamente que no es así. A no ser... No temerás por su salud, ¿verdad?

Como era habitual, su padre estaba pensando ya en un futuro que ella misma todavía no había asumido.

—¿Te preocupa mi viudedad antes incluso de que me convierta en novia? —replicó, enarcando una ceja—. No se trata de eso. Saint Aldric goza de una perfecta salud, como es obvio para todo el mundo. Pero Sam es un miembro de la familia. Considero que es importante que los dos lleguen a conocerse, ¿no te parece? —miró expectante a su padre, esperando que no la obligara a insistir demasiado.

—Te advierto que te confundes si albergas la esperanza de que Hastings juegue algún papel en tu futuro. Ya hemos estado hablando antes de ello y dentro de poco se marchará de Londres. Dudo que vuelvas a verlo.

La rotundidad de aquel aserto estaba en directa oposición a sus deseos, así que lo ignoró.

—¿Lo llamas Hastings? —lo reprendió—. De verdad, padre, ahora eres tú quien está pecando de grosero. ¿Cuándo dejaste de llamarlo Sam? ¿Y por qué motivo? Si se produjo alguna brecha en vuestra relación, entonces te suplico que la cierres. Hazlo por favor por mí.

—No hay ninguna brecha —insistió su padre, probablemente porque temía que recurriera a las lágrimas—. Pero tenemos un acuerdo, él y yo. Y todo lo hemos hecho por tu bien, te lo aseguro.

Como si necesitara que lo protegieran de Sam... La idea resultaba ridícula y ni siquiera merecía la pena discutirla.

—Estoy más preocupada por el propio Sam y por su futuro, padre. Como tú mismo deberías estarlo.

—Se ha venido desenvolviendo bastante bien, sin mi ayuda —repuso su padre.

Evie pensó que quizá simplemente estaba dolido de que el muchacho al que había criado hubiera prosperado sin él.

—Su éxito es precisamente mérito de tu labor como tutor, estoy segura de ello —pensó que debía cambiar de tema, ya que lo que deseaba era cerrar la brecha, no agrandarla. Además, su padre parecía de algún modo apaciguado por el pensamiento de que había contribuido al evidente éxito de Sam—. Y no veo razón alguna por la que no pueda quedarse con nosotros mientras esté en Londres.

—Él no quiere —replicó su padre, firme.

—Bien, me alegro entonces de ver que tú no pones ninguna objeción —dijo con otra sonrisa. Una cosa no implicaba la otra, pero era mejor que pensara que su argumentación era absurda a dar pie a una discusión racional. Luego añadió, como si acabara de ocurrírsele—. Además, el hecho de tenerlo aquí te proporcionará la oportunidad de revelarle lo que sabes de su verdadero parentesco.

—¿Yo?

Aquello lo había tomado desprevenido, estaba segura de ello. Vio cómo se descomponía y se quedaba sin habla. Tardó varios segundos en articular una negativa.

—Yo no sé nada. Y sea lo que sea que te contara Samuel Hastings sobre el asunto... es claramente una mentira.

—¿Lo que me contara él, dices? —Eve batió pestañas para reforzar la inocencia de su descubrimiento—. Él no me ha contado nada. Pero no se necesita ser un genio para llegar a la misma conclusión a la que he llegado yo. Tengo ojos en la cara para distinguir la verdad. Y será mejor que le cuentes toda la historia, si es que no lo has hecho ya.

—No tienes idea de lo que estás diciendo —replicó su padre con el tono moroso y deliberado que solía usar la gente para negar lo obvio.

Eve suspiró y renunció a la miel, optando por la palmeta para cazar aquella mosca en particular.

—Entonces se lo contaré yo. Llevaba algún tiempo sospechándolo. Pero solo ahora, hace apenas unos minutos, en el jardín, es cuando he estado segura. Cuando los demás los vean juntos, es seguro que se comentará su parecido. A partir de ahí, resultará obvio para todo el mundo que el duque de Saint Aldric y el doctor Hastings son tan extremadamente parecidos que son hermanos de sangre.

—Evie, no debes entrometerte en esto...

—Tú fuiste buen amigo del viejo duque, ¿verdad?

—Por supuesto, pero...

¿Y no pudo él haberte pedido un favor, en algún momento de tu vida, cuando mi madre y tú temíais no poder concebir hijos? —en caso de que hubiera sido demasiado directa, engrasó la pregunta con mayor dulzura femenina—. Si lo pregunto es porque sé que la gente murmurará.

—Nadie murmurará si Hastings se marcha, tal como ha prometido hacer —replicó su padre, terco. No había afirmado ni negado su hipótesis. Pero sus maneras evasivas eran en sí mismas una respuesta.

—No sería justo para Sam que le obligaras a marchar de Londres solo por causa del duque —como tampoco sería justo para ella, añadió para sus adentros—. Si el extrañamiento que existe entre vosotros no se debe más que a tu miedo a contárselo, lo mejor que puedes hacer es superarlo. Dado que quiero a esos dos hombres, pretendo mantenerlos cerca de mí durante el mayor tiempo posible —sonrió de nuevo antes de presentarle un cebo al que sabía no podría resistirse—. Estoy convencida de que Saint Aldric acogerá encantado la noticia. Frecuentemente se ha referido a la carga que para él supone ser el único miembro superviviente de la familia. Y tú te ganarías sus favores diciéndole lo que tanto le gustaría escuchar.

—Pero la revelación de la existencia de un hijo natural... —Thorne se interrumpió antes de llegar a confirmar la verdad—... si tal cosa fuera cierta... no cambiaría para nada el estatus del duque como único y legítimo heredero.

—Pero cambiaría los sentimientos de su corazón —objetó Eve—. Conozco su espíritu: es generoso hasta decir basta. Desearía compartir su riqueza con el hijo de su mismo padre. Y al menos dejaría también de hacerle a Sam aquellas bromas sobre retarlo a duelo… Imagina su reacción si llegaran a enfrentarse por algún motivo y no descubriera la verdad hasta que uno de los dos hubiera resultado herido.

—¿Por algún motivo, dices?

Eve comprendió que había llegado demasiado lejos. Su padre había encontrado una brecha en su argumentación y la utilizaría para escapar.

—Por favor, Evelyn, no te hagas la ingenua. Sabes perfectamente bien que esos dos no se enfrentarían más que por conseguir tus atenciones. Si ocurre algún accidente, la culpa será tuya, y no mía. Debes alejar a Hastings de aquí. Yo ya me había quedado tranquilo pensando que ese hombre era demasiado sensato como para albergar falsas esperanzas... de emparejarse contigo. Y tú tampoco deberías dárselas.

—Yo no le estoy dando falsas esperanzas —no había nada falso en sus sentimientos. Después del rato que habían pasado en el jardín, aquellas esperanzas eran ciertamente muy reales. Como lo era su convicción sobre el origen de Sam—. Estoy intentando simplemente corregir una injusticia, antes de que pueda agravarse. Porque esa injusticia atañe a ambos hombres y no habla nada bien de ti.

—Te estás entrometiendo en cosas que no comprendes —le dijo él, palmeándole la mano y tratándola como la chiquilla que todavía creía que era—. Si esta es la razón por la que has sido grosera con Saint Aldric dejándolo en el jardín, entonces lamento decepcionarte. Yo no tengo que decir nada sobre el asunto, porque no hay nada que decir.

¿Había fracasado entonces en persuadirlo? Aquello sucedía tan raras veces que, por un instante, sospechó que podía estar equivocada. Quizá no hubiera ningún secreto que revelar.

—Padre...

—¡Vete! —señaló el jardín con un dedo, recuperado el control de la situación—. Y despacha fuera de aquí al doctor Hastings antes de que el duque se canse de su compañía. No tengo intención alguna de ayudarte a salir del enredo en el que tú misma te estás metiendo. Esta conversación ha terminado y no se repetirá. Y ahora vete —apretó los labios en una fina línea, como para demostrarle que no dejaría escapar una palabra más mientras no cumpliera con sus obligaciones para con él, para con la sociedad y para con el duque.

Pero eran los obligaciones para con Sam las que estaba descuidando. Y si su padre no se ocupaba de ellas, alguien debería hacerlo. En caso contrario, él volvería a embarcarse y saldría de su vida para siempre.

—Muy bien, entonces. Iré a atender a Saint Aldric. Pero te equivocas en todo lo demás, padre. Volveremos a hablar de esto y, la próxima vez, tú mismo les contarás la verdad.

Lo aguijonearía noche y día, si era necesario. Pero se saldría con la suya, y Sam terminaría conociendo a su hermano.

En ausencia de Evelyn, un incómodo silencio se había abatido entre los dos hombres. No era de sorprender. Sam rara vez tenía motivos para dirigirse a alguien de tan alto rango y carecía de derecho a iniciar una conversación. El duque, por su parte, no tenía razón alguna para hablar con él. Con lo cual quedaron ambos mirando la gatita en el banco, hasta que el animalito se acercó demasiado al borde y cayó al césped. Una vez allí, se alejó para acechar a los grillos que encontraba y lanzarse sobre ellos.

Para entonces no quedó ni siquiera una excusa para el silencio. Parecía que Saint Aldric no estaba cómodo, porque lo miró como buscando un tema de conversación. Finalmente dijo:

—Evelyn me comentó que habíais estudiado en Escocia y que después os habíais embarcado.

—Así es, Excelencia —Sam se removió incómodo, juntando las manos detrás de la espalda.

—La marina es una elección poco habitual para un hombre tan cultivado. Pero no puedo censurar vuestro espíritu aventurero.

Sam se sintió tentado de recordarle que no le había pedido su opinión, pero solo tenía un motivo para que le desagradara aquel hombre y ninguno para ser grosero con él. El excesivo cariño que profesara a Evie no era disculpa para faltarle al respeto a un duque.

—La marina es una manera económica de ver mundo —admitió—. Y la parte que me tocó de los botines de los barcos enemigos me compensó de los honorarios que dejé de ganar en tierra —sabía que aquello no era nada comparado con los emolumentos de un duque, pero a él le había resultado más que satisfactorio.

El duque sonrió aprobador.

—El capitán del *Matilda* era ambicioso.

Era cierto, pero Saint Aldric lo había dicho como si ya lo supiera y estuviera informado. ¿Se habría molestado en descubrirlo, o se lo habría revelado Eve?

—Muy ambicioso, efectivamente, Excelencia — había ganado lo suficiente para retirarse del mar, comprarse una casa y fundar una familia, si hubiera sido su deseo.

—Vuestro historial es admirable —continuó el duque—. A excepción de un breve flirteo con la iglesia de Roma, mientras estuvisteis en España.

Así que también había leído su historial. Y la nota de advertencia puesta allí por el capitán, sobre el tiempo que había pasado conversado con los sacerdotes católicos.

—Fue pura curiosidad. Nada más.

Y el deseo de encontrar una cura para su aflicción espiritual, o al menos la absolución de un clérigo obligado por su voto al secreto de confesión. Al final, el sacerdote lo había mirado con tanta piedad como disgusto y le había entregado un rosario mientras recitaba una oración, casi con la misma facilidad con que él recetaba una píldora.

No le había servido de nada.

—Es extraño que os hayáis tomado tanto interés por mis intereses —Sam se permitió aquella observación hecha con tono inocente. Le disgustaba que aquel desconocido hubiera estado husmeando en su vida—. No pretendo incluir a Evelyn en ellos, si es eso lo que teméis.

—En absoluto, señor —se apresuró a replicar el duque—. Simplemente deseaba conoceros mejor.

—En ese caso no tendréis que esforzaros más. Soy lo que tenéis delante, ni más ni menos. En el futuro, si tenéis alguna pregunta que hacerme, hacedla directamente y os contestaré sinceramente y con la mejor de las disposiciones. Por el bien de Evelyn, al menos.

Se preguntó si el hecho de haber mencionado a Evelyn habría atenuado un poco la rudeza de sus palabras.

—Entiendo —dijo el duque.

—¿Seguro que lo entendéis? —inquirió Sam, demasiado cansado del juego al que estaban jugando para continuar con disimulos—. Podría jurároslo por lo más sagrado. Semejante juramento no podría reforzar más mi anhelo por el continuado bienestar de Eve. Pese a lo que podáis sospechar, yo solamente quiero lo mejor para ella —y admitió, aunque de mala gana—: Si lo que he oído es cierto, está a punto de hacer una boda muy afortunada.

En vez de responder, el duque se limitó a encogerse de hombros. Una respuesta extraña y algo infantil en un hombre tan confiado.

—Tengo puestas mis esperanzas en ello, sí. Pero eso es cosa de la dama, ¿no?

—Yo le deseo lo mejor —agregó Sam—. Eve se merece lo mejor que la vida pueda ofrecerle. Y yo no tengo razón alguna para pensar que ella vaya a rechazaros.

El duque se lo quedó mirando fijamente durante unos segundos, como intentando decidir si debía creerle o no. Finalmente respondió:

—Me alegro de oíros decir eso. Si llego a convertirme en el futuro esposo que predecís, haré todo lo posible para hacerme merecedor de ella.

Aquello hizo que Sam replicara con una mirada igualmente escrutadora. El comportamiento del duque parecía indicar que buscaba de algún modo su aprobación. No la necesitaba.

El silencio volvió a abatirse sobre ellos. Esa vez fue más denso, como el extenuado descanso de dos hombres que acabaran de enfrentarse en duelo y estuvieran recuperando el resuello.

Hasta que en medio de aquel silencio, apareció Eve. Como si no hubiera estado presente entre ambos durante todo el tiempo, pensó Sam con una sonrisa irónica.

Ella también sonreía, totalmente inconsciente del rumbo que había tomado la conversación.

—Ya estoy aquí —anunció—. Espero que mi ausencia os haya dado a ambos la oportunidad de conoceros mejor.

—Apenas has estado ausente diez minutos, Evelyn —le recordó el duque—. Es poco tiempo para establecer una relación duradera.

—Pero habéis estado hablando —replicó—. ¿Habéis visto confirmado todo lo que os había dicho de Sam?

Aquello hizo que Sam se preguntara por lo que ella le habría contado de él.

—Nunca dudé de tu descripción, pero... sí —contestó Saint Aldric.

—¿Le contasteis entonces aquello de lo que estuvimos hablando?

—¿Yo convertido en tema de conversación? –los interrumpió Sam. No le gustaba que hablaran de él en tercera persona. Resultaba casi tan irritante como ser objeto de una investigación.

—Simplemente le dejé claro a Saint Aldric que tu carrera me preocupaba —le explicó Evie mientras se sentaba entre los dos, en el espacio que la gatita había ocupado antes. Estiró una mano y tomó la de Sam—. Has estado mucho tiempo fuera. Te he echado de menos. Y no me digas que la marina no es peligrosa. Incluso con Napoleón derrotado, por fuerza tiene que serlo. Hay tormentas y piratas, y habrías podido sufrir todo tipo de accidentes. Supón que hubieras caído enfermo. ¿Quién habría curado al médico?

—Evie... —en ese momento lo estaba mimando delante del duque. La vergüenza se añadía así a las demás incomodidades que ya le había causado.

—Y me pregunté si podría hacer algo para persuadirte de que te quedaras en tierra.

—¿No me consideras capaz de decidir eso por mí mismo? —le preguntó él con la mayor dulzura posible.

—Eso fue lo que le dije yo —intervino Saint Aldric, suspirando—. Pero no quiso escucharme.

Por un instante tuvo la sensación de que eran como dos hermanos de armas enfrentados a un enemigo tan pugnaz como Bonaparte, reflexionó Sam. Pero habiendo luchado contra el uno y conocido a la otra, sabía a ciencia cierta que Evie era más tozuda que todo el ejército francés.

—Estoy cansado de la gente que ignora mis cartas y desestima mis temores —dijo Eve, entrecerrando los ojos y apretando la mandíbula—. Samuel Hastings, estás arriesgando tu vida en el mar y no hay razón alguna para que sigas haciéndolo. He estado terriblemente preocupada esperando tu regreso. Una posición en tierra será mucho más segura. Tenemos que conseguirte algo.

Sam inspiró profundamente antes de hablar, esforzándose por conservar la paciencia.

—Como te dije antes, prefiero hacerlo a mi manera. Los primeros años de mi vida los pasé en deuda con tu padre, y eso ya me resultó bastante difícil —más difícil de lo que ella nunca podría imaginarse, añadió para sus adentros—. La deuda de gratitud en la que incurrí con él es algo que no podré pagar nunca.

—No necesitarás mostrarte agradecido por un trabajo —le espetó ella—. Estoy segura de que tienes talento suficiente para merecer esta posición. No es más que una oportunidad. Demostrarás tu valía con tus servicios. Ya he hablado con Saint Aldric y está de acuerdo —lanzó al duque una mirada de advertencia, como diciéndole que esperaba por su bien que no la contradijera. Esbozó luego la clase de sonrisa a la que ningún hombre podría resistirse y tomó la mano del duque, apretándosela de la misma forma que había hecho con la de Sam—. Todo arreglado, pues. Vendrás a Aldricshire con nosotros y ejercerás de médico personal de Michael.

Por un momento, la furia lo dejó paralizado. Cualquier médico de Inglaterra habría saltado de alegría ante una oportunidad semejante. Saint Aldric era joven y fuerte, y poseía un carácter bondadoso y apacible que hablaba de una larga y agradable carrera a su servicio. Significaría para él una vida regalada y la oportunidad de fundar una familia en un ambiente de lujo.

Siempre y cuando estuviera dispuesto a mantener al marido de Evelyn sano y fuerte. Quizá necesitaría también atenderla a ella, que quedaría encinta de otro hombre, y asistir con gesto aprobador al crecimiento de su familia. En ese momento Evie estaba tomando a cada uno de la mano, mirándolos como si fuera perfectamente posible que los tres se convirtieran en una feliz familia.

—No —no se molestó en disimular su disgusto mientras liberaba la mano y se levantaba—. Me pides demasiado, Evie —miró al hombre que estaba sentado a su lado, intentando mantener una helada cortesía.

Sabía ahora que aquel proyecto nada tenía que ver con el duque, pero explicaba su grosero interrogatorio de unos minutos antes. Probablemente temía que Sam fuera de la clase de hombres que se aprovecharían de la bondad de Evie en su propio beneficio—. Me disculpo con vos, Excelencia, pero respetuosamente debo declinar la oferta.

Quizá Saint Aldric pudiera explicárselo a ella. Porque el hombre debía de haber adivinado sus sentimientos, si Thorne no le había explicado ya la situación.

Miró a Evie, cuyos bellos ojos estaban empezando a llenarse de lágrimas, y empezó a retroceder hacia la casa.

—Debo irme ahora. Ya hace rato que tenía intención de hacerlo. Tú me persuadiste para que me demorara. Pero no debí haberte hecho caso.

«No nos dejes caer en la tentación...». Las palabras de la oración del sacerdote católico resonaron en su mente.

Pero aquellas palabras no le ofrecieron protección alguna contra la afligida expresión de Evelyn.

Sabía que si Evie decía algo más, su voluntad flaquearía. Le enjugaría aquellas lágrimas y le diría que sí a todo con tan de volver a verla sonreír. Y esa misma noche habría estado durmiendo en su casa, a escasos metros de su dormitorio.

—No puedo — «no debo», se dijo—. Ni un momento más. Que tengáis un buen día, lady Evelyn. Lo mismo os deseo a vos. Excelencia. Adiós.

Cinco

Evie veía desfilar las calles de Londres asomada a la ventanilla del carruaje mientras daba impacientes golpecitos con el pie en las tablas del suelo. Aquello era verdaderamente insoportable.

Su tía Jordan siempre la había machacado la cabeza diciéndole que su futuro dependía de su capacidad para ser agradable. Eso era casi tan importante como el aspecto, y mucho más que la inteligencia. Un hombre podía casarse con una preciosa lela, siempre y cuando ella estuviera pendiente de cada una de sus palabras y no lo corrigiera. Pero una arpía sería siempre una arpía, mucho después de que hubiera perdido su belleza.

Así que Eve se había esforzado todo lo posible por ser una buena compañía. Y aunque no podía evitar llevar la contraria, siempre lo hacía con una sonrisa en los labios. Quizá fuera por eso por lo que los hombres de su vida la trataban como si fuera una chiquilla, reprendiéndola y complaciéndola por turnos, pensando que podían inclinarla a su voluntad. Como nunca se enfadaba, no creían que fuera en serio en nada.

Su padre le había mentido claramente sobre lo que sabía de Sam. Sam se mostraba singularmente evasivo por lo que se refería a la verdad de sus sentimientos por ella, pasando del calor al frío, y al revés, de manera tan repentina que apenas podía entenderlo.

¿Y Saint Aldric? Se sonrió. Él habría sido capaz de nombrar médico personal suyo al propio diablo, solo para conseguir que ella estuviera más dispuesta a aceptar su proposición de matrimonio. Al menos él era coherente. Pero dado que no lo amaba, su opinión apenas pesaba.

El carruaje se detuvo a la puerta de la posada donde estaba alojado Sam. Constituía otro absurdo que hubiera rechazado quedarse en su antigua habitación para elegir un lugar distante que no era ni la mitad de agradable que su hogar. Peor aún: ella se había visto obligada a sonsacarle su alojamiento al cochero que lo había llevado hasta allí. Sam no había dejado ninguna dirección y su padre le había asegurado que ignoraba dónde paraba. Ni le importaba, además.

Una vez allí, le contó una fantasiosa historia al posadero y le fue mostrada la habitación donde había recalado Sam. Llamó a la puerta y oyó la voz «adelante» al otro lado. Pensó que quizá estuviera esperando a la doncella con su cena.

Se sonrió: ciertamente que a ella no la esperaba. Pero debería empezar a aficionarse a las sorpresas. Abrió la puerta y entró en la habitación.

—Buenas tardes, doctor Hastings. He venido a continuar con nuestra conversación en privado.

—¡Evie! —se levantó del escritorio donde había estado sentado y un libro de oraciones cayó al suelo.

No había imaginado que sería particularmente religioso, pero la gente cambiaba con el tiempo. Ella también había cambiado. Cuando Sam se marchó, probablemente no se había imaginado que ella terminaría convirtiéndose en una sofisticada debutante. En aquel entonces no había sido más que una pícara muchachita, con maneras no mucho mejores que las de él. Pero el cambio operado en su persona no debería haberlo sorprendido tanto. Porque en aquel momento se había apartado todo lo posible de la puerta hasta pegar la espalda a la pared del fondo, y con la expresión de un animal acosado.

Un animal terriblemente masculino, si tenía que ser sincera. No llevaba la chaqueta y se había arremangado la camisa. Podía distinguir los músculos de sus brazos, y tenía los hombros más anchos y fuertes de lo que había imaginado. Tragó saliva y recordó, solo por un instante, por qué una dama no debía nunca irrumpir en los aposentos privados de un caballero para mantener una entrevista privada.

Pero el caballero en cuestión era Sam. Y sucediera lo que sucediera entre ellos, no tenía ningún miedo.

—¿Qué estás haciendo aquí? —le preguntó, receloso—. ¿Y cómo es que te han permitido siquiera subir? El posadero te habrá confundido con una ramera por comportarte así.

—Absurdo —repuso y le hizo un guiño, en un intento de arrancarle una sonrisa—. Le dije que éramos familiares. ¿No es normal acaso que una hermana visite a un hermano?

Sam emitió un extraño y estrangulado sonido, como si fuera incapaz de articular palabra, y pronunció luego con voz débil:

—De todas formas, ha sido algo sumamente impropio por tu parte.

—Pero es que yo no podía soportar que te hubieras marchado tan enfadado... Yo no quiero que nos separemos así. Yo no quiero que nos separemos, de hecho —desvió la mirada hacia el arcón de marinero que había en el suelo. Resultaba obvio que estaba volviendo a hacer el equipaje—. Y, ciertamente, tampoco quiero que te vayas como hiciste antes, sin decirme una palabra.

Por un momento, su voz sonó también rota, extraña. Si no llevaba cuidado, se echaría a llorar delante de él y le suplicaría que se quedara. El exceso emocional resultaba efectivo con su padre. Pero Sam probablemente pensaría que estaba fingiendo y la echaría de la habitación.

Reprimió las lágrimas antes de que pudieran escapársele. Mientras se las tragaba, le supieron muy parecidas a aquellas otras que había derramado la primera vez que Sam se marchó. No lloraría. Una mujer llorosa podía conmover a un caballero, pero una que sonriera sería mucho más de su agrado. Inclinó levemente la cabeza para parecer pudorosa y arrepentida por su comportamiento.

—No volveré a mencionar lo de conseguirte una

posición. No me entrometeré en nada. Pero prometiste que te quedarías para la boda, ¿recuerdas? No puedes romper esa promesa solo por culpa de un estúpido malentendido. Perdóname —baja la cabeza, lo miró y le tendió la mano. Una expresión de contrición y desvalimiento, con un punto de flirteo, conseguiría el efecto deseado.

Sam ignoró la mano, todavía firmemente pegado a la pared.

—No hay nada que perdonar. Si hiciste lo que hiciste fue movida por tu preocupación por mí, y yo te agradezco la ayuda, aunque deba rechazarla. Haré lo que me pides y me quedaré para la boda. Incluso me compraré una chaqueta y una corbata nueva, para no avergonzarte delante de Saint Aldric.

Su expresión era helada y su tono rígido. Parecía y sonaba tan falso como falsa se sentía ella, intentando engatusarlo con sus artes femeninas. Sam se interrumpió por un momento, humedeciéndose los labios antes de volver a hablar, como si necesitara prepararse para la respuesta que seguiría a su pregunta.

—¿Para cuándo será esa boda a la que tan deseosa estás de que asista?

Evie esbozó una sonrisa triunfal.

—No tengo idea. Recuerda que todavía no he aceptado. Pero si pretendes marcharte tan pronto yo me haya casado, sospecho que me llevará algún tiempo decidirme.

Sam hizo un gesto brusco como si fuera a sacudirle los hombros por su descaro, pero se dominó a tiempo y se pasó una mano por el pelo.

—Evelyn, te juro que tu comportamiento basta para empujar a un hombre completamente cuerdo a la locura.

—Eso ya me lo habían dicho —dijo con otra sonrisa—. Es bueno ver que tú no eres inmune —dio un paso hacia él—. Antaño tú yo y estuvimos muy unidos, aunque ahora te empeñes en negarlo.

—Como hermanos —añadió él con tono firme.

Eve sacudió la cabeza. Sam tenía por fuerza que saber lo que ella sentía por él, dado que no había hecho esfuerzo alguno por disimular su amor. Pero no le había dado oportunidad alguna de que ella le arrancara alguna promesa antes de que se marchara a la universidad, de manera que había tenido que resignarse a esperar su regreso. Ahora que estaban solos de nuevo, no veía una mejor oportunidad para hacerlo.

—Tú siempre has sido algo más que un hermano para mí, Sam.

—Pero para mí tú siempre has sido mi hermanita pequeña —replicó él, terco—. Y yo estoy muy orgulloso de pensar que un día, muy pronto, podré llamarte «Excelencia». Y que dejarás por fin de tener al pobre Saint Aldric en ascuas —añadió.

—Y yo no puedo aceptarlo cuando todavía queda pendiente una pregunta: la de a quién pertenece mi corazón —replicó ella.

Sam parpadeó al escuchar aquello.

—Seguro que esa pregunta fue respondida hace mucho tiempo, Evelyn.

—¿Cuando te marchaste sin darme explicaciones?

—Sabías que pretendía estudiar en la universidad.

—Pero no esperaba que salieras huyendo. Como tampoco esperaba que salieras huyendo hoy, en mitad de una simple conversación sobre tu futuro.

—Un futuro que tú preferiste escoger por mí —le recordó él.

—¿Acaso estás buscando tú otro diferente? —pensó que quizá estuviera buscando uno con alguna otra muchacha que sintiera por él lo mismo que ella. Pero si había otra mujer, ¿por qué no se lo decía sin más? Si se lo estaba ocultando para ahorrarle dolor, había malinterpretado la situación. Una simple explicación de su rechazo siempre sería mejor que nada.

Y si había otra mujer, reflexionó, en aquella habitación tenía por fuerza que haber una prenda suya. La muchacha, si era lista, no habría querido que Sam se olvidara de que estaba esperando su regreso. Tenía que haber un mechón de cabello, un rizo, un retrato en miniatura o alguna prenda de su afecto. Se dijo que tenía que encontrarla y comprender. Y allí, delante de ella, estaba el arcón de marinero y el maletín de médico, esperando a ser explorados.

Deslizó los dedos por el borde del arcón abierto y de repente lo volvió hacia ella, arrodillándose para examinar su contenido.

No encontró señal alguna de mujer allí. Aquel baúl no contenía más que los útiles de su profesión.

Era una novedad que tuviera un empleo, ya que la mayor parte de los caballeros no lo tenían, y él se había criado como tal. Eve atendía a los campesinos de su propiedad en el campo con bastante eficacia sin la ayuda de médicos, pero lo hacía con poco más que su intuición, hierbas curativas y aguja e hilo de su neceser de costura. Era una obra caritativa, más que un trabajo de verdad.

Pero allí, ante ella, estaban todas las cosas que un médico especializado necesitaba tener a su disposición. Para Eve, aquello era toda una revelación. Había leído sobre los usos de tales instrumentos en los libros de medicina que había conseguido, pero nunca había llegado a verlos.

Estaban pulcramente dispuestos, inmaculadamente limpios: lancetas con mango de carey; trépanos y sierras de amputar, de brillantes aceros; escalpelos de filo aterrador y agujas curvas con hilos de seda y tripa para suturas. Detrás de ellos, ordenados en filas perfectas, frascos de medicina color azul cobalto y jarros cerámicos para sanguijuelas.

El tercer piso, debajo del primero que había examinado, consistía en una colección de instrumentos con apariencia de haber sido bastante usados. Una jeringuilla construida a partir de un hueso vaciado, cucharas de plata y marfil y fórceps. Examinó detenidamente cada uno.

—¿Estás buscando algo, Evelyn?

Se había quedado tan callado que ella casi se había olvidado de él mientras exploraba el instrumental. Pero parecía que su curiosidad lo había relajado en cierto modo. No estaba ya con la espalda pegada a la pared, sino de pie a su espalda. Su voz también había cambiado. La estrangulada desesperación había sido sustituida por una familiar combinación de desaprobación, diversión, resignación y afecto.

Quiso volverse de golpe y responderle sinceramente: «sí, estoy buscando la clave para comprenderte».

—Siento curiosidad por su profesión —se volvió para mirarlo y se sentó en el suelo, a la turca.

—Una vez más, me confirmas que los años no te han cambiado. Siempre has sido una terrible fisgona —se relajó lo suficiente para sentarse en el borde de la cama—. ¿Hay algo que quieras que te explique sobre esos instrumentos?

—Conozco la mayor parte —admitió ella.

—¿Ah, sí? —aquello pareció sorprenderlo.

—He estudiado —le confesó. Encargué que me trajeran los mismos manuales que tú usaste en Edimburgo, y los leí desde la primera página hasta la última.

Cualquier otro hombre habría puesto en duda su capacidad para entenderlos, pero Sam no. Lo único que le preguntó fue:

—¿Lo sabe tu padre?

Le costaba mirarlo a los ojos y admitir la verdad. Eve no se tenía por una persona mentirosa; no lo había sido, al menos, cuando Sam se marchó. Aunque había disentido a menudo con su padre, jamás se había atrevido a desobedecerlo. Antes que exponerse a ello, había preferido ocultarle el secreto.

—Ya sabes que no. Nunca lo habría aprobado. Él cree que yo atiendo a los enfermos de la finca de la manera que hacen las demás mujeres, regalándoles caldos y buenos cuidados, y la clase de tinturas de hierbas que habría usado mamá de haber estado viva. Pero yo prefiero actuar de modo más científico —de repente se le ocurrió algo—. No irás a decírselo, ¿verdad?

Sam se echó a reír.

—Por supuesto que no —se puso serio—. Y tampoco a Saint Aldric. Dudo que espere de su esposa que tenga tales... aficiones.

Si Sam la amaba tal y como ella esperaba y deseaba, habría podido utilizar aquella información en su beneficio para intentar frustrar su matrimonio con el duque. Pero, en lugar de ello, elegía portarse noblemente. Suspiró.

—El comportamiento de los hombres es desconcertante. No les importa que las mujeres nos mezclemos con la enfermedad, siempre y cuando lo hagamos en la ignorancia. ¿Acaso no quieren que los enfermos se curen? —ladeó la cabeza mientras se lo quedaba mirando fijamente para preguntarle—: ¿Qué piensas de esta afición mía? ¿Me equivoco al desear poner en práctica lo que he leído en tantos libros?

Sam reflexionó por un momento.

—No creo que lo aprobara. Son muchas las cosas que he visto en el servicio de la medicina que nunca te recomendaría. Pero también sé lo difícil que es disuadirte cuando se te mete una idea en la cabeza. Tú tienes tu propio juicio, Evie. Y mi desaprobación, por muy grande que fuera, jamás podría cambiar eso.

Y sin embargo el asunto así no parecía frustrarlo

ni irritarlo. La estaba mirando con la misma tranquila aceptación que ella había esperado ver en sus ojos.

—¿Crees que podría convertirme en una médica mínimamente decente?

—Mis colegas no te enseñarían, por supuesto —dijo él—. Pero si lo hicieran, tú tienes inteligencia más que suficiente para aprender. ¿Y dices que conoces el contenido de mi arcón?

—Claro —alzó uno de los instrumentos—. Fórceps, para extraer bebés. No tienen por que ser necesarios. La mayoría de los bebes salen de otra manera, si uno es paciente y tiene manos delicadas.

Sam abrió mucho los ojos.

—¿Hablas por experiencia?

—¿Te acuerdas de nuestra vieja casa en el campo? Thorne Hall está muy aislada. El médico más cercano se encuentra a kilómetros de distancia y hemos tenido que aprender a arreglarnos sin él. Yo me he convertido con el tiempo en una comadrona muy capaz, doctor Hastings.

—¿Y solo te limitas a eso?

Eve había temido una actitud de censura por su parte. Pero Sam había hecho la pregunta con socarrona resignación, como si ya conociera la respuesta.

—Quizá esté más profundamente comprometida con esas actividades de lo que a cierta gente le gustaría —admitió—. Y quizá visite lechos de enfermo y habitaciones de parturientas con mayor frecuencia de lo que exige el decoro. Y no es que reciba dinero alguno por las cosas que hago.

—Bueno, entonces... —dijo él con una sonrisa irónica—. Mientras no me hagas la competencia…

—No hay peligro alguno, ya que sospecho que tú tienes poca experiencia en partos, después de haber navegado en un barco lleno de hombres —dejó los fórceps a un lado—. Y sobre todo si confías en estos instrumentos. Son necesarios, por supuesto. Pero la mayor parte de las veces yo me las arreglo sin ellos.

Sam bajó la cabeza para disimular una sonrisa.

—Me rindo a tu superior experiencia en ese campo. ¿Qué más quieres que te enseñe?

Eve le señaló el trépano.

—Esto sirve para trepanar cráneos. Y luego están los útiles que sirven para retirar el cuero cabelludo y levantar los huesos de la herida —recogió el trépano y dio una vuelta a la manivela.

El pensamiento de salvar a una persona abriéndole un agujero en la cabeza se le antojaba increíble a Eve.

—¿Has tenido que hacer esto alguna vez?

Sam se echó a reír.

—No has cambiado nada, Evie. Tu curiosidad es tan morbosa como siempre. Sí, lo he usado. Unas veces con éxito. Otras no —aunque por una parte deseaba cambiar de tema, se acercó al arcón y sacó un tubo de ébano—. Pero seguro que no sabes qué es esto.

Eve lo giró entre sus dedos, buscando alguna pista que indicase su función.

—No tengo ni idea.

—No es de sorprender. Sospecho que poseo uno

de los muy pocos que habrá en toda Inglaterra. Se lo incauté a un cirujano francés, del botín de un barco. Sirve para escuchar el sonido de los pulmones y el pulso del corazón.

—¡Qué maravilla! Tienes que enseñarme cómo funciona —de rodillas, se inclinó hacia él mientras se lo tendía.

Algo en aquel gesto pareció alarmarlo. Sam miró fijamente el instrumento y luego a ella. Acto seguido inspiró hondo, tragó saliva y apoyó un extremo del tubo sobre la piel desnuda de su pecho, por encima del escote de su corpiño, para acercar el oído al otro extremo. Fue desplazando el tubo, localizándolo en varios puntos diferentes y pidiéndole que respirara profundo cada vez. Finalmente, retiró el instrumento con evidente alivio y se apartó.

De modo que su cercanía lo había asustado, pensó Eve. Había tenido que recurrir a su vena más profesional para aceptar examinarla. Pero ella estaba bien versada en romper las objeciones de un hombre. Sonrió dulcemente.

—Ahora me toca a mí —le quitó el tubo de las manos, sin esperar su permiso. Luego le desabrochó varios botones del chaleco y le abrió la camisa, bajo la corbata.

—¡Evelyn! —intentó apartarse, pero al hacerlo se golpeó con el cabecero de la cama que tenía detrás.

Ella se echó a reír.

—¡Oh, Sam! No seas tan gallina... —y acercó el oído al otro extremo del tubo, para escuchar.

Los sonidos eran extraños y con eco, comparados

con los que se oían acercando sin más el oído al pecho de un paciente, pero la claridad de los mismos resultaba asombrosa. Mientras escuchaba, detectó una leve traba en su respiración, como si le costara tomar aire con normalidad. Su pulso, comparado con el que ella consideraba normal, era fuerte y rápido. Por un momento, se preocupó. Quizá estuviera enfermo. ¿Acaso su ausencia durante todos aquellos años había tenido que ver con algún problema físico?

O quizá aquel rápido latido tuviera que ver con lo que ella tanto había esperado y deseado. Puso la mano sobre la piel desnuda de su pecho para apoyar mejor el tubo y sintió que su respiración se detenía de golpe, aunque el corazón seguía latiendo acelerado.

Era ella la culpable. Él podía simular lo contrario, pero era su cercanía la que lo afectaba de maneras que era incapaz de controlar.

Para comprobar su hipótesis, volvió a mover la mano y sintió el vuelco que le dio el corazón. Alzó luego la mirada hacia él con una lenta sonrisa.

Sam, a su vez, la miró con una expresión que ella habría podido calificar de desesperada.

—Vaya, doctor Hastings... —retiró el tubo, pero dejó la mano apoyada sobre la cálida piel desnuda de su pecho—, estáis hoy de lo más excitable.

—Evie... —era el tono de advertencia de alguien que temía haber sido sorprendido en una indiscreción.

Ella lo ignoró.

—¿Samuel? —rascó levemente con la uñas la piel

81

de su pecho, consternada ante su propio atrevimiento, pero esperando ver resquebrajarse sus reservas.

Pero, en lugar de ello, él le agarró la mano y se la retiró. Inmediatamente se arregló las ropas para cubrir el lugar que ella había tocado.

—No te comportes de manera absurda... Si alguien hubiera estado aquí para sorprenderte tocando a un hombre de esta forma, no habrías podido justificarte atribuyéndolo a un interés por la medicina. Tu reputación habría quedado arruinada.

—Yo no estoy tocando a un hombre —le explicó ella con tono paciente, arrodillándose de nuevo en el suelo, frente a él—. Solo te estoy tocando a ti.

—Solo a mí —Sam soltó un suspiro resignado—. Tienes que recordar que ambos somos personas adultas, Evelyn. Los juegos que veinte años atrás parecían perfectamente naturales ya no son apropiados.

—¿Existen otros juegos entonces que serían más apropiados? —era una pregunta atrevida, y se preguntó de qué forma la respondería.

—No —se humedeció los labios y tragó saliva, como si le costara un gran esfuerzo hablar con ella.

—¿Por qué me tienes tanto miedo, Sam?

—¿Miedo?

Estaba repitiendo como un loro sus palabras, pero por su expresión resultaba obvio que ella había estado en lo cierto. Estaba aterrado.

Se inclinó hacia delante y apoyó las manos en sus rodillas, mientras alzaba la cabeza para mirarlo a los ojos.

—¿Tanto he cambiado, Sam? Porque yo nunca

antes te había dado miedo. Incluso me besaste una vez —le recordó.

—¿Yo hice eso? —desvió la vista hacia el arcón de marinero, que seguía en el suelo—. No lo recuerdo.

—Pues yo lo recuerdo demasiado bien. Fue una semana antes que te marcharas. Estábamos en el jardín. Una mañana de verano. Estábamos jugando. Yo me escondí. Cuando me descubriste, me agarraste de la cintura. Me miraste muy serio por un momento; luego me estrechaste en tus brazos y me besaste en la boca.

—Ah, sí —pareció todavía más incómodo, si eso era posible.

—Y poco después de aquello, te marchaste a la universidad.

—Fue una estupidez por mi parte. Ambos éramos muy jóvenes.

—Yo tenía quince años —le recordó ella—. Hay muchachas que ya están casadas a esa edad.

—Ahora tienes veintiuno. Y habrías hecho el mejor matrimonio posible si te hubieras casado ya con el duque —lo dijo como si estuviera intentando convencerse a sí mismo de ello.

—Y también ahora mismo podría estar casada con un médico, si él me lo hubiera propuesto.

—Evie…

¿Eso era todo lo que era capaz de decirle? En esa ocasión había pronunciado su nombre con tono triste, pero también lleno de anhelo.

—Dado que no piensas hablar claro, lo haré yo

83

—dijo ella, así que no finjas malinterpretarme. Si me pides en matrimonio, aceptaré. Si quieres, te acompañaré a Gretna esta noche, para que nos casemos allí.

—Saint Aldric... —pronunció Sam, casi atragantándose con el nombre.

—Él no significa nada para mí —lo interrumpió, alzando una mano para acariciarle una mejilla—. No comparado contigo.

Finalmente le abandonaron las fuerzas. Le cubrió la mano con la suya, presionando su palma contra su boca. Sus labios ardían contra su piel. Y ardieron todavía más cuando segundos después se fundieron con los suyos.

Si había pensado que aquel beso sería igual que el primero que habían compartido, se equivocaba de medio a medio. Él abrió la boca y su lengua entró en contacto con la de ella, avanzando y retrocediendo. Al principio fue como una suave marea, pero pronto se transformó en tempestad y Eve se entregó por entero, temblando. Se aferró a su cuerpo y él la estrechó en sus brazos, y entre sus piernas, de modo que pudo sentir su hombría presionando contra su vientre. El solo pensamiento de imaginársela hundiéndose en ella la hizo gemir contra sus labios.

Estaba excitado. No tardaría en perder del todo el control. Cuando eso sucediera, pensó Eve, no habría vacilación alguna por su parte. Cuando llegara el momento, ella sucumbiría. Una vez que yacieran juntos, ya no volvería a abandonarla nunca.

Le tomó la mano y la apretó contra su seno, urgiéndolo a que se lo acariciara por encima del vestido. Ante aquel contacto, su virilidad se endureció aún más. Alzó la otra mano para amasar ambos pechos, como para demostrarle que le pertenecía hasta el último centímetro de su cuerpo. Sus besos adquirieron un sabor a desesperación, como si estuviera intentando penetrar hasta su alma con cada embate de su lengua, para apropiársela también.

Se había imaginado a sí misma entregándose en pasiva sumisión, pero de repente necesitaba mucho más. Quería sentir sus manos en su piel desnuda y su cuerpo llenando el espacio que sentía húmedo y vacío entre sus piernas. Mientras permanecía arrodillada ante él, Sam había atrapado su cuerpo entre sus muslos, así que empezó a acariciárselos, hacia atrás y hacia delante, acercándose cada vez más al punto en que se juntaban.

Le ardían las palmas de las manos del deseo de acariciarlo. No necesitaría más que un simple contacto, estaba segura de ello, y él sería suyo. Las puntas de sus dedos lo tocaron allí con las puntas de los dedos, una, dos, tres veces a través de la ropa, hasta descansar sobre los botones de su bragueta.

Pero de pronto Sam la apartó precipitadamente. Su expresión era salvaje, desesperada: sus ojos miraban sin ver y sus labios formaban una fina línea mientras sacudía la cabeza en un enfático «no». Luego se limpió la boca con el dorso de la mano, en un gesto de repugnancia, y le señaló la puerta.

—No entiendo —susurró ella. Otra vez estaba a punto de llorar. Tragó saliva para contener las lágrimas. Llorar era el truco más bajo del repertorio femenino. No lo practicaría con Sam, por mucho que le doliera.

—Si me amas...

—No es amor —la interrumpió él, rotundo, recuperando su tono frío y distante. Dudo que seas capaz de ese sentimiento. Pero si me aprecias en algo, como afirmas, levántate y sal de esta habitación.

—¿Quieres que me marche? ¿Que te deje? —ahora que finalmente lo había encontrado, ¿quería que se fuera?

—Cásate con Saint Aldric y sé feliz. Pero, por el amor de Dios, mujer, vete y déjame en paz —se levantó y la agarró de nuevo, pero esa vez no fue para besarla. En lugar de ello, la alzó del suelo, abrió la puerta y la empujó al pasillo.

La puerta de roble se cerró de golpe a su espalda, ahogando sus palabras de disculpa.

«Tienes que entenderlo, muchacho, es completamente imposible...»

Miró frenético a su alrededor, buscando la botella que ya había empaquetado. Ron. Ron fuerte, áspero, en nada parecido a los besos de Evie. Sacó el corcho y se llenó la boca de licor para luego escupirlo en el aguamanil, intentando ahuyentar de esa forma el recuerdo de su dulce sabor.

Nada había encontrado en sus estudios en tierra o en mar que pudiera explicar los sentimientos que le torturaban en aquel momento. Entendía el rápido bombeo de la sangre y los procesos mecánicos y físicos, así como la producción de humores que llevaban a la excitación y al desahogo.

Pero nada de eso explicaba el demonio que lo había poseído, la larva que se había agusanado en su cerebro para hacerle desear a una mujer que no podía tener.

«En realidad la culpa es mía. No debí haberos criado juntos. Al menos debí haberos explicado la relación que os unía, para prevenir este equívoco...»

Las palabras de lord Thorne seguían tan frescas en su mente como el día en que las escuchó por vez primera. Y no le ofrecieron más consuelo que el que le proporcionaron entonces.

«Tu nacimiento fue un error de mi juventud. Mi esposa se mostró comprensiva, por supuesto. Convino conmigo en que debíamos criarte. Un hijo natural aliviaría su soledad. Nosotros no teníamos hijos propios. Y cuando finalmente fuimos bendecidos con una, ella no sobrevivió para conocer a nuestra Evelyn».

¿Por qué no habían podido dejarlo en paz, allí donde hubiera nacido? Si necesitaban cumplir con su deber, habrían podido hacerlo a distancia, con una serie de discretos y anónimos pagos a guardianes e internados.

Porque entonces nunca habría conocido a Evelyn Thorne. Una vida sin Evie habría sido su mayor deseo, y también su peor pesadilla, inevitablemente mezclados.

«Pude haberte reconocido. Quizá debería haberlo hecho...»

Antes de la pubertad, quizá. Sam rio amargamente ante aquel pensamiento, y bebió otro trago de ron. Si hubiera sido consciente desde un principio del parentesco que le unía a Thorne, no se habría enamorado de Evie.

Y como había hecho ya tantas veces antes, fue al escritorio y sacó el rosario y la Biblia, tan gastada por el uso que se abrió automáticamente por el libro del Levítico. *La desnudez de tu hermana, la hija de tu padre, o la hija de tu madre, nacida en casa o nacida fuera, su desnudez no descubrirás.*

Y rezó, como siempre hacía, para ser fuerte y ganar su perdón.

Seis

—¡Evelyn! Deja de atormentar a ese pobre gatita y atiende tu costura. Te juro, muchacha, que no lograrás dar una sola puntada a derechas si dejas que ese animal juegue con la tela.

—Lo siento, tía Jordan —Evie miró la labor que tenía en el regazo e intentó poner un poco más de interés. Aquellas sesiones de costura eran otra concesión al deseo de su padre de que se condujera como una joven dama. Se veía obligada a soportarlas las escasas tardes que no tenía otro compromiso, junto con las críticas a sus esfuerzos. Como era habitual, suponían una dura prueba tanto para ella como para su pobre tía, que cargaba con la tarea de instruirla

Dejó a un lado la camisa y levantó de su regazo a la gatita, a la que ofreció un hilo para que jugara con él.

—No es justo culpar a Diana de lo deficiente de mi labor de costura. Ya se me daba igual de mal antes de que ella llegara.

—Tus maneras y tu comportamiento han mejorado mucho durante los últimos años —le recordó su tía—. Y estás a punto de triunfar con Saint Aldric. Cazar a un lord es mucho más difícil que coser. Y tu labor de costura mejoraría también si te esforzaras lo suficiente.

Si aprender a coser podía servir a algún otro propósito que no fuera el de hacer camisas, entonces quizá debería esforzarse más, reflexionó Eve. Recordó las páginas de los manuales de Sam que explicaban cómo debía hacerse la sutura, y se preguntó si las grandes heridas serían más difíciles que los cortes que ella había cerrado. Los puntos deberían ser más grandes, por supuesto, y más numerosos. Mientras retomaba las puntadas, se imaginó la resistencia de la piel, y las dificultades que supondrían que el sujeto se moviera...

—¡Evelyn!

La aguja se le escapó y se pinchó el dedo. Lo agitó en al aire por unos segundos, para que no le doliera tanto, y lo mantuvo luego levantado para que no resbalara la gota de sangre que se había formado. Aquel gesto le recordó los variados métodos para contener una hemorragia, y la eficacia que entrañaba causarla cuando el paciente tenía exceso de ciertos humores.

No era aquella ciertamente una información que pudiera necesitar la esposa de un duque. Pero convertirse en una no había formado parte de sus planes, ni siquiera en un principio. Ella había estudiado y se había preparado para que, el día en que Sam finalmente se diera cuenta de su error y volviera a casa, ella se revelara como una eficaz ayudante suya. Porque si llegaba a entender bien su trabajo, siempre tendrían algo de qué hablar.

Pero él apenas le había dado tiempo para que alardeara de aquellos conocimientos duramente aprendidos. En la posada, ella misma había dado prioridad al lado físico de la entrevista, demostrándole de una manera muy poco femenina lo que sabía de la biología.

Quizá le habría ido mejor si hubiera vuelto a guardar el estetoscopio en el arcón para derivar la conversación hacia el uso de las sanguijuelas, como habría hecho la Evie de antaño. O si hubiera exhibido el encanto y el ingenio que toda joven dama debía poseer, tal y como le había enseñado su tía Jordan. En lugar de ello, había intentando combinar las dos cosas y el resultado había sido un desastre.

Se había entregado al hombre al que amaba... y él la había rechazado. Aunque podía negarse a reconocerlo, era eso lo que más había temido que pudiera suceder. A veces, seis años de silencio significaban exactamente lo que parecían. Sus infantiles seguridades habían sido más deudoras de los cuentos de hadas, así como de sus propias fantasías, que de la verdad. Siempre había existido la posibilidad de que el beso que recordaba como tan amoroso y apasionado no hubiera sido más que un besito en la mejilla. Había estado preparada para eso.

Pero no había estado preparada para lo que finalmente había ocurrido. Podía acusarse, en todo caso, de haber recordado el pasado con demasiada inocencia. ¿O acaso la pasión de Sam se había inflamado aún más durante el tiempo que habían permanecido separados?

Y sin embargo él lo negaba. No parecía capaz de distinguir el amor del deseo. Ella, en cambio, después de todo lo que habían pasado juntos, sí que estaba segura de poder distinguirlos. ¿Por qué si no había esperado tantos años su regreso? Ella seguía siendo una adolescente, de corazón y de espíritu. Aunque sabía que la atracción física jugaba un papel en sus sentimientos por Sam, sabía también que esa no era la única razón por la que lo quería.

Pensó en el beso. Debía admitir que, después del reciente episodio vivido en sus brazos, el deseo jugaba efectivamente un papel mayor que el que había jugado hasta hacía apenas unos días. Era de eso de lo que escribían los poetas, y por eso habían luchado los hombres disputándose a Helena de Troya. Se trataba de un sentimiento completamente distinto del que había experimentado antes, apenas la semana pasada. Mucho más urgente. Los sentimientos se representaban en ese momento tan claros en su mente como durante los instantes en los que él la estuvo besando. No tenía más que evocarlos para sentir cómo se avivaba el deseo en su interior.

Todo aquello hacía desmerecer, por otro lado, lo que sentía por Saint Aldric. Había esperado que le resultaría más fácil tomar una decisión sobre él después de haber hablado con Sam. Y ciertamente así había sido. En su corazón nunca habría lugar para nadie que no fuera Sam Hastings. A su lado, lo que sentía por Michael no era más que una pálida imitación.

¿Pero por qué Sam no podía entender eso?

La tía Jordan soltó un pequeño bostezo, y Eve lo reforzó con uno propio y estirando además los brazos. Luego le entregó su camisa pobremente acabada para que la examinara.

La mujer la inspeccionó y suspiró, todavía decepcionada con su trabajo.

—Volveremos a intentarlo la semana que viene —dijo—. Y mañana te acompañaré de carabina al baile que dan los Merridews.

—Sí, tía Jordan.

—El duque también estará allí —le lanzó una elocuente mirada—. Lo cual te proporcionará la oportunidad de demostrarle tu generosidad.

Lo que significaba que el plazo de su indecisión se acercaba a su final. Él podría volver a proponerle matrimonio. Si lo hacía, ¿qué razón podría darle para rechazarlo? Después de lo sucedido en la posada, era probable que Sam volviera a marcharse antes de que llegara a descubrir la verdad de su origen. Y ella, al menos, le debía esa verdad.

Cuando su tía estuvo cómodamente instalada en un carruaje rumbo a su casa en la capital, Eve fue en busca de su padre. Esa tarde había dejado dicho que no estaría para nadie, pero, en su experiencia, aquellos edictos grabados en piedra podían ablandarse a fuerza de ruegos, súplicas y promesas de que se comportaría como la mejor hija del mundo y no volvería a molestarlo nunca más.

Lo encontró en el despacho. Como siempre hacía, su padre alzó la mirada del libro que estaba leyendo para sonreírle como si su interrupción fuera bienvenida.

—¿Padre? —sonrió para darle a entender que la conversación sería agradable, y no un motivo de contrariedad. Inclinándose, lo besó en una mejilla.

—Querida —ladeó la cabeza, como si sospechara ya de sus intenciones—. ¿Has pasado una tarde agradable con tu tía?

—Por supuesto, padre. Ahora mismo acaba de irse.

—Pero hoy no vendrá a visitarte el duque —apuntó él, frunciendo levemente el ceño.

—Ya estuvo esta mañana —explicó con un leve suspiro de impaciencia. No quería hablar de Michael. Aquellas conversaciones siempre terminaban con su padre lleno de esperanzas y ella buscando alguna manera de retrasar la capitulación final—. Lo veré mañana en casa de los Merridews. Ya sabes que no puede pasarse todo el tiempo conmigo.

—Podría hacerlo si no lo disuadiera la presencia de otro hombre, como ocurrió esta mañana en el jardín.

—¿Estás hablando de Sam? —forzó una incrédula sonrisa—. Él es de la familia, padre. Y seguro que te habrás alegrado de verlo después de todo este tiempo.

Su padre reaccionó a aquella frase con una mirada

fría, como si el asunto estuviera prácticamente olvidado.

—No se ha desenvuelto tan bien como yo había esperado. Pese a lo que sostiene, para terminar enrolándose en la marina no necesitaba una educación universitaria.

—Quizá sintió que lo necesitaba la marina —sugirió ella—. Siempre ha tenido una naturaleza altruista. Y estoy segura de que siempre es mejor, tras el fragor de la batalla, contar a bordo con un médico especializado para que atienda a los heridos.

—Si eso te hace feliz, le deseo entonces lo mejor —su padre soltó un suspiro de cansancio, como esperando que aquella concesión bastara para poner punto final a la conversación.

—¿Feliz? —repitió ella, frunciendo el ceño preocupada—. Contenta, quizá. Pero a Sam no lo veo precisamente contento con nosotros.

—Porque ya no se siente cómodo en esta casa —replicó su padre—. Había planeado marcharse inmediatamente después de hablar conmigo —la miró, ceñudo—. Por eso me sorprendió tanto encontrarlo todavía con nosotros cuando llegó el duque.

—Porque yo no le dejé marchar —dijo Eve—. Es ridículo que se quede en una posada cuando tiene aquí su antigua habitación, esperando su regreso —estaba a punto de hacer un puchero, un gesto que siempre había tenido por estúpido, aunque se había revelado útil en el pasado.

—Si mostró algún descontento, entonces quizá fuera culpa tuya por haberlo retenido aquí —su padre le lanzó una cándida y comprensiva mirada—. Siempre llega un momento en que uno debe reconocer el lugar que ocupa en la sociedad y saber cuándo su presencia es una intrusión.

—Pero Sam no es un intruso. Él forma parte de nuestra familia —pensó que eso era perfectamente cierto, pero quizá también demasiado insistente. Así que moderó su tono y extendió hacia su padre una mano con gesto suplicante—. Fue como un hijo para ti.

—Ser como un hijo es muy diferente de ser un hijo —le recordó su padre—. Él fue mi pupilo. Pero Sam Hastings no es hijo de nadie.

—Por supuesto que es hijo de alguien —replicó Eve—. A no ser que quieras hacerme creer que nació de un huevo, o alguna otra fantasía semejante. Vino al mundo como todos los demás, de la unión de un hombre y una mujer.

—¡Evelyn! No hables de tales cosas. Son asuntos poco apropiados para una joven dama.

—No tendría por qué hacerlo, si tú te hubieras mostrado más comunicativo con lo que bien sabes —esa vez sí que hizo el puchero. Y lo aderezaría con lágrimas, en caso necesario. Aquello era el colmo de la estupidez. Pero si determinados temas continuaban siéndole vedados por culpa de su sexo, no sería posible conversación racional alguna. Y, fuera como fuera, debía tener aquella conversación con su padre.

—¿Vas a volver sobre eso otra vez? —le preguntó con un suspiro—. De verdad, Evelyn: tienes que darte cuenta de que no es un asunto tuyo.

—Claro que lo es —repuso, poniendo su labio inferior a temblar. Luego se pellizcó el pinchazo que se había dado en el dedo con la aguja, lo que le provocó una punzada de dolor e hizo que los ojos se le llenaran de lágrimas—. Porque yo quiero y aprecio... —se interrumpió para reprimir un sollozo—... a los dos hombres que hay en mi vida —dejó que pensara que no era solamente a Sam a quien buscaba ayudar. Entre lágrimas, esbozó una esperanzada sonrisa—. Saint Aldric se mostraría enormemente agradecido, estoy segura de ello. Muchas veces me ha confesado, en momentos de debilidad, la tristeza que le produce pensar que su padre no dejó más descendencia. Y que le habría encantado contar con la compañía de algún familiar...

—No me corresponde a mí tomar esas decisiones —pronunció su padre, con tono algo menos firme—. Yo juré, cuando el muchacho no era más que un bebé...

Ya estaba. Las lágrimas estaban logrando el efecto deseado. Ya casi estaba a punto de admitir la verdad.

—Cualquier juramento ofrecido al antiguo duque no puede obligarte ya, una vez que tanto él como la duquesa están muertos. Solo queda Michael. Y él se siente muy solo. Si su padre hubiera sabido que diciéndoselo le harías tan gran merced, estoy seguro de que te habría liberado de esa obligación.

Aquel enfoque de la cuestión, que no parecía concentrarse tanto en la felicidad de Sam, estaba haciendo también su efecto. Podía ver que la resolución de su padre libraba ya una dura lucha con su deseo de impresionar al duque.

—Ya sabes que hay otras cosas que harían feliz a Saint Aldric. No estaría solo teniendo una esposa e hijos.

—Ya los tendrá —repuso ella, indiferente.

—¿Cuándo? —preguntó su padre—. Ya sabes lo que quiere, Eve. Y lo que espera de ti. Lleva esperando meses, y sin embargo aún no le has dado una respuesta.

—Lo haré pronto —repuso. Aunque quizá no tendría que hacerlo. Evidentemente Sam se consideraba indigno. Si eso era porque carecía de dinero o de estatus, seguramente que sería mejor ser hermanastro de un duque que pupilo de un señor que lo ignoraba.

—¿Pronto, dices? Entonces le comunicaré al duque la noticia de su hermano, al mismo tiempo.

—¿Admites entonces la verdad? —le espetó. Aunque la victoria no era tanto que lo reconociese ante ella como que se lo dijera a Sam.

—Sí —reconoció su padre, soltando otro suspiro—. Yo cumplí con mi parte del trato encargándome de educar al niño y procurando que tuviera una profesión. Y manteniendo la boca cerrada, hasta que viniste tú para abrírmela.

—Lo sabía. Solo tenía que verlos juntos para estar segura —por un instante, la sensación de triunfo le hizo olvidarse de todo lo demás.

—Y ahora, supongo, crees que podrás soltarles la historia a la menor oportunidad —añadió su padre, sacudiendo la cabeza con gesto desaprobador.

—Lo haré, si no lo haces tú —replicó, dando un pisotón en el suelo como si fuera una chiquilla.

—Y les harás daño a ambos. Si tienen que saberlo, lo sabrán de manera suave y discreta, de mis labios. Será una fuerte impresión la que se lleven, aunque favorable. Tengo documentos que demuestran que no se trata de una afirmación falsa y de que no hay duda posible.

Eve pensó que tenía razón. Debía dejar que su padre les comunicara la noticia a su debido tiempo.

—Solo espero que lo hagas pronto.

—Lo haré cuando tú aceptes poner fin a tu absurda indecisión —la estaba mirando fijamente, impasible a sus tácticas—. He sido demasiado laxo contigo, Evelyn, y yo soy el único culpable— Te estás comportando como una niña malcriada y resabiada. Con cualquier otra cosa podría yo poner reparos: pero en esto me mostraré firme. Eres mi única hija y todo lo que me queda de mi querida Sarah. Eres mi alma y mi vida. No podré dormir tranquilo hasta que te vea perfectamente establecida. Y, para ti, eso pasa con desposarte con el duque.

Había llegado el momento. Desde el principio había sabido que llegaría un día en que todas sus tácticas y artimañas de dilación dejarían de ser suficientes. Y ese día finalmente había llegado. Su padre estaba dispuesto a confesar la verdad... pero solo si ella renunciaba a sus esperanzas sobre Sam.

Sopesó la situación con la mayor racionalidad de que fue capaz. Tanto Saint Aldric como Sam conocerían la relación de parentesco que los unía. Se lo merecían. En aquella última entrevista, Sam le había dejado perfectamente claro que ella podría esperar para siempre, que nunca lo tendría. Que esperaba que se casara con el duque.

Pero también la había besado, lo cual desmentía cualquier otro comportamiento.

Aceptaría la proposición del duque, tal como su padre deseaba. Pero prometerse no era o mismo que casarse. Muchas cosas podrían suceder antes de que ambos se encontraran ante el altar.

Escribiría luego a Sam, le comunicaría sus intenciones, y le daría una última oportunidad de frenar su compromiso. Si no hacía nada, entonces ella continuaría adelante, siguiendo los deseos de su padre. Casarse con Michael tenía muchas cosas positivas, y solamente una negativa: el hecho de que no lo amara tampoco sería un obstáculo tan grande. Ella solo había amado y amaría a un hombre en su vida. Si no podía tener a Sam, mejor era que escogiera a otro que fuera de su gusto.

Pero todo ello debería resolverse pronto, antes de que Sam decidiera abandonar Londres para irse a Escocia o embarcarse. Inspiró aire, lo retuvo por un momento y pronunció con tono firme:

—Si me prometes que se lo dirás a los dos, aceptaré a Saint Aldric la próxima vez que me proponga matrimonio, que probablemente será mañana por la tarde —una vez que había consentido, ya solo era cuestión de programarlo todo y de proporcionar a Sam un plazo estricto para que cambiara de idea. Miró el calendario que había sobre el escritorio—.

Celebraremos el baile de compromiso la semana que viene. El bando anunciando el compromiso será leído al domingo siguiente. Todo el asunto será finiquitado en el plazo de un mes, si así es de tu gusto. Siempre y cuando me jures que se lo dirás.

Su padre la estaba mirando asombrado, como si no supiera si reprenderla por imponerle condiciones o expresar la felicidad que sentía por haberse salido por fin con la suya.

—Ese es el único regalo de bodas que quiero de ti —continuó ella—. Y te advierto que dudo que por mi parte guarde el secreto por mucho tiempo, ahora que ya te lo he sonsacado. Como buena mujer que soy.

Su padre sonrió en respuesta a su broma, aunque Eve sabía que no le estaba haciendo la menor gracia.

—Probablemente tenga razón. Eres una veleidosa criatura, querida, y no puedo esperar que te quedes callada. Acepta al duque y fija la fecha del baile de compromiso. Invita a Hastings a asistir y lo resolveremos todo la misma noche.

Siete

—No quiero alarmaros, lady Evelyn, pero veo una enorme araña corriendo por vuestro hombro.

Sin pensar, Eve alzó una mano para quitársela de encima.

Dándose cuenta de que no tenía nada, se detuvo para mirar ceñuda a su pareja de baile. Saint Aldric le sonrió cariñoso.

—¿Al fin he logrado llamar tu atención? Un punto para mí, entonces. Y un punto menos para ti. Enfrentada a semejante horror, se espera de una joven dama que chille y se arroje a los brazos del caballero más próximo. Lo que nadie espera es que resuelva el problema por sí misma de un manotazo.

—Yo... lo siento —intentó recordar por qué paso iban en la danza. Hasta ese momento la había ejecutado de manera automática, sin pensar. Pero evidentemente el duque se había dado cuenta de que no contaba con su atención.

—¿Te preocupa algo?

«Sí. Todo», respondió para sus adentros.

—No —sacudió la cabeza—. Estaba simplemente distraída.

—Como siempre, ya sabes que puedes recurrir a mí, si hay algo en lo que pueda ayudarte.

La estaba mirando de una forma sorprendentemente directa. Aunque Eve seguía atrincherándose detrás de su característica sonrisa, estaba segura de que estaba sinceramente preocupado por ella y de que haría cualquier cosa que le pidiera.

«Déjame. Y haz que Sam vuelva a amarme». Esa era una petición que no podía hacerle a su futuro prometido. Además de que ni siquiera estaba segura de que lo segundo fuera posible.

—¿Tan decepcionante fue la visita de tu antiguo amigo? —le preguntó Saint Aldric, yendo sin rodeos al corazón del asunto—. Pareces cambiada desde que llegó. Más sombría.

—Lo siento —repitió, forzando una sonrisa—. Intentaré mostrarme más alegre.

—Por mí no cambies —le dijo, apretándole la mano de manera reconfortante la siguiente vez que se la tomó en el transcurso de la danza—. No puedes evitar lo que sientes. Pero sospecho que el doctor Hastings ha cambiado mucho desde la última vez que lo viste. Eso tiene que resultar decepcionante.

—Sí —admitió. «Desconcertante» habría sido un calificativo más adecuado, pensó. Porque el beso de Sam no había tenido nada de decepcionante.

Miró a Saint Aldric, que simbolizaba precisamente el polo contrario en ese aspecto. Estaba siendo injusta con él. Sus besos eran tan pulcros y correctos como el resto de su persona.

El duque continuaba sonriéndole. Ella le devolvió la sonrisa y experimentó el mismo sentimiento de afecto fraternal que Sam se había empeñado en demostrarle a ella, hasta que ella quebró su voluntad. Así era ese sentimiento: no sentir nada especialmente intenso por un hombre, pero quererlo lo suficiente como para no desearle dolor alguno.

—Y ahora que lo has visto, ¿ha cambiado acaso tu opinión sobre el asunto de nuestro matrimonio?

—Yo... no entiendo lo que quieres decir —se tensó y perdió un paso de la danza, aunque él lo corrigió fácilmente para compensarlo.

El duque la había sorprendido en un mal paso, tanto textual como figuradamente. Eve no había esperado que su siguiente proposición incluyera mención alguna a Sam.

La sonrisa que esa vez le lanzó Saint Aldric fue más compasiva que alegre.

—No soy tan corto de entendederas, Evelyn. Albergas un especial afecto hacia ese hombre. Supongo que perderías el corazón por él a una tierna edad. Y eso no es cosa fácil de olvidar.

—Te crees demasiado sagaz —dijo ella—. Es tu único defecto —pero eso no era cierto. El duque no había perdido un solo paso de la danza. Nunca se mostraba confundido ni azorado. Si la perfección de modales fuera un defecto, él los tenía a espuertas.

—Me esforzaré por enmendarme, una vez que estemos casados —le aseguró—. Si aceptas casarte conmigo, seré tan corto de vista y entendederas como tú quieras que sea.

¿Le estaba dando permiso para que le fuera infiel? Seguramente no. Pero Eve no pudo evitar pensar que, cuando una dama ponía su corazón en otro hombre, podía resultar una ventaja tener un marido que la había advertido de su disposición a cerrar los ojos.

Si hubiera querido esa clase de matrimonio, debería haberse quedado satisfecha con esa respuesta. Pero más probable era que afectara al respeto que sentía por él, sabiendo que no le importaba lo suficiente como para sentirse dolido por su infidelidad.

Volvió a pensar en el episodio vivido en la habitación de Sam e intentó concentrarse en su final, cuando él le aseguró que no sentía por ella más que un indigno deseo. Por su parte, quizá fuera así. Pero ella habría muerto feliz en sus brazos con tal de darle la paz y el desahogo que parecía necesitar.

Siempre y cuando ello hubiera ocurrido después de la consumación...

—¿Recibirá respuesta mi comentario? ¿O me tendrás en ascuas?

—¿Comentario? —dejó de pensar en Sam para volver a mirar al duque.

—Sobre mi disposición a conformarme con cualquier requerimiento que puedas plantearme, caso de que te desposes conmigo.

Eve pensó que el duque acababa de hacerle la proposición que ella se había comprometido a aceptar ante su padre... y no le había escuchado. Aquello no presagiaba nada bueno para su futuro.

—Te lo propondré de otra manera, si lo que esperas es algo menos pragmático. Habrá luz de luna, velas y la joya que gustes elegir de mi caja fuerte. Podría comprarte una nueva, si no te convence ninguna de las que tenga. Te pediré la mano con una rodilla clavada en tierra. Y, aunque no tengo experiencia en ello, te cantaré una serenata. Escribiré poesía. Haré lo que sea para verte sonreír. Pero ya sabes cuáles son mis sentimientos sobre el asunto del matrimonio. Y ansío conocer los tuyos.

Pensó que su padre tenía razón. Ya había hecho esperar demasiado al duque. Si realmente quería tener la aprobación de Sam, este se la había otorgado ya, y repetidas veces. Había calificado a Saint Aldric de excelente partido. Y le había asegurado también, de manera enfática, que no habría matrimonio entre ellos.

Pero luego la había besado. Su mente no dejaba de volver a aquel momento. Sospechaba que lo seguiría haciendo durante el resto de su vida. Al igual que había pasado los seis últimos años de su vida pensando en aquel beso, bien podría pasar los siguientes sesenta pensando en el segundo.

¿Sería suficiente ese recuerdo para sostenerla, o no sería más que un amargo recordatorio de lo que habría sido su futuro de haberse casado con el hombre adecuado?

En realidad no importaba. Sam la había expulsado de su habitación y probablemente seguía planeando abandonar el país. Y todo porque ella lo había obligado. Si continuaba presionándolo, acabaría perdiendo su amistad junto con su amor.

Miró a Saint Aldric, dedicándole esa vez toda su atención, o casi.

—Lo siento. Nunca fue mi intención ser cruel contigo, ni tampoco tenerte esperando tanto tiempo. Tienes razón. Ya va siendo hora de que te responda.

Para su sorpresa, el hombre que tenía delante se mostró ansioso, y nervioso también, de escuchar su respuesta. Un asomo de duda apareció también en su expresión. Eve se dio cuenta entonces de que había estado tan concentrada en sus propios deseos que lo había estado atormentando con su indiferencia.

Y el pobre hombre no se merecía eso.

—Por supuesto que me casaré contigo. Cuanto tú quieras.

—Entiendo que necesitaremos licencia especial —dijo él—. Todas las damas las quieren, para demostrar el ardor del novio y su influencia en los tribunales. Conseguiré una. Pero para la ceremonia no necesitaremos darnos tanta prisa. Dispondremos de tiempo suficiente para preparar la celebración...

Continuó hablando de corrido, tan contento como una novia, mientras Eve se retiraba a un mundo donde la vida era más sencilla, los finales más felices y los besos más apasionados.

Unos golpes en la puerta despertaron a Sam. O quizás los golpes estuvieran en su cabeza... La vida en el mar lo había acostumbrado a la bebida fuerte. Pero la cantidad que había ingerido durante el último día y medio habría bastado para vapulear bien el cerebro de un marinero.

—¡Doctor Hastings!

De inmediato estuvo levantado, con una mano en el maletín de sus medicinas.

—¿Qué pasa? ¿Se me necesita para algo? —sacudió la cabeza para despejarse la mente, dispuesto a afrontar cualquier emergencia.

—No es nada tan urgente, estoy seguro. Hay una carta para vos, señor —el posadero esperaba nervioso en el pasillo, acompañado de un criado de librea de Thorne Hall.

Pensó que probablemente se trataría de una alegre tarjeta de Evie, esperando que asistiera a su baile de compromiso, como si nada hubiera sucedido entre ellos. Pero él no olvidaría nunca la visión de Evelyn arrodillada entre sus piernas…

Sacudió la cabeza de nuevo, con mayor fuerza, dejando que el dolor lo distrajera de aquellos pensamientos. Aquella muchacha era demasiado terca para su propio bien. Y también ingenua. La mejor manera de proteger aquella inocencia era permanecer alejado de ella. Se pasó una mano por los ojos.

—Sea lo que sea, decidle que por mí puede entregársela al mismo diablo.

El criado se mostró alarmado, pero no se dio por vencido.

—Estoy aquí para entregárosla directamente en mano y esperar una respuesta, señor Hastings —Tom había sido criado de segunda cuando Sam abandonó el hogar de los Thorne. Era más joven que Evelyn y había entrado en el servicio cuando apenas era un chiquillo.

Se preguntó si Evie habría escogido a propósito al muchacho para aquella tarea, segura de que él lo recordaría con simpatía y no le ocasionaría ningún problema... Aquella mujer era un verdadero demonio para atormentarlo con trucos como aquellos. Pero también era otra prueba de que lo conocía tan bien como él se conocía a sí mismo. Suspiró.

—Muy bien, entonces —estiró la mano para recibir la carta—. Espera —cerró luego la puerta, dejando a los dos hombres en el pasillo, y rompió el sello.

Reconoció al instante la letra, porque la había visto suficientemente a menudo, en las cartas que tanto había amado y temido a la vez. Tal parecía que aquella no iba a poder evitarla. Porque saltar por la ventana del segundo piso de aquel edificio no constituía una opción, y porque, al enviarle a Tom, Evie le había imposibilitado rechazar la misiva.

Sam.

Contuvo el aliento. El comienzo era suficientemente inocente, pero no había una sola cosa que pudiera soportar escuchar de aquella muchacha, después de la vergüenza de lo que había sucedido entre ellos.

En primer lugar, permíteme que me disculpe por haberme presentado en tus aposentos y haberte hecho enfadar tanto. No tenía ningún derecho ni invitación alguna por tu parte.

Ni razón tampoco para disculparse, pensó Sam,

ya que la falta y el pecado habían sido enteramente suyos.

Debo ofrecerte una segunda disculpa por intentar controlar el curso de tu vida y elegir para ti el futuro que más me convenía. No tengo ninguna duda de que eres perfectamente capaz de sobrevivir sin mí. Es puro egoísmo por mi parte intentar entrometerme.

Pero te suplico, con todo mi corazón, que no vuelvas al mar. Por encima de todo, no vuelvas a embarcarte por mi culpa. Te juro que haré lo que sea necesario para que no te pase nada, aunque eso requiera cesar toda comunicación contigo.

«¡Querida Evie!», exclamó Sam para sus adentros.

Estaba asustada por él y dispuesta a hacer lo que fuera por preservar su indigna vida. Sintió una opresión en el pecho, a medias de gozo y a medias de tristeza, como cada vez que pensaba en ella. Alisó la carta con los dedos y continuó leyendo.

Siguiendo tu recomendación y la de mi padre, y respondiendo a los continuos requerimientos del propio duque, he aceptado la proposición de matrimonio de Saint Aldric. Mi padre dará un baile el miércoles que viene. Debo recordarte que me prometiste que asistirías. Y a pesar de todo lo que ha sucedido después, estás obligado por esa promesa.

La maldijo en silencio. Era verdad, se lo había

prometido. Y a pesar de lo que le demandaba el buen juicio, no quería que fuera demasiado pronto.

Si es sincero tu deseo de que me case, necesito que me des fuerzas para seguir adelante. Pero si, por alguna razón, no albergas ese deseo, entonces debes decírmelo antes de que llegue ese momento.
Espero tu respuesta...

Por vez primera en su vida, Evelyn Thorne había hecho exactamente lo que él le había dicho que hiciera.

Era una trampa, por supuesto. Había terminado su carta con el recordatorio de que él podría detener el proceso en cualquier momento. Una palabra suya y ella rompería el compromiso.

Y, con aquella carta, había creado el infierno perfecto para Sam.

Suponía que se lo tenía merecido.

Se había descubierto, en parte al menos. Ahora que Evie sabía que él albergaba sentimientos por ella, buscaba inflamarlos con los celos. Él mismo le había dado una razón para esperar, pese a que la había arrojado de su lado.

Pero, antes de eso, él había aprobado aquel partido y prometido asistir a la boda. Como hermano mayor que había sido de ella, se lo debía. Y si quería que siguiera pensando en él precisamente como en un hermano mayor, y nada más que eso, lo mejor que podía hacer era dar cumplimiento a esa promesa.

Fue al escritorio, tomó la pluma y escribió:

Evie,
No tienes nada de qué disculparte. Soy yo quien
está en falta. En cuanto a lo que sucedió ayer, mejor
es que nunca más volvamos a hablar de ello. Yo lo
olvidaré, si tú lo olvidas.
Respecto a lo de que vuelva embarcarme, es
obvio que te preocupa y afecta. Mis planes todavía
no están trazados. Si tan importante es para ti, me
olvidaré de la marina y ejerceré mi profesión en tie-
rra.

Pero moriría antes que trabajar para Saint Aldric.
Eso sí que era esperar demasiado de él.

Respecto a tu boda, estoy enormemente feliz por
ti, y te envío también mis felicitaciones para el duque.
Permaneceré en Londres y asistiré a tu baile de com-
promiso y a tu boda, como te dije que haría. Tienes
mi palabra. Ansioso, espero el día en que pueda lla-
marte Excelencia, en lugar de mi pequeña y querida
Evie...

Firmó al final, secó la carta y la selló con lacre
antes de abrir la puerta y llamar al criado, que seguía
esperando en el pasillo.
Ya estaba.
La carta estaba en camino.
Pensó que habría podido ponerle un borde de luto,
dada la escasa satisfacción que sentía.

Aunque la situación había sido desesperada desde un principio, no podía evitar experimentar una renovada tristeza por haberla perdido.

Pero en medicina había aprendido que a veces era necesario envenenar al paciente para contrarrestar una grave dolencia. Tragarse aquella amarga píldora sería el primer paso hacia su curación.

Ocho

Evie era bella. Sam había sido consciente de ello, por supuesto. Pero nunca la había visto con sus mejores galas. Habría estado encantadora con un simple traje mañanero, pero esa noche estaba espectacular. La seda de su vestido de baile era tan azul como sus ojos y tan brillante como su cabello. Adornaba su cremoso cuello un collar de oro y diamantes, como una guirnalda de estrellas.

Quizá Thorne había tenido razón durante todo el tiempo. Incluso sin la complicación del parentesco, la criatura que tenía ante él jamás habría podido ser suya. Solo el collar que llevaba valía más que su salario de un año: nunca habría podido permitirse regalarle uno. Mientras que para ella aquel no era más que el collar de su madre, que si hasta ese momento no había podido lucir había sido por razón de edad. Con Saint Aldric, tendría collares como aquel y mejores. Una joya diferente para cada mes del año y una habitación llena de vestidos de baile para conjuntar.

Con el duque a su lado, el cuadro estaba completo. Saint Aldric era alto, guapo y casi tan rubio como ella. Le sonreía como si fuera un honor para él haberla conquistado. Eran como dos estatuas de un mismo conjunto escultórico, diseñadas para complementarse la una a la otra. Como duquesa, resplandecería como lo estaba haciendo esa noche, por dentro y por fuera, tanto que Sam hasta se dolía de mirarla.

Pero no podía detenerse. Una vez que hubiera dado cumplimiento a su promesa, se marcharía para siempre. Si los recuerdos eran lo único que le quedaba para sustentarlo, grabaría cada detalle en su cerebro para que no pudiera olvidarlos nunca. Mientras esperaba a saludar a la feliz pareja, se esforzó todo lo posible por disimular el ansia que sentía por ella y adoptar una expresión de orgullo fraternal.

—Sam —estiró una mano hacia él.

—Evelyn.

No contenta con ofrecerle la mano, se inclinó hacia él y le presentó la mejilla para que se la besara. Sam comprendió que no podría evitarlo sin quedar como un estúpido. Se inclinó también, besando el aire a un escaso centímetro de su piel. Aquello bastó, sin embargo, para que sintiera un cosquilleo en los labios, como si hubiera saltado una chispa.

—Me alegro tanto de verte aquí... Temía que no vinieras —le susurró ella al oído. Cuando él volvió a retirarse, lo miró con expresión preocupada—: Ha pasado casi una semana.

Efectivamente, había pasado casi una semana desde que ella irrumpió en sus aposentos. Todavía se despertaba cada noche acosado por sueños en los que aquel episodio había tenido un final bien diferente.

—Te prometí que vendría para celebrar la gran noticia.

—Sois extremadamente amable —intervino Saint Aldric. Permanecía al lado de Eve, discretamente posesivo.

—Mis felicitaciones a vos también, Excelencia —volvió a inclinarse, sintiéndose rígido e incómodo.

—Gracias, doctor —pronunció el duque, más natural en su generosa reacción.

Evie se los quedó mirando como esperando y temiendo que pudiera existir algo más que un cordial desagrado entre ambos.

—Y ahora, si me disculpáis... —Sam esbozó una genuina sonrisa ante la idea de escapar de allí—. No debo privaros de la conversación de los demás invitados.

Ya estaba. Había superado el primer desafío. Ahora solo debería soportar unas pocas horas de cortesía y lo habría conseguido. Pero con Evie nada resultaba fácil. ¿Sería quizá porque era la anfitriona del evento por lo que parecía estar en todas partes, cada vez que volvía la mirada? ¿O acaso lo estaría siguiendo por entre la multitud durante todo el tiempo, apareciendo cuando menos se lo esperaba, para lanzarle una sonrisa o soplarle un beso?

Cada vez que eso ocurría, Sam le daba la espalda, fingiendo que no la había visto o que estaba demasiado ocupado conversando con otro para prestarle atención. Hasta que al fin ella lo sorprendió solo en la pista de baile, sin ninguna excusa a mano para evitarla.

—Baila conmigo —extendió una mano hacia él, seguro de que aceptaría.

—No creo que sea prudente —objetó Sam. El simple pensamiento de tocarla hacía que le sudaran las manos.

—¿No es prudente bailar? —se echó a reír—. ¿Es esa una opinión profesional? Yo suponía que ejercicios tan inofensivos serían recomendados por un médico.

—Sabes lo que quiero decir —pronunció con un ronco murmullo, mirando a su alrededor para asegurarse de que nadie pudiera oírlo.

Eve agitó su abanico con coquetería.

—De verdad que no. Si te estás refiriendo a algo específico con tu negativa, será mejor que me lo digas directamente.

—Si de verdad tienes intención de casarte con Saint Aldric, creo que no es prudente que tú y yo bailemos —masculló entre dientes.

—Mi compromiso con él no me ha impedido bailar con cada caballero de esta habitación. Exceptuándote a ti, por supuesto. Tú me has estado evitando.

—No es verdad —dijo, aun a sabiendas de que era una obvia mentira.

—Estoy segura de que Saint Aldric no pondrá objeción.

—Lo que él haga no es asunto mío —se dio cuenta de que en ese momento estaba hablando como un estúpido celoso.

—Si no le preocupa a él, ¿entonces a quién? ¿Qué razón podrías tener para negarte a bailar conmigo? Si la gente se da cuenta de que me estás evitando, se hará preguntas. Murmurarán.

Lo tenía atrapado. Probablemente tenía razón. Alguien haría algún comentario sobre lo extraño de su comportamiento con ella. Y, por encima de todo, no debía correr ningún rumor.

Eve continuó presionándolo, segura ya de que no podría negarse.

—Tengo libre el siguiente vals. Baila conmigo y deja de hacer el tonto —esbozó una taimada sonrisa—. Pasará antes de que te des cuenta y te juro que no sufrirás ningún daño.

—¡No! Un vals no —lo había dicho en voz demasiado alta y una matrona, a pocos pasos de allí, le lanzó una penetrante y desaprobadora mirada. La idea de bailar un vals con ella se le antojaba verdaderamente insoportable—. Bailaré contigo, si insistes. Pero que sea otro baile.

—De acuerdo —cedió Eve, soltando un suspiro disgustado—. ¿Oyes? Ya está sonando *La Belle Assemblée*, llamándonos a ocupar nuestras posiciones para la contradanza. Nos pondremos al lado de Saint Aldric y de su pareja, para que no tengas miedo de hacerlo enfadar.

San entrecerró los ojos.

—No es por miedo a él por lo que te rechazo.

—¿Miedo de mí, entonces? —sacudió la cabeza—. Poco mejora eso la opinión que tengo de tu persona.

Sam pensó que la carta había sido una mentira. Ella no necesitaba apoyo moral alguno para tomar su decisión: simplemente buscaba otra oportunidad de atormentarlo. Le tomó la mano con escasa gentileza, como había hecho cuando eran niños, y la llevó al centro de la pista.

—Adelante entonces, muchacha. Cuanto antes empecemos, antes terminaremos. Solo entonces podrás dejarme en paz durante el resto de la noche.

Eve pensó que Sam había tenido razón. Aquello había sido un error.

Había pensado que una pública tentación podría arrancarle un compromiso por su parte. O que al menos eso le daría una última oportunidad de estar con él. Pero no era ese el recuerdo que ella había ansiado atesorar. Era demasiado doloroso.

Compartían la contradanza con Saint Aldric y su pareja, una dama de gran belleza y escasas habilidades, pero ella era una consumada bailarina y además los pasos no eran difíciles. Tras los galantes saludos e inclinaciones de rigor, comenzó el baile.

Sam la tomó de la mano para colocarla frente a él y empezó a dar vueltas en torno a ella. Aunque ejecutaba los pasos al pie de la letra, Eve tuvo la sensación de que estaba siendo acosada por un lobo. En comparación, los pasos de Saint Aldric eran fáciles, relajados y confiados. Le sonreía, disfrutando de la danza y de la compañía.

Se giró de nuevo hacia Sam, que la observaba

con especial intensidad, ceñudo. Tenía los ojos literalmente clavados en ella, siguiendo cada uno de sus movimientos hasta el punto de resultar alarmante. Y, detrás de aquel sombrío ceño, Eve leyó la verdad.

Celos. Frustración. Rabia. No era disgusto hacia ella lo que lo había mantenido a distancia. La deseaba tanto como la había deseado el día en que se besaron.

Volvió a bailar con Saint Aldric. En sus ojos no distinguía inquietud alguna. Ya la poseía, o casi, y por tanto estaba pensando ya en otra cosa.

Por el contrario, cada vez que Sam le tomaba la mano, era como si nunca quisiera volver a soltársela. El acto de soltarla era tenso y sin gracia, como si alguien le hubiera obligado a abrir los dedos. Apretaba los dientes, todo concentrado. Su postura era rígida, como si le doliera el menor contacto de su mano. Y, sin embargo, parecía anhelarlo.

Cuando terminaron, ella se dejó acompañar por Sam al borde de la pista de baile, donde antes habían estado hablando. Y luego él se marchó sin pronunciar una palabra.

Se quedó inmóvil por un segundo, indecisa. De repente tomó una decisión y lo siguió fuera del salón, a través de las estancias de la casa, al lugar al que sabía que iría.

Estaba oscuro en el jardín. Olía a flores de floración nocturna y en el aire se percibía ya el comienzo de los calores que llevarían a la alta sociedad a Bath o al campo. Enseguida descubrió una figura familiar, sentada en el banco bajo el olmo. Él estaba allí, por supuesto, una borrosa silueta recortada contra la oscura corteza del árbol.

Tomó asiento a su lado. Él no dijo nada, así que permanecieron durante un rato sentados en silencio, como si ninguno de los dos quisiera estropear el momento.

—Me lo prometiste, Evie. Me prometiste que no pasaría nada de esto si yo me quedaba.

—Tenías razón antes, cuando dijiste que no podíamos bailar un vals.

Pensó que, si lo hubieran hecho, habría quedado en evidencia delante de todo el mundo, aferrándose a él en plena pista de baile. Lo oyó suspirar.

—¿Lo sientes tú también? Esperaba que no fuera así y que lo del otro día, en la posada, no hubiera sido más que una excepcional aberración.

Eve asintió.

—Si no es posible dominar el sentimiento… entonces quizá deberíamos dejar de intentarlo. De intentar dominarlo, quiero decir.

No giró la cabeza para mirarla, sino que continuó sentado muy rígido, como si ella no hubiera estado presente.

—No lo entiendes. Realmente no lo entiendes.

—Entiendo que nos quedan escasos minutos antes de que mi decisión sea irrevocable. Si existe alguna razón por tu parte para que cambie de idea, quiero escucharla ahora —le tomó la mano y se la apretó, confiando en que percibiera la urgencia de su petición.

—Créeme cuando te digo que yo sé lo que es

mejor para ti —le dijo con su mejor tono profesional—. No hay razón alguna para que no te cases con Saint Aldric. De hecho, yo insisto en que lo hagas.

—¿Por qué te empeñas en seguir representando ese cansino papel de hermano mayor? —le espetó ella de golpe, sacudiendo la cabeza con expresión maravillada.

—Porque no lo he hecho lo suficiente durante estos últimos años —replicó—. Necesitas a alguien que te inculque un mínimo de buen sentido, ya que tu padre no parece capaz de hacerlo.

—A veces no sé si eres así de espeso y obtuso, pese a toda tu esmerada educación, o si te estás burlando de mí. Sabes que no es esa sabiduría fraternal lo que quiero de ti.

—¿Qué otra cosa puedo ofrecerte?

Lo dijo con un tono tan desesperado, que Evie vaciló entre la piedad y la irritación. Tal parecía que si lo que quería eran palabras de amor, iba a tener que pronunciarlas ella misma

—Te lo diré llana y sencillamente, ya que tú te niegas a hacerlo. Te amo, Sam. Siempre te he amado. Siempre te amaré. Quiero que me pidas en matrimonio. Pero tú te empeñas en simular que no me entiendes. Por favor, Sam. Por favor. Declárate. Yo hablaré con Michael y con mi padre —volvió a apretarle la mano con urgencia.

Cambió discretamente de postura para acercarse a él, de modo que sus rostros quedaron solamente a unos centímetros de distancia... y de pronto se estaban besando en el jardín iluminado por la luna. En cuestión de un instante, fue como si estuvieran de nuevo en la habitación de su posada.

Intentó recordar dónde estaba, o la hora que era. Había gente esperándola en la casa. Y otro hombre que no deseaba otra cosa que hacerla su esposa.

Pero ella no podía dejar de desear al mismo hombre que no estaba dispuesto a hacerle promesa alguna. Eran tantas las anomalías de aquel momento que ni siquiera podía enumerarlas. De modo no pensó en ninguna y abrió la boca.

Podía escuchar el rumor de la seda de su vestido mientras se apretaba contra él y sentir la rápida caricia de su lengua en la boca, llenándola con su sabor.

Sam tenía una mano en su nuca y pareció dudar, acariciándola una vez, cuidadosamente, como para no desbaratar su peinado. Le acarició luego el cuello y los hombros, para hundir finalmente la mano dentro de su escote.

El hombre al que amaba le estaba tocando el pecho. Inspiró hondo y contuvo el aliento, apartándose ligeramente para facilitar la caricia mientras la besaba. Su mano era tierna, todo lo contrario que su boca. Eve podía sentir la calidez de sus dedos contra su piel, con las yemas apenas rozando la dura punta de un seno, al tiempo que le laceraba los labios con los dientes y hundía la lengua en las profundidades de su boca, para luego retraerse y vuelta a empezar.

Si eso era lo que quería de ella, con gusto estaba dispuesta a dárselo. Le temblaban las piernas y tenía el sexo húmedo, como sabía que ocurriría cuando llegara el momento de unirse a un hombre. Si tuviera el atrevimiento de tocarlo, como había hecho en la posada, estaba segura de que lo encontraría tan duro y tan excitado como entonces.

Deslizó las manos bajo su chaqueta, por su chaleco. Era algo indecente, pero maravilloso. Las hundió luego también debajo del chaleco y casi pudo sentir el dibujo de sus costillas a través del lino de la camisa.

A modo de respuesta, los dedos de Sam se cerraron sobre su pezón y lo pellizcaron. Eve perdió el aliento, mordiéndose el labio inferior y deseando más. Sam tenía que darle lo que ella le pedía. Por fuerza tenía que dárselo. Necesitaba sentir su lengua en su seno, y su cuerpo dentro del suyo, para que pudieran fundirse en un solo ser de carne, como siempre lo habían sido de espíritu.

Bajó aún más las manos, agarrándolo firmemente de las nalgas. Y luego se incorporó para sentarse a horcajadas sobre su regazo. Por un instante sintió el bulto de su excitación presionando a través del vestido. Un temblor empezó a abrirse paso desde lo más profundo de su ser, como el premonitorio rumor del comienzo de una tormenta.

Sam interrumpió entonces el beso para susurrarle al oído:

—¿Es esto lo que quieres de mí? —y empujó las caderas hacia ella.

Eve asintió ansiosa, hundiendo los dedos en los músculos de su cuerpo y apretándose contra la dureza de su miembro, rezando para que fuera esa la respuesta adecuada, la única que pudiera animarlo a continuar.

—Porque esto es lo que yo quiero de ti de ti —la mano que le acariciaba los senos se apretó hasta hacerle daño—. Esto es lo que he querido de ti desde la primera vez que empecé a sentir deseo. Saborear tu cuerpo con mi boca. Entrar en tu cuerpo. Verter en él mi semilla.

—Sí... —susurró ella, cerrando los ojos—. Sí. Sí —podía imaginárselo haciéndole todo eso, así como el momento de impotente rendición cuando él la hiciera suya.

—Esto es lo que quiero —musitó, abrasándole la oreja con su aliento—. Y nada tiene que ver con una declaración de amor, ni con el matrimonio. Quiero poseerte ahora mismo, aquí en el jardín, desnuda como Eva. Quiero saborearte para mi propio placer, sin pensar para nada en lo que sea justo o bueno.

Sabía que todo aquello sonaba maravillosamente... sórdido. Pero lo deseaba de igual manera.

La mano que antes había estado en su cintura subió hasta su nuca mientras continuaba susurrándole:

—Quiero tu cuerpo, Evie. Eso es todo. Quiero deshonrarte. No me importa que eso nos destruya a ambos. Es por eso por lo que te dejé hace seis años. Y es por eso por lo que debo dejarte ahora.

Y dicho eso la apartó de sí, volviendo a sentarla en el banco. El aire de la noche se había enfriado. Evie pudo sentirlo en sus senos desnudos, con el corpiño bajado hasta la cintura.

—Arréglate. Y vuelve luego a la casa, con tu prometido —su voz era tan fría como la noche, carente de pasión—. Como te dije antes, yo no soy el hombre adecuado para ti. Cásate con Saint Aldric, Evie. Por favor. Él te cuidará, mientras que yo no puedo. Debes renunciar a esa absurda esperanza tuya de que tienes otra elección.

Levantándose, se alejó. ¿Para internarse en el jardín o de vuelta a la casa? Evie no lo sabía.

Volvió a colocarse el corpiño y se llevó una mano a la mejilla, esperando a que desapareciera el rubor. Si permanecía allí sentada un rato más, se quedaría tan fría como se había comportado él al final, aunque no tan desapasionada. De hecho, estaba furiosa.

Sam Hastings era todo lo que deseaba en un hombre. Ella lo había engatusado para que fuera y lo había seguido hasta el jardín como una estúpida... solo para verse rechazada de nuevo. Sam la había empujado hasta el mismo filo de la culminación del placer. Y luego no le había regalado más que amenazas y sermones, como un villano de teatro.

¿Acaso no se daba cuenta de que ella habría podido encontrar algún placer en el acto que él tanto había despreciado por abyecto e indigno? Su cuerpo hervía todavía de deseo. Era como si hubiera estado esperando algún regalo que solamente Sam podía darle. Se lo había mostrado y se lo había acercado... para luego llevárselo en el último momento. Y luego se había comportado como si fuera ella la cruel, y no él...

Pues bien, eso no volvería a suceder. Esa noche tomaría su decisión de una vez por todas. Al menos Saint Aldric no la rechazaría sin intentar siquiera amarla.

Intentaría convencerse a sí misma de que lo que sentía por Sam no había sido más que un deslumbramiento pueril. Porque en ese momento, tal y como él había afirmado, no era más que deseo. Y ninguna de esas cosas tendría lugar en su futuro. Dejaría los recuerdos del buen doctor Hastings bien encerrados en el cuarto de juegos de su infancia, allí de donde nunca habrían debido salir.

Y algún día evocaría de nuevo el recuerdo de lo sucedido aquella noche y lo encontraría tan apagado y quebradizo como una flor seca. Miraría a sus hijos, los que habría tenido con Michael. Y se preguntaría cómo había podido ser tan estúpida como para desear a otro hombre.

Pero ese día no. Ese día iba a resultarle difícil. Pensó en Saint Aldric y en sus numerosas virtudes. Y, lentamente, sintió que el ardor comenzaba a remitir. Michael era atractivo. Era bueno. Tenía un excelente sentido del humor. Cuando la veía, reaccionaba buscándola, y no huyendo. Y con una sonrisa cargada de promesas y de gozosa expectación sobre el futuro que los esperaba.

Se levantó e inspiró hondo. El aire estaba limpio y frío, y si olía levemente a colonia masculina... probablemente serían imaginaciones suyas. Luego se alisó el vestido y volvió a entrar en la casa.

Nueve

—Lady Evelyn me ha hecho el hombre más feliz de todo Londres.

Sam había vuelto al salón de baile a tiempo de asistir al anuncio. Saint Aldric sonreía como un bobo, ajeno al hecho de que el rostro de la mujer que lo acompañaba aún conservaba el rubor de los besos que Sam le había dado.

Tal y como había venido haciendo durante la mayor parte de su vida, permanecía mudo y discreto a un lado, luchando por dentro con sus instintos más abyectos. Se había demorado un rato en el jardín, esperando a ver si Evie regresaba a la casa sin su ayuda. No había escuchado lloros ni gritos apasionados: un profundo silencio parecía haber echado raíces en aquel banco. Minutos después, la había visto levantarse para volver a entrar en la casa.

En aquel instante estaba sintiendo lo mismo que el día en que zarpó y se quedó contemplando cómo Inglaterra se empequeñecía por segundos, hasta quedar convertida en un punto en el horizonte. El mar se había extendido interminable entre él y la mujer a la que no podía evitar amar. En ese momento era igual: el salón de baile parecía estirarse hasta el infinito, lleno de parejas bailando un vals. Y Sam había vuelto a perderla.

Bebió un trago de su copa, lamentando que no fuera un licor más fuerte. Otra hora, quizás, y podía presentar sus excusas y marcharse. Pero no tenía por qué quedarse allí, viéndola ser feliz sin él.

Había sido todo tan fácil en el jardín, cuando todos sus pensamientos inocentes y fraternales habían volado como animales escapados de un incendio. Ella lo deseaba. Debía poseerla, o se volvería loco. Sentía crecer la presión en su interior, la desesperación por tumbarla en el suelo, levantarle las faldas y perderse en la suavidad de su cuerpo.

Se imaginó entrando en ella, de un rápido embate. Su grito de sorpresa ante la pérdida de su doncellez.

Y luego el descubrimiento. El grito indignado de Thorne. El descubrimiento de la verdad.

«Repugnante. Obsceno. Blasfemo».

La había apartado de sí, horrorizado ante lo que había hecho, pero secreta y pecaminosamente triunfante. Al fin y al cabo, Evie era verdaderamente suya. Se casaría con el duque, sí, pero cada vez que él la tocara, ella pensaría en aquellos momentos y en lo mucho que había deseado a otro hombre.

Eso no debía volver a suceder. Esa vez se marcharía a las Américas. A Jamaica. Con suerte, sucumbiría a unas fiebres y sus sufrimientos acabarían de una vez por todas.

Se apartó de la multitud, esperando encontrar distracción en las cartas, en el brandy o quizá en algún rostro bonito que le hiciera olvidar, aunque solo fuera por un instante, a la única mujer a la que le importaba mirar.

Pero, en lugar de ello, se topó con su padre.

—Doctor Hastings… Sam.

Lord Thorne lo había localizado entre la multitud de invitados. Su tono volvía a ser el de antaño, el que había utilizado cuando aún era su hijo predilecto. Antes de que él le hubiera pedido, entre tartamudeos, la mano de Evie.

—Señor —respondió con una media sonrisa que esperaba que no fuera demasiado tensa.

—Saint Aldric y Evelyn están a punto de terminar su danza. No hay razón para esperar más.

«¿A qué?», se preguntó Sam. ¿Esperaba acaso que se marchara ya?

Pero parecía que Thorne estaba hablando más consigo mismo que con él, como si ya hubiera estado retrasando demasiado el cumplimiento de algún deber.

De repente parecía tan incómodo como se sentía Sam por dentro. Le extrañaba que su humor concordara tan poco con lo festivo del ambiente. Aquel debería haber sido un momento triunfal para él.

—Yo... nosotros... desearíamos hablar contigo, en mi despacho.

—Por supuesto, señor —miró su reloj—. ¿Dentro de media hora, quizá? Lo digo para que tengáis tiempo de recibir las felicitaciones de los invitados.

—Veinte minutos —Thorne pareció acogerlo como una especie de aplazamiento—. Una idea excelente. Hasta luego entonces —volvió a internarse en la multitud mientras era felicitado por el exitoso compromiso de su hija.

Aquello era condenadamente extraño.

Y allí, en el centro de la pista de baile, estaba Evie. Su querida y dulce Evie, con aspecto casi tan abrumado como su padre. Cuando pasó girando a su lado, en los brazos del duque, sus miradas se encontraron por un fugaz instante. Le lanzó una sonrisa de triunfo, con los ojos brillantes no de lágrimas, sino con una expresión casi diabólica. Había hecho lo que él le había pedido, ¿no? Esperaba que estuviera satisfecho.

Si debía perderla, aunque en verdad nunca había sido suya, mejor que fuera así. Estaba furiosa y lo seguiría estando durante algún tiempo. Si albergaba dudas sobre su decisión, él se marcharía antes de que ella llegara a expresarlas.

Todo el mundo aclamaba a Saint Aldric como un hombre ejemplar, un joven aristócrata que no había permitido que su éxito y condición nublaran su innata bondad. Él trataría a Evie como ella se merecía que la trataran. Por otra parte, Sam dudaba que el duque pudiera llegar a gustarle alguna vez. Pero como no tendría motivo para volver a verlo, tampoco importaba.

La danza terminó. Pero para entonces el radiante Saint Aldric no estaba junto a Evie, que el diablo se lo llevara... Había ganado: lo menos que podía hacer era disfrutar de su trofeo. Pero Sam había visto a Thorne separándolos y llevándose al duque a un aparte, para decirle algo en susurros.

Evelyn se había quedado mirándolos. Y aunque no había podido escuchar lo que se habían dicho, había asentido con la cabeza. Una expresión de lo más extraña se había dibujado en su rostro, como si estuviera recordando algún problemático detalle que amargara la dulzura del momento. A continuación se había vuelto de nuevo hacia la multitud, perfecta como siempre.

Algo raro estaba pasando. Pero Sam no lograba imaginar ni por asomo lo que podía ser. Los minutos que faltaban para la cita con Thorne se le hicieron interminables.

Transcurrido el tiempo convenido, Sam subió las escaleras en busca de Thorne.

Saint Aldric estaba esperando también en el despacho de su mentor, que tenía un aspecto de atribulado colegial al que hubieran reprendido severamente. El disgusto y la vergüenza de sí mismo se reflejaban en su rostro. Si hubiera sido cualquier otro hombre, habría sentido una inmediata compasión por él.

Pero no era cualquier otro hombre. Y Sam no podía tratarlo más que con la esperada cortesía. Saludó con una formal inclinación tanto al aristócrata como a Thorne.

—Señor. Excelencia...

—Sam.

Otra vez había adoptado el antiguo tono de familiaridad. Sam lo saludó con una cínica sonrisa. Ahora que el destino de Evelyn estaba sellado, ¿nuevamente volvía a ser su hijo favorito?

—Supongo que os estaréis preguntando... los dos... por qué os he convocado aquí —empezó, no sabiendo a cuál de los dos mirar primero—. Ha sido por encargo de Evelyn —siguió otra incómoda pausa—. Evelyn... ha descubierto la verdad. Y me ha convencido de que, dado que ahora la sabe ella, también deberían saberla los demás. Piensa que lo más adecuado es enfrentar directamente el asunto, antes de que puedan correr rumores. Y dado que los dos estáis presentes aquí esta noche...

Volvió a interrumpirse, como si sus anteriores frases hubieran significado algo para ellos y no necesitara añadir más.

Saint Aldric lo miraba con una sonrisa sesgada, como si no pudiera reprimir su diversión,

—Tal parece, Thorne, que dicha especulación se refiere a nosotros dos. Es evidente que deseáis decirnos algo y que al mismo tiempo os resulta difícil hacerlo. Por favor, hablad. El doctor Hastings y yo estamos en ascuas.

Thorne miró a uno y a otro, como un conejo acorralado por dos zorros.

—Primero debo decir que no quiero faltaros al respeto ni a vos, Excelencia, ni a vuestro padre, que siempre fue un querido amigo mío. Como tampoco es mi deseo traicionar su confianza.

—Dado que lleva muerto casi una década, sería

133

improbable que él os pidiera cuentas —comentó Saint Aldric con una sonrisa—. Pero deduzco que os hizo jurar que guardaríais secreto sobre algo que ahora pesa gravemente sobre vos.

—No es nada tan grave —dijo Thorne, animado por sus palabras—. O, al menos, nada que no hayan hecho muchos otros caballeros. No es una verdadera desgracia. Y vos debéis saber que vuestro padre siempre fue el mejor de los hombres.

—Me complace pensar eso —repuso Saint Aldric, asintiendo.

—Es solamente porque la verdad terminará aflorando con o sin mi ayuda, por lo que estoy hablando ahora.

—Entonces soltadla ya, hombre —insistió el duque con otra sonrisa—. El buen doctor podrá atestiguar que, a la hora de sacar una astilla, carece de sentido hacerlo lentamente. Eso solo prolonga el dolor, al prolongar el suspense. ¿Cuál es esa no tan terrible verdad que habéis estado escondiendo al mundo?

—Aquello sucedió cuando vos no erais más que un niño de pecho, evidentemente. Y vuestra madre se encontraba todavía en una frágil condición. Se produjo... —siguió otro dramático silencio— una indiscreción.

La atención de Sam había empezado a divagar. Resultaba obvio que, fuera cual fuera el problema, concernía a Saint Aldric, que no a él. Quizá su presencia había sido requerida en caso de que la sorpresa se revelara demasiado grande y fuera necesario un médico. Si ese era el caso, mejor habría hecho en llevar consigo su maletín.

Pero nada había en el aspecto del duque que sugiriera que fuera a caer fulminado al recibir una mala noticia. Su rostro estaba subido de color, por supuesto. Pero teniendo en cuenta el motivo de la velada, aquello era natural.

—Dado que mis padres abandonaron tiempo ha este mundo, no veo motivo alguno por el cual esa información deba permanecer oculta por más tiempo. Tenéis mi bendición para hablar. Inmediatamente, de hecho.

Incluso un santo tenía una paciencia limitada. Y parecía que Saint Aldric había llegado al final de la suya.

—Aquella indiscreción tuvo una consecuencia —se apresuró a confesar Thorne—. Un niño.

—Pero eso quiere decir... —el duque sacudió la cabeza con gesto de sorpresa—. ¿Tengo un hermano?

—Hermanastro —le corrigió precipitadamente Thorne.

Saint Aldric se adelantó entonces como el rayo, agarrándolo de un hombro. Y, por primera vez desde que lo conoció, Sam vio su aspecto cuando se enfurecía.

—¿Sabíais esto? ¿Y no me lo dijisteis? Maldita sea, hombre. Debo saberlo todo —se tranquilizó, sin embargo, con la misma rapidez. Aunque resultaba obvio que necesitaba saber más—. ¿Os reveló mi padre algo sobre él? Porque me gustaría conocerlo. O, mejor dicho, debo conocerlo.

—Ello no afectará a la sucesión —le aseguró Thorne—. Vos sois el primogénito. Y él es un bastardo.

—No me importa —insistió Saint Aldric—. Lleva mi misma sangre, sea quien sea. Es un pariente y es mi responsabilidad. Tengo un hermano... —de repente su expresión se transfiguró en una maravillada sonrisa de asombro.

Como de costumbre, Saint Aldric se estaba revelando como el más admirable de los hombres, al no demostrar ni un ápice de celos o de indignación por aquel súbito conocimiento. No daba muestra alguna de que lo contemplara como un engorro, una molestia. Que el cielo le hubiera regalado un hermano bastardo no representaba ninguna inconveniencia para él. Al contrario, parecía considerarlo un milagro, una maravilla. A pesar de su venturosa vida, el duque había carecido de algo fundamental: una familia. Y, por supuesto, Dios había terminado bendiciéndolo con una. Ahora estaba completo, realizado.

Aquel no era más que otro deprimente indicio de que constituía la pareja perfecta para Evie. El duque era tan bueno y generoso en privado como lo era en público.

—El niño no fue querido. No en un principio —continuó Thorne, precipitadamente—. Vuestro padre lo puso bajo mi cuidado y me juró que guardara secreto al respecto —en ese momento apartó la mirada del duque para clavarla en Sam—. Yo lo crié como si fuera hijo mío. Nunca le revelé su verdadero origen. Lo engañé...

Ambos hombres estaban ya mirando a Sam. Thorne se encogió de hombros con un gesto de disculpa.

—No entiendo... —pero, por supuesto, entendía. Aquella conversación le había concernido a él. Desde el principio.

—Yo no te saqué de una inclusa —le dijo en ese momento Thorne—. Tu madre fue una costurera de nombre Polly Hastings, que vivía en la aldea de Saint Aldric. Falleció de unas fiebres provocadas por el parto y no pudo cuidar de ti. Yo te acogí, poco antes de que ella falleciera.

—Mi madre... —había sabido que había tenido una, por supuesto. Pero no había pensado en ella durante años. Y su padre...

—Vos me dijisteis... —no pudo terminar la frase, debido a las implicaciones de la misma.

—Lo que yo te dije antes no importa —le advirtió Thorne, como temiendo que fuera a repetir la historia que antaño él le había contado, con todos sus repugnantes detalles—. Esta es la verdad: el antiguo duque era tu padre.

De repente eso lo cambiaba todo. Con una sola frase, había pasado de monstruo a hombre. Sus deseos no eran ya abyectos ni pecaminosos. Lo que sentía por Evie era solamente un afecto perfectamente natural hacia la más hermosa de las mujeres. Y no había impedimento alguno para realizarlos.

La habitación empezó a dar vueltas. O quizá fuera él. Era como si la súbita ligereza que sentía lo hubiera puesto a girar como un molino. Ciertamente su cerebro estaba girando. Tenía la lengua pegada al velo de paladar, lo que le impedía reclamar el brandy que tan desesperadamente necesitaba. O el aire, que no conseguía insuflar en sus pulmones.

Cuando Sam volvió a abrir los ojos, estaba mirando al techo. Gracias a Dios, Evie no había estado en la habitación para ser testigo de aquello: si ese hubiera sido el caso, se habría burlado de él hasta el día de su muerte. Ya tenía bastante con haberse desmayado en presencia de Saint Aldric y de Thorne. No tendría sentido recordarles que había soportado batallas sin mayores incidentes. Había estado hundido hasta los tobillos en sangre y miembros amputados, rodeado de los gritos de los heridos y del hedor de la muerte, y jamás había reaccionado de aquella forma. Lo juzgarían un hombre débil, fácilmente impresionable.

Pero peor era imaginarse a Eve a su lado, riéndose de su turbación, mientras el hombre que había resultado ser su hermanastro había soportado la noticia con buen humor y sangre fría.

—¿Os sentís bien? —Saint Aldric lo estaba mirando con una desconcertada expresión, que no tardó en transformarse en otra sonrisa. Una expresión extrañamente familiar, por cierto. Porque ahora que se sentía con ánimo para reparar en sus semejanzas, resultaba obvio que eran hermanos. El color de la tez, los ojos, la altura de la frente, el dibujo de las orejas... eran idénticos a los suyos. No podía haber duda.

El duque alzó una mano, ignorando su silencio.

—Entiendo que esto os haya producido un gran impacto.

—No lo sabéis bien —había sido la avalancha de descubrimientos lo que lo había tumbado, los nuevos hechos que habían expulsado las antiguas certidumbres de su mente. Y el conocimiento de que había estado equivocado, terriblemente equivocado, sobre la única cosa de la que había estado seguro en el mundo.

Que Evie nunca podría ser suya. Que era su hermana. Que sus sentimientos por ella, por muy intensos que fueran, eran viles y abyectos. Durante toda su vida adulta se había tenido por una especie de perro rabioso, un vil pecador, indigno de la compañía del ser al que más amaba. Y ni la distancia, ni la violencia, ni la lectura incesante de la Biblia le habían ofrecido consuelo alguno.

Y, de repente, había quedado limpio de todo pecado. La mano de dedos manicurados seguía frente a él, volviéndose más nítida conforme su mente se iba aclarando y su pulso recuperaba la normalidad. Sam se decidió a agarrarla, aceptando su ayuda para incorporarse del suelo.

—También para mí ha supuesto un enorme impacto —le confesó Saint Aldric, en un intento por que se sintiera cómodo—. Yo ya me había acostumbrado al hecho de que era la última hoja de mi árbol genealógico.

—Yo soy un hijo natural —dijo Sam, todavía desconcertado por la alegría demostrada por el duque al recibir la noticia—. Apenas cuento como parte de vuestro árbol. Seré como mucho una mala hierba en su base.

—Mejor eso que la tierra yerma y desnuda —Saint Aldric se lo había quedado mirando con una extraña expresión de anhelo. De repente, en un impulso, se adelantó y le dio un fraternal abrazo.

Sam sintió que la misma mano que antes lo había levantado le palmeaba la espalda. Luego el duque lo tomó de los hombros y se apartó para mirarlo fijamente, examinando sus rasgos como había hecho él con los suyos unos segundos antes. Saint Aldric parecía estar memorizándolos, catalogándolos, comparándolos, identificando las similitudes. Finalmente asintió con gesto aprobador.

—No tenéis idea del consuelo que supone para mí encontrar un pariente, cuando tan resignado estaba a permanecer solo.

No encontrando respuesta alguna a aquella frase, Sam se lo quedó mirando sorprendido. Él nunca había sentido la necesidad de un hermano y, ciertamente, no había querido el padre y la hermana que había creído que tenía. Había sido preferible, con mucho, estar solo a tener semejante parentela. Pero en ese momento parecía haber sido arrojado a otra familia que tampoco había pedido ni deseado.

Sus sentimientos debieron de resultar evidentes en su rostro, porque Saint Aldric desvió la mirada con embarazo.

—Lo siento. Ha sido un impulso. Vos sabéis demasiado bien lo que es estar solo. Pero eso ha cambiado para ambos. Os reconoceré como mi hermano, por supuesto. Os ayudaré de todas las maneras que pueda. Lo habría hecho por Evelyn, por supuesto. Pero ahora tengo razones mucho más poderosas.

«Evie», pronunció Sam para sus adentros. Se había olvidado de los sucesos de la última hora. Lady Evelyn Thorne estaba ya formalmente prometida al duque de Saint Aldric, que había resultado ser su hermano. Aquello era como perderla solo para pensar que la había ganado... y perderla de nuevo. Todo había quedado establecido entre los tres. Porque sería indigno por su parte arruinar la felicidad de su propio hermano y robarle al mismo tiempo a Evie la posibilidad de tan buen partido.

Tomar la decisión no le llevó más que un instante. Tal vez fuera indigno, pero lo haría sin dudarlo. Evie lo amaba. Sus palabras y sus actos así se lo habían demostrado apenas unas horas antes. Sam no estaba en deuda con aquel intruso. Pese a lo que Saint Aldric pudiera pensar, seguían siendo enemigos. Toda su buena voluntad y todos los gatitos del mundo no podrían cambiar ese hecho.

—Como ya os dije la primera vez que nos encontramos en el jardín, no preciso de vuestra ayuda.

Los ojos de Saint Aldric se abrieron de sorpresa, como si no hubiera considerado nunca la posibilidad de que alguien pudiera rechazarlo.

—¿Qué razón podríais tener para no aceptarla? Seguro que yo podría abriros puertas que no podríais abrir por vos mismo.

—Hasta ahora he quedado suficientemente satisfecho abriéndome camino yo solo —le recordó Sam.

—Sam...

El tono fraternal de Thorne venía a advertirle tácitamente que cuidara sus modales y aceptara al mismo tiempo la caridad de sus superiores. Aquello hizo que le entraran unas histéricas ganas de reírse en su cara. No tenía razón alguna para seguir su consejo. Thorne lo había criado, sí, pero bajo pretensiones lo suficientemente falsas como para invalidar la relación.

—Y ahora podríais quedar aún más satisfecho —le dijo Saint Aldric—. Debéis convertiros en mi médico personal, tal como sugirió Evelyn. Sería una posición más que honorable para vos, y que se prolongaría durante muchos años, os lo aseguro: soy joven y disfruto de una buena salud. Los honorarios serían generosos, para no hablar del prestigio de vuestra asociación conmigo. Aún seguís soltero. Sospecho que serían muchas las damas que os considerarían un gran partido.

—Evie...

Había vuelto a quedar aturdido, y, si no llevaba cuidado, se desmayaría por segunda vez en su vida allí mismo, en la alfombra del despacho.

—¿Dijisteis antes que ella ya estaba al tanto de esto? —le preguntó Saint Aldric a Thorne—. Eso explica mucho mejor sus actos —miró a Sam, sonriendo nuevamente—. Su emoción cuando nos vimos por primera vez en el jardín. Y su sugerencia de que os empleara. Por un momento me pareció que había algo más, pero ahora todo está claro. Os convertiréis también en su cuñado, a la par que amigo. Y seréis el ser más querido para ambos.

Sam pensó que si Saint Aldric se salía con la suya, él quedaría tan alejado como lo había estado siempre de la única mujer a la que había amado, a la vez que obligado a soportar su compañía para siempre.

—Estáis presuponiendo demasiado, Excelencia —apartándose del duque, se sacudió el polvo de la chaqueta.

—Eres un bribón desagradecido, Sam.

Parecía que, después de lo que le había hecho, Thorne se creía autorizado a expresar su opinión. Sam concentró su furia en el objetivo que más la merecía.

—No tenéis ningún derecho a sermonearme, ahora que la verdad ha salido a la luz. ¿Qué sois ahora para mí, señor, después de todo este tiempo?

—Tan solo el hombre que te educó.

—Y que me amamantó con mentiras, como si fueran la leche de mi madre —le espetó Sam—. Por el bien de Evie, no me extenderé sobre la magnitud de vuestra perfidia. Pero no penséis ni por un momento que os perdono por ello.

Thorne desorbitó los ojos.

—Evelyn es mi única hija. Hice lo que hice porque era lo mejor para ella y para ti también.

Al otro extremo de la habitación Sam oyó que alguien carraspeaba suavemente, y solo entonces recordó que no estaban los dos solos en la discusión. Volviéndose hacia el duque, se lo quedó mirando fijamente, en silencio. ¿Realmente pensaría Saint Aldric que era un honor ser abandonado por su propio padre y verse privado por tanto de identidad? Si así era, Sam se había equivocado con él. Aquel hombre tenía que ser un imbécil.

—Me doy cuenta de que nos llevará algún tiempo acostumbrarnos a la noticia que hemos recibido, digerir el cambio y decidir el mejor camino a seguir —dijo Saint Aldric, haciendo todavía gala de su diplomacia. Resultaba obvio que él no veía necesidad alguna de retrasar ninguna decisión, pero se contenía por el bien de su hermano. Extendiendo una mano, palmeó la espalda de Thorne—. Os doy las gracias, en nombre de mi padre y el mío, por el servicio que habéis hecho a mi familia y por la revelación que acabáis de hacernos.

Aquellas palabras, perfectas para tales circunstancias, hicieron que Sam se sintiera pequeño e insignificante por su irritada reacción, por muy justificada que hubiera sido.

—Y ahora, si me disculpáis... —el duque se despidió con una elegante inclinación, antes de abandonar el despacho.

Thorne se quedó mirando a Sam y soltó un bufido de desaprobación.

—Serás hijo de un duque, Hastings, pero es evidente que no has heredado ni la gracia ni la corrección de esa familia. Evelyn no se equivocó al preferir a Saint Aldric, porque te estás comportando tal y como yo supuse que harías.

—Gracias por habérmelo confirmado —repuso Sam.

—Su felicidad es lo único que me ha importado, siempre, desde un principio. Y tú nunca formaste parte de ella —Thorne sonrió de pronto, triunfante, como el sacerdote trastornado de alguna fanática religión—. Adelante. Ve a buscarla. Cuéntaselo todo. Intenta volverla en contra mía, a ver si te da las gracias por ello.

Sam sabía que Evie miraba a su padre con la clásica adoración de una hija única. A sus ojos, aquel hombre no podía cometer ninguna maldad. Escuchar lo contrario la destrozaría. Sacudió la cabeza.

—No, Thorne. No lo haré. Tendría que estar dispuesto a romperle el corazón y asegurarle al mismo tiempo que lo hago por su propio bien. Y eso es algo que no haré nunca.

Diez

Después de abandonar a Thorne, Sam seguía necesitando una bebida. En un caso como aquel, el doctor Hastings habría prescrito un brandy para las emociones fuertes. Eso y la oportunidad de sentarse a reflexionar en solitario, sin gente que husmeara en sus pensamientos. «Médico, cúrate a ti mismo», masculló mientras partía en busca de la licorera de la biblioteca.

Una vez que consiguiera templar sus nervios, hablaría con Evie. Lo primero era disculparse por sus palabras en el jardín. Tan pronto como hubiera acabado de hacerlo, la persuadiría de que rompiera su compromiso con el duque y se marchara con él. Ya en una ocasión ella misma le había propuesto ir a Gretna. Tendrían que hacerlo así. No habría tiempo para noviazgo formal ni anuncios públicos.

Debía sacarla de Londres antes de que estallara el escándalo. Y, lo que era más importante, debía sacarla de aquella casa. Había sido capaz de profesar un frío y distante respeto a Thorne cuando había pensado que era su padre. Pero en aquel momento no le debía nada. No lo había acogido ni por amor ni por caridad, ni por lazo alguno de parentesco. Su presencia en aquella casa no había sido más que un favor hecho al antiguo duque de Saint Aldric. Nada más que eso. Solo era cuestión de tiempo que terminara gritándole esas mismas palabras a Thorne a la cara.

Evie nunca debería saber eso. Su padre había estado intentando protegerla, a su propia y perversa manera. Si Sam terminaba convirtiéndose en su marido, esa tarea recaería sobre él. Y decididamente lo haría mucho mejor.

—¡Hastings!

Sam se encogió por dentro. Su recién descubierto hermano lo había estado esperando en el vestíbulo, dispuesto a continuar con la conversación. Se volvió, tenso.

—Excelencia.

Saint Aldric parecía levemente divertido,

—Sabed ya que no podréis evitarme durante el resto de vuestra vida. No cuando pretendo reconoceros como familiar mío.

Quizá no, pensó Sam. Pero se sentía tentado de intentarlo.

—No os estoy evitando —repuso, prudente—. Pensé que teníais intención de dejar pasar un tiempo para asimilar la noticia, antes de volver a hablar.

—¿Cuánto tiempo necesitáis vos para ello? —inquirió Saint Aldric.

Al parecer, el duque pensaba que solo se necesitaban unos momentos para volver a ordenar el significado global de una vida.

—Para mí ha supuesto una notable sorpresa descubrir la verdad después de todo este tiempo.

Saint Aldric asintió.

—Supongo que no soy capaz de imaginarlo. No, al menos, más de lo que vos podéis imaginar lo que eso ha supuesto asimismo en mi vida.

—Pero mi presencia o ausencia en ella no podría importar tanto —replicó Sam con tono seco.

El duque pareció sorprendido.

—Al contrario. Aunque puedo permitirme casi cualquier lujo, este es el único que estaría fuera de mi alcance. Uno no puede comprar un hermano.

Como tampoco uno no podía dejar de tener una hermana. Y, sin embargo, eso era lo que le había sucedido a Sam. Miró al duque de nuevo, intentando encontrar en su corazón algún rastro del sentimiento filial que esperaba su interlocutor de él. Pero, en lugar de ello, solamente sentía celos.

—Se necesita algo más que sangre para forjar un vínculo.

—Quizá —convino el duque—. Pero no veo ninguna razón por la que los dos no podríamos al menos ser amigos.

Si él no veía esa razón, entonces estaba siendo deliberadamente obtuso. Aunque, cuando se conocieron, el duque había dado por supuesto que existía un vínculo emocional, amoroso, entre él y Evie. Y él lo había negado entonces, renunciando a toda reclamación sobre ella. De manera que no podía cambiar ahora radicalmente de posición sin explicarle sus razones.

Sam no quería convertirse en alguien como Thorne, dispuesto a decir lo que fuera con tal de conseguir sus objetivos. La vergüenza de sus convicciones anteriores moriría sigilosamente, suponiendo que no las confesara de una vez por todas. Su condición de hermano recién descubierto no autorizaba a Saint Aldric a conocer cada sórdido detalle de su pasado.

Procurando proyectar en su tono la misma cordial indiferencia que le había demostrado a Thorne, asintió respetuosamente.

—Lo siento. Estáis en lo cierto. Me estoy comportando de una manera irracional.

—Como vos mismo dijisteis, ha sido un impacto muy grande —le recordó el duque—. No podéis esperar tomároslo con tranquilidad. Ciertas actitudes y reacciones son perfectamente permitidas... en familia —volvió a sonreír, como para demostrarle que no albergaba reserva alguna sobre el descubrimiento.

Otro ejemplo de la superior naturaleza de aquel hombre. Lo cual era cansino en extremo...

—De todas formas, me disculpo —murmuró a regañadientes.

—Disculpa aceptada —repuso el duque.

No hubo por su parte petición de disculpa, por supuesto, porque aquel hombre nunca hacía nada que pudiera exigir una. Era, como lo había venido siendo desde el principio, perfecto.

Pero en ese momento estaba comprometido con Evelyn.

—Ahora que hemos dejado establecido eso, debéis disculparme —dijo Sam, repentinamente seguro de que si tenía que seguir mirando aquel atractivo rostro y escuchaba otra sensata palabra de sus labios, se arrojaría sobre el duque como un animal salvaje y le haría perder el sentido a golpes.

—Un momento —Saint Aldric alzó un dedo, como si ese sencillo gesto bastara para aplacar a Sam—. Todavía no habéis respondido a mi pregunta. No veo razón alguna por la que no podamos ser amigos. ¿La veis vos?

Era una oportunidad para mostrarse sincero. Para explicarle la situación, así como la imposibilidad de que una amistad semejante pudiera tener algún futuro.

Pero, en lugar de ello, mintió entre dientes.

—Por supuesto que no.

—Convenido, entonces —el duque le sonreía como si aquellas pocas palabras hubieran cimentado su relación—. Si lo deseáis, puedo postularos como miembro de mi club.

Donde supuestamente seguirían encontrándose a cada momento, pensó Sam. ¿Acaso ese hombre pretendía convertirse en una figura omnipresente en su vida?

Saint Aldric percibió su vacilación.

—Ello os dará oportunidad de conocer a otros caballeros y optar quizá a una posición de vuestro gusto. Puede que no queráis convertiros en mi médico personal. Pero existe un buen número de caballeros en disposición de necesitar vuestros servicios. Tal vez alguno de ellos os convendría.

Presentada de aquella manera, la perspectiva resultaba tentadora. Y la habría aceptado al instante de haber partido de cualquier otra persona. Sam experimentó una punzada de nostalgia por la familia que habría podido tener, si las cosas hubieran sido distintas. Nunca había creído necesitar un padre; al menos, no por afecto. Pero una mano en el hombro para guiarlo, educarlo e introducirlo en los círculos adecuados habría sido una ayuda inmensamente valiosa.

Había tenido ese padre en Thorne, pero solo al principio: el hombre había resultado finalmente un fiasco. Recordó entonces la razón del súbito cambio de humor de Thorne. Era la misma por la que no podía aceptar la ayuda del hombre que tenía frente a sí: Evelyn.

Sam asintió respetuosamente, esforzándose por no proyectar un tono de sarcasmo en su voz.

—Gracias por vuestro ofrecimiento, Excelencia. Pero, lamentablemente, debo declinar. Dudo que me resultara útil la membresía de un club, ya que no tengo intención de permanecer en la capital —como tampoco sería bienvenido en el propio Londres, una vez que hubiera culminado sus planes. Cuando hubiera defraudado las románticas esperanzas del mismo hombre que se estaba ofreciendo a ayudarlo.

—Muy bien. Como gustéis.

A juzgar por su expresión, el duque no supo si sentirse irritado o decepcionado por aquel último rechazo, probablemente porque no estaba acostumbrado a escuchar la palabra «no».

—Pero debéis cenar conmigo mañana por la noche. Insisto en ello.

Conque insistía, ¿eh? ¿Y qué tenían que ver en ello los propios deseos de Sam? Recurrió a la primera mentira que se le ocurrió.

—Desafortunadamente, eso no será posible. Tengo un compromiso. Y ahora, si me disculpáis... —y emprendió la retirada en busca de la única persona a la que deseaba realmente ver.

—Evelyn. Tenemos que hablar —Sam se dirigía hacia ella con una triste sonrisa en los labios y la resolución y convicción de la flota británica al completo.

Eve experimentó una punzada de aprensión. Tenía la impresión de que llevaba casi una hora conteniendo el aliento, a la espera de recibir alguna palabra del despacho. Quizá los viera a los dos, estrechándose las manos y felicitándose por su buena suerte... Sería algo incómodo, sí, por un tiempo. Sin embargo, tal vez aquella tarde podía terminar bien, después de todo, con ella sintiéndose algo menos culpable por el episodio del jardín.

Pero el duque no aparecía por ninguna parte. Y Sam la había llamado por su nombre completo, algo que solo hacía cuando estaba furioso, o cuando mantenía aquella artificial formalidad suya.

—Sam —se volvió hacia él, recordándose que no debía tomarle las manos, ni hacer cualquier otro gesto familiar que pudiera inflamar su pasión por ella.

Él ignoro su frialdad y la tomó por los hombros.

Lo hizo con fuerza, como si temiera que pudiera escaparse si la soltaba.

—¿Desde cuándo lo sabías?

No había duda sobre lo que quería decir. Y no parecía que la verdad le hubiera hecho libre, como decía la Biblia. De hecho, parecía más hosco y reservado que nunca. Ella desvió la mirada, temerosa de encontrarse con sus ojos. ¿Debería sentirse culpable por aquello también? Era lo único de lo que había estado segura.

Aparte de su amor por Sam, por supuesto. Y se había equivocado. En ese momento estaba perdiendo también la confianza en aquella decisión.

—Lo sospechaba desde hacía algún tiempo. Saint Aldric empezó a frecuentar mi compañía a principios de la Temporada. Enseguida me resultó enormemente familiar, como un viejo amigo, aunque sabía que no te conocía. Pero solo era una sospecha. Solo lo supe cuando volviste el otro día y os vi juntos en el jardín.

—¿Por qué no acudiste a mí con esa información? ¿O por qué no se lo dijiste a él? —su voz era tan áspera como sus manos, y subrayó la última frase sacudiéndole los hombros.

—¡Sam! —se apartó de él—. No vayas a pensar que nuestra antigua amistad te permite tratarme así. Si no te lo dije antes fue porque no tenía ninguna prueba. Habrías tenido la idea por ridícula y la habrías desestimado. En cuanto a lo de decírselo a Saint Aldric...

Esa vez fue él quien desvió la mirada. ¿Seguiría

aún celoso? ¿Y por qué se molestaba en mostrarse celoso ahora, cuando ya era demasiado tarde?

—Lamento haberte acusado. El duque se ha sorprendido tanto como yo.

—Yo no pretendía ocultaros el secreto, a ninguno de los dos. Fue solo muy recientemente cuando comuniqué mis sospechas a mi padre, y más recientemente aún cuando lo convencí de que admitiera la verdad y compartiera la noticia contigo y con Michael.

—Tu prometido —dijo Sam, mirándola muy serio.

—Tu hermano —añadió ella, lamentando que no se hubiera alegrado con la noticia.

—¿Estuvo tu decisión de casarte relacionada de alguna manera con esa revelación? Porque parece demasiada casualidad.

—Mi padre consintió en revelaros el secreto... una vez que Michael estuviera destinado a ser mi marido —respondió ella. ¿Pero qué diferencia podía suponer eso ahora, después de que él la había rechazado?

—Entonces este matrimonio... —Sam barrió el aire con un gesto brusco— nada tiene que con la profundidad de tus sentimientos hacia Saint Aldric.

¿Por qué había esperado hasta ese momento para interesarse por lo que ella sentía por Saint Aldric? No se había molestado en preguntárselo antes. De hecho, había insistido en que aceptara al duque; casi le había ordenado que lo hiciera, como si hubiera tenido algún derecho a hacerlo.

—Él es un hombre tan bueno como el mejor. Tú mismo me lo dijiste. Cuando lo conozcas mejor, seguro que te gustará.

—Eso es completamente imposible, Evie. Y tú deberías saber por qué.

La paciencia de Evelyn había llegado a su final.

—No me culpes a mí de las diferencias que puedas tener con él. Tú me dejaste muy claro que no querías casarte conmigo. Y hablaste maravillas de Michael. Insististe en que debía aceptarlo. Yo hice lo que me dijiste. Ahora que ya he tomado mi decisión, la rivalidad entre vosotros dos debería haber acabado.

—Eso es lo que piensas, ¿verdad? —la estaba mirando con una fría sonrisa que casi parecía una mueca, como un frustrado profesor dirigiéndose a un alumno particularmente corto de entendederas—. Olvidémonos de él, entonces. No hablaremos más de ello. Háblame de tus sentimientos por mí.

Eve recordaba que apenas unas horas antes casi lo había visto temblar de tensión y deseo. Pero la noticia lo había cambiado. En ese momento se mostraba resuelto, reservado y muy controlado.

—¿Mis sentimientos? —ni siquiera estaba segura de cómo llamarlos.

Su contacto se volvió tierno cuando bajó los dedos a la piel desnuda de sus brazos, entre la manga del vestido y el comienzo de los guantes.

—Esta noche, antes del anuncio de tu compromiso, me dijiste que me amabas.

—Antes del anuncio —repitió ella—. Lo que te dije entonces no importa ya —le soltó, liberándose de nuevo.

—A mí sí me importa. Dímelo de nuevo.

Su voz era baja y persuasiva, muy diferente del

tono que había utilizado antes. Eve la sentía debajo de la piel, penetrando hasta su corazón. Era la voz que tanto había ansiado escuchar, desde el primer instante en que volvió. El muchacho que antaño se había marchado había regresado al fin para reclamarla.

Tuvo que obligarse a recordar por qué no debía escucharle.

—Ahora estoy comprometida con Saint Aldric.

—¿Y lo amas? —Sam ladeó la cabeza mientras le lanzaba la misma clase de mirada expectante que antaño solía utilizar cuando deseaba sonsacarle alguna verdad. Y que la hacía sentirse como si volviera a ser una chiquilla.

Pero justamente en ese momento, después de haber tomado una decisión tan adulta y de haberse olvidado de aquellas niñerías, la irritaba sobremanera que la trataran como si fuera una chiquilla.

—Lo que siento por Saint Aldric no es asunto tuyo.

—Pero lo que sientes por mí sí lo es —volvió a apretarle el brazo.

—Déjame de una vez —la orden no sonó muy convincente, ni siquiera a sus propios oídos.

—Lo intenté —le dijo de pronto con voz cansada—. Y me equivoqué al hacerlo. Ahora he descubierto que no es posible.

—Y sin embargo me rechazaste: no una vez, sino muchas veces durante esta última semana.

Se preguntó cuántas oportunidades había esperado que le diera para que le confesara sus sentimientos por ella. La había rechazado en cada una.

—Te mentí. Pero tú tenías que saberlo, ya que continuaste acosándome para que cambiara de idea —de repente estaba sonriendo, como convencido de su capacidad para convencerla. Empezó a acercarla hacia sí.

Ella se apartó, intentando resistirse. ¿Acaso no entendía el sacrificio que acababa de hacer? Y todo porque no había querido confesarle sus sentimientos cuando había dispuesto de la oportunidad. Luego se recordó a sí misma que aceptar a Saint Aldric no era ningún sacrificio. Era un triunfo.

—Si piensas que puedes conquistarme ahora, con unas cuantas frases románticas, estás lamentablemente equivocado, Sam Hastings.

—¿De veras? —su sonrisa había cambiado, cargada de una clarividente confianza que la aterrorizaba y excitaba a la vez—. Comprobémoslo, ¿de acuerdo?

Y, con un último tirón, Eve se encontró de pronto en sus brazos.

Aquel beso fue diferente de los demás y, mientras se rendía, se preguntó si acaso tendría una infinita variedad de trucos que practicar con ella. Todo en aquel beso parecía gritarle: «Te conozco. Sé lo que quieres».

¿Pero cómo era eso posible, cuando ni siquiera ella estaba segura de lo que quería? Sam le abrió la boca con la lengua y exploró su dulce interior con innata confianza, reclamándola toda para él. Cuando hubo terminado, Eve estaba sin aliento, como si el corazón se le hubiera olvidado de latir mientras había estado en sus brazos.

—Muy bien —dijo él con otra confiada sonrisa—. Ya no me preocuparé más por tus sentimientos hacia cualquier otro hombre. Creo que hemos demostrado que no son relevantes —deslizó un dedo a lo largo de su cuello, pero ella se lo apartó de un manotazo.

—Es demasiado tarde para esto.

—Hay luna llena, y estamos solos —le recordó él—. Y enamorados. No se me ocurre una oportunidad mejor.

Sabía que la respuesta correcta era «yo no te amo. Déjame en paz». Pero eso habría sido una mentira tan grande que no conseguía obligar a sus labios a formar las palabras. En lugar de ello, repitió:

—Llegas un día tarde.

—Siempre y cuando ambos podamos respirar, estaremos a tiempo —repuso Sam, atrayéndola de nuevo hacia sí.

Deslizó las manos por su cintura, acariciándole posesivamente los costados, y de nuevo la estaba besando, con sus labios viajando de su boca hasta su hombro. No había furia en él, como cuando antes se lamentó ante ella de su incapacidad para dominarse. Tampoco se trataba de un intento egoísta de disfrutar a su costa. Era un deliberado y calculado intento de excitarla.

—Ven conmigo, Evie —susurró—. Al jardín. Quiero enseñarte algo.

Aquel era el Sam que recordaba. Pero la niña de antaño había desaparecido. Se había desvanecido aquella noche para prometerse a sí misma que cambiaría. No habría más visitas al jardín, ni más coqueteos con la medicina, ni más absurdos y estupideces.

Evie Thorne habría tolerado aquellos besos e incluso habría animado a aquel hombre a que la tumbara sobre la hierba para hacer lo que gustara con ella. Pero la futura duquesa de Saint Aldric no debía hacerlo.

Liberó su brazo de un tirón, echó el brazo hacia atrás para tomar impulso y le propinó una bofetada. Él se apartó de golpe, con una mano en la mejilla, sorprendido y furioso.

—He dicho que no —apenas reconocía su propia voz. Sonaba baja, firme, seria. Era la voz de una mujer, no de la de una niña. Era una voz que exigía ser obedecida. Lo miró impasible, viendo cómo la furia de su expresión se trocaba en recelo.

—¿Evie?

—Creo que será mejor que te dirijas a mí como lady Evelyn. No te tomarás más libertades conmigo, ni en público ni en privado. A cambio, yo me mostraré cortés y respetuosa contigo, en beneficio de Michael. Pero si no puedes atenerte a estos términos, nuestra previa relación no contará para nada y tampoco tu parentesco con el duque. No serás bienvenido en mi casa y te desairaré en público.

Pensó que la tía Jordan habría estado orgullosa de su discurso. Aunque la mirada de Sam le destrozaba el corazón. Tendría al menos la satisfacción de saber que había hecho aflorar la verdad. La anterior expresión cariacontecida que tanto la había preocupado ya había desaparecido de su rostro, pero en ese momento la estaba mirando como si no pudiera dar crédito a sus oídos.

Volvió a frotarse la mandíbula allí donde ella lo había golpeado.

—Caramba, lady Evelyn. Veo que la cosa va en serio.

—Por supuesto que va en serio, memo de cabeza de chorlito —era un insulto poco eficaz, que se remontaba a la infancia que habían compartido. Los epítetos que realmente le habrían convenido en ese momento, como libertino, granuja, villano... esos no podía pronunciarlos, aunque fueran verdad—. A no ser que te esfuerces en tratarme con respeto, no habrá más contacto entre nosotros.

—Porque estás prometida a Saint Aldric —en ese momento pareció como si fuera a echarse a reír.

—Sí —le aseguró, frustrada por su actitud. ¿Se habría equivocado con él durante todo el tiempo? ¿Sería su antiguo amigo y primer amor tan cruel como para burlarse de ella por haberse comportado exactamente como había debido desde un principio?

—Muy bien, entonces –asintió Sam, aunque continuaba sonriendo como si acabara de escuchar un divertido chiste—. Te trataré como debo tratarte, con respeto. Pero no por tu querido Michael, sino para que veas lo vacía que puede llegar a ser la simple cortesía, comparada con nuestros verdaderos sentimientos —alzó una mano y le acarició una mejilla con el dedo.

Eve habría jurado que, con aquel simple contacto, pudo sentir cada caricia suya que había recibido en el jardín, y saborear de nuevo su beso en los labios.

—Dentro de una semana, me estarás suplicando

que te lleve conmigo. Y yo me apiadaré de ti y lo haré. He librado tantas batallas para resistirme a ti que tu compromiso con el duque resulta insignificante en comparación. Y he perdido cada una de ellas. Nos pertenecemos el uno al otro, Evie. Para bien o para mal.

Once

Sam entró en el hogar del duque en Londres con el mismo gesto de sombría resignación que reservaba para comunicar las malas noticias a sus pacientes. Había recibido la invitación con indiferencia y la había declinado. Pero después de la conversación con Evie, tuvo que reconsiderar su decisión, porque probablemente ella también asistiría. Dado que no estaba dispuesta a verlo solo, lo mejor era que aprovechara cualquier oportunidad que se le ofreciese de coincidir en una misma habitación con ella.

Y quizá un pequeño intento de colaboración por su parte satisfaría el deseo de Saint Aldric de llegar a conocerlo mejor. El duque había vuelto a interceptarlo cuando salía de la casa de los Thorne para volver a ofrecerle su ayuda o invitarlo al menos a una buena cena en su casa. Tal parecía que no pensaba cejar hasta que hubiera hecho un verdadero hermano de él.

Sam podía frenar en seco aquellos intentos anunciándole que los planes que tenía de seducir a su prometida dificultarían esa relación, pero una revelación semejante reduciría las posibilidades de coincidir con Eve, en vez de incrementarlas. Siempre se había tenido por un hombre íntegro, aparte del abyecto deseo de acostarse con su propia hermana, lo cual lo había convertido en candidato a la condena eterna. Pero ahora que su amor se había demostrado inocente, se estaba revelando como un hipócrita codicioso capaz de cometer cualquier pecado con tal de que le sirviera para recuperarla.

No le haría ningún daño, por supuesto, y tampoco tendría por qué hacérselo. Un simple empujón bastaría para hacerla renunciar a sus planes de boda con el duque, y Evie volvería corriendo a sus brazos. Solo entonces la situación sería lo que desde un principio había estado destinada a ser.

Esa noche ella misma iba a ponérselo en bandeja. El duque debía de haberla informado de la reticencia de Sam, porque aquella mañana había recibido una nueva visita del criado Tom, con una escueta nota de Evie recordándole su promesa de ayudarla con aquella boda.

Y a no ser que Sam quisiera hacer patente ante el duque la brecha que se había abierto entre ambos, y responder a las preguntas que de seguro seguirían, debía forzar una sonrisa, asistir a aquella cena y demostrarle a Evie que había aceptado los límites que ella había puesto a su relación.

Había garabateado una apresurada respuesta. En ella le decía que el hecho de que hubiera impuesto aquellos límites no significaba que él fuera a ceñirse a ellos. Cuando la había animado a casarse, no había estado en conocimiento de todos los hechos.

Pero había roto en pedazos la carta al darse cuenta de que no podría ofrecerle mayor explicación que aquella. Algunas cosas debían esperar a que estuvieran solos para hablarlas, frente a frente. Quizá entonces se le ocurriera una mejor respuesta, porque la primera incluso a él le sonaba débil y floja.

En lugar de ello, había escrito una única frase aceptando su petición, y otra más a Saint Aldric. Acudiría a aquella cena y se mostraría amable y cortés, siempre que le conviniera. Y si se le presentaba la oportunidad de poner en práctica sus planes, al diablo con los límites que había impuesto Evie.

Sin embargo, en ese momento, se estaba replanteando su plan. Su primera impresión a su llegada al hogar de Saint Aldric era que su rival lo superaba irremediablemente en potencia de fuego. La casa en la que el padre de ambos había vivido era verdaderamente suntuosa. Todo era más grande, más recargado y en general superior al hogar de los Thorne. Los techos más altos y las alfombras más mullidas. El mobiliario resplandecía con la elegante pátina que le proporcionaba la antigüedad y el lujo. Y había varias otras propiedades todavía mayores, repartidas por el país.

Pensó por un momento en su diminuto camarote del *Matilda*, con sus apliques de bronce y su viejo escritorio. Se había sentido orgulloso de él, como un símbolo de lo que era más valioso a bordo: la intimidad. Tener un espacio propio en un barco era un lujo.

Pero aquella casa estaba llena: de gente, de sirvientes, de responsabilidades. ¿Se sentiría el duque verdaderamente solo? Si no era así, entonces Sam no podía envidiarlo. Como tampoco podía envidiarlo por Evie, quien, a pesar de lo que el *Times* pudiera anunciar, nunca pertenecería realmente a Saint Aldric. Ella amaba lo amaba a él. Y él no tenía ninguna razón para no corresponder a ese amor.

Cerca de veinticuatro horas más tarde, aquel hecho admirable seguía arrancándole una sonrisa. La identidad de su padre y su conexión con aquella gran casa eran simples incidentes comparados con el vínculo roto con lord Thorne. Era libre para amar a Evie. Había justicia en el mundo, después de todo.

—Bienvenido —Saint Aldric salió al pasillo para recibirlo, como si no confiara en el mayordomo para que acompañara a Sam hasta el comedor—. Estoy realmente encantado de que pudierais arreglar vuestro compromiso previo y asistir a nuestra cena. Espero que esto no os haya causado ninguna dificultad.

—Ninguna en absoluto —repuso Sam. Ambos sabían que había mentido. Pero si el duque deseaba fingir que había sido verdad, él no pensaba oponerse.

La opulenta mesa los estaba esperando. La vajilla era de plata maciza y los cuchillos tan afilados que Sam habría podido operar con ellos. La cristalería era finísima y los vinos excelentes. Nunca había visto un blanco más blanco que el de aquella mantelería, con el escudo familiar bordado en una esquina.

«El escudo familiar», pensó Sam, distraído. «Y el mío». Si, una vez que hubiera terminado todo, Saint

Aldric seguía teniendo intenciones de reconocerlo, vincularse con la casa de su verdadero padre presentaría indudablemente sus ventajas. Que nunca pesarían más que su amor por Evelyn, por supuesto. Hasta que ella renunciara a su compromiso, Saint Aldric y él estarían en guerra.

Pero si batallaban esa noche, al menos sería en buena compañía. Junto con Evie y su padre, estaban presentes un obispo, un ministro de gobierno con su esposa y varias jóvenes damas y caballeros de alta alcurnia.

Sentada a su lado estaba lady Caroline... Dado que había estado pensando en Evie cuando le fue presentada, no recordaba bien su nombre completo. Saint Aldric le había lanzado una elocuente mirada, como asegurándole que aquella dama podía ser un excelente partido.

Como si aquella muchacha pudiera querer tener algo que ver con él. O él con ella. Podía escoger a su propia esposa, gracias. De hecho, había hecho ya su elección, aunque dudaba que Saint Aldric la aprobara.

Evie no había dado señal alguna de que recordara su último encuentro. Era demasiado inteligente para pensar que Sam podía renunciar a ella sin luchar, pero aparentemente estaba esperando a que él hiciera el siguiente movimiento. Lo trataba con encanto y cortesía, exactamente igual que a los otros invitados. Tenía un aspecto tan resplandeciente como el anillo que brillaba en su mano, elegante como la duquesa que estaba destinada a convertirse. Escuchaba con atención las conversaciones de los comensales de alrededor, hacía inteligentes contribuciones y permanecía pendiente de cada palabra del duque.

Saint Aldric, por su parte, se mostraba impecablemente cortés, ingenioso e inteligente. Participaba en los debates y discusiones con una serena racionalidad que le permitía ganar la mayoría de ellos. No dejaba que el título, y la instintiva deferencia que su rango provocaba en la gente, nublaran su buen juicio.

Y, lo peor de todo: había anunciado en la mesa que existía un vínculo de parentesco entre ellos. Contó a todo aquel que quisiera escucharlo que Sam era un «distinguido médico» con el que «compartía padre». Se comportó, de hecho, como si la súbita aparición de un hermano bastardo hubiera sido la mejor de las noticias imaginables.

Era exasperante. Después de aquello, ¿qué podía decir de sí mismo que pudiera distinguirlo ante Evie? Y, justo en ese instante, Saint Aldric estaba inquiriendo por su oficio, esforzándose por incluirlo en la conversación y haciéndole preguntas que le permitieran exhibir sus conocimientos sin parecer pretencioso.

Las respondió ingeniosamente. Y se habría mostrado enormemente agradecido hacia el duque si no lo hubiera odiado ya tanto. No había manera de encontrarle un solo defecto, como tampoco la tenía Sam de destacar o distinguirse a los ojos de su amada. Poco después, como solía terminar ocurriendo en toda conversación que versara sobre medicina, alguien le preguntó por la pobre princesa Carlota.

Sam se estremeció por dentro. No se le ocurría peor pesadilla para un médico que verse encargado del parto de un miembro de la familia real y gestionarlo tan mal que acabara muriendo la paciente y su hijo nonato. Su reacción habitual era opinar lo menos posible. Pero luego, en un relámpago de lucidez, intuyó el rumbo que probablemente tomaría la conversación y decidió actuar.

—Yo no me atrevería a emitir un juicio sin haber estado presente. Con frecuencia surgen complicaciones que no resultan aparentes hasta que el parto ha empezado. Pero creo que el subsiguiente suicidio del médico encargado habla bien a las claras de lo mucho que el suceso le afectó.

—Nunca debieron encargarle la tarea a él —sentenció Evelyn sin concesión alguna a la diplomacia.

Sam estaba ansioso de ver lo que sucedería a continuación. Había pasado tanto tiempo desde la última vez que había compartido una cena con Eve, que se había olvidado de que podía llegar a ser más entretenida que una noche en el teatro. Todavía no habían transcurrido ni veinticuatro horas desde que se hizo público el compromiso. Y, a menos de un día de distancia, su plan de convertirse en una adecuada esposa para Saint Aldric había durado más de lo que él habría apostado que duraría.

Su rotundo comentario había hecho que el resto de los comensales permanecieran mudos de asombro. Aunque indudablemente las damas tenían sus opiniones sobre el asunto, ciertamente no las expresaban con tanta confianza en presencia de hombres.

Pero Evie no era una dama cualquiera, reflexionó Sam mientras se esforzaba por disimular una sonrisa. Tenía unos conocimientos de medicina y opiniones muy firmes sobre la especialidad de la obstetricia.

—¿Y a quién habrías recomendado tú para que atendiera a la princesa en semejante tesitura? —le preguntó Saint Aldric, manteniendo un tono formal en deferencia a los presentes. La sonrisa que le lanzó era más indulgente que crítica, cargada de mayor paciencia que la que habrían demostrado muchos hombres.

Pero Evie no vio en ella más que un ataque.

—Sospecho que una comadrona habría servido perfectamente —respondió, alzando la barbilla en un gesto que Sam reconoció como advertencia de que estaba dispuesta a combatir a cualquiera que osara llevarle la contraria.

Saint Aldric continuaba sonriendo, pero miró a Sam como buscando un aliado.

—Tal parece que mi prometida no tiene una alta opinión de vuestro oficio.

Evie ahorró a Sam el problema de tener que elegir un bando, al responder ella misma:

—No que es que tenga una mala opinión del doctor Hastings, o de los médicos en general. Es simplemente que discrepo de la capacidad de cualquier hombre para atender un parto.

—Se preparan en la universidad, estudian libros y trabajos de reputados galenos —objetó el duque—. Seguro que saben lo suficiente.

—La mayor parte de los libros están escritos por

hombres. Dudo de su competencia en un proceso que ellos mismos no pueden experimentar —declaró Evie, solemne.

Su futuro marido no pudo evitarlo: se echó a reír en voz alta.

Por un momento, Sam sintió una punzada de compasión por su recién hallado hermano. El pobre diablo no podía haber elegido una mejor manera de enfrentarse a su amada.

—Es más —continuó ella—: estoy segura de que nuestra querida princesa aún seguiría entre nosotros si los médicos no se hubieran mostrado tan brutos y torpes a la hora de tratarla.

Era posible que ese hubiera sido el caso, pensó Sam. Pero no le correspondía a él cuestionar la práctica de otros médicos. En cualquier otra circunstancia, de hecho, habría acudido en defensa de su profesión. Esa noche, sin embargo, no quería enemistarse con Evie discutiendo con ella. La mejor opción era un diplomático silencio.

Pero Saint Aldric no fue consciente de ello.

—¿Qué puedes saber tú de esas cosas, Evelyn? Al fin y al cabo, no eres más que una doncella —era una pregunta sincera, pero sonó casi como si estuviera cuestionando su virtud.

Sam pensó que el pobre hombre se estaba cavando su propia tumba. Vio el cada vez más rebelde brillo de los ojos de Evie mientras preparaba su argumento.

—He estado presente en cierto número de partos durante mis visitas al campo. He leído también los manuales que se usan en la universidad. En comparación, he estudiado las técnicas de las comadronas de pueblo y las he ayudado en sus trabajos. Ellas mismas han alabado tanto mis aptitudes que me consideran capaz de atender un parto, a excepción de los más difíciles, sin necesidad de llamar a un médico.

Por toda la mesa se oyeron risitas y exclamaciones ahogadas. Lady Caroline enrojeció y el obispo que estaba sentado delante se quedó blanco.

Tal como recordaba Sam, Evie se mostraba impasible a cualquier manifestación de aprobación o desaprobación. Cuando sostenía algo, nada conseguía moverla de su posición. Olvidada toda animosidad, miró a Sam como confiándose a un colega:

—Nunca intentaría una cesárea, por supuesto. Pero apostaría a que tú tampoco, a no ser que estuvieras seguro de que a la madre no le cupiera esperanza alguna de sobrevivir.

—Efectivamente, rara vez sobreviven a la operación —convino él—. Pero quizá la mesa no sea el mejor lugar para...

—Por lo que tengo entendido, el médico de la corte dedicó meses a hacer sangrías a la princesa Carlota y casi la mató de hambre en lugar de conservarla bien robusta. Y luego dejó que el parto se prolongara durante días, sin molestarse en precipitar las cosas.

Cono profesional, Sam no podía oponer nada a eso. Evie no hablaba sin saber. Ella había estudiado las técnicas respectivas de los médicos y de las comadronas. Él, en cambio, solamente había sido preparado en una de ellas, y además le habían enseñado a tachar a la otra de inferior.

—Y el bebé había quedado de nalgas —añadió Evie—. Si las caderas de la dama eran estrechas, debió de ser como intentar hacer pasar un melón a través del ojo de una cerradura.

Se oyó un pequeño chillido procedente de alguna impresionable dama y un suave gemido emitido por lord Thorne.

—Y además no usó los fórceps cuando todavía tenía oportunidad de hacerlo —terminó ella.

—Yo pensaba que no creías en los fórceps —apuntó Sam, y esperó divertido su réplica.

—Si siquiera sabe lo que son —intervino Saint Aldric, intentando recuperar el control de la conversación.

Pero Evie lo ignoró.

—Yo lo que dije fue que se recurría a los fórceps con demasiada frecuencia, no que fueran completamente inútiles. Aunque, con la habilidad necesaria, es posible dar vuelta al bebé sin recurrir a ellos.

—¿Acaso está acostumbrada a discutir de tales asuntos con vos? —le preguntó Saint Aldric a Sam, algo tenso.

Sam no pudo evitar preguntarse si seguiría tan dispuesto el duque a tener un médico en la familia. Sospechaba que, cuando tuvieran oportunidad de hablar en privado, le llamaría al orden por aquello. Bebió un sorbo de vino antes de responder:

—He pasado años ausente del país, Excelencia. Pero desde que regresé a casa, lady Evelyn me ha preguntado sobre temas médicos con cierto detalle —dejó que pensara sobre ello lo que gustara. Si no entendía el riesgo que suponía que otro hombre pasara tanto tiempo con su futura esposa, entonces se merecía perderla.

—¿Y es de eso de lo que habláis con ella?

Saint Aldric parecía genuinamente sorprendido. ¿Acaso había esperado algo peor? Y si había sido así, ¿por qué no había hecho nada para evitarlo?

—Hablamos también de otras cosas, Michael —dijo Evelyn con perfecta naturalidad, totalmente ignorante de los celos del duque.

—No debéis hablar de tales temas bajo ninguna circunstancia —pronunció de pronto el obispo, incapaz de contenerse por más tiempo—. Como tampoco debéis cuestionar la superioridad de los varones en todos los asuntos, o preocuparos demasiado por aliviar el sufrimiento de las parturientas. Es la carga que arrastra la mujer, desde el pecado y la caída de Eva.

—Pero los varones no son, ni siempre ni en todo, superiores a las mujeres —replicó Eve con una sonrisa—. Y, con todos mis respetos para el texto bíblico, pero... ¿pensáis en serio que Dios ordenó sufrir a las mujeres y creó al mismo tiempo opiáceos que nos tentaran con la posibilidad de obtener un alivio a ese sufrimiento? Creo que la Biblia dice también que nos aprovechemos de la madre naturaleza. Supongo que eso quiere decir que estamos destinados a aprovechar todos los paliativos que ella nos ofrezca.

Para entonces su padre se estaba agarrando la cabeza, como asaltado por una terrible migraña. La dama que se hallaba sentada junto a él soltó un pequeño grito indignado. Pero la matrona situada justo delante asintió con la cabeza en un gesto de solemne aprobación.

—Evelyn... —había un ligero timbre de advertencia en la voz del duque, como si estuviera seguro de compartir con ella la clase de tácita comunicación propia de parejas que sintonizaban perfectamente entre sí.

—¿Sí, Michael? —Evie respondió con una dulzura realmente aterradora.

—¿Te parece apropiado disentir de la opinión de un caballero que es nuestro huésped?

Eve parpadeó asombrada, toda inocente.

—Sí, aunque solo en aquellos temas en los que estoy absolutamente segura de que está equivocado.

El obispo arrojó su servilleta y empujó su silla hacia atrás.

—Debéis disculparme, Excelencia. Esto es sencillamente demasiado —se levantó para abandonar precipitadamente el comedor.

La capacidad de Saint Aldric para mantener un mínimo de decoro dependía en ese momento de un cierto nivel de respeto y de la amable colaboración de los presentes. Pero Sam podía haberle advertido de que, por lo que se refería a Evie, eso sería imposible de conseguir. En ese momento el habitualmente tan compuesto y mesurado duque se encontraba en un dilema. ¿Debía disciplinar a su prometida delante de todo el mundo? ¿Aplacar de alguna forma a sus invitados? ¿O acaso fingir que nada había sucedido?

Tras meditar durante algunos segundos su respuesta, masculló:

—Maldita sea... —arrojó también su servilleta. Levantándose con una sonrisa, añadió—: Damas y caballeros, si sois tan amables de disculparme por un momento... —y desapareció detrás del clérigo.

Viéndolo levantarse, los comensales lo imitaron para enseguida volver a sentarse. Un nervioso silencio se cernió sobre la mesa. Todos se pusieron a comer rápidamente, como esperando tener una excusa para dar por terminada la velada cuanto antes. Sam, en cambio, se tomó su tiempo para saborear los platos restantes. No recordaba haber probado una cena mejor.

—Evelyn, ¿podría hablar contigo un momento en la biblioteca?

—Por supuesto, Michael —los demás invitados ya se habían marchado y su padre permanecía indeciso y nervioso en la puerta, con su sombrero en la mano.

El duque le regaló una reconfortante sonrisa.

—No necesitáis esperar a vuestra hija, lord Thorne. Si gustáis, podéis regresar a casa y mandar luego el carruaje para recogerla. Estará perfectamente a salvo conmigo durante una hora o así.

Su padre asintió aliviado antes de abandonarla a su destino. Aunque Eve no podía imaginarse que ese destino fuera a ser tan sombrío. Observó de cerca a Michael mientras se dejaba guiar a la biblioteca y no vio razón alguna para temer nada. Estaba contrariado, evidentemente, pero no tan enfadado como para fruncir el ceño. Unos pocos besos con un pequeño acto de contrición por su parte y la vida volvería a la normalidad.

O quizá necesitaría algo más que unos pocos besos. Ahora que ya estaban comprometidos, no había razón alguna para que no pudiera emplear medios más radicales para distraerlo, caso de que se mostrara especialmente difícil.

Al fin y al cabo, estarían completamente solos durante cerca de una hora y compartiendo quizá sus primeros momentos de verdadera intimidad.

Nada más cerrar la puerta, Saint Aldric se la quedó mirando sorprendido.

—No tienes por qué temer nada, Evelyn. No estoy nada contento con el desarrollo de la cena, pero tampoco soy ningún ogro para que me lances esa mirada —se sentó en el sofá, junto al fuego, y palmeó el cojín a su lado.

—¿Qué mirada?

Se miró en el espejo, por encima del mantel de la chimenea.

«Oh, Dios», exclamó para sus adentros. Una cosa era parecer arrepentida y otra muy distinta parecer Juana de Arco de camino del patíbulo. Y ni siquiera había estado pensando en su comportamiento. Había estado pensando en que iba a quedarse completamente a solas con su prometido.

—Te pido perdón, Michael. Por esta cara angustiada y por mi comportamiento durante la cena.

—Me complace oírte decir eso —repuso él.

Quizá fuera eso todo lo que requiriera de ella, pensó esperanzada.

—Por supuesto, la conversación de la cena no tiene ya remedio —comentó.

—Al contrario —repuso el duque con un tono suave—. Yo creo que sí lo tiene.

—No veo cómo. Yo no podía quedarme callada durante la cena. Ni podré hacerlo en lo sucesivo.

A juzgar por la mirada que le estaba lanzando Michael, eso era precisamente lo que esperaba que hiciera.

—Habrá situaciones en el futuro en las que requeriré que te contengas.

—¿Incluso cuando las opiniones que se expresen sean tan absurdas como las que hemos escuchado esta noche?

—Sobre todo entonces —asintió.

—Temo que eso me resultará imposible. Soy una persona de fuertes convicciones particulares.

—Pero, cuando estemos casados, espero que tengas menos —dijo él—. Y, en las cenas, será mejor que limites tus conversaciones a los platos, o al tiempo, o quizá a la moda —sonrió satisfecho, como si el asunto hubiera quedado perfectamente aclarado.

Y, acto seguido, la besó.

El episodio que siguió resultó frustrante. Eve no había querido especialmente que la besara hasta que la discusión hubiera terminado dirimiéndose finalmente a su favor. Entendía demasiado bien lo que Michael estaba haciendo, ya que ella misma había sopesado recurrir a esa misma técnica para terminar imponiéndose. En aquel momento tenía la boca ocupada, de modo que no podía discutir con él. Era una sencilla y descarada manipulación.

Y además no parecía estar funcionando. En ese instante los labios de Michael estaban en su hombro, y sus manos en sus costados. Aunque se le habían quitado ya las ganas de hablar, tenía la mente demasiado lúcida y despejada para que aquello marchara tal y como él parecía esperar. Si hubiera sido Sam, a esas alturas habría estado cerca de perder el sentido...

Y le habría devuelto el beso, además. Los poco convincentes intentos que estaba haciendo por demostrarle algún afecto podrían atribuirse, con suerte, a su escasa experiencia en ese sentido. ¿Pero qué sucedería si ese desinterés persistía hasta su noche de bodas, o incluso después?

Un rato después, Michael la soltó. Parecía que no le había molestado su falta de entusiasmo. Estaba acalorado, jadeaba levemente y sus ojos parecían más negros que azules.

—Por el bien de tu reputación, debo detenerme ahora —dijo mientras le apartaba con delicadeza un mechón de la frente—. Pero volveré a verte, mañana. Tu padre quiere que me quede a cenar. Y después...

La besó de nuevo, con mayor ardor.

O eso sospechaba Eve. Porque ella no encontró diferencia alguna.

La escoltó hasta el vestíbulo, donde la ayudó a ponerse el chal, para ayudarla finalmente a subir al carruaje que la estaba esperando.

Apenas se había cerrado la portezuela cuando se dio cuenta de que no estaba sola. Escrutó la oscura figura que se hallaba recostada en el banco opuesto.

—¿Sam?

—¿He dejado de ser el doctor Hastings para ti?

Había pronunciado su nombre de pila por costumbre, olvidando su plan de mantener una cortés distancia con él.

—Te llame como te llame, me debes una explicación por esta intrusión.

Se inclinó hacia delante para quedar iluminado por la lámpara del carruaje y se encogió de hombros.

—Vi tu carruaje y pedí a Maddoc, el cochero, que me dejara en la posada aprovechando que volvías a casa. No hay más que eso.

—Pero el carruaje se marchó primero con mi padre. ¿Por qué no te fuiste con él?

Volvió a encogerse de hombros.

—Prefiero viajar contigo.

—¿Y por eso has estado esperando dentro durante casi una hora?

—Está bien, te diré la verdad. Quería hablar contigo acerca de la cena.

—Me he ganado una reprimenda del duque —replicó ella—. Si es eso lo que pretendes hacer, no necesitas molestarte.

—También te ha besado, ¿verdad? Supongo que no querrás que yo también lo haga.

—Ciertamente que no. ¿Y qué te hace pensar cosas tan horrendas de mí?

—¿Tienes por algo horrendo besar al duque? —le preguntó—. En ese caso, no temo salir malparado caso de que quieras compararme con él.

—No pretendo nada parecido —el reciente episodio no había sido tan horrendo como poco memorable—. Quiero decir... ¿por qué supones que nos hemos besado?

—Porque ha estado solo contigo durante cerca de una hora, y es solamente lógico que haya aprovechado la oportunidad —sonrió de una manera que le provocó un cosquilleo por todo el cuerpo—. Y porque conozco el aspecto que presentas cuando te besan.

—Y por tanto me abordas para recordarme algo que yo preferiría olvidar —reflexionó por un momento—. Me refiero a tus besos, claro. Que no se te ocurra intentarlo de nuevo, porque gritaré al cochero en demanda de auxilio.

—Eso es lo que haría lady Evelyn —repuso él—. Pero la mujer que amo probablemente me pegaría antes que gritar pidiendo ayuda.

—Pegar a un caballero probablemente sería un comportamiento más que Michael no aprobaría. Si es que eres un caballero, claro está. Porque últimamente no te has estado comportando como tal.

Sam ignoró el insulto.

—De manera que el «santo» no aprueba tu comportamiento.

—Él no ha dicho tal cosa —replicó ella—. Simplemente le gustaría que me mostrara más circunspecta —aunque no era eso lo que había parecido. Michael había intentado ponerle un bozal y luego había procurado aplacarla a fuerza de besos.

Sam reparó en su silencio.

—Si te sirve de algo, yo no vi nada reprochable en tu discurso. Estaba bien argumentado. Al contrario que el del obispo —de pronto se tornó serio—. Eres una mujer inteligente, Evie. Tienes fuertes convicciones y sentimientos sobre determinadas cosas. No temas nunca expresarlos. Aquellos que te queremos no deseamos que cambies.

—Gracias —murmuró. Eso, al menos, no había cambiado entre ellos. Él la comprendía, aunque ella misma no comprendiera del todo lo que sentía. Pero semejante comprensión sería inútil, dado que él se había retirado de su vida para ceder su lugar en ella al que sería su futuro marido. Y así era como debería ser. Lo cual no significaba que no pudiera lamentar la pérdida...

—Me equivoqué al decirte que te casaras con él —le confesó Sam, de pronto—. No hacéis buena pareja.

Evie se dijo que tenía razón, pero eso ya lo había sabido ella cuando se prometió a Michael.

—Me estás diciendo esto para engatusarme y conseguir que me arroje a tus brazos.

Sam sacudió la cabeza.

—Te lo estoy diciendo porque es cierto. No os haréis felices el uno al otro.

—No nos haremos desgraciados el uno al otro —«intencionadamente no, al menos», añadió Eve para sus adentros.

—Con eso no basta. Te mereces mucho más

—¿Más que casarme con un «santo»?

—Te mereces tu libertad. Y te verás obligada a renunciar a ella si te casas con Saint Aldric.

—Eso no puedes saberlo —pero, por supuesto, podía. La riqueza y el poder exigían sus compromisos. Se había engañado a sí misma al pensar que Saint Aldric sería el único en cargar con ellos: también ella tendría que asumir sus responsabilidades. Y, después de aquella noche, resultaba evidente que él esperaba que ella asumiera su parte.

—Si fueras mía, tendrías igual voz que yo en nuestro futuro.

La idea resultaba casi tan seductora como sus besos. Pero no debía escucharla.

—Dices eso ahora. Pero ya has cambiado de chaqueta antes.

—No sobre la profesión que escogí, por ejemplo —le recordó—. Puedes creer lo que quieras sobre los sentimientos que albergo por ti, pero... ¿cuando me has oído mentir sobre mi oficio? Lamento admitirlo, pero ya amaba la medicina mucho antes de amarte a ti. Ella es para mí lo que el título de duque para Saint Aldric: una parte sustancial de mi persona. Si te casas conmigo, tendrás tanto mi mente como mi corazón. Y yo te enseñaría cualquier cosa que quisieras aprender.

¿Y para qué le servirían todos aquellos conocimientos?, se preguntó Eve. Durante la cena, Saint Aldric no había sido el único que se había enfadado. La mayoría de los comensales se habían quedado horrorizados. Y además había avergonzado a su padre.

—Después de lo de esta noche, creo que ambos hemos visto a dónde me ha conducido mi curiosidad. Bastante he flirteado ya con los límites de la corrección y los buenos modales. Y ahora me vienes tú con una oferta para empeorar las cosas.

—Te ofrezco que seas tú misma —le aseguró él—. Que es algo que Saint Aldric nunca te permitirá. Cuando estés dispuesta a admitir la verdad, Evie, ven a mí. Te estaré esperando

Los caballos habían aminorado el paso. Sam se levantó del banco antes de que llegaran a detenerse y abrió la portezuela. Sin dirigirle una palabra más, dio las gracias al cochero y se bajó del carruaje.

Doce

—¡Doctor Hastings!

Quienquiera que fuera, no consideró suficiente aporrear la puerta de manera incesante. Un rayo de luz procedente del pasillo deslumbró a Sam, sacándolo a medias de su sueño, y el sonido de su nombre hizo el resto. Pero no pareció despabilarse del todo. Por un instante pensó que estaba nuevamente a bordo de su barco y que era su mozo de camarote quien lo llamaba. Solo una emergencia podía justificar una visita a esas horas.

—¿Eh?

No era el mozo de camarote. Era Tom, el criado, quien se mostraba tan incómodo teniendo que despertarle como cuando le entregó en mano la carta de Evie. Aunque esa vez su tono era mucho más perentorio, casi nervioso.

—¿Evelyn? —ya se había despertado del todo. Había transcurrido un día entero. Y no había recibido respuesta alguna de Evie a la oferta que le presentó en el carruaje. Pero, si había decidido aceptarla, la hora y el momento no podían importar menos.

—No, señor. Se trata del duque. Desea veros inmediatamente.

—Dile que se vaya al diablo —quizá Saint Aldric no supiera leer las manecillas del reloj. Pero lo último que Sam necesitaba a aquella hora era otra tensa conversación con su nuevo hermano—. Sea lo que sea, podrá esperar hasta mañana.

—Eso no sería prudente, señor Hastings —lo corrigió Tom—. Dijo que era un asunto profesional y de cierta importancia. Me llamó a su dormitorio, pero no me permitió entrar. Me dijo que no debería despertar a nadie salvo a vos y que debía llevaros a su presencia inmediatamente.

Por mucho que le disgustara, no había forma alguna de eludir aquella llamada, si se trataba de una emergencia médica. Estaba obligado por juramento a atenderlo.

—Si se trata de un poco de insomnio motivado por algún exceso, no me voy a quedar nada contento —replicó. Aunque... ¿qué derecho tenía a desahogarse con aquel pobre criado asustado? Tom había tenido aún menos elección cuando recibió la orden de ir a buscarlo.

—Parecía muy afectado —murmuró Tom con voz débil—. Por favor, señor.

—Dame unos minutos para que prepare mi maletín y me ponga alguna ropa. Y deja aquí la vela.

—Sí, doctor —el criado dejó la palmatoria sobre la mesa y volvió a cerrar la puerta.

Sam se puso el pantalón, se ajustó una chaqueta sobre la camisa de dormir y se calzó las botas. Si realmente se trataba de una emergencia, no se entretendría más. Sopló luego la vela y salió al pasillo, donde esperaba el sirviente.

Tom lo acompañó hasta el carruaje de los Thorne.

—¿Se encuentra el duque de visita?

—Sí, señor. Se presentó para la cena, pero no pudo terminar. No se sintió lo suficientemente bien como para volver a casa. Lo instalamos en la habitación azul —Tom cerró la portezuela y se subió al pescante trasero mientras el cochero arreaba los caballos rumbo al hogar de Evelyn.

Cuando llegaron, Sam entró por la puerta trasera y atravesó la cocina, de modo que su visita pasara lo más desapercibida posible. Una vez en la escalera de servicio, no necesitó que lo guiaran hasta la habitación de invitados. Las cosas no habían cambiado allí desde que era un chiquillo.

Tocó una vez a la puerta, suavemente, y esperó.

—Adelante.

La voz sonó muy baja; Sam no supo si se debía a la enfermedad o la intención de no despertar a nadie. Empujó la puerta al tiempo que alzaba la vela.

Saint Aldric estaba sentado en el borde del lecho, con las piernas colgando y la cabeza baja, como si le costara levantarla.

—Lamento haberos despertado. Pero creo que me pasa algo grave... —gimió.

Los síntomas eran tan evidentes que Sam identificó su mal antes incluso de entrar en la habitación.

Si su diagnosis se revelaba acertada, lo probable era que su condición empeorara.

—Hicisteis bien en llamarme sin alarmar a la casa. ¿Tengo vuestro permiso para examinaros, Excelencia?

El duque soltó una amarga carcajada.

—En vuestras manos estoy, doctor.

Sam encendió las demás velas y avivó el fuego de la chimenea, porque el duque se estremecía aunque la habitación estaba ya caldeada. Luego colocó la vela que había llevado en la palmatoria de la mesilla y le puso la mano en la frente.

Fiebre. ¿Desde cuándo llevaría así? Ya había mostrado un color bastante subido dos días atrás, después del baile. Intentó recordar si había tenido ya la mano caliente, cuando se la estrechó. Probablemente no, porque en ese caso Sam habría notado algo la tarde anterior.

Sacó el pequeño tubo del maletín mientras le explicaba:

—Es una invención reciente. Lo utilizaré para auscultar vuestro corazón y vuestros pulmones.

—Es bueno saber que sois un innovador —comentó el duque con voz débil.

Sam le apartó la camisa de dormir y escuchó. El corazón parecía latir bastante rápido, aunque los pulmones no estaban congestionados. La aceleración del primero podría deberse a los nervios. Pero la hinchazón que recorría toda la mandíbula era evidente. El atractivo rostro del duque parecía en ese momento el de una ardilla comiendo nueces a dos carrillos. Sam palpó con mano experta las glándulas del duque y lo sintió estremecerse de dolor.

—¿Os duele? —le preguntó—. ¿Desde esta zona, y hacia los oídos?

—Sí.

—¿Qué me decís del vientre? —le dio algunos rápidos golpecitos en la zona del páncreas y vio que se encogía nuevamente de dolor. ¿La infección estaba alcanzando los órganos internos? Aquello no pintaba nada bien.

Volvió a alzarle la camisa de dormir e inclinó la cabeza.

—¿Dolor en los testículos?

—Algo —admitió el duque.

¿Cómo podría explicarle lo que tenía, pero sin alarmarlo? Sam asintió con la cabeza, intentando proyectar la mayor tranquilidad posible.

El duque lo miró como solía hacer la mayoría de los pacientes: como esperando que le dijeran que no era nada, y que lo que tenía que hacer era dejar de quejarse y volver a la cama.

—¿Sabéis qué es lo que tengo?

Lo sabía. Estaba casi seguro. Por eso mismo le habría encantado darle una respuesta diferente,

—Es una inflamación de glándulas, contagiosa, muy frecuente y de tratamiento normal en los niños. Más grave en los adultos, sin embargo —sobre todo en los hombres, como el duque iba a tener ocasión de comprobar muy pronto.

—¿Fatal? —inquirió Saint Aldric tras una leve vacilación.

—Casi nunca lo es —le aseguró Sam con lo que esperaba fuera una sonrisa reconfortante. Incómoda, desde luego—. Debemos manteneros aislado, tanto por vuestro propio bien como para evitar que contagiéis a otros vuestro mal.

—No puedo. El Parlamento... —el duque intentó levantarse de la cama.

Sam le puso una mano firme en el centro del pecho, obligándolo a tumbarse de nuevo.

—Esto os dejará fuera de combate durante algunas semanas.

—Evelyn... —murmuró el duque, como recordando de pronto que también debería preocuparse por ella. Sam pensó que Evie jamás habría ocupado un lugar secundario en su mente si Saint Aldric la hubiera amado de verdad.

—Ella ya ha pasado esta enfermedad. En la infancia, cuando es mucho menos grave —se acordaba perfectamente de ello, porque él había caído enfermo al mismo tiempo—. Dado que es inmune, estará en condiciones de visitaros, si así lo deseáis. Pero los demás habrán de mantenerse alejados.

—Advierto que vos no teméis por vuestra salud.

—Un médico raramente es útil si se deja llevar por el miedo a las dolencias que trata —repuso Sam—. Tengo además una constitución física particularmente resistente.

—Debéis de haberla heredado de vuestra madre, entonces —murmuró Saint Aldric, con otro gruñido—. Nuestro padre fue pasto de toda clase de enfermedades. Y ahora miradme a mí...

—Una única afección no es señal de una constitución débil —le recordó Sam—. Y esta es bastante común. Me sorprende que no la hayáis pasado antes.

—Vos lo sabríais mejor que yo. De lo único que estaba seguro era de que necesitaba un médico —lo miró con esperanzada expresión—. Se que habéis rechazado mis anteriores ofertas de ocupar una posición en mi casa, pero... ¿estaríais dispuesto a tratarme ahora?

—Por supuesto —contestó Sam, sorprendido de que le hubiera hecho la pregunta—. Ahora sí que me necesitáis.

—De modo que era la posición que os ofrecía lo que os desagradaba, y no específicamente mi persona —pronunció el duque, entrecerrando los ojos—. Había empezado a sospechar que se trataba de lo segundo.

—Mis sentimientos y las razones que los sustentan no son importantes en estos momentos —afirmó Sam con tono enérgico, rebuscando en su maletín para asegurarse de que llevaba consigo todos los medicamentos necesarios—. No os preocupéis por ellos. Para mí, no sois distinto de cualquier otro paciente —sacó las tinturas de opio y belladona para colocarlas sobre la mesilla—. Ahora mismo debemos concentrarnos en curaros y en evitar que los demás habitantes de la casa puedan resultar contagiados. ¿Tenéis alguna idea de dónde habéis podido contraer la dolencia? ¿Cuánto tiempo lleváis sintiéndoos mal?

—Varios días, como poco —masculló el duque—. Hice una visita al hospital de la inclusa a cuyo patronato pertenezco. Algunas de las criaturas estaban enfermas.

Poco faltó para que Sam resoplara de disgusto. Si lo hubieran sacado de la cama para tratar a cualquier otro duque, seguro que habría descubierto que el tipo se había acostado con una prostituta sifilítica, o al menos se habría visto aquejado de gota. Pero el «santo» había contraído las paperas visitando a niños huérfanos. Tal parecía que Sam nunca iba a poder rivalizar con él en términos de estatura moral.

Tuvo buen cuidado de no parece sarcástico cuando respondió:

—Esa es la fuente más probable de contagio. Me vendrá bien conocer la fecha para saber la duración de la dolencia. Con un poco de suerte, la mayoría de los habitantes de esta casa ya habrán pasado la enfermedad. Pero, para estar seguros, desalojaremos toda la planta y reduciréis al mínimo las visitas de la servidumbre.

El duque se tocó las mejillas, palpándose las inflamaciones.

—Procuraré que no me vea nadie, para no causar alarma.

Sam buscó en su expresión algún indicio de vanidad, para terminar concluyendo que sus palabras habían sido sinceras. Aquel hombre no quería montar un escándalo, ni contagiar a nadie, ni aterrorizar a las doncellas. Tenía un carácter tan humilde como compasivo. Saint Aldric era infinitamente tedioso en su virtud.

—Pensad en ello como si fuera una cuarentena —

dijo Sam con tono firme, recogiendo el vaso de la mesilla para verter en el agua unas contadas gotas de medicina de los dos frascos—. Cuando lord Thorne se despierte, yo me encargaré de que informe de ello al resto de la casa. Y os suministraré un opiáceo para que os ayude a dormir. Lamentos deciros que las incomodidades aumentarán antes de que empiece a remitir la afección. Pero la belladona os ayudará en ese sentido. Durante los siguientes días las comidas habrán de ser suaves y blandas.

El duque suspiró.

—Tal como me siento ahora, no creo que pueda tragar nada, así que me vendrán bien —tomó el vaso y lo apuró de golpe antes de volver a apoyar la cabeza en la almohada—. Transmitid mis disculpas a Evelyn y a lord Thorne por esta inconveniencia.

Como si a Thorne pudiera importarle, siempre y cuando el duque siguiera vivo, pensó Sam. Consideraría incluso un honor tener al noble bajo su techo, durante quince días al menos.

—Por supuesto, Excelencia. Volveré a visitaros por la mañana —inclinó respetuosamente la cabeza, recogió la vela y se retiró para dejarlo descansar.

De pie en el pasillo, sopesó sus opciones. Si se hubiera tratado de un paciente normal, habría despertado al ama de llaves y le habría dejado las medicinas y las instrucciones necesarias para atenderlo. Era poco lo que había que hacer, aparte de ver cómo superaba la enfermedad y ayudarlo a lidiar con las secuelas que pudiera dejarle la dolencia.

Pero no se trataba de un simple mortal. Estaba tratando a un duque. Incluso aunque no hubiera sido quien era, Sam habría insistido en quedarse en la casa, para poder atender cada una de sus necesidades. Eso habría sido una pérdida de tiempo. Pero también habría sido lo que habrían esperado todos que hiciera.

No se trataba, además, de cualquier duque. Se trataba de su propio hermano. Como familiar, probablemente se esperaba de él que se preocupara de su persona. Pero Sam no albergaba sentimiento alguno hacia Saint Aldric, mas allá de su preocupación de que fuera a quedarse bajo el mismo techo que Evelyn durante quince días al menos. Una preocupación relativa, porque el hombre no estaría de humor para romances.

Pero, dado su interés por la medicina, Evie se desempeñaría como una abnegada enfermera, muy compasiva además. Se instalaría junto a su cama y lo trataría como si fuera un inválido. Para cuando Saint Aldric se hubiera curado, no habría poder humano que los separara.

En realidad no había decisión alguna que tomar. El doctor Hastings debía quedarse en la casa hasta que el paciente mejorara.

Trece

Cuando bajaba al comedor para desayunar, Eve se detuvo a escuchar ante la puerta del despacho de su padre. No era habitual que estuviera levantado y trabajando a esas horas. Era extraño que tuviera un visitante, con el que parecía enzarzado en acalorada conversación. Y todavía lo era más que ese visitante fuera Sam.

Estaban discutiendo. «Por favor, que no sea sobre mí», rezó para sus adentros. La situación entre ellos ya era suficientemente difícil como para encima involucrar a su padre. No había sido capaz de dejar de pensar en las palabras que le había dirigido Sam en el coche. Quizá deseara continuar con su educación tras el matrimonio: su curiosidad intelectual no era tan fácil de matar como pensaba Michael. Él tendría que adaptarse a su forma de ser. Ella al menos esperaba que lo hiciera, Pero, aunque no fuera así, eso no significaba que deseara fugarse con Sam.

Podría desearlo, por supuesto. Pero por nada del mundo querría molestar a su padre, al menos hasta que hubiera reflexionado a fondo sobre ello. Y con Saint Aldric todavía durmiendo en la habitación de invitados, no se atreverían a decidir nada ese día.

Apoyó la oreja en el panel de madera y captó fragmentos de conversación.

—Pienso simplemente que sería mejor buscar a otro hombre para el trabajo —el tono de su padre era razonable, pero contrariado.

—Ya me lo imagino. Os incomoda tenerme de vuelta en vuestra casa, ¿verdad?

El tono de Sam sonaba verdaderamente furioso, y más sarcástico que nunca.

—Por supuesto que no —replicó su padre, incómodo.

—Pues debería. Todo lo que me dijisteis era mentira. Si os queda un resto de conciencia, espero que tengáis remordimientos.

—En aquel momento me pareció el curso de acción más fácil.

—¿Fácil? —Sam no estaba simplemente furioso. Estaba colérico, airado—. Os merecéis sufrir al menos una mínima parte del tormento que yo he sufrido durante estos seis últimos años. Que vos me llevarais a creer...

Eve pensó que, fueran cuales las diferencias que existieran entre ellos, Sam no tenía ningún derecho a hablarle a su padre de aquella forma. Incapaz de contenerse, abrió de golpe la puerta.

—¡Sam! —estaba furiosa consigo misma, también, por haber querido que volviera. Hacía menos de una semana que Sam había sabido de su verdadero parentesco, y el hombre al que había creído conocer se había convertido en un ingrato deseoso de vengarse de la persona que lo había acogido y criado—. Cesad inmediatamente de discutir los dos. Se os oye hasta en el pasillo.

—¿Qué? ¿Qué es lo que has oído? —le preguntó su padre, blanco.

Eve se volvió hacia Sam, quien evidentemente era el único culpable. Utilizó con él un tono fríamente formal, altivo:

—Estoy asombrada, doctor Hastings, de que os hayáis presentado aquí, tan temprano, para armar una riña sobre cosas que sucedieron hace años

Los dos hombres se miraron en silencio. Finalmente Sam dijo en un tono más moderado:

—Yo no vine por propia voluntad. Fui convocado.

—¿Por quién? —se echó a reír—. Yo no os llamé, si es a eso a lo que os referís.

Su padre rodeó el escritorio para acercarse y tomarle una mano.

—Fue el duque, Evelyn. Su estado ha empeorado. No quiso despertarnos y mandó llamar al médico.

—¿Está enfermo? —un centenar de posibilidades desfiló por su mente. Y la más abyecta gritó en voz alta: «si muere, no tendré que elegir».

Aquello era sencillamente horrendo por su parte. La elección estaba hecha y ella estaba contenta. Michael era un hombre maravilloso. Un santo. ¿Qué clase de mujer era ella para haberse imaginado su muerte?

—No necesitas preocuparte —le aseguró Sam—. Se recuperará.

Su tono era en ese momento reconfortante, consolador. Era su voz de profesional, Eve estaba segura de ello, destinada a ofrecer tranquilidad.

—Si hay algo que yo pueda hacer, cualquier medicamento que pueda mandar traer, otros médicos más especializados... —balbuceó su padre.

—Como ya os dije antes, lord Thorne, soy perfectamente capaz de curar un caso de paperas en la persona de mi propio hermano.

Así que era eso lo que había molestado a Sam. Su padre había cuestionado su preparación. Pero al menos había reconocido que el duque era su pariente...

—Todo saldrá bien, padre —dijo Eve. Pero por dentro no se sentía tan tranquila; estaba como aturdida—. Sam tiene razón. Él puede encargarse de esto fácilmente. Y Michael lo llamó específicamente a él —esa era una buena señal, ¿no? Al menos los dos ya no estaban en desacuerdo.

—Muy bien, entonces —aceptó Thorne, y se dirigió a Sam todavía con voz helada—: Estás de nuevo en mi casa a requerimiento del duque y no hay nada que yo pueda hacer para evitarlo. ¿Cuáles son tus instrucciones?

—Mantener corridas las cortinas y a la plantilla de sirvientes lejos de él. No hay nadie en esa planta de la casa, ¿verdad?

—No tenemos más huéspedes.

—Entonces enviad a Tom a la posada a buscar mi arcón y mi ropa de cama. Ocuparé una de las habitaciones vacías de la planta, ya que no tengo miedo al contagio. Pero os recomiendo a vos que os mantengáis a distancia, lord Thorne, al igual que hicisteis cuando Evelyn y yo pasamos la enfermedad de niños. Si no recordáis haberla pasado en la infancia, no debéis entrar en contacto con el enfermo.

—Pero seguro que un duque... —su padre estaba sacudiendo la cabeza asombrado, como si todavía le costara creer que una persona tan encumbrada no fuera inmune a las dolencias de los demás mortales.

—Sam tiene razón. No necesitas preocuparte, padre. Yo me quedare con los dos, día y noche, para velar por que todas sus necesidades sean cubiertas.

Ambos hombres parecieron sobresaltarse al escuchar su ofrecimiento, como si ella no fuera capaz de ayudar.

—Eso no será necesario —saltó Thorne.

—Estoy de acuerdo con tu padre —se apresuró a señalar Sam.

—Yo no corro ningún riesgo, Sam —le recordó—. Tal como acabas de recordarle a mi padre, yo ya pasé la enfermedad de niña, al igual que tú. Y, padre, yo habría hecho lo mismo por cualquier otro huésped que hubiera caído enfermo bajo nuestro techo.

—Pero, Evie... —dijo Sam—, tu presencia no lo curará antes.

—Es mi prometido —replicó Eve, usando el mismo tono tranquilo y sereno que él había utilizado antes con ella—. Y me necesita.

Después de su última conversación, estaba segura de que Sam no querría escuchar eso. Pero era la verdad. Aunque eso pudiera cambiar en el futuro, no discutiría sobre ello delante de su padre. Como tampoco abandonaría a Michael en su lecho de enfermo.

Thorne estaba mirando en ese momento a Sam, dejando la decisión en sus manos. Por su parte estaba claramente en contra de la idea, pero no quería ser el único responsable de rechazarla.

Eve advirtió que Sam parecía cansado. Por supuesto, pensó, se había levantado en plena noche para acudir a cuidar de Michael. Así que quizá aquella fatigada actitud no tuviera que ver con ella.

—No le pasará nada porque se quede con él —dijo al fin—. Y eso es mejor que una serie de sirvientes y doncellas entren y salgan de la habitación, molestándolo a cada momento. Tenerla a ella a su lado le dará fuerzas y aliviará sus incomodidades.

—Pero no es correcto ni apropiado —objetó su padre.

—Oh, por favor, padre... Michael no está en condiciones de comprometer mi honra —se le ocurrió entonces que el caso de Sam era muy distinto. Pero seguro que él no la molestaría en su propia casa, con su futuro marido a unos pasos de su habitación. Aquella reflexión despejó todas sus dudas—. Sabes bien que seré de gran ayuda. Esto será apenas diferente de lo que suelo hacer cuando estamos en el campo.

—Pero allí cuidas de mujeres y niños —replicó su padre, espantado—. Y Saint Aldric es un hombre adulto.

Sam se aclaró la garganta como para subrayar lo delicado del tema.

—De las necesidades más personales del paciente

me encargaré yo. No hay ningún deshonor en atender a un enfermo.

—Muy bien, entonces —consintió Thorne con un suspiro—. Tienes mi permiso, Evelyn.

Eve lo habría hecho de todas formas, con o sin su consentimiento. Pero si él se sentía mejor pensando que podía consolarla, que lo pensara.

—Ella será mi ayudante —dijo Sam—. Y nosotros limitaremos su contacto con los demás atendiéndolo personalmente. Evitaremos así los rumores, ya que dudo que el duque quiera que lo vean en su estado.

—Eso es cierto —reconoció su padre, ya más animado—. Es mejor mantener tales asuntos en la familia, lejos de miradas curiosas.

—Entonces todo acordado —dijo Evelyn con una sonrisa—. Le diré a la señora Abbott que selle la tercera planta hasta que Sam y yo decidamos que es seguro volver a abrirla. Las comidas se dejarán al pie de las escaleras, que ya me encargaré yo de llevárselas al duque. Una doncella entrará una vez al día para cambiar la ropa de cama. Con eso será suficiente.

En ese momento su padre estaba asintiendo con la cabeza, como si hubiera entrado en razón. Quizá también, finalmente, lograría demostrarle a Michael que sería mucho más útil atendiendo a un enfermo que quedándose sentada sola y preocupada en el comedor, a la espera de que se recuperase.

Una vez que Evie se hubo marchado para encargarse de los preparativos en la habitación del enfermo, Sam no tuvo ningún deseo de retomar su anterior conversación con lord Thorne. Sus esfuerzos por permanecer tranquilo mientras le notificaba todo lo relativo al duque habían degenerado rápidamente en una discusión a gritos. Ya antes de enterarse de su verdadero parentesco le había costado ser educado y cortés con él, pero a esas alturas no podía soportarlo. Si Evie hubiera aparecido un momento después, le habría oído echarle en cara hasta el último detalle sórdido de su partida, porque había querido enfrentar a Thorne con las consecuencias de sus mentiras y hacerle ver lo que esas mentiras habían hecho con la felicidad de su hija. Tras lanzarle una furiosa mirada de advertencia, como indicándole que seguían teniendo un asunto pendiente, fue a hacer otra visita al enfermo.

La condición de Saint Aldric había empeorado desde la noche. La inflamación de la mandíbula era más pronunciada y el hombre se removía en su sueño evidentemente incómodo. Sam repasó mentalmente las peores complicaciones que podrían surgir y rezó para que no apareciera ninguna. La sordera y la esterilidad no eran secuelas infrecuentes. Pese a lo que había asegurado a los Thorne, algunos casos, muy raros, podían ser mortales. Y aunque no había tenido ningún deseo de ejercer de médico personal del duque, tampoco deseaba en absoluto ser el responsable de su muerte.

Pero alguna cosas eran inevitables.

Reflexionó sobre ese último pensamiento, lo rechazó y volvió a examinarlo. La naturaleza seguiría su curso, fueran cuales fueran sus esfuerzos. Pero... ¿y si él la ayudaba? Nadie se enteraría. Ya se había deshecho de los testigos que podrían cuestionar sus actos, gracias a la cuarentena decretada. Una dosis incorrecta de muchas de las medicinas de su maletín lo debilitaría en lugar de fortalecerlo. Una sangría excesiva no sería tan diferente de una herida de guerra. Un corte en una arteria se llevaría la vida del paciente antes de que la hemorragia pudiera ser detenida.

Si el duque moría, Evie no estaría ya prometida a nadie. Tras el periodo de luto de rigor, sería ya libre para hacer lo que quisiera. Thorne no podría detenerlos. La única razón que había encontrado para separarlos había quedado desenmascarada como una mentira. Si intentaba inventarse otra objeción, Sam se la tiraría por tierra. O también podría amenazarle con revelar la verdad. ¿Qué podría hacer entonces Thorne para evitar que su hija descubriera que el padre al que tanto adoraba había cometido tamaña indignidad?

Asesinato y chantaje. Se sentó en la silla que estaba junto a la cama, horrorizado de sus propios pensamientos. Durante años había pensado que su amor por Evie era una especie de enfermedad espiritual. Pero en realidad había sido un sentimiento inocente, comparado con su actual estado de ánimo.

Quizá fuera él quien necesitara tratamiento. O quizá fuera aquello el verdadero significado de la tentación, cuando uno se encontraba con todos los medios a mano para hacer el mal. Solo tenía que renunciar al juramento que había hecho de no hacer ningún daño intencionado y acabar con una vida.

Pero aquello no podía ser más indigno. Miró de nuevo la figura tendida, con la mandíbula hinchada y las profundas ojeras. Aquel hombre ya estaba sufriendo bastante y probablemente sufriría aún más. Su trabajo era ayudarlo. Y, tal como había argumentado en el despacho de Thorne, aquel hombre no era simplemente un duque: era su hermano.

«Sangre de mi sangre», pronunció para sus adentros.

Examinó detenidamente el rostro dormido, reparando en las similitudes que presentaba con el suyo. Se imaginó que las tornas hubieran cambiado y fuera él el enfermo, con Saint Aldric de pie ante él con el frasco de veneno en la mano. No habría tenido nada que temer. Aquel hombre era un santo.

O eso parecía. Porque en la más oscura de las horas, ningún hombre era capaz de la pureza de acciones atribuida a Saint Aldric. Pero su capacidad para comportarse admirablemente, de palabra y acto, era precisamente la opuesta a la de Thorne. Su fingido padre había estado dispuesto a caer en insondables pozos de abyección. Ahora que Sam sabía que pertenecía a otra familia, encontraba cierto consuelo en comprobar que se trataba de una en la que la verdad y el honor tenían un valor.

Pero aceptar el vínculo familiar significaba aceptar el deber. Y, para ser digno de él, no debía pagar la sinceridad con engaños. De momento no, al menos. Una vez que el paciente estuviera recuperado, tendría con el duque una difícil pero necesaria conversación sobre el futuro de lady Evelyn Thorne.

—Pax —susurró la palabra al tiempo que apoyaba una mano en la frente de Saint Aldric.

Todavía ardía. Quizá la siguiente dosis de láudano debería acompañarse de una bebida fresca.

En respuesta, el duque se removió y abrió los ojos. Los guio deslumbrado por el sol y se llevó una mano a la mejilla, para retirarla enseguida con una mueca de dolor. En un lecho de enfermo, un noble se parecía a cualquier otro paciente: era un ser asustado y solo, pese a que se esforzaba todo lo posible por disimularlo. En camisa de dormir y tendido de espaldas, parecía haberse empequeñecido.

—Esperaba que hubiera sido un sueño —le confesó el duque con voz ronca.

—Lo siento pero no.

—¿Hay alguna cosa más que se pueda hacer? —no estaba irritable. Se mantenía estoico ante la enfermedad, sin culpar ni a Dios ni al médico, algo a lo que algunos de sus pacientes eran tan proclives.

—Hielo para la fiebre —respondió sin más Sam—. Una cataplasma para la hinchazón, o tal vez un buen sangrado.

El duque esbozó otra mueca.

—Láudano y belladona para el dolor. Bocados sólidos no querréis, os lo aseguro. Vuestra garganta no los pasará fácilmente. Nada de licores fuertes sin mi permiso. Más adelante os permitiré que toméis un poco de oporto caliente con zumo de limón y especias. La vuestra es una enfermedad que, más que curarse, se ha de pasar. Y pasará. Dentro de una semana os encontraréis mejor. Pero permaneceréis dos encamado.

El duque se apoyó en las almohadas.

—¿Me quedarán secuelas?

Esa era precisamente la pregunta que Sam no quería responder. Todavía era demasiado pronto para decirlo. Retiró la sábana y se inclinó para examinar la inflamación testicular, que todavía no era grande, pero que sabía que empeoraría.

El duque inspiró hondo, a medias de dolor y a medias de alarma, e intentó sentarse.

Sam volvió a cubrirlo con la sábana y le hizo tumbarse de nuevo.

—Mejor será que no lo miréis. Solo conseguiréis alteraros y eso no acelerará vuestra recuperación, al contrario. Supongo que os duele, ¿no?

—Sí —en ese momento la voz del duque sonó débil e infantil, casi un gimoteo.

—Eso forma parte de la afección. Y es algo que no habríais tenido que soportar, si hubieseis pasado la enfermedad de niño. No puedo deciros la gravedad que alcanzará. Pero haré todo lo que esté en mi poder para minimizar el problema.

Aunque era muy poco lo que podía hacer, ahora que ya había comenzado. Vertió unas pocas gotas de opio en una gran copa de licor y la puso en la mano del duque.

—Tomad. Bebed.

—Repugnante brebaje es este para desayunar —dijo tras beber un sorbo, haciendo una mueca.

—Menos mal que nunca os habéis embarcado, entonces —comentó Sam con una adusta sonrisa—. No podría afirmar que a bordo del Matilda curaba todos los males con ron, pero tampoco los agravaba.

—Si el ron es la única receta, entonces cualquiera puede convertirse en médico.

—Deberíais alegraros más bien de que no necesitéis nada más. Yo solo necesité una batalla para demostrar mi habilidad con la aguja y la sierra de amputar. Escaparéis de mis manos con todos vuestros miembros intactos.

—Salvo uno —le recordó el duque, y bebió otro sorbo.

Así que lo sabía. Y ya había empezado a temer.

—No podremos dar nada por seguro hasta pasado algún tiempo, Excelencia.

—No me miméis tanto —le espetó el duque, irritado, como si hubiera perdido la paciencia. Luego añadió con tomo más suave—: Y no se lo digáis a Evelyn.

Era bastante posible que Evie ya lo supiera. Si no era el caso, no pasaría mucho tiempo antes de que lo encontrara en alguno de los textos que decía haber leído, para terminar descubriendo que su unión con Saint Aldric podría ser más bien estéril.

—No le diré nada, Excelencia.

El duque volvió a suspirar.

—Mi nombre es Michael.

Sam se quedó paralizado por un momento para enseguida concentrarse en sus instrumentos, haciendo como que no lo había oído.

—Os pido que lo uséis. En las presentes circunstancias, resulta ridículo que me tratéis de Excelencia. Sois un familiar, después de todo.

«Un familiar», repitió Sam para sus adentros. Otra vez la palabra. Sam se había pasado la vida entera pensando que los Thorne eran su familia y rezando al mismo tiempo para que no lo fueran. Cuando volvió a Londres, habría escogido como hermano a cualquier ser del mundo antes que al hombre que tenía delante. Su plan había consistido precisamente en odiar deliberadamente a Saint Aldric.

Y sin embargo, después de haberlo tratado, lo cierto era que no habría podido desear un hermano mejor. Aparte de haberse declarado a Eve, Michael no le había dado razón alguna para odiarlo.

—¿No preferiríais que os llamara «Saint»?

El duque empezó a reír, esbozó otra mueca de dolor y le lanzó una débil sonrisa. Sus ojos estaban perdiendo brillo. La medicina había empezado a hacer efecto.

—¿Pensáis que eso me evitaría tener que blasfemar, al recordarme lo santo que soy debido a mi apellido?

—Después de haber tratado a tantos enfermos como he tratado, lo dudo mucho, Michael —pronunció por vez primera su nombre de pila, intentando no sentirse incómodo—. Podéis blasfemar todo lo que queráis, si pensáis que eso os puede ayudar en algo.

—¿Podría yo llamaros Samuel?

Sam habría preferido que no. Era demasiado personal. Y también demasiado pronto. Pero si ese era el único consuelo que podría ofrecerle, habría sido una crueldad negárselo. Asintió con la cabeza.

—O Sam, como hace lady Evelyn.

—La linda lady Evelyn...

El duque volvió a recostarse en las almohadas con una sonrisa satisfecha, como intentando soñar con Evie mientras se deslizaba por la pendiente del sueño provocado por el narcótico. Sam pensó en lo natural que era que un hombre pensara en su prometida en tan crítica tesitura.

Conocía bien los sueños que desfilarían por la mente del duque, porque los había tenido él mismo. Cada noche que habían pasado separados había yacido en su litera maldiciéndose por imaginar sus cremosos hombros apretados contra su pecho; sus labios sobre su piel y sus suspiros mientras dormía a su lado. En realidad no había necesitado recriminarse nada. No había sido más que un inofensivo entretenimiento.

Se inclinó para retirar la copa medio vacía de la mano blanda del duque. Mientras lo hacía, Saint Aldric volvió a abrir los ojos, recuperó la copa y la alzó hacia él a manera de brindis.

—Por mi hermano, el doctor Sam Hastings, que tan fácilmente podría curarme como envenenarme con alguna sustancia de su maletín. Arsénico. Mercurio. Opio. Nadie detectaría la diferencia.

Sus palabras sobresaltaron a Sam. ¿Acaso él no había pensado exactamente lo mismo?

—Yo nunca... Ya sabéis que estoy obligado por juramento.

—Pero apostaría a que os arrepentís de estarlo —el duque volvió a brindar y sus miradas se encontraron por encima del borde de la copa. Apuró su contenido a conciencia.

Eso también era cierto. Hacía apenas unos momentos había contemplado a su paciente mientras acariciaba la idea de su asesinato. Y, lo que era aún peor: el duque lo sabía, lo cual resultaba obvio por la mirada de curiosidad que acababa de lanzarle. Una mirada que había reflejado, por una parte, la confianza en que ningún hombre mataría a su propio hermano; y, por otra, la intención de recordarle que, si eso llegaba a suceder, él lo entendería.

Noble o no noble, aquel hombre o estaba loco o era tan temerario como cualquiera de los infantes de marina con los que se había embarcado. En ese momento los ojos se le estaban cerrando de verdad, hundida la cabeza en la almohada. Sam le retiró la copa y abandonó sigilosamente la habitación para ver cómo le iba a Evie con los preparativos.

La encontró en lo alto de la escalera. Su padre estaba a su lado, removiéndose inquieto, temeroso de abandonar a su hija en la planta sellada para el enfermo. Lo vieron acercarse. Sam pensó que, a juzgar por sus expresiones de preocupación, sus propios sentimientos de duda y contradicción debían de reflejarse aún en su rostro. En ellos podían leer la muerte. Y seguro que temían que aquel momento suyo de debilidad fuera un indicio de la gravedad de la dolencia del duque.

Tardó menos de un segundo en sobreponerse y disimuló cuidadosamente esos sentimientos, como habría hecho ante la familia de cualquier otro paciente.

—¿Como está? —le preguntó Evelyn.

—Durmiendo de nuevo —respondió Sam, pensando que lo menos que podía hacer un médico era aparentar que estaba al mando de la situación—. Pero le preocupa que pueda asustarte la gravedad de su enfermedad.

Evie soltó un bufido, como desdeñando las preocupaciones del duque.

—No debería gastar energías en eso. Tú cuídalo bien, que seguro que se recuperará.

Sam pensó que, al menos de momento, Evie parecía haberse olvidado de que estaba enfadada. Necesitaba su ayuda. Y lo estaba mirando con la incondicional confianza y adoración de antaño, cuando él había sido su héroe y ella nada más que una chiquilla traviesa.

Si hubiera cedido a sus más abyectos deseos y acabado con Saint Aldric, ella se habría dado cuenta. No habría tenido más que mirarlo una vez a los ojos para saberlo, y entonces nunca más habría vuelto a mirarlo de aquella manera. Asintió con gesto solemne.

—Se recuperará.

Vio que lanzaba una nerviosa mirada al pasillo que llevaba a la habitación del enfermo.

—¿Servirá de algo que me quede un rato sentada a su lado?

Sam se encogió de hombros.

—Daño no le hará. Si eso te sirve de consuelo, no tengo objeción —no como médico, al menos. Porque sentía una enorme envidia de cualquier hombre que se despertara para descubrir a un ángel así a su lado—. Si sigue dormido, no le despiertes. Y si se despierta solo, procura que no se excite demasiado.

Se giró para dirigirse apresurada a la habitación de su prometido, deseosa de atenderlo. Su padre le lanzó una mirada preocupada.

—Estará bien —le aseguró nuevamente Sam—. Pero vos debéis guardar las distancias. Si experimentáis algún síntoma de la dolencia, o lo reconocéis en otros, avisadme inmediatamente y aislad a la persona contagiada en esta planta de la casa.

—¿Realmente se trata de una dolencia tan grave? —Thorne estaba preocupado por el futuro de su hija y por el posible final de sus planes de matrimonio para ella, tan cuidadosamente trazados.

—Lo suficiente como para no deseársela a ningún hombre sano. Pero son altas las probabilidades de que se recupere.

—Pero una recuperación del todo satisfactoria... —Thorne le lanzó otra mirada de preocupación—. He oído de hombres que han pasado por esa tesitura. Y han sobrevivido, por supuesto, pero no sin determinadas secuelas.

Sam asintió. Enfrentado a ese hecho, no podía mentirle. Pero, por el momento, sus diferencias resultaban insignificantes comparadas con el consuelo que se veía obligado a ofrecerle respecto a la salud de su huésped.

—No sabremos nada de esos problemas hasta mucho más adelante. Es por eso por lo que insisto en la cuarentena y en no preocupar ni inquietar al paciente. Él ya está rumiando el posible desenlace de su enfermedad. Y no debería gastar energías en ello, al menos hasta que esté más fortalecido.

Thorne asintió, aprobador.

—Tienes razón. Mejor dejar que Evie le levante la moral a que se encuentre con un círculo de rostros preocupados en la cabecera de su cama.

—Muy bien. Ahora idos —le ordenó Sam con la mayor gentileza posible—. Os informaré si se produce algún cambio. Pero no haréis ningún bien a nadie si os enfermáis también. Confiad en nosotros —«confiad más bien en mí», añadió para sus adentros—. El duque estará lo mejor atendido posible.

—¿Y respecto a lo de antes...?

—No es este el momento de continuar con aquella particular conversación —repuso Sam, luchando contra la rabia y el disgusto que todavía hervían bajo su tranquila actitud profesional.

—Si os quedáis a solas con Evelyn y ella llega a enterarse de...

Thorne había vuelto a envararse, intentando recuperar el control. Su tono era de advertencia y también de amenaza. Aunque Sam dudaba con qué más podía amenazarlo, después de todo el mal que le había hecho.

—En este momento, el pasado es lo último de lo que deseo hablar. Tengo un paciente, señor, y vos un huésped enfermo. Debemos hacer lo mejor para él. Eso es lo único de lo que ambos debemos ocuparnos.

—¿Y Evelyn? —insistió—. ¿Queréis también lo mejor para ella?

—Me temo que disentimos sobre lo que sería lo mejor para Evelyn —replicó Sam—. Porque yo nunca le mentiría, como vos me mentisteis a mí. Pero tampoco pienso desenterrar el pasado, con tal de conquistarla. No le hablare de ello.

Thorne vaciló, como si esperara todavía una traición de Sam.

—Tenéis mi palabra... –añadió, apretando la mandíbula— como hijo que soy del difunto duque de Saint Aldric —el juramento se le antojaba extraño. Pero pudo sentir el peso de aquellas palabras mientras abandonaban sus labios. El honor familiar. Qué extraño que lo hubiera descubierto a aquellas alturas, después de tanto tiempo—. Y ahora idos.

Sin pronunciar otra palabra, Thorne dio media vuelta y empezó a bajar las escaleras.

Catorce

Saint Aldric tenía un aspecto terrible.

Evie podía entender por qué el duque había querido protegerla de la verdad. Había visto esa misma enfermedad en los niños, pero en un hombre era muchísimo peor. Si hubiera sido la clase de débil mujer que él había esperado, se habría quedado consternada ante las proporciones de la hinchazón para terminar estallando en llanto. Se habría puesto nerviosa y habría terminado poniendo las cosas aún más difíciles a todo el mundo.

En lugar de ello, se sentó en la silla junto a la cabecera de la cama y le tomó la blanda mano.

Él seguía durmiendo, inconsciente de su presencia.

«Oh, Michael... ¿qué voy a hacer contigo?», se preguntó. Aunque no había querido admitirlo, sabía que aquel compromiso era un error. Nunca debió haber cedido a la insistencia de su padre. Debió haber encontrado otra salida.

Pero era bastante posible que elegir a Sam en su

lugar hubiera significado cometer un error aún más grave. En algunos aspectos, Sam seguía siendo el muchacho que recordaba. Pero la dulce serenidad que siempre había sentido en su compañía había desaparecido. Su comportamiento era errático: tan pronto se mostraba tranquilo como al momento siguiente se ponía a gritar a su padre, cuando al mismo tiempo afirmaba amarla. O no le ofrecía explicación alguna sobre por qué la había abandonado años atrás, ni por qué ahora parecía encontrarla irresistible, después de que se hubiera comprometido con otro hombre.

Necesitaba tiempo para pensar, y tal parecía que iba a disponer al menos de una semana entera, atrapada como estaba con aquellos dos, para poder analizar sus sentimientos.

Apretó suavemente la mano de Michael, pero él apenas se movió. Le refrescó luego la frente con agua de la palangana, le arregló las mantas y apoyó la cabeza en su pecho para escuchar su respiración, que parecía profunda y regular. Sam había tenido razón. No había nada que ella pudiera hacer por el momento.

Abandonó la habitación y salió al pasillo. Al fondo se veía una puerta abierta: era la de otro dormitorio con un salón adjunto, que sería un lugar lógico para que ambos se sentaran a la espera de que el duque se despertase.

Se estremeció involuntariamente solo de pensarlo. Hacía apenas una semana había estado ansiosa de quedarse a solas con Sam, pero en ese momento no estaba tan segura. Deseosa sí que estaba, al parecer, porque el estremecimiento que acababa de asaltarle había sido de entusiasmo. Pero también se sentía culpable. El pobre Michael se encontraba enfermo. Resultaba lamentable que estuviera pensando en sus propios deseos y necesidades mientras él estaba sufriendo de aquella forma.

Sam estaba sentado a la mesa del saloncito, junto a la chimenea. Tenía su maletín a los pies y estaba revisando un texto, con el aspecto del competente médico que sabía que era. Pese al extraño comportamiento que había demostrado hacia ella, era también un hombre bueno y bondadoso.

No quería interrumpir su estudio. Aunque... ¿tanto estudio se necesitaba para tratar una dolencia tan común? ¿Era necesaria tanta concentración?

—¿Estás intentando evitar hablar conmigo? —le preguntó.

Vio que sonreía, como reconociendo que lo había adivinado.

—Llevo leyendo la misma página durante cerca de una hora, esperando a que volvieras. ¿Cómo está el paciente?

—Continúa dormido.

—Bien. Más tarde volveré a echarle otro vistazo.

Cerró el libro y lo dejó a un lado, antes de quedársela mirando expectante. Evie se preguntó qué querría o qué esperaría que le dijera.

—Gracias —le dijo al fin, con voz seria.

—¿Por hacer mi trabajo? —inquirió él.

—Por hacer este trabajo en particular. Estoy segura de que tiene que ser difícil para ti.

—El duque me lo pidió —repuso, malinterpretándola deliberadamente—. Habiendo realizado la primera visita, no tiene sentido trasferirle el caso a otro.

—Me refería a que tiene que resultarte difícil por mi causa.

—Al contrario... —volvió a sonreír—. Me siento perfectamente cómodo en tu presencia. Creo que eres tú la que está algo incómoda.

—Tal vez. Pero creo que en el fondo es bueno que estemos aquí los tres juntos —asintió con gesto firme—. Eso te dará oportunidad de conocer mejor a tu hermano —y de demostrar algo de amor por él, añadió para sus adentros—. Estoy segura de que una vez que hayas pasado algún tiempo con él...

—El mismo problema existirá entre nosotros —completó Sam la frase—. Porque está comprometido con la mujer a la que amo.

—Últimamente utilizas mucho ese verbo —replicó ella.

—Mejor tarde que nunca.

—Aun así, la situación es bastante diferente después de seis años de silencio y del puro y simple deseo que me manifestaste a tu llegada.

—Todo lo que te dije fue porque quería lo mejor para ti.

—¿Y has cambiado ahora que me he comprometido con otro hombre?

—He cambiado porque solo recientemente he descubierto que lo mejor para ti es que te cases conmigo.

Parecía muy tranquilo y muy seguro de sí mismo, pero esa no era una respuesta convincente.

—Si lo dices por el asunto de la otra noche durante la cena, no te creo. Empezaste con tus palabras de amor un día entero antes de eso.

Sam sacudió la cabeza.

—Llegué a esa conclusión antes de entonces. La cena simplemente me lo confirmó.

—¿Estás insinuando que Michael hizo algo que lo presentó ante tus ojos como un partido poco conveniente para mí?

—No —se echó a reír—. El hermano que me encontraste continúa siendo perfecto. Simplemente no es perfecto para ti.

—¿Y tú sí lo eres? —eso era lo que había pensado ella misma, hasta hacía muy poco tiempo.

—Ningún hombre es perfecto —dijo él—. Pero yo, por ti, me esforzaría por serlo.

—Eso no es muy diferente de las promesas que Michael me hacía cuando me estuvo cortejando —repuso Eve. Aunque sus palabras nunca habían logrado conmover su corazón, al contrario que las de Sam.

—¿Y tanto ha tenido que esforzarse? —inquirió Sam con falso tono inocente—. Dado que se le tiene por un santo, no parece probable que tenga que cambiar demasiado. Pero… ¿y tú, Evie? —sonrió de nuevo—. Tú eres deliciosamente imperfecta. Y sin embargo yo no te cambiaría ni un ápice.

Era justo lo que había pensado Eve de él, el mismo día de su llegada. Sam era más sincero que halagador. Pero había tanto amor por ella detrás de sus palabras que prefería escuchar críticas de sus labios que cumplidos de cualquier otro hombre.

—Y aprovechando que hemos tocado el tema de tus defectos —añadió Sam con una sonrisa—, hay uno que debí haberte corregido cuando hablamos en el jardín. Te equivocaste completamente acerca de nuestro primer beso.

—No es verdad —si estaba segura de algo, era de aquel momento que le había cambiado la vida.

—Nuestro primer beso tuvo lugar una semana antes del momento que tú recuerdas. Estabas de pie ante la biblioteca, junto a los altos ventanales, intentando alcanzar un libro del estante más alto, subida a la escalera. Yo entré de pronto, vi tu silueta recortada a contraluz, y por un instante fue como si no te conociera. No vi ya nada más a que a una hermosísima joven: un ángel nimbado de luz.

—Yo no recuerdo nada de eso —dijo ella, sacudiendo la cabeza.

—Por supuesto que no. Lo único que te preocupaba era alcanzar el libro —suspiró, absorto en aquel placentero recuerdo—. Entonces giraste la cabeza y volviste a ser mi pequeña Evie, pidiéndome que te ayudara.

—¿Y lo hiciste? —le preguntó, sinceramente curiosa.

Sam le hizo una pequeña reverencia.

—Siempre a vuestro servicio, lady Evelyn. Te alcancé el libro. Tú me premiaste con un beso en los labios. Luego echaste a correr como si no hubiera pasado nada. Podías haberme arrancado el corazón y habértelo llevado contigo, porque a partir de aquel momento fue tuyo para siempre.

—¿Pero y el episodio en el jardín? —le preguntó. Porque estaba segura de que lo recordaba perfectamente.

—Esa fue la primera vez que yo te besé —respondió—. Lo estuve planeando durante toda una semana, intentando encontrar una manera de preguntarte si podrías llegar a sentir por mí lo que yo sentía por ti. Pero las palabras me fallaban, cada vez. Así que dejé de hablar y actué. Y obtuve mi respuesta.

Aquel beso le había hecho sentir lo mismo que estaba sintiendo en aquel instante. Era como si estuviera viendo a Sam realmente por primera vez. Él la amaba. Ella lo amaba. Y así había sido durante años. ¿Cómo podía no haberlo visto antes con tanta claridad?

Pero lo había visto. Había sido él quien lo había estado negando.

—Me dijiste que no lo recordabas.

—Te mentí.

—Qué casualidad —replicó, aunque todavía dudaba.

—Te dije muchas mentiras desde que volví —admitió. Y sin embargo no parecía en absoluto avergonzado por aquel reconocimiento—. Pero te lo demostraré. Puedo recitarte el contenido de cada una de tus cartas como si fueran poemas aprendidos de memoria

Ella le había entregado su corazón en aquellas cartas, durante seis largos y solitarios años.

—¿Las leíste?

—Hasta la última palabra —sonrió—. Me hacían

tanto bien... No imaginas cuánto. Cuando alguna se extraviaba, o retrasaba, me hundía en un pozo de desesperación hasta que llegaba la siguiente. Tú me suplicabas una y otra vez que te respondiera. Te enfadabas con mi silencio y, al menos una vez al año, me decías que era un ser horrible y que no querías saber nada más de mí.

Evie vio que su sonrisa desaparecía de golpe de sus labios.

—Yo temía aquellas cartas. Me preguntaba: ¿y si esta vez ha sido sincera? ¿Y si mi negligencia me ha hecho perder a mi Evie? —se relajó—. Pero al cabo de una semana, o quizá dos, volvías a escribirme —nuevamente se tensó el evocar otro desagradable recuerdo—. En noviembre de 1816 te callaste: durante un mes no me enviaste una sola carta. Pero diciembre trajo otra, junto con una bufanda tan horrible que supuse que la habías bordado tú.

Incapaz de evitarlo, Eve soltó una gozosa carcajada: finalmente Sam le estaba diciendo lo que ella tanto había ansiado escuchar.

—¿Has vuelto para quedarte conmigo, entonces?

—Nunca me fui realmente —susurró—. Lo intenté, pero no pude.

Ella solo había querido hablar con él. Discutir racionalmente, tomarse su tiempo, elegir la mejor decisión posible. Y luego romper con un hombre o con el otro. Pero con la intención de hacerlo con el suficiente tacto como para que los tres pudieran seguir siendo amigos.

Y sin embargo, en lugar de ello, agarró a Sam Hastings de la camisa y lo besó.

Él no necesitó que lo animara más para corresponder al beso. Aquellos eran los besos que Evie había estado esperando durante toda su vida. Mucho más apasionados que el dulce beso de su juventud y mucho más tiernos que el ansioso forcejeo de los últimos días. Besos rápidos en la cara y en el cuello, y lentos y profundos en la boca. Sam empujó con la lengua. Le acarició la suya, todo alrededor. La dejó perfectamente quieta, apoyada contra sus labios. Y, mientras tanto, sonreía. Y dejaba escapar el aliento en forma de satisfechos suspiros y silenciosas risas de alivio.

La tenía abrazada, ni demasiado fuerte ni demasiado flojo. Pero ella se aferraba literalmente a él, como temerosa de que pudiera escaparse. Sam había vuelto a ser el de siempre. No era el extraño impostor que se había colado en su casa. Aquel era su Sam. Y ella no pensaba dejarlo marchar de nuevo.

Estaba tirando de ella hacia la puerta del dormitorio. Y cada paso era como un paso de vals, como si pudiera ejecutarse ese baile con sus cuerpos tan indecentemente juntos. Eve se frotaba contra él, apretando los senos contra su pecho. Él le besó en un hombro y la agarró luego de las nalgas para que sus caderas entraran en contacto.

Por un instante, ambos se detuvieron estupefactos. Aquel breve contacto había sido demasiado bueno como para no repetirlo. Sus labios volvieron a fundirse mientras se apretaban el uno contra el otro. Eve sintió que le flaqueaban las rodillas al imaginarse sus cuerpos unidos, enlazados.

Sam la sujetó, abrazándola con fuerza mientras entraba de espaldas en el dormitorio y cerraba la puerta. Se quitó luego la chaqueta, que pisó cuando fue a caer al suelo. Ella se descalzó los zapatos, arrojándolos también de mala manera. Y de repente se armó un frenesí de manos desabrochando botones, tirando de faldones de camisa, bajando prendas mientras se desnudaban precipitadamente. Para cuando llegaron a la cama, ella estaba en camisola y medias, y él sin camisa y libre de sus botas.

Tenía un torso tan masculino... Había imaginado que se parecería a las pinturas clásicas que había visto y estudiado de hombres desnudos. Pero las pinturas no le enseñaban el tacto, o el sabor. Y tampoco el sonido de su risa mientras deslizaba los dedos por sus costados y él le sujetaba las manos para besárselas.

Sam rodó de pronto, arrastrándola consigo, y la tendió de espaldas para enseguida empezar a desabrocharse el pantalón. Mientras se lo bajaba, volvió a besarla en la boca hasta que quedó desnudo sobre ella, con su duro y pesado miembro entre sus piernas.

Las cortinas estaban corridas pero la habitación estaba en penumbra, no oscura del todo. Eve pensó que si lo deseaba, podía verlo y contemplar cómo la amaba. ¿Por qué estaba cerrando los ojos cuando era tanto lo que tenía que aprender? Los abrió mucho, para no perderse ni un solo detalle.

Él pareció darse cuenta de ello. Se apartó de golpe, riendo otra vez, y le pellizcó cariñosamente la punta de la nariz antes de arrodillarse ante ella. Rápidamente le soltó los ligueros y se dedicó a bajarle las medias.

—No te pareces precisamente a las ilustraciones de los libros de medicina —le comentó ella, impresionada.

—Soy como ellas en los detalles realmente importantes —repuso él con un tono deliberadamente lascivo—. Tú tampoco eres como los libros. Eres la mujer más bella que he visto en mi vida —le alzó la camisola y se la sacó por la cabeza—. Y al mismo tiempo eres exactamente como había imaginado que serías. No tengas miedo —susurró.

Ella se rio. Porque... ¿desde cuándo había tenido miedo de Sam?

Él gruñó y volvió a colocarse sobre ella, para enseguida tomar un seno en cada mano y llevarse los pezones a la boca. Si lo que pretendía era castigarla por haberse reído, no lo estaba consiguiendo. Solo estaba excitándola aun más, incluso mientras la mordía. Pensó que no le importaría permanecer en aquella posición para siempre...

De repente él se detuvo. Le besó el ombligo. Luego deslizó los brazos bajo sus corvas, le abrió las piernas y la besó.

Aquello fue diferente. Era como un cosquilleo. Pero un nuevo tipo de cosquilleo que pareció recorrer todo su cuerpo. Soltó una risita. Lo siguiente fue una carcajada. Tuvo que morderse el puño para ahogar sus gritos, sus jadeos, sus risas. Alzó una pierna hasta su hombro y la dejó apoyada allí, intentando que se quedara quieto, intentando controlarse a sí misma. Pero los besos de Sam eran implacables. Si no se detenía pronto, Eve no sabía qué era lo que podía terminar sucediendo...

Y entonces, sucedió. De repente, todo cambió. Ya podía volver a respirar, pero no quería. Solo quería quedarse perfectamente inmóvil y sentir aquello para siempre.

Sam no pareció sorprenderse de lo que había sucedido. Se apartó de ella y agarró una almohada de la cama, que colocó debajo de sus caderas, para levantárselas. Acto seguido le hizo flexionar las rodillas, de manera que los talones le rozaran casi las nalgas.

—Así será más fácil —le dijo.

Eve era incapaz de pronunciar palabra. Los dedos de Sam estaban ahora donde antes había estado su boca, separando los húmedos pliegues y deslizándose dentro, dilatándola.

Pero ella no quería sus dedos: quería más. Estiró los brazos hasta que logró rozar su miembro. Y se atrevió a explorarlo, deslizando un dedo todo a lo largo y apoderándose de sus testículos.

Los dedos de Sam se detuvieron, paralizados, para hundirse luego aún más profundamente mientras se inclinaba hacia delante, mascullando:

—¡Maldita sea! Yo quería enseñarte a amarme. ¿Has aprendido eso en algún libro de anatomía? Es igual. No me importa. Oh, Dios mío, mujer, no te detengas...

Eve repitió la caricia.

—Quiero esto.

—Un momento más —suspiró, dejándose acariciar. Luego retiró los dedos y le tomó las manos, para colocárselas entre sus piernas y animarla a que se tocara ella misma.

Al momento siguiente volvía a colocarse sobre ella, empujando lentamente. Eve se tensó y pudo sentirlo entonces dentro. Estaban finalmente juntos. Su cuerpo se retorcía bajo sus manos.

Sam empezó a temblar. Siguieron unos embates apresurados y se estremeció una segunda vez, jurando, temblando y derrumbándose sobre ella, mientras Evie podía sentir el flujo de su semilla en su interior.

Permaneció inmóvil durante un rato, abrazándola, tan débil y saciado como ella. Rodó luego a un lado sin separarse, de modo que Evie quedó sobre él, y le echó la manta por encima. La besó en un hombro.

—La próxima vez será diferente.

Evie empujó las caderas contra él.

—Espero que no. A mí me ha gustado eso.

Sam se echó a reír.

—Mostrad algún decoro, lady Evelyn. Os mostráis demasiado deseosa para una joven que presuntamente era virgen hasta hace apenas unos minutos.

—¿Presuntamente? Por supuesto que era virgen —repuso, ceñuda—. Y es una grosería por tu parte insinuar lo contrario.

—Querida, lo sé perfectamente —dijo él, todavía riendo.

—¿Cómo....?

—Soy médico. No me tendría por tal si no pudiera aseverar eso.

—Bueno, pues lamento no haber reaccionado conforme a tus esquemas previos —repuso ella, molesta.

—En realidad superaste todas mis expectativas —le aseguró él.

—Al igual que tú las mías —replicó, intentando parecer más experta de lo que era.

—Entonces es que no esperabas mucho de mí —le dijo, todavía riendo—. Esto de ahora acabó casi antes de empezar. En el futuro me esforzaré mucho más por complacerte.

«El futuro», repitió Eve para sus adentros. Tendrían un futuro, y lleno de experiencias como aquella. Pensó en lo maravilloso que sería.

—Por supuesto, hoy no hemos durado mucho. Cuando volvamos a hacerlo, me tomaré mi tiempo.

Se levantó, dejándola en la cama, y se puso a recoger su ropa.

Eve estiró una mano hacia él, reclamándolo.

—¿A dónde vas?

—Debo echar un vistazo a mi paciente. Probablemente seguirá dormido, ya que la dosis que le di era alta. Pero uno nunca sabe.

Eve se sentó en la cama, con lo que la manta resbaló por su cuerpo. Se apresuró a envolverse en ella. Resultaba absurdo que sintiera vergüenza ahora, después de lo que acababan de hacer. Pero la sentía.

Se había olvidado de Michael.

Pero, evidentemente, su amante no.

Quince

Una vez que Sam se hubo marchado, Eve recogió también su ropa, se lavó y se vistió. Luego se sentó en el borde de la cama y esperó.

Sam regresó poco después a la habitación y dejó su maletín en el suelo, cerca de la puerta.

—La hinchazón ha aumentado, pero eso era de esperar. Le he dado una dosis más de láudano, para que pueda dormir a pesar del dolor. Esta tarde seguramente se despertará y seguiremos con el tratamiento —se detuvo en el umbral, advirtiendo finalmente su expresión—. Estás pensando en el compromiso, ¿verdad?

Por supuesto que sí. Y ya era demasiado tarde para hacerlo. Su sentido del honor debería habérselo recordado antes, hacía aproximadamente una hora.

—He traicionado a Michael.

—Todavía no estás casada —lo dijo con un tono pragmático, como si estuviera describiendo alguna enfermedad de fácil curación.

—Pero estoy comprometida.

—Entonces rompe el compromiso —Sam se sentó a su lado y le pasó un brazo por los hombros—. Tienes que decirle que has cometido un error. ¿O prefieres que se lo diga yo? Yo ya tenía intención de hablar con él del tema en cuanto se sintiera mejor —su expresión se nubló por un momento—. Lo que pasa es que no esperaba que las cosas evolucionaran tan rápido. Quizá, cuando se despierte, yo debería...

—No —lo interrumpió Eve—. Tengo que ser yo —estaba cansada de que los demás hablaran siempre por ella. Pero no se apresuraría a tomar la decisión de romper con Michael, como había hecho cuando tomó la de comprometerse con él—. No lo haré hoy, sin embargo. Tendrá que estar perfectamente despierto y en condiciones de entenderlo.

—Muy bien —le frotó cariñosamente el hombro—. Pero que sea pronto, Evie. Te amo. Y tú sabes que me amas. Ahora que ya has visto cómo puede ser nuestra relación, no des la espalda a tus sentimientos.

—Estallará un escándalo —murmuró. Y peor que eso: su padre quedaría destrozado.

—Pero no tendremos que quedarnos en Londres para verlo. Huye conmigo —con la mano que tenía sobre su hombro, la atrajo hacia sí para susurrarle al oído—: A algún lugar que quieras visitar. ¿Escocia? ¿Italia? ¿Las Américas? Nombra el lugar y te llevaré allí.

—¿Te casarás conmigo, entonces? —le extrañó que no le hubiera hablado todavía de matrimonio, después de haber consumado su relación.

—¡Por supuesto!

Casi se rio de que se lo hubiera preguntado y no lo supiera ya a esas alturas. Pero... ¿cómo habría podido saberlo?

—Eh... debo recordarte que tu comportamiento ha cambiado mucho, desde la noche en que me dijiste que aceptara a Saint Aldric. Juraste que nunca te casarías conmigo —mantuvo la mirada fija al frente, temerosa de lo que la mirada de Sam pudiera revelarle.

Sintió que su mano se detenía un instante sobre la suya, para soltarla enseguida.

—Muchas cosas han cambiado desde entonces.

Pero Eve se dijo que ella no quería cambiar. Ella quería el mismo amor constante que le había profesado a él.

—¿Y cómo sé yo que esas cosas no volverán a cambiar, una vez que haya roto con el duque?

—Porque yo siempre he sido tuyo —respondió—. Porque te he amado desde el principio.

—¿Pero entonces por qué lo llamaste deseo? ¿Y por qué me rechazaste, cuando yo era entonces libre de ofrecerte mi corazón? —se volvió en ese momento para mirarlo, esperando encontrar alguna pista que le revelara la verdad.

Vio que su expresión se ensombrecía.

—En aquel momento, pensé que era lo mejor. Para ambos.

—Pensaste por mí, ¿verdad? ¿Y no me consultaste sobre mi propio futuro? —todo apuntaba a que Sam, al igual que su padre había hecho con Saint Aldric, no la consideraba capaz de tomar decisiones racionales.

—La situación era... —pareció quedarse sin palabras—. El problema era delicado. Cuando volví, tú ya estabas casi prometida a otro hombre. No quería entrometerme.

—No habría sido una intromisión cuando yo lo que te pedía era ayuda —replicó, exasperada—. Si yo estaba casi prometida, era por decisión de mi padre. Yo no tuve nada que ver en ello. Tienes que entender la contradictoria situación en que me encontraba. Y, aun así, prácticamente me arrojé a tus pies y te supliqué que me amaras.

—Bueno... sí —aparentemente aquello le había hecho sentirse incómodo.

—Esperé durante años, entre el cielo y el infierno, sabiendo que volverías a buscarme y temiendo al mismo tiempo que no lo hicieras. ¿Es que no puedes ofrecerme ninguna explicación, aparte de que pensabas que era lo mejor para mí?

Pese a lo que acababa de suceder entre ellos, un acto que debería haber respondido a todas sus preguntas, seguía furiosa con él. Sam la había distraído con sus dulces palabras, la había seducido para que quebrantara una promesa. Pero eso no había cambiado nada. Porque años atrás se había marchado sin darle ninguna explicación.

Había sofocado la ira que había sentido en aquel entonces, enterrándola bajo oraciones por su bienestar y fantasías en las que volvería a buscarla. Pero recordaba aquellas cartas tan bien o mejor que él, porque las había escrito ella. Le había suplicado explicaciones. Le había echado en cara su crueldad. Y, durante seis años, él no le había escrito una sola palabra.

Él la atrajo nuevamente hacia sí, besándole el cuello.

—Yo también sufrí —susurró—. No hubo cielo para mí: solo el infierno de estar sin ti. Pero ahora todo eso ha cambiado.

Pero Eve se soltó y se sentó algo más lejos, para poner algo de distancia entre sus cuerpos.

—¿En qué ha cambiado? ¿Por qué hoy es tan diferente que hace unos días? —tenía que saberlo.

—Yo... yo... yo...

Sam, al que no le habían faltado las palabras cuando la rechazó, no parecía capaz en ese momento de articular ninguna.

—¿Es porque estoy prometida a tu hermano?

—Él no es mi hermano —le espetó.

—Tú eres la última persona que debería ignorar la biología en este caso. Compartís un mismo padre.

—Pero somos muy distintos —replicó, y sin embargo sonaba confuso, como si no supiera ya quién era.

—Debería darte vergüenza. Saint Aldric es un hombre maravilloso.

—Gracias por recordarme eso ahora.

Volvía a mostrarse mezquino y sarcástico, desaparecido el hombre paciente y encantador que había sido antes de acostarse con ella.

—¿Por qué la presencia de Michael en tu vida de

repente te molesta tanto? Tú lo aprobaste cuando lo conociste.

—No tenía ninguna razón para no hacerlo. Él no tiene defectos, maldita sea.

—Esos celos no son propios de ti —le recordó ella.

—Pero están justificados —replicó Sam—. ¿Qué posibilidades tengo yo de ser como él?

—No tienes por qué serlo. Tú eres perfecto, tal como eres.

—¿Ah, sí? —inquirió con una cínica sonrisa—. Porque parece que no puedes dejar de hablar de él. Y obviamente yo debo de tener algún defecto, porque he descubierto, después de todo este tiempo, que mi padre nunca quiso reconocer mi existencia.

—Pero tú tuviste que saber... —se interrumpió. ¿Por qué si no había terminado en una inclusa?

—El caso es que yo soy un cuerpo sin nombre. Y él es un duque. ¿Qué podría hacer yo para competir con él? ¿Qué tengo yo que él no tenga?

—¿Aparte de haberme desflorado, quieres decir? —le preguntó ella con un nudo de náusea en el estómago—. Porque eso es algo que tú sí has hecho. Y que mi esposo nunca hará.

Sam se dio cuenta de lo que había dicho y su expresión pareció resquebrajarse.

—No era eso lo que quería decir. No era eso para nada.

—Pero es cierto, ¿verdad? —parecía más que obvio, ahora que pensaba sobre ello. Porque a partir del momento en que había sabido la verdad sobre su

233

origen, el comportamiento de Sam había cambiado de golpe.

—Eve, no es lo que piensas. Yo llevaba tiempo ansiando acostarme contigo. Soñé, de hecho, con ello durante la mayor parte de mi vida.

—El deseo —le recordó. ¿Acaso él no lo había admitido antes?

—El amor —insistió Sam, ahora que ya era demasiado tarde—. Yo siempre te he amado. Por lo que a ti se refiere, nunca he cambiado ni cambiaré —le aseguró—. Pero pensaba que era indigno de ti. Me esforcé todo lo que puede, durante toda mi vida, por evitar este momento que acabamos de vivir. Y fracasé.

Había sido la experiencia más maravillosa que Eve había disfrutado nunca... y ahora resultaba que él había luchado contra ella, Y sin embargo, una vez que se habían acostado, había sabido exactamente lo que hacer para hacerle perder el sentido de deseo. Hasta el punto de que se había olvidado de su obligación para con Michael. Aquellas lecciones prácticas no habían figurado en los manuales de medicina que había leído.

—Durante todo este tiempo que dices que me amaste, ¿te mantuviste inocente también?

—¿Qué? —la pregunta pareció confundirlo.

—Como un monje —explicó—. Célibe. Casto. Esperando hasta que pudiéramos estar juntos.

—Por supuesto que no —se sonrió. A punto estuvo de reírse—. Eso es algo por completo diferente.

—Porque eres un hombre.

—Y porque pensaba que nunca podría tenerte.

Eve pensó que para él esa debía de haber sido una solución fácil. Si no había podido tenerla a ella, lo lógico era que hubiera tenido a otra. Una vez quedó sembrado el pensamiento en su cabeza, no pudo evitar imaginárselo con otras mujeres, haciendo lo mismo que acababa de hacer con ella. Y, peor aún: lo había hecho incluso mientras, supuestamente según sus palabras, solamente la había amado a ella.

—Así que te consolaste con otras mujeres, hasta el preciso momento en que yo me cansé de esperar. Hasta el momento en que, ante tu sugerencia... no, tu demanda... acepté públicamente casarme con otro hombre —le recordó—. Fue entonces cuando, de repente, redescubriste tu amor por mí y me sedujiste.

—Evie... No, Evie... —estaba sacudiendo la cabeza, como si no pudiera dar crédito a lo que estaba diciendo—. No es eso lo que sucedió, en absoluto....

—Entonces dímelo tú, Sam. ¿Por qué ahora? —si él tenía una explicación mejor, quería escucharla.

Pero él no ofreció defensa alguna.

—Si no tienes nada que decir al respecto, entonces debo suponer que he adivinado la verdad —insistió ella.

Sam sacudió nuevamente la cabeza, como esforzándose por apartarse de algo desagradable.

—No puedo decírtelo. Simplemente no puedo. Debes confiar en mí cuando te digo que todo fue un enorme error, un terrible malentendido por mi parte.

—¿Debo confiar en ti? —se levantó para alejarse de la cama. Ni siquiera en ese momento, después de todo lo que había descubierto, estaba segura de poder resistirse si acaso volvía a besarla—. Confié en ti antes, y mira en qué situación estoy ahora. Deshonrada y traicionando a un hombre que me necesita, que me quiere y que, como tú mismo has señalado, nunca me dio motivo alguno para hacer lo que acabo de hacer. Peor aún: está enfermo. Convenientemente dormido por causa de las drogas que tú le has estado suministrando, para que no pudiera interrumpirnos. Yo soy la única que ha cometido un enorme error, Sam.

—Evie... Al menos no dudes de mi tratamiento... Consúltalo en los libros. Verás que no he pretendido hacerle ningún daño, al contrario...

—Basta —quizá tuviera razón en aquella única cosa. Pero eso solamente demostraba que podía defenderse más fácilmente de un insulto contra su profesión que de un ataque contra su honor—. Lo siento. Pero no siento dejarte, Sam. Lo que siento es haberte hecho caso.

Y, dicho eso, abandonó la habitación para acudir junto a su prometido.

Dieciséis

Cuando Sam regresó a la habitación de su paciente, ya era pasado el mediodía. El duque se estaba despertando. Su enfermera no se había apartado de su lado desde que se apartó del suyo. Le había tomado la mano y enjugado el sudor de la frente.

Y un poco antes, al detenerse ante la puerta abierta, Sam la había oído susurrar al durmiente palabras con acentos amorosos.

En ese momento, cuando Saint Aldric estaba ya consciente, ella le sujetaba la cabeza mientras le daba a beber sorbos de agua fría, lo tentaba con pequeños bocados de natillas y se esforzaba todo lo posible por compensar su desliz: el de haberse acostado con otro hombre.

En respuesta, Saint Aldric la miraba con la devoción de un perrillo faldero. Un perrillo faldero que acabara de meter la cabeza en una colmena.

La inflamación seguía teniendo mal aspecto. Pero el brillo de los ojos del duque procedía de que estaba recuperando las fuerzas, no de la fiebre. Lo peor aún no había pasado, pero resultaba obvio que estaba superando la enfermedad.

Sam había estado paseando por el corredor durante horas, intentando encontrar alguna explicación que pudiera satisfacer a su amante y explicar su súbito cambio de decisión respecto a relacionarse con ella. Evie lo tenía por un canalla celoso que la había seducido para arruinar la felicidad de su hermano. Todavía no estaba seguro de lo que sentía por su propio hermano, el adorado Michael de Evie. Lo que sí que sabía era que la eventual felicidad del duque no tenía nada que ver con lo que había sucedido en el dormitorio del final del pasillo.

Y no se le ocurría nada que pudiera decirle que no fuera la verdad: «tu padre es un mentiroso. Nunca me quiso ni se preocupó de mí, tal como yo pensaba. Era un pelota del antiguo duque de Saint Aldric, y ahora está dispuesto a sacrificar tu felicidad con tal de ganarse el favor del nuevo».

Su padre tendría que negarlo, como haría en su lugar cualquier hombre cuerdo. Entonces Sam le espetaría la verdad de lo sucedido y, con ello, caería todavía aún más bajo en la estimación de Evie. Ella lo vería como un hombre lo suficientemente abyecto como para desear a su propia hermana, cuando no alguien capaz de inventarse una despreciable mentira para calumniar a su padre.

Le había jurado a Thorne que no hablaría, y además en el nombre de su verdadero padre. Como si hubiera podido recurrir al honor de aquella familia cuando se lo antojara, e ignorarlo cuando no le convenía. Aquella mañana había estado dispuesto a hacer las paces con Saint Aldric y, una hora después, le había puesto los cuernos mientras estaba dormido. Nada de lo que pudiera decir serviría para justificar ese comportamiento. Apenas podía entenderse a sí mismo.

Entró por fin en la habitación del enfermo y se quedó de pie junto a la cama.

—¿Cómo os sentís después de haber descansado, Excelencia?

Al otro lado del lecho, Evie lo fulminó con la mirada, como una leona protegiendo a su cachorro.

—Está evolucionando mucho mejor, ahora que yo estoy aquí para ayudarlo —dijo. Solo faltó que lo acusara directamente de haber drogado al duque para poder satisfacer sus nefandos deseos con ella.

—Estoy seguro de ello —era lo mismo que le habría dicho a cualquier esposa que estuviera velando a su marido enfermo. A las mujeres no les gustaba que les dijeran que no todas las enfermedades podían ser curadas con amor e hierbas.

—Parece que tengo un ángel de la guarda —graznó en ese instante Saint Aldric, esbozando una sonrisa.

—Sois muy afortunado —convino Sam—. Pero debéis perdonarme que tenga que echarla de la habitación para poder examinaros.

—¿Por qué no puedo quedarme? —inquirió con la voz más dulce del mundo, aunque cuando volvió la cara para mirar a Sam echaba chispas por los ojos.

—No te preocupes, amor mío —dijo el duque—.

Confío en que mi hermano médico no tardará nada en examinarme. Entonces podrás volver conmigo y leerme algo —esbozó una pálida imitación de la radiante sonrisa que había exhibido durante su baile de compromiso.

—Por supuesto, querido —se marchó reacia, no sin antes detenerse en el umbral para lanzarle una última y prolongada mirada, como si aquel corto examen fuera a durar una eternidad.

Aquello era como separar a un par de tórtolos. «Pequeña hipócrita...», pronunció Sam para sus adentros. No bien se hubo cerrado la puerta se volvió hacia el paciente, tan deseoso de acabar cuanto antes como ellos de desembarazarse de él.

—¿Cuento con vuestro permiso para examinaros, Excelencia?

El duque giró su hinchada cabeza hacia él, pensativo.

—Es posible que las drogas me hayan nublado el juicio, pero recuerdo perfectamente haberos pedido que me dispensarais de la formalidad de mi título. No hay nadie más aquí que pueda oíros. Podéis llamarme como gustéis. Podríais incluso discutir conmigo, si tuvierais alguna razón para hacerlo.

A su pesar, los labios de Sam se curvaron en una sonrisa de diversión.

—No me tentéis, Excelencia.

El duque dejó escapar otro suspiro.

—Muy bien, como queráis. Pero, por favor, dejad de pedirme permiso para auscultarme. Ya sabéis que contáis con él. Encargaos tan solo de curarme.

—Haré todo lo posible —alzó la sábana. A juzgar por la extensión de la inflamación, era bastante probable que le quedaran secuelas. Volvió a bajarla y alcanzó su estetoscopio.

—Haréis todo lo posible —repitió el duque, mohíno—. Esa no es una auténtica respuesta, ¿no os parece?

El pecho y el corazón del paciente estaban en buen estado. Y sus oídos parecían también estar indemnes. La situación estaba lejos de ser desesperada, aunque dudaba que el duque lo viera de esa forma.

—¿Queréis que os mienta?

Saint Aldric esbozó una falsa sonrisa.

—Quizá sí, si con ello podemos evitar la discusión que tendremos que tener.

San sonrió también, a regañadientes.

—Dudo que eso os proporcione algún consuelo. No soy un buen mentiroso. En mi opinión, intentar esconder la verdad suele provocar un sinfín de problemas.

—¿Os ha pasado eso con Evelyn?

Tanto se sobresaltó Sam que el estetoscopio se le escapó de las manos.

—Tenéis razón —confirmó el duque—. No sois un buen mentiroso.

Lo maldijo en silencio. Y maldijo también su naturaleza comprensiva. ¿Acaso no se daba cuenta de que la situación en su conjunto era mucho más complicada que eso? Una vez más, Sam experimentó el extraño deseo de tener un hermano exactamente como el que tenía delante: mayor y más sabio. Alguien a quien pudiera confiarle la verdad.

Entonces recordó que él era el médico, no el paciente. Se suponía que él tenía que ser la fuente de sabiduría y de consuelo, no su beneficiario.

—No tengo idea de qué estáis hablando.

—Por supuesto que no —repuso el duque en el mismo tono—. Pero os he sorprendido lo suficiente como para intentar sonsacaros la verdad sobre mi condición. ¿Cuál es vuestro diagnóstico, doctor?

—Deberías recuperaros casi completamente —respondió Sam, poco deseoso de que lo sorprendieran en una mentira.

—Casi —repitió Saint Aldric—. ¿Y qué parte de mi cuerpo sería la que quedase sin recuperarse? Hacedme la cortesía de decírmelo, por favor.

—No hay garantía ni de una cosa ni de otra —empezó Sam, inseguro—. Pero en algunos casos semejantes al vuestro, puede producirse bien una pérdida de potencia, bien la posibilidad de una esterilidad.

—Entiendo.

Un tenso silencio se abatió sobre la habitación, desaparecido de golpe el buen humor del duque.

Por un momento, Sam temió lo que cualquier hombre ordinario habría temido después de comunicar una mala noticia a un hombre poderoso. En tales situaciones, existía una tendencia a matar al mensajero. No literalmente, por supuesto. Pero un rumor de mala diagnosis, o de mala práctica, difundido por un hombre de su posición, habría bastado para arruinarlo.

La presunta tormenta, sin embargo, no acababa de estallar. Conforme crecía la tensión, Sam añadió:

—Ya os digo que no puedo garantizaros nada.

—Bien. Nada más por el momento, doctor —dijo el duque, desviando la mirada hacia la puerta.

—Transcurrirán semanas, quizá meses, o incluso más tiempo, antes de que sepáis la verdad. Primero necesitáis recuperar las fuerzas.

—¿Antes de que intente ayuntarme con Evelyn, queréis decir?

Sam dio un fuerte manotazo sobre la mesilla, incapaz de controlar su repentina y violenta reacción ante ese pensamiento.

—Ya sé que, si pudierais hacerlo, retrasaríais ese momento indefinidamente —añadió el duque—. Lo que no entiendo es por qué malgastáis tanto de vuestro tiempo en intentar curarme.

—Vos me lo pedisteis —le recordó Sam.

Saint Aldric soltó una amarga carcajada.

—Y luego me llaman «santo» a mí... Quizá la nobleza de carácter abunde en nuestra familia.

—Nuestra familia no tiene nada que ver en esto —replicó Sam, terco—. Os ayudé porque lo necesitabais. Y ahora os estoy diciendo lo mismo que le diría a cualquier hombre que estuviera en vuestra condición. No renunciéis a vuestras esperanzas mientras no tengáis una razón fundada para ello. Puede que tardéis algún tiempo en saber en qué medida os ha dejado afectado la enfermedad.

—¿Y cómo lo sabré? —inquirió Michael.

—Engendrando un hijo —contestó Sam, lamentando no poder decirle más—. No hay más prueba que esa.

—¿Y si no puedo engendrarlo?

—Entonces podría ser una secuela de la enfermedad. O un defecto que ya hubierais tenido antes. O quizá uno atribuible a la mujer con la que estuvierais —resistió el impulso de encogerse de hombros, ya que semejante gesto no habría inspirado ninguna confianza—. Podríais tener un hijo para Año Nuevo. O no.

—No me sois de ninguna utilidad —estalló el duque—. Salid de aquí.

Sam pensó que ahora llamaría a otro médico. Alguien que le mintiera, o que le administrara alguna extraña tintura que le ofreciera alguna esperanza.

—¿Me echáis porque no puedo deciros lo que queréis escuchar? Me pedisteis la verdad. No es culpa mía que no os guste.

—Salid, he dicho.

—No —se estaba negando a cumplir una orden directa de un noble. Aquello era probablemente un suicidio profesional. Y también algo ilógico. Si anhelaba tener algún futuro con la mujer que amaba, resultaba absurdo animar a aquel hombre a que se acostara con ella.

Pero, maldijo para sus adentros, aquel hombre era su hermano.

Y su hermano era un duque. La furiosa mirada que le estaba lanzando Saint Aldric era helada, altiva, un recordatorio de su diferencia de rango.

—¿Cómo os atrevéis a desobedecerme?

Sam se sentó en la silla junto a la cama, la misma que antes había ocupado Evelyn.

—Me atrevo porque soy para vos algo más que un médico. Queríais tener una familia, ¿no? Bueno, yo tengo poca experiencia al respecto. Pero, por lo que he oído, los familiares no le abandonan a uno en momentos como este.

—¿Qué podéis hacer por mí, entonces?

—Podría deciros que lo siento.

—¿Y de qué me serviría a mí eso?

—No me habéis dejado terminar. Podría deciros que siento que mi hermano sea tan obtuso. Os estáis preocupando por un futuro que no está en absoluto fijado.

Los ojos de Saint Aldric se desorbitaron en una mirada casi de pánico.

—Pero si eso es lo que terminará ocurriendo, ¿entendéis lo que significará para mí?

—¿Que toda carne acaba convirtiéndose en polvo? ¿Que los planes de los hombres no son nada al lado de los designios de Dios o del destino? —Sam fulminó con la mirada al hombre encamado—. He comunicado peores noticias a hombres mejores que vos. He visto morir a niños. Y ahora venís vos a doleros de criaturas que aún no han sido concebidas. Os sugiero, Michael, que aceptéis que hay cosas en la vida de las que un título no puede protegeros. Los santos que solo lo son cuando su fe no está puesta a prueba no son tales.

El duque negaba con la cabeza, como si todavía pudiera rechazar el futuro al que debería enfrentarse y elegir otro.

—Yo nunca he pedido ser un santo.

—Pues lo habéis estado haciendo admirablemente bien hasta ahora —replicó Sam—. La única prescripción que puedo ofreceros es esta. Que no debéis preocuparos, Michael —le puso una tranquilizadora mano sobre un hombro—. Ya nos enfrentaremos más adelante con lo que tenga que venir, si es que viene.

El paciente se mostró de alguna manera reconfortado por su confianza de que todos los problemas se resolverían con el tiempo. Pero eso fue porque no podía ver la confusión que escondía el corazón de Sam. Había hablado en primera persona del plural, como si él también fuera a estar presente en ese momento. Y, antes de eso, había vuelto a dirigirse al duque por su nombre de pila. ¿Estaría desarrollando algún sentimiento fraternal, después de todo? Quizá Evelyn no fuera la única que se sintiera culpable.

Diecisiete

—El duque se pondrá bien. Yo estaré bien. Todo estará bien.

Qué débil palabra era aquella, y qué improbable le parecía que fuera cierta. Cuando un rato antes había abandonado la habitación de Michael, su padre había estado acechando en el rellano de la escalera a la espera de recibir alguna noticia nueva.

Le había dicho lo que sabía que deseaba escuchar. Que el duque se estaba curando bien y se encontraba de buen ánimo. Que pronto se recuperaría completamente.

No había tenido corazón de decirle la verdad. Entre otras cosas, porque ni siquiera ella estaba segura de cuál era esa verdad. Sam se había mostrado evasivo respecto al desenlace final de la enfermedad de Michael. Michael se encontraba bien, sonreía para no alarmarla, pero estaba claramente preocupado. Y ella se sentía desgarrada entre ambos hombres: deseaba a uno y continuaba prometida al otro.

En ese momento se estaba resintiendo de tener

que poner siempre buena cara a los problemas, mientras lamentaba una vez más la debilidad de los hombres que la rodeaban, necesitados de tener cerca mujeres felices cuando no había razón alguna para estarlo. Eso les proporcionaba el consuelo de saber que, en cualquier situación, sus esposas y sus hijas se comportarían como muñequitas de caritas alegres y boquitas bien cerradas.

Si iba a casarse con Michael, sería mejor que se fuera acostumbrando a ello. Porque eso era lo que él deseaba y esperaba de ella. Necesitaba una esposa dispuesta a sonreír y a decir que sí a todo, a mostrarse tan sociable y risueña como él. Se las había arreglado para hacerlo durante unas horas hasta hacía apenas unos momentos, mientras lo atendía. Y mantener su ánimo bien alto resultaba ciertamente mucho más agotador que cuidarlo.

Durante la mayor parte del tiempo, no había hablado más que de tonterías. Le había descrito el tiempo que hacía y le había descrito un sombrero que pensaba comprarse en su siguiente salida a Bond Street. También le había mantenido bien informado de las hazañas de la gatita Diana, que había cazado su primer ratón sin estar muy segura de qué hacer con él.

Durante la mayor parte del tiempo Michael había mantenido los ojos cerrados con una sonrisa en los labios, informándola con voz ronca de que el simple hecho de escuchar su voz le hacía sentirse mejor. Pero el leve ceño de su frente le había hecho temer su reacción en cuanto volviera a quedarse solo y en silencio.

¿Cómo se habría sentido si ella le hubiera dado alguna pista de lo que había sucedido entre Sam y ella apenas unas horas antes? Ya estaba lo suficientemente desanimado como para que encima ella tuviera que pedirle perdón por su traición, después de informarle de que debía poner fin a su compromiso inmediatamente.

En ese momento Sam se había quedado en la habitación con él. Aunque ella había pedido quedarse, era posible que se lo estuviera contando todo al duque, abordando el asunto de su futuro entre los dos. Porque si no era eso, ¿qué habría tenido que hacer Sam con él de lo cual ella no pudiera ser testigo?

Volvió al saloncito de la habitación del fondo y miró el manual de medicina que Sam había estado leyendo antes. Si no estaba preocupado por el desenlace de la enfermedad, ¿qué necesidad tenía entonces de estudiarla? Había oído que la dolencia era más grave en personas adultas. ¿Pero de qué forma, exactamente? Michael tenía mal aspecto, aunque no mucho peor que el que ella misma había tenido cuando pasó la enfermedad. Se sentó en el sofá y recogió el libro de encima del cojín, abriéndolo por la página marcada. Y leyó lo que Sam había estado leyendo.

—¡Evie! —era Sam otra vez, de regreso de su examen. Parecía que se estaba acostumbrando a usar aquel tono autoritario con ella, como si se estuviera entrometiendo en cosas que no comprendía. Y, sin embargo, lo que acababa de leer estaba bastante claro, así como las probables repercusiones.

Cerró el libro de golpe y se lo quedó mirando fijamente, buscando en su expresión alguna señal de que estuviera tratando a aquel paciente de manera distinta que a los demás.

—Pienso que has estado subestimando la gravedad de esta dolencia, Sam. ¿O es que simplemente la has ignorado?

—No es bueno alarmar al paciente sobre algo que no se puede predecir ni cambiar.

Su mirada era grave, pero Eve no vio en ella nada que revelara la presencia de algún otro motivo para evitar la verdad.

—Y sin embargo eres consciente de lo muy serio que puede ser el asunto.

—Por supuesto —replicó él—. La potencia de un hombre siempre es algo importante.

—Me refiero a Michael, en concreto.

—¿Porque ibas a casarte con él?

Después de lo que había sucedido, pensó que tenía derecho a hablar en tiempo pasado. Pero con aquella última noticia tan fresca en su mente, su conciencia tiraba de ella en una dirección distinta.

—Es algo que me preocupa, claro está —dijo, prudente—. Pero para Saint Aldric es mucho más grave. Puede que no te des cuenta...

—Porque no soy más que un bastardo, ¿no?

—No hables así —le espetó Evie—. Es indigno de ti. Ese hombre es tu hermano.

—Hermanastro —le recordó él.

Era una corrección estrictamente lingüística. El rencor hacia Michael que antes había estado siempre presente en su voz había desaparecido ya.

—Luego deberías tenerle, al menos, un poco de compasión fraternal: la mitad de la que le tendrías a un hermano —le dijo ella—. Michael ha hablado con frecuencia conmigo sobre el asunto de su familia. O, lo que es más importante: sobre su falta de familia. Es muy consciente del hecho de que no le queda ningún familiar, salvo tú. Es por eso por lo que, cuando descubrí la verdad, insistí ante mi padre para que os lo contara inmediatamente.

—Por él —pronunció Sam.

—Y por ti. Tú también merecías saberlo —le aseguró, pensando que había sido una crueldad por parte de su padre mantenerlo en aquella ignorancia—. Ahora es cuando entiendo verdaderamente por qué todo eso es tan importante para Michael. Y por qué está tan deseoso de llegar a conocerte mejor. Está muy solo.

—Todos estamos solos —repuso Sam, como no dándole importancia.

—¿Pero y si no tenemos por qué estarlo? —inquirió ella, con la esperanza de hacérselo comprender con un poco de insistencia—. Descubrir que tiene un hermano ha aliviado su espíritu. Pero eso no lo ayudará en el papel social que tiene que representar. Necesita, por encima de todo, engendrar un heredero.

—¿Por él, o por ti? —le preguntó Sam, con el mismo tono celoso que ella había ansiado escuchar apenas dos semanas antes—. Porque si tú quieres hijos, yo estaría encantado de dártelos.

La estaba mirando con una expresión tan ávida que por un momento Eve no supo si sentirse excitada o consternada.

—Necesita un hijo por el bien de la gente de la que es responsable —insistió, y sacudió la cabeza en un gesto de disgusto—. Deja de pensar en ti por una vez y ponte en el lugar de otra persona. Tiene arrendatarios, criados y un escaño en el Parlamento. ¿Quién asumirá la responsabilidad de toda esa gente si no tiene a nadie que le suceda?

—Transcurrirán años hasta que se presente ese problema —comentó, desdeñoso.

—Pero, para él, es un problema actual.

—¿El gran hombre es tan superior a nosotros que es incapaz de vivir día a día? —esbozó una incrédula sonrisa.

—Así es. Y no puedes pensar que yo no pensé en eso también, cuando acepté casarme con él.

Porque había sido consciente de que se convertiría en una duquesa. Esperaba que no hubiese sonado como si anhelara el poder inherente a aquel título, pero habría sido una mentira negar que había contemplado tanto las ventajas como las desventajas de una boda así.

—Mayor razón para manejar esta situación, Excelencia —se burló Sam—. Precisamente acabo de tratar de ese posible desenlace con él. Te mandé salir de la habitación para no avergonzarlo. Seguro que no le habría gustado que lo vieras mermado en su hombría.

Eso también la exasperó. Los hombres se comportaban como si su único elemento de valor residiera entre sus piernas. Nunca llegaría a comprenderlos.

—Pero él lo sabe.

—¿Pensabas acaso que yo tenía intención de ocultarle indefinidamente la información? —se echó a reír—. No iba a contarle una mentira, en un intento de manipular la situación —pero de repente se puso serio—. Aunque eso era exactamente lo que creías que haría, ¿verdad? Fue por eso por lo que leíste el libro. Porque no confiabas en que yo haría lo justo y lo correcto.

—Ya me habías mentido antes —le recordó—. ¿Por qué habría de confiar en que le contarías la verdad a Michael? —¿y por qué habría de confiar en que no le revelaría su secreto?

Sam se sentó frente a ella, con rostro inexpresivo.

—La enfermedad del duque, y el tratamiento que he decidido para él, no tiene nada que ver con nosotros. Cuando volví a casa, te amaba, Evie. Nunca había dejado de amarte. Quería confesarte mis sentimientos. Pero el momento no era el adecuado. Tenía que mentirte. No habrías comprendido la verdad.

—Pero ahora las cosas han cambiado —repuso ella—. Cuéntamelo todo.

Vaciló por un momento. Finalmente dijo:

—Tienes que confiar en mí. Todo lo que hice, lo hice teniendo tu felicidad en mente. A partir de ahora quiero ser siempre sincero. Y no le he mentido a Saint Aldric sobre las consecuencias de su enfermedad.

—Pero me dijiste que no hablarías del futuro con Michael, si ello entorpecía su recuperación...

—Te estás refiriendo a nuestro futuro, supongo —observó Sam con una triste sonrisa en los labios.

—Las cosas deben seguir como están hasta que esté en vías de recuperación. Entonces quizá intentaremos hablar sobre lo que los recientes acontecimientos significan tanto para su futuro como para el mío.

—¿Quizá? —abrió mucho los ojos—. ¿No piensas contarle a las claras lo que ha sucedido entre nosotros?

—Por supuesto que no —respondió, escandalizada de que lo hubiera sugerido siquiera—. Ni ahora, ni nunca. No le confesaré que ya le he sido infiel. Eso lo destruiría.

—Lo dudo seriamente —repuso Sam.

—Si se descubre, sería la muerte de mi reputación. Nadie puede saber nunca esto, Sam. Nadie en absoluto.

—¿Así que tú puedes tener secretos, pero yo no? —recostándose en la silla, cruzó los brazos sobre el pecho—. Muy bien, entonces. A partir de ahora, no te mentiré sobre nada que no quieras que te mienta. Pero una vez que nos casemos, todo esto dejará de importar.

Otra vez estaba hablando de matrimonio. Parecía tenerlo por una conclusión inevitable.

—Porque nos vamos a casar —añadió él, llenando el silencio.

La noticia debería haberla hecho feliz, porque era lo que siempre había ansiado escuchar. Y hacer el amor con él había sido maravilloso. Eso último, también, era todo lo que había soñado que sería. Pero entonces... ¿por qué no podía decirle que sí con todo su corazón? ¿Y por qué él no podía explicarle la volubilidad de su comportamiento?

Pensó entonces en Michael, que estaría todavía más solo de lo que se había sentido nunca si ella lo abandonaba.

—¿Evie? —Sam parecía esperar que, con un poco más de insistencia por su parte, conseguiría por fin la respuesta que deseaba escuchar. Levantándose de la silla, se reunió con ella en el sofá. Le quitó de las manos el libro de medicina, al que ella se había estado abrazando como si fuera un escudo protector.

Lo dejó sobre la mesa y se acercó más a ella. Eve sabía que si la tocaba, la besaría. Y si la besaba... Se levantó para alejarse, situándose en el centro de la habitación.

—Pienso que, por el momento, lo mejor será que tampoco hablemos nosotros del futuro. Y en cuanto a lo que ha sucedido hoy mismo... —sacudió enérgicamente la cabeza, reacia a llamarlo por su nombre—. Creo que es poco prudente que continuemos haciéndolo, teniendo en cuenta lo alborotadas que están las cosas.

—Nosotros volvemos a estar alborotados, ¿verdad? Muy bien entonces, lady Evelyn —se burló, muy serio—. Esperaremos hasta que Saint Aldric empiece a recuperarse. Pero el duque posee una constitución singularmente fuerte a pesar de la enfermedad. La dolencia no durará mucho más. Un día, quizá. O tal vez dos. Y entonces deberás tomar una decisión.

Dieciocho

—Te he traído el desayuno —Eve sonrió a Michael, que estaba sentado en la cama, todavía aturdido después del sueño. Cuando se dio cuenta de que era ella, se arregló las sábanas tan pudorosamente como una vieja doncella. Luego le indicó que se acercara.

«¡Pobre!». La reacción de su mente fue involuntaria y se apresuró a sofocarla. Lo último que Michael querría de ella a esas alturas era su compasión. Sobre todo si, tal como sospechaba, estaba reuniendo fuerzas tanto como para minimizar su incomodidad como para no alarmarla a ella. Seguía teniendo el cuello y las mejillas fuertemente hinchados, aunque algo mejor de lo que habían llegado a estar.

Sam tenía razón. No pasaría mucho tiempo antes de que se hubiera recuperado del todo.

—¿Qué tal te encuentras hoy?

—Fatal —respondió, sin intentar siquiera sonreír.

—Te he traído té y tostadas de leche. Y tienes unas natillas para después —se acercó con el cuenco y preparó la cuchara.

Michael estiró las manos para recibir la bandeja.

—De verdad, Evelyn. Aunque agradezco tu ayuda, todavía soy capaz de alimentarme solo —su voz sonaba áspera debido a la inflamación de garganta, ahogadas las palabras por la dificultad de articularlas.

—Ya —no se molestó por su tono. Después de la noticia que había recibido la víspera, resultaba perfectamente natural que se encontrara de mal humor. El día anterior, cuando volvió para visitarlo después de haber hablado con Sam, Michael había simulado estar dormido en vez de reconocer su presencia,

Se había sentado a su lado, esperando, hasta que su respiración se había vuelto profunda y regular y, del sueño fingido, había pasado al real. No se había movido del sitio, disfrutando de la tranquilidad del ambiente. No había tenido energía para volver a discutir con Sam, y tampoco particulares ganas de hablar con Michael. Le había sentado bien quedarse allí inmóvil conforme la habitación se iba oscureciendo, sin pensar en nada.

Después había abandonado sigilosamente la habitación sin detenerse a hablar con Sam. No había llamado a su doncella, sino que se había desnudado sola para meterse bajo las mantas y caer en un profundo aunque inquieto sueño. Y se había levantado al amanecer, preparada para dedicar otro día al cuidado del enfermo.

Pero tal parecía que, si el paciente no iba a conseguir evitarla cerrando los ojos, tampoco pensaba dejar de gruñir hasta que se hubiera marchado.

—Por supuesto que puedes alimentarte solo —repuso ella con una sonrisa—. Pero es que no quiero que te canses.

—¿Cansarme? —siguió una pausa que sospechaba habría podido ser llenada por un ahogado juramento en un hombre menos paciente que el duque de Saint Aldric—. Te darás cuenta, Evelyn, de que no tengo nada que hacer en todo el día más que yacer en esta cama, esperando a que pase esta afección.

—Ya, y no hay nada más enervante que no hacer nada —pronunció ella con tono firme, pensando a su vez en lo agotador que era sentarse en silencio a su lado y no darse por ofendida.

—Bueno, lo menos que podrías hacer es leerme el periódico —dijo él—. Así, cuando me haya recuperado, me ahorraré tener que ponerme al día con las noticias.

Eve le arregló las mantas y le acarició con ternura la inflamada mejilla.

—No quiero que te alteres. Le preguntaré a Sam si es conveniente o no.

—Claro, por supuesto... Siempre el doctor Hastings.

Por primera vez desde que Eve lo conocía, Michael había usado un tono que sonaba perverso, malvado. Se reprimió de continuar arropándolo, como para intentar aliviar su conciencia culpable.

—Es tu médico —le recordó con la mayor paciencia posible—. ¿A quién si no podría consultarle sobre algo que afectaría a tu recuperación?

El duque suspiró.

—Siento ponerme así contigo. No has hecho nada

para merecerlo. Es la enfermedad, que me supera. No me gusta estar ocioso.

—¿De veras? —sonrió—. No me había dado cuenta.

—Y me molesta depender de Hastings.

—Podríamos llamar a otro médico, si ese es el problema.

Pensó que su padre acogería gustoso la oportunidad de sacar a Sam de la casa. Y hasta que ella pudiera encontrar una manera de romper con Michael, sería preferible dejar de toparse continuamente con la tentación que suponía.

El duque sacudió la cabeza.

—No puedo despacharlo de esa forma después de haber solicitado de manera tan específica su ayuda. Me ha dejado claro que no desea congraciarse conmigo. Estoy seguro de que no le agrada la posición en la que lo he colocado. Por mucho que me gustaría llegar a conocerlo mejor, esta situación no es fácil para ninguno de los dos.

Y, sin embargo, parecía reticente a la idea de prescindir de sus servicios.

—Es un hombre muy independiente.

—Un rasgo familiar —convino Saint Aldric.

Como también lo era su noble capacidad de sacrificio. O su empecinada tozudez, aunque eso Eve no podía decírselo a ninguno de los dos.

—Con el tiempo, vencerás su resistencia. Estoy segura de que está contento de haber encontrado sus raíces, después de tantos años,

«Secretamente contento, quizás», añadió para sus

adentros. Porque a ella no le había dicho tal cosa. Se le antojaba extraño desconocer hasta ese punto sus sentimientos. Pese a haber compartido todo tipo de secretos durante sus años jóvenes, a esas alturas Sam seguía ocultándole muchas cosas. No era un buen presagio para su futuro.

—Debo confiar en tu buen juicio, supongo —reconoció Michael con otro suspiro—. Tú lo conoces mejor que yo.

Se había ruborizado al escuchar aquello. Y sospechaba que él se había dado cuenta.

—¿Deseas algo más? —iba a arroparlo de nuevo cuando se detuvo. No podía pasarse la vida entera alisándole las mantas—. ¿Quieres que avive el fuego?

—No, deja que se vaya apagando. Hace demasiado calor. Yo no tengo frío y tú estás bastante acalorada —su voz era todo compasión mientras le proporcionaba la fácil mentira con la cual disimular sus reacciones.

Pensó que era un rasgo propio de su carácter: preocuparse por los demás. Lo cual le hacía lamentar no haber sentido por él algo más que el cariño con que lo trataba.

—Muy bien, como quieras. Disfruta de tu desayuno.

Ignoraba cuánto placer podría sacar de aquella comida. Porque era tan sosa e insípida como el amor que ella le profesaba, aunque él parecía conformarse.

—No necesitas quedarte, si no quieres —añadió Michael, agarrando la cuchara. Pero Eve tuvo la sensación de que le deprimía la idea de volver a quedarse solo.

Por un momento, casi se olvidó de su resolución de la tarde anterior y a punto estuvo de soltarle la verdad. «No puedo quedarme. No soy digna de tu afecto. Y no puedo corresponder a tu amor».

Pero dado que apenas estaba empezando a recuperarse, no quería hacer nada que pudiera disgustarlo o debilitarlo.

—Me quedaré todo el tiempo que necesites.

Alzó la mirada hacia ella, sonriente.

—No sé lo que sería de mí sin ti.

Aunque su corazón no sentía más que una combinación de culpa y apenada determinación, le devolvió la sonrisa. Abrió luego el libro que había llevado para distraerlo y empezó a leer.

Al ver que empezaba a dormitar, marcó la página y dejó el tomo sobre la mesilla para continuar después con la lectura.

Durante unos minutos permaneció contemplándolo. Incluso con la mandíbula hinchada, era guapo. Teniendo en cuenta las circunstancias, lo que acababa de suceder no era nada extraño. Incluso un santo podía enfadarse, cuando se encontraba enfermo y enfrentado a la noticia que le había dado Sam.

«El Santo».

El apodo le sentaba bien.

No era simplemente un duque: era un hombre bueno y bondadoso. No se merecía aquella enfermedad, ni las secuelas que pudieran quedarle. Como tampoco se merecía que su propio hermano lo rehu-

yera. Al menos, estando ella a su lado, no volvería a
estar solo.

Pensó en lo que antes le había dicho. ¿Qué sería
de él sin ella?

Era una cosa más que no necesitaría averiguar
nunca.

Diecinueve

Cuando Evie regresó de la habitación del duque, era ya casi la hora de comer. Sam pensó en hacer un segundo reconocimiento al paciente, pero Evie lo disuadió.

—Se ha vuelto a dormir. Y no necesitó las drogas para ello. Tiene la cabeza más despejada y la hinchazón está bajando. Ha podido pasar el desayuno y ha acabado con casi toda la bandeja. Lo único que necesita en este momento es descansar.

Sam asintió.

—Tu diagnóstico es tan válido como el mío, supongo. Si los síntomas van desapareciendo, dudo que tengamos que sangrarlo. Veremos lo que nos depara este día.

Intentó animarla con una sonrisa. Si Saint Aldric se hallaba en proceso de curación, muy pronto podrían arreglar las cosas entre ellos. No la había vuelto a ver desde su discusión del día anterior. Estaba seguro de que lo perdonaría. Se conocían de toda la vida y él llevaba años enamorado de ella. Una semana de disputas y diferencias no lograría separarlos.

Pero en ese momento Eve se detuvo en el umbral del salón, sin llegar a entrar pero sin retirarse tampoco.

Permaneció de pie ante él, mirándolo sin corresponder a su sonrisa.

Sam señaló la silla que tenía delante.

—No hay razón para que tú no puedas descansar también. Se pondrá bien sin necesidad de que estés a su lado por unas horas. Y tienes que comer un poco. La bandeja de tu desayuno estaba intacta cuando Abbott subió a buscarla.

—No tengo hambre —repuso sin moverse.

—Espero que no te estés poniendo enferma —dijo él medio en broma—. Si no te cuidas un poco, tendremos que tratarte a ti también.

—¡No! —su reacción fue tan extremada como insospechada. Casi como si temiera su contacto.

Sam se acordó de lo mucho que había sufrido, cuando la había deseado sabiendo al mismo tiempo que era imposible. Cuando el solo hecho de verla había sido un tormento, y un simple contacto la cruel promesa de algo que nunca podría tener.

—Supongo que habrás estado pensando sobre lo que deberás decirle a Saint Aldric.

—Yo no quiero que sufra más de lo que ya ha sufrido.

—¿Saint Aldric, sufrir? —Sam no pudo evitar echarse a reír—. Ya se está curando. Dos o tres días de incomodidad no equivalen a sufrir de verdad. Si eso es lo que él piensa, entonces desconoce el significado de la palabra.

—Estás siendo injusto con él —le reprochó ella.

—Tú misma dijiste que hoy estaba mejor.

—Pero no lo sabremos del todo hasta que se haya recuperado completamente —objetó, guardando todavía las distancias.

—¿Piensas permanecer callada hasta entonces? Y supongo que yo tengo que esperar —soltó una incrédula carcajada—. Ojalá hubieras demostrado esa misma preocupación por mi sufrimiento.

—Me pasé seis años sin recibir prácticamente una sola palabra tuya —le recordó ella, sacudiendo la cabeza—. Y ahora... ¿tan grave es un simple retraso?

—Sí —respondió, porque era verdad—. Lamento que las cosas fueran así. Pero el pasado es pasado. Ya hemos esperado suficiente para estar juntos.

—Hemos esperado demasiado, creo yo. Porque ahora no hay ya futuro para nosotros. No creo que pueda haberlo.

La divertida y juguetona muchacha que tan bien recordaba Sam había desaparecido. La mujer que tenía delante era mucho más triste y sabia. Y Sam no quería ser responsable de ello.

—¿Acaso lo que hemos compartido no significa nada para ti?

—Por supuesto que significa algo —repuso con tono urgente—. Pero significar no es lo mismo que prometer. Si te quedas aquí, seguiremos como hasta ahora. Yo no puedo entregarme completamente a ti por culpa de mis sentimientos por Michael. Y tú no tampoco podrás entregarte completamente a mí mientras no me cuentes toda la verdad. Estamos bloqueados.

«Al diablo con el juramento de Thorne», pensó Sam. Su boca se disponía a formar las palabras cuando se detuvo en seco. Justo en ese momento, Evie estaba afirmando sentir algo por el duque. Había tomado la decisión antes de hablar. ¿De qué le serviría entonces a él revelarle la verdad, si ella seguiría sin quererlo?

Si se lo contaba todo, ella no le agradecería la sinceridad. Aquella revelación destruiría la fe y la confianza que tenía en su padre. Lo vería quizá como un desgraciado, intentaría tal vez desesperadamente justificarlo mientras a él lo expulsaba fuera de su vida. Y él, por su parte, quebraría el juramento hecho a Thorne, como si su nuevo apellido y su buen nombre no hubieran significado nada.

Se había tenido por un demonio que había sentido deseo por su propia hermana. Y, en lugar de ello, se había convertido en la clase de monstruo capaz de seducir a la prometida de su hermano, de destruir a su familia y de prometerle lo que fuera con tal de salirse con la suya.

La verdad heriría a la mujer que amaba. Eso era algo que se había jurado que no haría nunca. Y si rompía esa promesa, la vida carecería de sentido para él.

—Tienes razón, Evie —respondió, triste—. No hay nada que hacer.

—Tienes que empezar a llamarme Evelyn —le recordó ella. Como hace todo el mundo. Somos personas adultas. Los diminutivos infantiles se han acabado.

—Claro, Evelyn —«Evie», insistió su mente. Ella nunca sería «Evelyn» para él, por mucho que lo pronunciaran sus labios.

—Es lo mejor y lo sabes.

Ahora que el momento había llegado por fin, no parecía furiosa. Ni tampoco aliviada de deshacerse de él. Solo había tristeza en su expresión, como si se estuviera doliendo de una muerte.

Y él seguía esperando a que cambiara de idea, como un preso esperando su rescate. ¿Acaso no era así como se había sentido ella, esperando a que regresara a casa y sin comprender además la razón de su rechazo? Lo había reclamado una y otra vez, y él la había rechazado. Pero nunca había dejado de intentarlo, esforzándose por salvarlo de sí mismo.

Hasta ahora.

Realmente, ¿qué tenía él que ofrecerle a ella? De hecho, al marcharse, más bien la estaba rescatando. Salvándola de él.

—Nos seguiremos viendo, por supuesto. De cuando en cuando —le aseguró ella, a manera de concesión. Eso es inevitable. Sois familia, después de todo.

«Tú eres mi única familia», quiso decirle.

—Sabes que no lo seremos —repuso Sam con el tono más suave posible—. Me iré, si eso es lo que quieres. Pero no te digas a ti misma que seguiremos estando en contacto. Yo no volveré. No podría soportarlo. Y tú deberás renunciar a escribirme. Esta vez no leeré tus cartas.

Si la perspectiva de perderlo por completo la afectó en algo, no lo demostró en absoluto.

—Hice una promesa a mi padre —le recordó ella—. Y a Saint Aldric, por supuesto. No puedo desdecirme de mi palabra.

Pero sí que podía, pensó Sam. Podía fugarse con él, en ese mismo momento, a algún lejano lugar donde nadie pudiera pedirles cuentas.

—Lo entenderán.

Fue entonces cuando de repente se imaginó una vida entera sin ella. Y otra. Y otra más. Hasta que las expulsó de su mente, por absurdas. Cualquier elección por su parte requeriría de la colaboración de Evie. Había intentado ganar y había perdido.

—Eres tú quien tiene que entenderlo —le dijo ella—. Me prometí en matrimonio a un hombre bueno. Él me necesita. Sabes que es cierto.

El dolor que estaba sintiendo no parecía tener efecto en ella, ahora que ya estaba decidida. Se estaba mostrando tan firme con él como había querido que se mostrara cuando tanto la había anhelado. Quizá el afecto que antes le había demostrado no había sido más que algo pasajero. Pero, cuando yacieron juntos en el lecho, le había parecido perfectamente auténtico.

—Sé lo que se necesita hacer. Sé lo que los demás esperan de nosotros. Pero... ¿qué es lo que quieres tú, Evie? ¿Qué es lo que quieres de verdad? —por un instante, vio que sus ojos se nublaban. Y casi se convenció de que podría ganarla a fuerza de razonamientos—. Todo lo que estudiaste... ¿no habrá servido para nada? Afirmaste que te interesaba la medicina. No habrá lugar para ella en la vida que estás escogiendo.

Pero entonces la perdió otra vez.

—Quizá no. Pero seré mucho lo que consiga, como duquesa de Saint Aldric.

—¿Quieres hacer algún bien a los demás? —le preguntó él—. Podrías ayudarme en mi trabajo. Haríamos el bien juntos —se la imaginó trabajando a su lado. Al principio lo había juzgado una tontería. Pero en ese momento no alcanzaba a imaginarse un futuro mejor.

Evelyn sacudió la cabeza.

—Eso fue un sueño maravilloso, Sam. Pero no fue nada más que eso. Ya es tiempo de que me instruya en maneras más convencionales de ayuda a los demás.

—Sin ensuciarte las manos con su sangre —repuso él con amargura—. No te molestaré más, Evelyn. No con mi corazón. Ni con mi trabajo. Quédate con tu tibio matrimonio y tu distante benevolencia, y que te vaya bien.

—Te conozco. Ahora te pondrás a hablarme de la diferencia de estatus, o de que no eres lo suficientemente bueno ni rico para mí —Evie soltó un suspiro exasperado.—. Pero al final la verdad es la siguiente: Saint Aldric es un hombre de honor. Es honesto y sincero conmigo. Y tú no.

Aquel era el problema. El único punto de todos

que él no podía refutar. Saint Aldric era un verdadero santo: estaba más allá de todo reproche. Pese a todos sus argumentos sobre la nobleza de su amor, Sam se había acostado con ella a la primera oportunidad en que se quedaron solos. Y él nunca, jamás podría revelarle la verdad sobre el pasado. Porque ella no lo perdonaría

Había perdido. Había estado tan seguro de que, una vez que descubrió que era libre para casarse con ella, todo terminaría encajando en su lugar... Había descuidado los sentimientos de Evie, sus necesidades y su sentido de la justicia, que era tanto o más fuerte que el de cualquier hombre. Todo en ella era fuerte. Y todo lo había perdido él.

Sintió que la piel se le quedaba fría y el mundo adquiría un tacto denso, algodonoso, como si su cerebro intentara negar lo que estaba escuchando. «El efecto de la impresión», pensó; la prescripción no era otra que brandy, y en cantidad. Pero eso sería más tarde, cuando estuviera lejos de ella y no intentando salvar su orgullo.

—Muy bien, entonces —dijo—. Debes cumplir la promesa que hiciste, tanto a Saint Aldric como a tu padre. Cásate con él. Sé feliz. Sinceramente, es lo que te deseo. Y lo que yo no puedo darte.

Veinte

Sam no quiso hacer el reconocimiento de mediodía a su paciente. Prefirió en lugar de ello enviar a Evie, diciéndole que hiciera lo que le pareciera necesario para ayudar a su prometido. Evelyn había vuelto pues con Michael, poco después de su conversación, llevándose consigo la bandeja de comida para tomarla en su habitación.

Sam había comido solo, preguntándose cuánto tendría que esperar para poder hacer una salida discreta y elegante de aquella casa y de las vidas de la feliz pareja.

La siguiente vez que vio al duque fue a la tarde, pasada la hora de la cena. Su estado bien podía responder a su pregunta.

—Doctor Hastings —le dijo con una sonrisa, sentándose en la cama de manera que sus cabezas pudieran quedar a la misma altura—. ¿Cuánto tiempo pensáis retenerme aquí, ahora que ya me estoy recuperando? —su voz era más fuerte y su color había mejorado.

—Una semana más, como mucho —respondió Sam—. Debemos asegurarnos de que no quede rastro alguno de enfermedad antes de que retoméis vuestras obligaciones regulares.

—Creo que me volveré loco si tengo que soportar otros siete días de inactividad.

—Tendréis a lady Evelyn para haceros compañía —comentó Sam, esbozando una irónica sonrisa—. Pero si estáis muy obsesionado por perderme de vista, puedo daros el nombre de otro médico que podría ayudaros. Un compañero mío de estudios, que trabaja actualmente en Bedlam. Estoy seguro de que se alegrará del cambio.

—¿Os marcháis? —el duque enarcó las cejas—. ¿Otra vez estáis intentando escapar de mí? No esperaba que esta enfermedad os convenciera de que aceptarais por fin mi oferta, pero tampoco hay necesidad de que salgáis corriendo.

—Me vuelvo al mar —todavía no estaba seguro de que eso fuera cierto. Pero tampoco le importaba. Su futuro no importaba, ahora que sabía que no podría compartirlo con Evie.

—No seáis imbécil —el duque le estaba sonriendo, como si todos aquellos planes no fueran más que una enorme broma.

Sam mantuvo el mismo tono de voz formal, serio.

—Soy consciente de nuestra diferencia de rango, Excelencia.... pero no permitiré que os dirijáis a mí de esa forma.

La sonrisa se borró de los labios del duque.

—Al diablo con nuestra diferencia de rango, Sam.

Solo por un momento, hacedme la amabilidad de recordar que compartimos un padre, y que soy vuestro hermano mayor por varios meses, y dejadlo así. Y os repito que seréis un imbécil si abandonáis este lugar.

Sam se recostó en la silla, suspirando.

—Si con ello evito que os agitéis más, entonces me resignaré, Michael —el nombre le sonaba extraño en los labios, pero se obligó a pronunciarlo—. Decidme lo que tengáis que decirme.

—Ambos conocemos la razón de vuestra marcha. Se trata de Evelyn, ¿verdad?

En ese momento el duque había pasado a fulminarlo con la mirada, clavándolo en el sitio. Sam nunca lo había visto servirse antes de su autoridad de aquella forma. Resultaba muy efectivo.

Sopesó la posibilidad de mentirle, pero solo por un instante. Parecía que el duque no soportaba el engaño. Y si realmente eran hermanos, debería haber al menos una pizca de verdad entre ellos.

—Sí —reconoció—. Es por Evelyn.

—La solución es sencilla, entonces. Retiraré mi propuesta de matrimonio en ese caso.

—¡Y un cuerno! —esperaba que el duque tolerara su cambio de humor. Nadie debería dirigirse de aquella forma a un duque, pero en aquel momento eso no podía importarle menos—. ¿Tan imbuido estáis de la idea de que podéis reclamarme como familiar y disponer a la vez de mi persona? La biología no os da derecho a controlar mi vida. ¿O es que acaso estáis tan ensoberbecido de vuestro poder que pensáis que podéis mover a la gente de un lado a otro como si fueran muebles? El honor de una dama está en juego y vos no haréis nada que pueda comprometerlo.

Saint Aldric se echó a reír.

—No creo que las reglas sociales de rigor sean de aplicación en este caso. Porque, renunciando a ella, le estaría haciendo al mismo tiempo un favor. Ella está conmigo por compasión. Y si existiera la misma posibilidad de que yo le rompiera el corazón, vos acudiríais raudo a recoger los pedazos.

—Ella no se irá conmigo —pronunciar aquellas palabras fue como sumergirse en un pozo de agua helada. Un tratamiento de choque para la impresión que lo había dejado aturdido durante toda la tarde. Pero sirvió para aliviar a la vez una parte de culpa, de modo que siguió adelante—: Lo intenté, os lo juro. Intente arrebatárosla. Pero ella no me quiere. La brecha que nos separa es demasiado grande. Esperé durante demasiado tiempo. Y ahora he perdido su confianza.

—Lo siento —Saint Aldric volvió a apoyar la cabeza en la almohada, casi como si él fuera el médico y Sam el paciente.

—No lo sintáis. Ella me olvidará en cuanto me haya ido.

—Ella os pertenece —le recordó el duque con tono paciente.

—Pero estará mucho mejor con vos —Sam cuadró los hombros y se puso a recoger los instrumentos de la mesa que tenía al lado, para guardarlos uno a uno en el fondo de su maletín—. Será una buena esposa, una duquesa excelente. Os deseo lo mejor. Pero debéis comprender que no desee quedarme para la boda.

—¿Es así como todo esto tiene que terminar, con los tres tristes y desgraciados?

—¿Vos triste y desgraciado? —Sam soltó una amarga carcajada—. Lo menos que podríais hacer sería alegraros de vuestra victoria sobre mí.

—Nunca fue mi objetivo ser el rival de nadie —le informó Saint Aldric, sacudiendo la cabeza—. Yo no haré nada que pueda hacer desagraciada a Evelyn, porque es una joven buena y dulce, y creo además que nos habríamos llevado bien. ¿Pero descubrir que tengo un hermano... solo para volver a perderlo? —suspiró—. No puedo romper con ella y quedar al mismo tiempo como un hombre de honor. Y tampoco puedo conservaros a los dos a mi lado.

—Esa es precisamente la cuestión —convino Sam—. Al menos, cuando peor estabais, no os asesiné. Porque el pensamiento llegó a pasarme por la cabeza. Pero entiendo que eso ya lo sabéis.

—Supongo que me alegro de que resistierais la tentación —repuso el duque—. Aunque quizá habría sido un gesto de misericordia por vuestra parte terminar conmigo. Si no voy a tener un heredero, poco sentido tiene continuar.

—No digáis tonterías —le espetó Sam, recuperando su tono profesional—. Tenéis una larga vida por delante. Y no tengo garantías ni en un sentido ni en otro sobre vuestra capacidad para procrear —teniendo en cuenta la gravedad de la dolencia, no era muy optimista. Pero cualquier cosa era posible.

Saint Aldric había vuelto a sonreír compasivo, como si fuera él quien lo estuviera consolando.

—Vos no lo entendéis. Ni tampoco espero que lo hagáis —levantó la sábana y bajó la mirada a su cuerpo todavía hinchado. Esbozó luego una mueca y la dejó caer.

—Está mejor que ayer —le recordó Sam—. Os estáis curando. Y habría podido ser peor —le aseguró Sam, esforzándose por animarlo—. Han muerto hombres por esta dolencia. O han quedado sordos. O desfigurados.

—Y yo he quedado impotente —le espetó el duque.

—No podemos estar seguros de eso.

—¿Hasta que lo haya intentado durante años y sin éxito? —inquirió con amargura, casi tanta como la que sentía Sam—. Como todo el mundo se empeña en recordarme, soy un hombre joven, con una larga vida por delante.

—Así es —confirmó Sam.

—¿Pero qué propósito tendrá esa larga vida que me queda? ¿El de trabajar sin descanso, cuidando de mi gente y de mis tierras, para terminar dejándoselas a nadie? Cuando muera, todo quedará en ruinas.

—Eso no podéis saberlo.

—El mismo hecho de no saberlo probablemente me volverá loco —le aseguró el duque, pasándose una mano por el pelo—. Viviré. Pero Saint Aldric estará muerto. Y yo deberé cuidar en solitario de todo lo que mi familia ha levantado, hasta el final de mis días.

—Nuestra familia —lo corrigió Sam, sintiendo que se avivaba la fugaz emoción del parentesco.

—Pero en esto vos no podéis ayudarme —repuso

Saint Aldric, clavando la mirada en la pared del fondo de la habitación—. Estoy solo.

—Tenéis a Evelyn —le dijo Sam, esforzándose por encontrar el tono más consolador posible.

—Que Dios la ayude. Esto no puede ser lo que ella deseaba.

—Pero sois un duque...

—Y menos hombre que vos —se lo quedó mirando fijamente—. Ella os ama. ¿Os imagináis a vuestra esposa soñando a cada momento de vuestro matrimonio con otro hombre? ¿Os gustaría eso?

Esa vez fue Sam quien desvió la mirada.

—No os molestéis en mentirme. Si existe un día para reconocer las verdades difíciles, es este. ¿Tendréis la cortesía de admitirlo?

—Lo que yo quiera no importa —declaró Sam con tono firme—. Lo importante es lo que quiera ella. Nunca debí haberme olvidado de eso. Manejé toda esta situación de la peor manera. Y, ahora, ella ha tomado su decisión. Os ha elegido a vos.

—¿Conoce ella la gravedad de mi dolencia?

—Conoce los textos de medicina. Es esa la razón por la que se quedará con vos. Jamás os dejaría solo —lo que no parecía importarle, reflexionó Sam, era lo muy solo que se quedaría él mismo—. Pero os lo advierto. Si le rompéis el corazón o la deshonráis de alguna forma, volveré para quitaros la vida que acabáis de salvar.

—Que Dios nos ayude a todos, entonces... —murmuró Saint Aldric, dejando caer otra vez la cabeza en la almohada, de golpe.

—Es este un ejemplo más de su misericordia, del que preferiría prescindir —comentó Sam, terminando de guardar los últimos instrumentos y cerrando el maletín—. Y ahora, Michael, si me disculpáis... Creo que bajaré al puerto a esperar la marea alta y un buen viento de popa.

Veintiuno

Sam se había ido.

Eve lo había visto abandonar la habitación del duque y pasar por delante del salón sin detenerse. Poco después había oído el portazo de la escalera de servicio. Y ya no había vuelto a verlo más.

Había encontrado una carta sobre la mesa, con instrucciones sobre el tratamiento del duque y lo que debería hacer ella si su estado empeoraba. Mencionaba los nombres de varios médicos destacados con los que podría contactar sin problemas. También podía llamarlos en caso de que Saint Aldric insistiera en su deseo de un médico personal. Si su condición derivaba hacia la esterilidad, tal y como temía, quizá existiera algún otro tratamiento para ella del cual él no supiera nada.

Era todo lo que habría esperado de un médico devoto y leal. Y era bueno saber que procedía de Sam. Ahora que la decisión ya había sido tomada, no mostraba ni celos, ni deseo de venganza. Deseaba, por encima de todo, lo mejor para el paciente. Parecía, en determinadas cosas al menos, que era exactamente el hombre que ella habría deseado que fuera.

Solo que no había encontrado una sola palabra dirigida personalmente a ella. ¿Había esperado que le dejara una carta personal, en un lugar donde todo el mundo podría leerla? Una disculpa, quizá. O una última súplica de que cambiara de idea y se fuera con él. Si la amaba, tal como afirmaba, ¿acaso no merecía ella saber a dónde se iba y lo que probablemente haría cuando estuviera en su destino?

Aquello era todavía peor que cuando se marchó la primera vez. Entonces al menos había podido escribirle, aunque él no le hubiese respondido. En esa ocasión, él mismo le había dicho que no se molestara en hacerlo. Y le había privado de la posibilidad, acabando con cualquier tentación que pudiera tener.

Intentó decirse que daba igual. Por lo que se refería a Sam, ella no era mejor que la Eva de la Biblia. En ese momento resistía, sí. Pero, en algún momento, todos sus honorables planes de permanecer leal al duque fracasarían. Se debilitaría y querría volver con Sam. Pero, cuando estuviera ya casada, le impedirían hacerlo. Sam había cercenado el vínculo que los unía con precisión de cirujano.

Había sido la decisión correcta. Era a Michael a quien había elegido. Dada la evolución de los acontecimientos, él había sido la única elección justa y adecuada. Quizá su amor fuera una pálida imitación del que había soñado, pero el duque la necesitaba de una manera en que Sam nunca la había necesitado.

Sam se había marchado y ella estaba sola. Pero

eso quería decir que la responsabilidad del cuidado del duque recaía ahora en su persona. A esa tarea se dedicó igual que habría seguido haciéndolo Sam, preparando al paciente para la noche, suministrándole los medicamentos y reponiendo el vaso de agua fresca de su mesilla. Finalmente se marchó para dejarlo descansar hasta el día siguiente.

Esa noche no volvió a su habitación. En lugar de hacerlo, durmió un sueño inquieto en la misma cama en la que había yacido con Sam. Una de las jóvenes doncellas había pasado las paperas hacía un par de años, con lo que tenía acceso a la tercera planta, a la que subía para encargarse de la necesaria limpieza. Debió de haber estado allí, porque las sábanas habían sido cambiadas y la cama estaba hecha. No quedaba rastro alguno de lo que habían hecho allí excepto en su recuerdo.

A la mañana siguiente, antes de mandar subir el desayuno, Eve se lavó y vistió, poniendo especial cuidado en su apariencia con la intención de agradar a su prometido. Fue luego al otro extremo del pasillo a recibir la bandeja de Abbott, aprobando su contenido. No era precisamente un típico desayuno inglés, pero era bastante menos insípido que el de la víspera.

Llamó una vez y entró en la habitación del duque con una serena sonrisa, segura de disimular bien el dolor que le atenazaba el corazón.

—Buenos días, Michael. Te he traído gachas —dejó la bandeja cerca, al alcance de su mano—. Llevan leche. Tienes también miel. Y una buena taza de café —se calló al recordarse que, dado que la enfermedad no le había vuelto ciego ni imbécil, no tenía necesidad de recitarle el menú.

—Evelyn —la saludó con voz cansada.

Ella le tomó una mano como para infundirle fuerza.

—Hoy tienes mucho mejor aspecto. Se nota a las claras —la enfermedad estaba remitiendo. La hinchazón había bajado mucho de un día para otro. Pero estaba pálido, como si no hubiera dormido bien. Esperaba que no fuera síntoma de una recaída, sino la simple evidencia del cansancio que le había producido la infección.

—Bueno es saberlo —dijo—. Pero... ¿dónde está mi hermano médico, para que pueda darle las gracias? —había un tono seco en la frase, además de un cierto timbre irónico.

—Se... se ha ido —tragó saliva, sin saber qué decir—. Yo seré a partir de ahora tu médico y tu enfermera —forzó otra sonrisa artificial.

—¿Por qué ese súbito cambio de planes? —inquirió Michael, todavía con tono inexpresivo—. Suponía que se quedaría con nosotros hasta la boda, al menos.

—No le gusta quedarse demasiado tiempo en un mismo lugar —pensó que eso podía ser incluso cierto. No había llegado a conocer lo suficiente al Sam adulto como para preguntárselo—. Creo que su intención era volver a la marina.

—Entonces es que es un estúpido —Saint Aldric no ofreció mayores explicaciones para su decisión.

—No necesitas preocuparte. Él me aseguró, antes de marcharse, que estabas en franca vía de recuperación y que yo no tendría ningún problema en atenderte a partir de ahora.

—¿De veras?

—Sí —asintió, entusiasmada. Demasiado, quizá, porque él se la quedó mirando con la misma irónica expresión con que había acogido la noticia de la partida de su médico.

Continuaba mirándola. Y, por un momento, Eve tuvo la impresión de que estaba en presencia de un duque y no de un buen, aunque poderoso, amigo.

—¿Y te informó él del probable resultado de mi enfermedad? Él me aseguró que lo sabías, pero me gustaría oírlo también de tus labios.

—¿Que podías quedar incapacitado para tener hijos? —dejó de sonreír y se aseguró de no atascarse con las palabras, porque eso solo las habría empeorado. Debía mostrarse tan estoica como se habría mostrado Sam cuando comunicaba un diagnóstico desfavorable—. Sí, soy consciente de ello. Pero no podremos estar seguros mientras no lo hayamos intentado.

—Quieres decir cuando estemos casados —pronunció él con tono paciente.

—Por supuesto —eso era lo que debería haber dicho. Ahora Michael podría pensar que ella sabía demasiado sobre el proceso, cuando debería mostrarse inocente, ignorante, si pretendía seguir adelante con aquella farsa.

Aunque era injusto pensar en su inminente matrimonio con el duque de Saint Aldric como en una farsa. En realidad era un honor. Y lo era tanto más cuanto él más la necesitaba.

El silencio que se había abatido sobre ellos estaba durando demasiado. ¿Qué podía añadir? ¿O debería fingir que semejante silencio debería ser algo perfectamente cómodo entre dos personas que dentro de poco estarían tan unidas?

—¿Y tú estás conforme con todo esto? —le preguntó él, como si no advirtiera su incomodidad—. Eso significa que quizá no puedas tener hijos. Debí haber pensado, dado tu interés por las comadronas y los partos, que tendrías grandes deseos de convertirte en madre.

—Por supuesto que los tengo —admitió ella—. Pero también soy consciente de que no siempre conseguimos lo que queremos en esta vida —se dijo que, en ese momento, no debía pensar en Sam.

—Y lo siguiente que me dirás es que el hombre propone y Dios dispone —hizo un gesto desdeñoso con la mano—. No te molestes en hacerlo, por favor.

¿Había oído mal, o sonaba realmente tan cínico? Se recordó que había estado enfermo. Que, en aquel instante, se hallaba sometido a una gran presión. Y sin embargo ese tono seguía siendo impropio de él.

—Ese habría podido ser el caso de todas formas —dijo ella—. Y, por consiguiente, ya desde antes de que tú cayeras enfermo. Pueden ocurrir muchas cosas. Aunque somos jóvenes y fuertes, no tenemos garantía alguna de longevidad. Sencillamente no tenemos manera de conocer el futuro.

—*Carpe diem* —masculló el duque mientras hacía a un lado la bandeja con su desayuno, intacto—. Pero eso no cambia la necesidad que tengo de un heredero. La agrava, de hecho. Porque si muero mañana, mi vida no habría tenido ningún sentido.

—Por supuesto que lo habría tenido —objetó Eve, palmeándole la mano.

Se dio cuenta de que había vuelto a palmearle la mano y a alisarle las mantas. Debía dejar de hacerlo, si no quería que Michael pensara que no le profesaba más que el platónico afecto que le demostraría a un inválido—. Eres un gran hombre, Michael. Y, suceda lo que suceda, la gente siempre te recordará como tal.

—Me recordará como el último Saint Aldric. Y le habría fallado a mi familia en algo que debería haber sido simple, básico —le lanzó otra dura y penetrante mirada—. Si me hubieras dado una respuesta la primera vez que te la pedí, ahora mismo estaríamos casados. Y quizá esto nunca hubiera constituido una preocupación.

Estaba proyectando su infelicidad sobre ella. Quiso objetarle que la culpa no era suya. Que ella no había tenido manera alguna de prever ni el futuro ni el resultado de sus decisiones. Pero en el fondo era cierto. Había dudado cuando él había necesitado que se mostrara decidida, concluyente. Y eso no debería volver a suceder nunca.

—Lo lamento —murmuró.

—Lamentarlo no cambia el hecho de que necesito un heredero.

Antes, en más de una ocasión, le había dicho que necesitaba una esposa. Pero no era eso realmente lo que había querido decir. Las actuales circunstancias le estaban sacando la verdad a la fuerza. Pero ella misma le había dicho a Sam que lo que quería era escuchar la verdad, por muy desagradable que fuera. No tenía pues derecho a quejarse, ahora que la estaba escuchando.

—Hay una manera de poder asegurarnos la progenie —pronunció el duque, lenta y cuidadosamente—. Pero requeriría un sacrificio por tu parte.

—Por supuesto —dijo ella, apretándole la mano con gesto reconfortante. Le debía ahora su lealtad, aunque solo fuera para compensar las veces que le había fallado.

—Debo tener un hijo. Un heredero legítimo. Y eso podría estar más allá de mis posibilidades.

La estaba mirando con una extraña fijeza, como si ella fuera la clave de su problema. Pero no había nada que Eve pudiera hacer para alterar el curso de su enfermedad. Debía de referirse a algo por completo diferente.

—¿Estás sugiriendo que recurramos a alguna estratagema?

En cierta forma —respondió, prudente—. No he dormido anoche, intentando encontrar alguna otra manera. Pero no se me ha ocurrido más que esta: debes aparentar que estás embarazada de mí.

—Si nos marcháramos durante un tiempo, y volviéramos con un niño...

Pero el duque negó con la cabeza.

—La gente sospecharía. Pero si te vieran encinta de una criatura, y yo la reconociera como mía, no se atreverían a cuestionarnos. Alabarían nuestra buena fortuna. Acallaríamos todos los rumores.

—¿Pero cómo...? —la respuesta era sencilla, por supuesto. Pero no era posible que le estuviera sugiriendo algo así.

—Tendrías que yacer con un hombre cuya apariencia no fuera tan distinta de la mía. Alguien tan parecido como un hermano...

Ya lo había hecho. Y se había prometido que no volvería a suceder.

—No te seré infiel —le dijo, alejando todo lo posible la tentación.

—No es infidelidad si se trata de algo consentido por ambas partes —la estaba mirando sin ninguna emoción, como si para él valiera tanto como el hijo que podría engendrar.

—¿Nuestros votos matrimoniales no significarían entonces nada para ti?

—Yo cumpliré con mi parte de los mismos —declaró, solemne—. Pero te recuerdo a ti la tuya, sobre todo la obediencia al marido.

Que permaneciera bien callada. Que no tuviera opinión alguna que no fuera sobre el tiempo o la moda. Que jugara con su gatita y no pensara demasiado, ni hablara demasiado fuerte. Esas serían sus obligaciones. Y, ahora, también aquello.

—Lo que me estás sugiriendo es horrible —retiró la mano—. No quiero escucharlo.

—No este año, quizá —su expresión era realmente lúgubre—. Pero conforme vaya pasando el tiempo y no tengamos un hijo, puede que llegues a pensar de manera diferente. En cuanto a mí... Yo insistiré.

—¿Me exigirías que hiciera algo tan repugnante?

—¿Como seducir al hombre que te ha amado durante años, por ejemplo? —en ese momento se echó a reír, con un evidente cinismo—. Mi hermanastro sería el candidato perfecto. Sospecho que, después de unos cuantos años en el mar, estaría ciertamente deseoso de acostarse contigo, sobre todo si tú le contaras alguna historia sobre tu infelicidad conmigo. Os he visto a los dos juntos y me he fijado en las miradas que os lanzáis cuando creéis que no os está viendo nadie. Fue un estúpido al no arrebatarte de mi lado, cuando tuvo la oportunidad.

—¿Tú lo sabías? —era absurdo mentir a esas alturas, cuando era ya demasiado tarde.

Michael asintió.

—Supe desde el primer día que yo nunca tendría tu corazón. Pero no era tu corazón lo que requería. No habría puesto ninguna objeción a algún devaneo por tu parte, una vez que tus obligaciones para conmigo hubieran quedado satisfechas. Pero esta solución podría funcionar también.

Lo había tenido por un hombre increíblemente bueno y bondadoso. Y se había recriminado a sí misma la traición de la que lo había hecho víctima. Pero en ese momento apenas podía soportar mirarlo.

—¿Cómo podrías...?

—Fácilmente, te lo aseguro. Porque es lo que hay

que hacer. Míralo como una responsabilidad más que tendrás que asumir si verdaderamente quieres casarte conmigo. Como puedes ver, querida, ser una duquesa es a veces bastante distinto que ser una simple dama.

—Pero cuando tú me propusiste matrimonio, yo pensé...

—¿Que te amaba? —su sonrisa, que antes siempre le había parecido tan bondadosa, no pasaba en ese momento de condescendiente—. ¿En qué ocasión te induje yo a engaño? Yo no te propuse matrimonio por amor, como tampoco fui tan vanidoso como para pensar que me habías aceptado por esa razón. Nos profesamos cariño. Pero sería una mentira afirmar que hay algo más que eso. El matrimonio es algo conveniente para ambos. Y la conveniencia podría exigir la situación que te acabo de describir. Aunque aprecio tu disposición a apoyarme en la adversidad, es probable que este matrimonio requiera de ti algo más que compasión. Después de todo esto, ¿aún quieres mantener nuestro compromiso?

—No —las lágrimas le corrían por la cara, y se las enjugó con el dorso de la mano. Debería haber sido lo suficientemente fuerte como para soportar la situación. O al menos para detenerse a pensar en su respuesta. Pero la verdad era que no concebía otra—. Lo siento. Si este va a ser nuestro futuro, no puedo casarme contigo,

En ese momento era él quien le estaba palmeando la mano con la misma clase de benigna simpatía que ella le había ofrecido antes.

—Ya imaginaba yo que no. Es una lástima, porque estoy seguro de que habríamos formado una gran pareja.

—¿No estás enfadado?

De hecho, parecía casi aliviado. Dado que ella también lo estaba, no podía sentirse ofendida.

—Estoy enfadado por muchas cosas, querida mía. Pero no contigo. Tú amas a mi hermano. Él te ama a ti. Ve con él. Sé feliz —Saint Aldric esbozó una sonrisa cansada, como si acabara de cumplir con una pesada pero necesaria tarea—. Y ahora, si me disculpas, desearía descansar —se volvió de lado, cara a la pared, y suspiró.

Eve estiró una mano para acariciarle el cabello, pero enseguida la retiró. No tenía derecho. Todo había terminado entre ambos.

Si, tal como parecía, aquello le producía a Michael algún consuelo, dejaría que pensara que iría a buscar a Sam. Pero eso tampoco podía hacerlo. Su actual libertad no cambiaba el hecho de que Sam había esperado demasiado tiempo para declarársele. ¿La seguiría él queriendo, ahora que Michael ya no? Si aquel súbito amor que le había demostrado era algo más que celos hacia su hermano, debería habérselo dicho cuando ella se lo preguntó.

Si había tenido algún otro motivo por su parte para evitarla y rechazar sus avances de un principio, y que explicara al mismo tiempo la repentina y oportuna aparición de su amor, Sam no le había dicho nada al respecto, Y aunque no quería pensar lo peor, no se le ocurría ninguna otra posibilidad que pudiera tener sentido.

Veintidós

Caminar hasta el despacho fue como dirigirse de la habitación de un enfermo a un funeral. Eso era lo que habría debido parecerle a su padre, que contemplaba su inminente matrimonio como si fuera algo vivo. Mientras que Eve no solo había sido testigo de su muerte, sino que había colaborado en ella.

Había asesinado su única posibilidad de alcanzar un título y una vida regalada. Nadie querría a una muchacha que había dejado plantado al mejor partido de Londres. Su fama de quisquillosa la precedería, cuando ni siquiera un santo había sido suficiente para ella.

Y sin embargo se sentía casi feliz de verse libre. Se había separado de Saint Aldric de manera amistosa. No había tenido que mentirle sobre sus sentimientos, puesto que él ya los conocía. No tendría que reprimirse a sí misma ni someterse a su ideal de esposa perfecta. Podría seguir viviendo como lo había hecho hasta ahora, sola pero con tiempo para estudiar y ayudar a las mujeres de las aldeas de la propiedad de la familia.

Pero iba a necesitar de todo su encanto para persuadir a su padre de que aquello había sido para mejor. Le besaría las sienes y le aseguraría que no habría problema alguno con el duque. Que ellos seguirían siendo bien recibidos en su hogar y él en el suyo. Su casa estaba actualmente bien administrada. Y continuaría estándolo si ella seguía viviendo en ella como dama soltera, cuidándolo a él en la ancianidad.

El futuro, aunque no de color de rosa, era sólido y confortable. Una vez que él hubiera superado su decepción, descubriría las ventajas que suponía su permanencia en la casa. La gobernaría en su nombre, como había venido haciendo hasta ahora. Y siempre sería su amorosa y dedicada hija.

Aunque no pudiera tener a Sam, era mejor vivir así. Estaría sola, sí, pero no viviría con el absurdo sueño de que el amor vendría un día a buscarla. El pasado estaba muerto. Lo recuerdos eran como espejismos. E incluso los santos tenían los pies de barro.

Ahora que ya había llegado al despacho, vaciló ante la puerta. Se sentía de nuevo como si fuera una chiquilla, deseosa de ver a su padre pero temerosa de haberle frustrado un importante asunto.

Y, tal y como siempre hacía, él levantó la mirada y le sonrió como si fuera la luz de su vida.

—Evelyn. Acércate —alzó una mano y dobló el dedo índice, indicándole que se aproximara—. ¿El doctor Hastings finalmente te ha liberado de tus obligaciones, para que puedas venir a visitarme?

—Padre —prácticamente se le había pegado la lengua al paladar. «He hecho algo horrible», pensó. Aunque en realidad no había sido así. Había hecho lo único posible. Pero... ¿cómo explicárselo?

Su padre advirtió su agitación y abrió los brazos. Eve lo abrazó sin vacilar, como esperando con ello cargarse de su fuerza.

—¿Te preocupa algo? —la apartó para mirarla.

—Sam se ha ido —le dijo. Y, por primera vez desde aquel día, le entraron ganas de llorar.

—Sabías que se marcharía —le recordó su padre, impasible—. Como mucho, se habría quedado hasta la boda. Pero piensa que no ha sido un constante amigo para ti. Desapareció de tu vida durante años. Hasta me sorprende que se haya quedado tanto tiempo desde que volvió. Pero sospecho que eso no se ha debido más que a la enfermedad del duque...

—¡Padre! —pensó que en ese momento parecía especialmente lleno de resentimiento contra un hombre que no podía hacerle ningún daño—. Sam puede hacer lo que quiera, ya es que es un hombre libre.

—¿Entonces es eso lo que te preocupa, querida? No se trata de Saint Aldric, ¿verdad? Hastings me aseguró que el duque se recuperaría. Completamente no, quizá. Pero la dolencia ha evolucionado tan bien como podía esperarse.

—Está bien —le confirmó, inspirando hondo—. Lo mejor que se podría esperar, efectivamente, después de una enfermedad tan grave. Se le ve más fuerte a cada hora. Pero está bastante desanimado.

—Ah. Sí —su padre inspiró hondo también. Obviamente era consciente de las secuelas que podía dejar aquella particular enfermedad, pero no quería hablar de un tema tan delicado con su hija—. Bueno, el pasado no se puede cambiar y tampoco podemos predecir el futuro.

—Eso fue lo que intenté decirle yo. Pero no me escuchó.

—Con el tiempo se resignará —insistió su padre.

—Quizá. Pero hoy me ha dicho cosas que no podré ni olvidar ni perdonar. Y me ha dejado suficientemente claro que nunca me ha amado.

Su padre soltó una carcajada, como si no le concediera la menor importancia.

—Eso no será ningún problema, estoy seguro de ello. Es un hombre bueno. Está encariñado conmigo. Con eso basta.

—No para mí —replicó ella—. Hubo un tiempo en que yo también pensaba eso. Pero ahora ya no. Y así se lo he hecho saber.

—¿Perdón? Creo que no te he oído bien —su padre se llevó una mano a la oreja, simulando sordera para ofrecerle la oportunidad de que corrigiera aquella última frase—. No discutas nunca con un duque, Evelyn, por muy extravagante que resulte su comportamiento.

—Su comportamiento no ha sido extravagante —repuso, igualmente incrédula de que su padre se alineara de manera automática en el otro bando, en cualquier discusión que ella pudiera tener—. Las cosas que me ha dicho... —se interrumpió, preguntándose hasta qué punto querría revelarle las sugerencias que le había hecho el duque—. Digamos simplemente que no podrían atribuirse a una simple excentricidad. Me propuso un modelo de matrimonio tan alejado de los límites del decoro y la decencia que le dije que yo no quería formar parte del mismo. Él lo aceptó. Y hemos acordado romper nuestro compromiso.

Su padre se la quedó mirando boquiabierto antes de ponerse a balbucear.

—Lo-lo-lo que sea que le dijiste para causar esta separación... quiero que vuelvas ahora mismo con él y te desdigas de ello.

«Como si pudiera dar marcha atrás», pensó Evelyn, irónica.

—No lo haré. Lo siento, padre, pero nuestra conversación se derivó de algo que me había dicho él. Yo no hice nada para provocarlo.

—Entonces quizá sea un efecto de su enfermedad —sugirió su padre, dando voz a aquella última esperanza—. Dentro de una semana estará mejor. Llegado ese momento, se disculpará contigo. Todo volverá a estar bien.

—La enfermedad no hablaba por él —le explicó ella con tono paciente—. Está casi curado. Pero fueron las posibles repercusiones de su dolencia las que nos llevaron a hablar del futuro. Simplemente acordamos que la unión propuesta no nos haría felices a ninguno de los dos y la disolvimos. Seguimos manteniendo buenas relaciones. Pero no nos casaremos.

—¿Y qué vas a hacer ahora? —gimió su padre, con la cabeza entre las manos—. Y no me digas que todo esto obedece a un desacuerdo sobre Hastings. Si se ha vuelto a marchar, seguro que ya no podrá interferir más.

—No, padre, sinceramente puedo responderte que no. La dificultad reside en Michael y en mí misma. No puedo decirte más —rodeó el escritorio y lo abrazó, para demostrarle que su amor por él no había cambiado nada.

Él alzó también un brazo para palmearle el hombro.

—Sea como fuere, has arruinado tu única esperanza de felicidad. Porque... ¿quién te querrá ahora?

—No necesitas preocuparte por eso —le aseguró, sonriendo como para demostrarle que su corazón no estaba ni mucho menos roto—. En absoluto. Voy a quedarme aquí contigo. Estoy segura de que me habrías echado terriblemente de menos si me hubiera marchado. Pero ahora estaré aquí siempre, para cuidar de ti.

—Todavía no soy tan mayor como para necesitar de una enfermera —replicó él bruscamente, bajando el brazo.

—Eso ya lo sé, padre. Pero debes admitir que mis talentos domésticos te han resultado muy útiles hasta el momento. Sigo sin dar una puntada a derechas, por supuesto. Pero gobierno a la servidumbre bastante bien, ¿no? Tienes tu hogar como a ti te gusta. Y procuraré que siga así.

Su padre se aclaró entonces la garganta, como disponiéndose a comunicarle una desagradable noticia.

—La verdad, querida, es que yo mismo tenía algunos planes de naturaleza matrimonial. Hay una viuda con la que estoy bastante encariñado. Pero ahora que tú piensas quedarte...

Se había preparado para afrontar su furia. O quizá alguna amenaza de castigo, que ella pudiera fácilmente evitar. Pero aquella reacción era completamente inesperada. Su propio padre no quería que se quedara en su casa. De hecho, había previsto y calculado deshacerse de ella, para hacer lugar a otra mujer en su hogar, y ahora ella lo había estropeado todo. Se dejó caer en la silla que había junto al escritorio, momentáneamente incapaz de tenerse en pie.

—No te preocupes, querida —le dijo su padre con la misma sonrisa reconfortante que ella había planeado usar con él—. Estoy seguro de que, si hacemos un esfuerzo, te encontraremos un partido que se encargue de ti. Y debemos considerar el lado positivo de la situación. Puede que hayas perdido a un duque. Pero al menos Hastings se ha marchado otra vez. Somos afortunados de habernos deshecho de él.

Nuevamente estaba demostrando aquella extraña inquina hacia Sam, que durante años había sido como un hijo para él, casi desde su nacimiento.

—Pero dudo que su familia llegue a verlo tampoco —le informó ella—. Rechazó la posición que le ofreció Saint Aldric. Y, para cuando se marchó, seguía sin estar tan cerca de él como habría debido estarlo un hermano.

—Eres demasiada blanda de corazón, Evelyn —le dijo su padre, sonriéndole al menos con algo del calor paternal que ella había esperado—. Al final, todo el mundo estará mucho mejor con él embarcado.

—Yo espero que no llegue a embarcarse —le aseguró ella. Pese a todo lo que había sucedido, no le deseaba mal alguno—. Es demasiado peligroso. Yo ya se lo dije, pero dudo que me escuchara.

—No tan peligroso como podría haber sido, si se hubiera quedado en tierra —su padre desvió rápidamente la mirada hacia la puerta, como para asegurarse de que no había nadie en el pasillo que pudiera escucharlo—. Soy consciente, querida, del afecto que le profesas. Eso, simplemente, no habría funcionado. Algún día te darás cuenta de ello y aceptarás que aquello no estaba destinado a nada. Si algún día quieres hacer una buena boda, Samuel Hastings no se cernerá entre vosotros como una amenaza.

—Pero él nunca me haría ningún daño… —replicó ella. En realidad, ya se lo había hecho. Pero nadie tenía por qué saberlo.

—Claro que sí, porque no sería capaz de evitarlo —dijo su padre, sacudiendo tristemente la cabeza—. Siempre estaría buscando algún indicio de insatisfacción entre tú y marido.

Era casi como Saint Aldric lo había descrito, con Sam esperando al acecho la menor señal de vulnerabilidad por su parte.

¿Pero no había sido eso exactamente lo que había sucedido ya?

Por lo menos durante varias semanas ni siquiera estaría segura de que no había cometido un terrible error, que pudiera terminar empujándola de vuelta con el duque para aceptar su plan original de proporcionarle un heredero de cualquier manera posible.

—Bueno, pero ya no voy a casarme con el duque, de modo que eso difícilmente puede constituir un problema.

—Es todavía peor, querida —le dijo su padre, prácticamente retorciéndose las manos de puros nervios—. Si no encuentras otro partido, tendrás que frenarlo cuando él se sienta impulsado a ofrecerte un consuelo que no tendrías por qué necesitar.

—En el pasado no necesitó que lo frenara nadie. Se marchó él mismo, la primera vez, y apenas volvimos a verlo en seis años.

—Aquello fue por completo diferente —declaró su padre con tono rotundo—. Fue necesario un considerable esfuerzo por mi parte para alejarlo de tu lado.

No podía haber escuchado bien. Sam nunca le había dicho nada de su padre, ni de aquello. Si no había sido su falta, ¿por qué no se lo había dicho?

—Tú fuiste el motivo de su marcha —pronunció, esperando que lo negara.

Su padre se mostró azorado.

—Ya iba siendo hora de que os separaseis. Él pasaba demasiado tiempo en tu compañía y se había encariñado demasiado contigo.

—Me quería —repuso ella, incrédula.

—No como habría debido quererte —la corrigió su padre—. No como yo pretendía.

—¿Tú pretendías que nos quisiéramos? —le preguntó, todavía confusa.

—Sí, pero como un hermano y una hermana. Ciertamente nada más que eso —de repente se inflamó de ira—. El muy estúpido se presentó aquí para pedirme tu mano antes de marcharse. Parecía confiar en que, al hacer manifiestas de ese modo sus intenciones, tú te sentirías inclinada a esperarlo. Yo le dije que eso era imposible, por supuesto.

No había sido imposible. No lo había sido en absoluto. De hecho, ella lo había esperado todo el tiempo que había podido, incluso sin oferta alguna de matrimonio por su parte.

—Tú le negaste mi mano y luego él se marchó —murmuró. Sam nunca le había mencionado aquella oferta, probablemente nada deseoso de admitir aquella temprana debilidad que le habría llevado a aceptar cualquier soborno que le hubiera ofrecido su padre.

—No en un principio. Ya entonces era tan terco como ahora. Esa es una admirable cualidad en alguien que no tiene familia y que ha de abrirse camino solo en el mundo, pero no cuando cifra su anhelo en algo que nunca podrá tener —volvió a sacudir la cabeza, sonriendo tristemente—. Imagínate a ti misma, querida, casada con un cualquiera, un don nadie y además empleado.

—Sam es médico —lo corrigió—. No es tan horrible que un caballero se ponga a trabajar y tome un empleo. Y ciertamente nada de eso habría importado, dado que había amor entre nosotros.

—Por supuesto que habría importado —pronunció su padre, exasperado—. No tendría rango, dinero aún menos, y tampoco una casa tan buena como en la que vives ahora. Y menos aún un ejército de criados haciéndote reverencias y llamándote «Excelencia».

—Yo nunca pedí tales cosas —replicó con tono suave, preguntándose por lo que habría pensado Sam la primera vez que se marchó.

—Es lo mismo: te las merecías. Eres mi única hija, mi pequeñita preciosa. Y yo no quería para ti nada que no fuera un marido con título y una vida libre de preocupaciones. Sam Hastings no podía ofrecerte eso. De modo que era necesario que se marchara.

—¿Así que Sam me consideraba fuera de su alcance, demasiado superior para él?

—Al contrario. El insistió en que su amor por ti lo espolearía para medrar, que se esforzaría para proporcionarte una vida de lujos. Que hallaría la manera de mantenerte, a cualquier precio.

—Y sin embargo se marchó —demostrando que todo aquello no habían sido más que buenas palabras, añadió Eve para sí.

—No de buen grado —replicó su padre—. Pese a mis argumentos, no se dejaba convencer. Le amenacé con dejarlo sin un céntimo. No le importó. Le ofrecí dinero para que se marchara. No quiso ni hablar de ello.

A Eve se le inflamó el corazón ante el pensamiento del joven Sam pretendiendo ardientemente su mano. Había afirmado que la amaba. Y debía de haber sido cierto. ¿Qué razón pudo haber tenido su padre para mentirle sobre tales cosas, cuando resultaba obvio que despreciaba tanto a Sam?

—¿Y qué sucedió entonces?

—Me amenazó con que te lo pediría directamente a ti. Si yo no consentía, los dos os fugaríais y os casaríais en Escocia. ¿Acaso no sería más respetable que yo aceptara formalmente vuestro compromiso? Eso fue lo que me propuso. Luego los dos esperaríais a casaros hasta que él estuviera convenientemente establecido y trabajando —su padre soltó un resoplido de disgusto—. Fue chantaje, puro y simple. Estaba jugando con tu reputación. Y yo no podía tolerarlo.

Pero los argumentos de Sam le sonaban a Eve más que razonables. Era lo mismo que habría querido ella. Aunque su padre se hubiera negado, Sam se lo habría sugerido directamente.

—¿Pero por qué no huyó conmigo, según te dijo que haría?

—Lo habría hecho, si yo no le hubiera puesto una objeción que no podía refutar —inspiró hondo y de repente se interrumpió en seco, como si se hubiera dado cuenta de que había hablado demasiado—. Pero el resto no merece ser escuchado por tus delicados oídos, querida.

Eve pensó que, después de seis años, Sam debía de haber pensado lo mismo, porque no le había dicho nada, ni siquiera cuando ella desconfió de él. En todo caso aquello le concernía directamente y, sin embargo, ninguno de los dos había tenido la cortesía de compartir con ella el secreto que había alterado el curso de su vida entera.

Pero tenía que saberlo. Abandonando toda actitud

agresiva, esbozó una sonrisa como si estuviera al tanto del secreto.

—No necesitas molestarte en protegerme, padre. Él me lo contó todo antes de marcharse.

—¡Te lo contó! —tronó al tiempo que se levantaba y descargaba un puñetazo en el escritorio—. Eso era algo entre él y yo, y nunca debió haber trascendido... Es un patán y un canalla. Una víbora que se introdujo en el seno de nuestra familia. Y que te lo contara todo precisamente confirma lo que yo sospechaba sobre él. La sangre tira, Evelyn. La sangre tira.

—Su padre era un duque —repuso ella con tono suave.

—Y su madre era... una costurera —terminó, a punto de pronunciar otra palabra que habría sido poco conveniente para los oídos de su hija—. Esa revelación que dices que te hizo no fue más que un intento por su parte de ponerte en mi contra.

—Y es por eso por lo que debes contarme tu versión —insistió ella, sonsacándole poco a poco la verdad—. Para que pueda entenderlo todo mejor.

—Yo había prometido protegerlo, y educarlo como si fuera un hijo mío. Pero siempre hay límites para lo que un hombre puede hacer por un amigo, incluso aunque ese amigo sea un duque. Yo nunca me comprometí a casarlo con mi hija. Estoy seguro de que el viejo Saint Aldric no habría esperado eso de mí.

Eve pensó que, a esas alturas, hasta la opinión del antiguo duque de Saint Aldric parecía contar más que la suya. ¿Acaso a los muertos se les permitía tomar también decisiones por ella?

—Él no podía haber sabido lo que sucedería —comentó, dejando abierta la posibilidad de recibir mayor información.

—Yo no podía revelarle el nombre de su padre —de repente parecía incapaz de mirarla a los ojos—. Pero eso no quería decir que no pudiera decirle que había tenido una buena razón para criarlo y educarlo. Y que su origen requería que vosotros dos nunca pudierais casaros.

—Pero... ¿qué diferencia podía haber en que supiera que era hijo de un duque?

Solo muy recientemente Sam se había enterado de que era hijo del duque de Saint Aldric. Antes de eso, sin embargo, tenía que haber sido informado de su supuesto origen; un origen que, al mismo tiempo, le había impedido casarse con ella. Solo entonces fue consciente Eve de la verdad que de manera involuntaria había terminado revelándole su padre.

Un horrible pensamiento asaltó su mente. «Oh, por favor, que no sea eso», exclamó para sus adentros.

—¿Qué le dijiste, padre? —lo tomó del brazo y se lo sacudió con fuerza, como si pudiera sacarle de aquella forma la información, rezando al mismo tiempo para que no fuera lo que sospechaba—. ¿Qué le dijiste?

—Le dije que había confundido la natural afinidad de un hermano y una hermana por algo diferente. Que el vínculo que existía entre vosotros era un afecto nacido de la sangre y el parentesco. Que esa confusión suya era desafortunada, pero que debía contemplar el matrimonio contigo como algo que atentaba contra las leyes de Dios y de los hombres.

—Tú le dijiste... —la verdad le revolvió el estómago, provocándole una náusea.

—Le dije que lo había educado como un hijo porque eso era precisamente lo que era —parecía azorado, incómodo—. Y, en verdad, era lo más parecido a un hijo que había tenido o que tendría. No era una completa mentira. Quizá una mera exageración.

—Y él se marchó porque pensó...

Experimentó un estremecimiento de indignación cuando evocó las primeras reacciones de Sam en el jardín y en la posada en la que se había alojado... Sus frenéticos besos, el sentimiento de repugnancia ante su propia debilidad y su promesa de que nunca podría existir nada entre ellos. La noche de su compromiso, el impedimento que había sido levantado. Y la rapidez con que luego había acudido a ella, como un hombre cambiado, distinto...

Su padre seguía hablando.

—Era la única manera que se me ocurrió de separaros. Durante años habíais sido como uña y carne. Él te había adorado casi desde que naciste. Pero tienes que darte cuenta de que aquello no habría podio ser... —pronunciaba atropellado las palabras, como si una prolija explicación pudiera hacer que sonaran menos insensibles.

«Mi pobre Sam...», pronunciaba Eve para sus adentros. Ahora todo cobraba sentido. Su evidente atracción por ella. Su súbita desaparición. Y su insistencia en que no se tenía por un hombre digno, honorable. Y luego, justo cuando él se había visto liberado de aquella mentira, ella había elegido a otro hombre y lo había expulsado de su lado.

Se levantó de la silla y se apartó de su padre, tambaleándose. Fue como apartarse de la vida que siempre había creído que era suya. Nunca había dudado de su amor. Pero en aquel preciso momento contempló su propia vida claramente por primera vez. La había tratado y cuidado como si fuera una planta de invernadero, sin reparar en que sus sueños se marchitaban. Había creído protegerla, cuando en realidad lo que había estado protegiendo era sus propios planes para ella.

—Tenía que hacerlo —su padre alzó una mano, en un intento de atraerla nuevamente a su lado—. ¿Es que no lo comprendes?

—Todo ha terminado, padre.

—Porque él se marchó.

Eve negó con la cabeza.

—Porque ya no podrás mentirnos, nunca más. Si me quieres como dices, entonces deberá existir siempre la verdad entre nosotros. Porque si no es así, me perderás como has perdido a Sam.

Solo que esa vez era ella la que había perdido a Sam. Lo había expulsado de su lado. Él se había marchado sin decir palabra y ella no tenía idea de por dónde buscarlo. Se volvió, mirando frenéticamente a su alrededor, pero sabiendo ya que no disponía de la menor pista. Miró luego a su padre, en quien no podría ya confiar, incluso aunque le ofreciera su ayuda.

Pensó entonces en la única persona en la que sí podría confiar, pese a que nadie que estuviera en su sano juicio se habría atrevido a pedirle ayuda para un asunto semejante.

—¡Evelyn, espera!

Pero la voz sonaba a su espalda, cada vez más lejana mientras corría por el pasillo. No tenía un solo momento que perder. Subió corriendo los dos pisos de escaleras con el pecho apretado por el esfuerzo y la angustia. Y tardó solo unos instantes en recomponerse antes de irrumpir en la habitación del enfermo.

Saint Aldric alzó la mirada hacia ella con una bondadosa sonrisa. Estaba sentado en la cama, con el diario de la mañana extendido sobre las mantas.

Lo primero que pensó fue que debería reñirle por haber hecho aquel esfuerzo, pero luego pensó que no tenía derecho a hacerlo, sobre todo después de la conversación que habían mantenido apenas unos minutos antes. Si no era ya bienvenida en aquella habitación, su consejo lo sería aún menos.

No sabiendo cómo empezar, inclinó la cabeza y pronunció en un susurro:

—Excelencia...

—Déjate de tonterías, Evelyn.

Hizo a un lado el periódico y señaló la silla junto a la cabecera de la cama. Eve tomó asiento.

—Temía que no quisieras verme después de…

—¿Tu perfectamente razonable petición de que rompiéramos nuestro compromiso?

Si la ruptura lo había molestado, no lo estaba demostrando en absoluto. El leve fruncimiento de su ceño, quizá. Pensó que la vanidad exigiría de ella que se sintiera dolida por su indiferencia, pero el único sentimiento que experimentaba era de alivio.

—Necesito tu ayuda —le espetó—. He cometido un error.

—¿Solamente uno? —seguía sonriendo—. Por supuesto que te ayudaré. A no ser que pretendas volver conmigo, Evelyn. Porque me temo que no pienso aceptarte.

Aquello resultaba casi ofensivo, y sin embargo no le importó. Le sonrió a su vez.

—Necesito encontrar a Sam.

La expresión del duque resplandeció de pronto de alegría.

—Estaba esperando que dijeras eso. Su plan era volver al mar.

—Me prometió que no lo haría —había estado rezando para que se hubiera marchado a Escocia. O a cualquier otro lugar de tierra donde pudiera encontrarlo con facilidad. Pero... ¿y si se había embarcado con la marea de la mañana?

—¿Te lo prometió? —el duque soltó una corta carcajada—. Entonces romperá esa promesa lo más rápidamente posible.

—¿Por qué?

—Cuando un hombre pierde todo lo que quiere y valora, Evelyn, lo más probable es que haga la cosa más estúpida y destructiva que pueda imaginar. Tú fuiste la razón por la que se embarcó antes. Y tú eres la razón por la que volverá a hacerlo.

Resultaba en ese momento tan claro, tan evidente... Era lo más sencillo. ¿Por qué no se le había ocurrido antes?

—¿Pero cómo voy a encontrarlo? —tres cuartas partes del globo terráqueo eran agua. Y él lo que buscaba era perderse.

El duque separó una de las dobles páginas del periódico y se la entregó. Eran las noticias de los embarques, con un detallado calendario de las mareas, las partidas y las arribadas a puerto. Señaló uno de los buques que zarpaban.

—Este.

—¿Cómo puedes estar tan seguro?

—Jamaica. Un destino lejano, peligroso y deficitario en mujeres inglesas. Es el que escogerá. África sería mejor, por supuesto. Pero esta época del año el tiempo es horrible si uno quiere doblar el Cabo de Buena Esperanza. La mayor parte de los capitanes de navío no son tan suicidas como le gustaría a nuestro Samuel.

—¿Suicida? —se lo había imaginado lanzándose a la aventura, no a la muerte.

—Es por eso por lo que no debes perder tiempo en ir a buscarlo —le entregó una nota garabateada con letra temblorosa, pero legible, en la primera página en blanco del libro que había estado leyendo—. Dale esto a mi cochero y dile que te lleve allí. El escudo de armas del coche es muy útil a la hora de abrirse paso entre multitudes y de soltar lenguas.

Y, dicho eso, continuó leyendo su periódico.

Veintitrés

Sam estaba desayunando en el comedor de su posada, intentando no pensar en el pasado, aunque todo parecía recordárselo. Las chuletas y la cerveza que tenía delante habían venido a sustituir a los huevos cocidos, las tostadas y los arenques ahumados que había comido el día anterior.

La comida en casa de los Thorne había sido tan buena como recordaba.

Y no quería recordar.

Clavó la mirada en el plato. Las chuletas le asentarían el estómago, todavía afectado por la borrachera de la noche anterior. Y si pretendía patearse los muelles en busca de una vacante en un barco, necesitaría energía. Terminó de desayunar y pagó al posadero la comida y otro día de alojamiento.

Marchó luego a buscar su fortuna.

El puerto de Londres rebosaba de actividad mercante, con estibadores cargando balas de tejido y rodando barriles por las planchas de los barcos hasta los almacenes. Más adelante podía oler a tabaco y a pescado en salazón. Habría también algodón y lanas tejidas para exportar.

El trajín de aquel comercio resultaba interesante. Pero la vida en un mercante no lo sería tanto. ¿Y qué necesidad tendría cualquiera de aquellos capitanes de contratar un médico? Aunque no podía honestamente desear que Napoleón escapara de nuevo de su exilio, una paz duradera acabaría volviéndolo innecesario.

Innecesario. Superfluo. No deseado. Eran muchas las palabras que podían describirlo en su situación. Antaño, el hecho de haber sido un miembro útil de la sociedad le había dado un punto de orgullo. Pero las dos últimas semanas lo habían dejado agotado. Ya no le quedaba nada que dar. Nada, al menos, que alguien pudiera desear.

Los muelles de la Compañía de Comercio de las Indias Orientales resultaban más atractivos. Apestaban también a pescado y a marineros sucios, pero los aromas a té y especias animaban de alguna forma su espíritu aletargado. Quizá no se molestara en ejercer de médico. Podía convertirse en aventurero. Si le gustaba Asia, podría establecerse allí. No faltarían las enfermedades en un clima tropical.

Pero quizá el mercante holandés atracado algo más adelante sería mejor. Caña de azúcar y ron en el Caribe. Podría resultar menos caro permanecer borracho con el licor estando tan accesible. Y tratar leprosos era un acto tan altruista que seguro podría competir con su querido Michael en términos de santidad.

Aquel único pensamiento sobre su hermano desató de golpe todo un torrente de recuerdos de Evie. Le había dicho que no se embarcaría, ya que eso la aterraba. Pero seguro que los eventos posteriores deberían liberarlo de cualquier promesa hecha.

Y si se marchaba a Edimburgo, podría leer algo acerca de Saint Aldric y su duquesa en los periódicos de cuando en cuando. Carecería de fuerza de voluntad para ignorarlo y volvería a abrir las viejas heridas pensando en ella.

—¡Sam!

Estaba pensando en ella en ese mismo momento, cuando se había prometido que no lo haría. Los recuerdos eran tan vívidos que hasta le parecía escuchar su voz. Pero esos recuerdos de vigilia palidecían comparados con lo que veía cuando cerraba los ojos. Quizá podría encontrar una manera de dormir sin soñar. Si no, se acostaría una noche para soñar con ella y no volver a despertarse nunca.

—¡Sam Hastings!

Aquello no era un sueño. Era una voz de verdad. Pero... ¿qué estaría haciendo Evelyn Thorne en los muelles? Se volvió para mirar en la dirección del sonido y vio el carruaje con el escudo de Saint Aldric aparcado, en toda su radiante gloria, con un criado de librea inclinándose para abrir la portezuela.

Retrocediendo, Sam tropezó con un marinero, que soltó una maldición y lo empujó, pero él no se dio cuenta de nada.

No podía verla. Ahora no. Y menos cuando estaba tan cerca de escapar. Y todavía menos cuando se pre-

312

sentaba disfrazada como la maldita duquesa del condenado Saint Aldric.

Le entró un demente deseo de reír. Parecía que cuanto más se acercaba al mar, más se deterioraban sus buenas maneras. Y también parecía que iba a tener que saltar del muelle y ganar la India a nado si realmente quería escapar de Evelyn Thorne. Ella había bajado ya del coche y corría hacia él, bloqueándole todo escape. Ya nada importaba. El mismo hecho de verla lo había dejado clavado en el sitio como una estatua.

—Ev... ¡uf! —el cuerpo de Evelyn chocó contra el suyo con no poca fuerza, vaciándole el aire de los pulmones. Intentó desesperadamente recuperar el resuello, pero la boca que cubría la suya se lo estaba poniendo aún más difícil.

Sintió su lengua en la boca, y el deseo de retenerla allí para siempre desbancó de golpe algo tan común y necesario como respirar.

Estaba aturdido y sin aliento. Si no podía volver a llenarse los pulmones del aire, acabaría desvaneciéndose y cayendo de cabeza al agua. Pero era Evie la que lo estaba besando y nada más importaba. Lo había abrazado y le estaba frotando la espalda para aliviar la opresión que sentía en el pecho. Ella era su aliento, su aire, su vida. Ella era todo lo que necesitaba para sobrevivir.

Lo abrazaba con tanta fuerza que ni el cielo ni la tierra podría separarlos. Encajaba tan perfectamente en sus brazos que era como si hubiese sido diseñada para complementarlo.

Se apartó por un momento y se lo quedó mirando fijamente, enormes y llenos de malicia sus ojos azules. Pensó en decirle que resultaba singularmente incómodo besarse con los ojos abiertos. Pero no había manera de cambiar a Evelyn, una vez que se le metía una idea en la cabeza. Así que mejor era que se fuera acostumbrando.

—Te he encontrado —anunció orgullosa.

—Sí —repuso él. ¿Pero por qué lo había encontrado? ¿Se trataría de otro intento de discutir con él? ¿Desembocaría en otra despedida? Dudaba que su corazón pudiera soportarlo.

—Me preocupaba que te hubiera perdido, cuando no estabas en la posada. Pero el criado me dijo que habías dejado el arcón allí, y yo sabía que nunca te habrías marchado sin él.

—Cierto —dijo, esperando que aquello no fuera el preludio de otro rechazo.

—Hueles a cerveza —observó ella, olisqueando.

—El desayuno.

—Y a medicina –pegó la nariz a la solapa de su chaqueta—. Debemos mandar lavar inmediatamente esta chaqueta, para que puedas causar una mejor impresión a tus pacientes.

«¿Debemos?», se preguntó San. Aquello sonaba maravillosamente posesivo. Pero no debía confiarse.

—¿Evelyn? —la apartó para poder pensar con la mínima claridad que le permitiera pronunciar una frase de corrido—. ¿Por qué estás aquí?

—He venido a buscarte.

Qué bonito sonaba eso. Casi tan bonito como «te

quiero». Pero podría tener otros significados aparte del que él quería darle.

—El duque... No le habrá pasado nada malo, ¿verdad? —preguntó con cautela, preparándose para lo peor.

—¿Aparte de que no le amo y de que él no me ama a mí? No, nada en absoluto —sonrió y le plantó otro pequeño beso en una comisura de la boca.

Por un momento volvió a faltarle la respiración. Y luego suspiró como el bobo enamorado que sabía que era.

Ella se había quedado mirando fijamente sus labios y le acarició el inferior con la punta de un dedo.

—El compromiso está roto. Me separé en buenos términos de Saint Aldric. Seguimos siendo amigos. Él me prestó su carruaje y me animó a que saliera corriendo a buscarte. Y tienes que prometerme que tú también serás amigo suyo. Ya sabes que necesita amigos.

—Sí, Evelyn —apenas le importaba lo que le estaba prometiendo, tan tentadora resultaba la caricia de aquel dedo. Acabó capturándolo con los labios, mordisqueándolo suavemente, chupándolo...

Se estaban besando en un muelle de Londres y podía oír los distantes gritos y burlas de los marineros de paso. Las sugerencias que hacían eran vulgares y procaces. Y, gracias al cielo, por primera vez en su vida, algunas de ellas pertenecían al reino de las posibilidades. Necesitaba sacarla de allí, quedarse a solas con ella. Y desnudarla. Pronto.

Ella retiró el dedo y le dio una mínima palmadita

en la mejilla para castigarlo, antes de dejarla allí y apoyar la cabeza en su pecho.

—Después estuve hablando con mi padre —no había rastro ya de broma en su tono.

Pareció vacilar, y tan estremecida como se estremecía Sam cuando evocaba sus conversaciones con Thorne. Se puso serio.

—Entiendo —se había equivocado. Su esperanza se estaba evaporando de nuevo, como ya le había sucedido tantas veces en el pasado.

—Él me lo contó todo. Sé lo que te dijo para obligarte a que te marcharas.

Sam cerró los ojos, apoyó la barbilla en su hombro y dejó que el mundo siguiera desfilando ante ellos. Era un lugar áspero, bronco y poco amable: todas las cosas que no era su amor. Pero quizá a él le sentara bien. Thorne tenía razón en una cosa: que era indigno de una mujer semejante.

—Lo siento.

—Soy yo la que lo siente. Yo fui la única de los dos que dudó. Pero eso no volverá a ocurrir. Nunca más.

Se arrebujó contra su pecho y Sam se imaginó cómo sería cuando estuvieran agotados después de hacer el amor, durmiendo abrazados.

—Nunca más —repitió él—. Mi querida Evelyn…

Alzó la cabeza y lo besó en una comisura de los labios.

—Ah, por cierto, puedes volver a llamarme Evie. O Evelyn. O Eve. Lo que te plazca, en realidad.

«Lo que me plazca». Pensó que aquellos vertiginosos altibajos de emoción no podían ser buenos para la presión sanguínea. Pero las posibilidades de aquella frase lo aturdían.

—En realidad creo que preferiría llamarte señora Hastings —dijo, esperando que ella lo contradijera.

—Yo también lo preferiría —sonrió y lo besó de nuevo, para empezar a tirar de él hacia el carruaje—. Quizá deberíamos recurrir a Michael para que nos consiguiera una licencia especial. Así podríamos casarnos mañana.

—No sin el consentimiento de tu padre —le recordó él—. Te falta un mes para tener la edad.

Cuando Thorne se enterara de sus planes se lo haría pagar. Pero valdría la pena el precio.

—Yo no tengo intención de esperar tanto tiempo.

—Ni yo.

Se imaginó los mullidos cojines que los estaban esperando justo al otro lado de la portezuela del carruaje.

—Tendremos que ir a Escocia. Pero no a Gretna Green. Tienes que enseñarme Edimburgo.

El viaje en coche hasta Edimburgo era largo. Varios días. Y todos ellos los pasaría a solas con Evie. Quizá la generosidad de su hermano Michael no llegara hasta ese punto a la hora de prestarles su carruaje. Pero ya se ocuparían de aquel asunto a su vuelta.

—Oh, lady Evelyn… Creo que tenéis razón —dijo, tomando la iniciativa y ayudándola a subir al carruaje. Una vez dentro, la sentó sobre su regazo. Se imaginó lo que sucedería cuando Evie conociera

a sus profesores, a sus colegas y quizá a sus alumnos—. Sí, debo enseñarte Edimburgo. Y ya veremos
en lo que acabas convirtiéndote —sonrió.

Aquello iba a ser mucho más peligroso que embarcarse. Pero lo seguro era que no se aburriría
nunca.

CHRISTINE MERRILL

El pecado de amar

*A George Bloczynski, que me regaló mi sentido
del humor*

Nota de la autora

Después de leer este libro, estoy segura de que todos os estaréis haciendo la siguiente pregunta: ¿qué es la salsa Wow Wow y a qué sabe?

Fue de hecho una de las más famosas recetas de 1817, publicada en *El oráculo del cocinero*, del doctor William Kitchiner. Mi protagonista se sentiría decepcionada de descubrir que no hay prueba alguna de que el tal Kitchiner fuera realmente doctor. Pero era un hombre célebre por su cocina y por las cenas que organizaba.

Esta es la receta de la salsa Wow Wow:

«Corte unas pocas hojitas de perejil muy fino. Corte luego en cuatro partes dos o tres pepinillos en vinagre, y divídalos en pequeños dados, que dejará aparte, ya listos. Vierta en la sartén un trozo de mantequilla del tamaño de un huevo; cuando comience a derretirse, añádale una cucharada sopera de harina fina, y media pinta del caldo en el que habrá cocido previamente carne de vaca. Agregue a la mezcla una cucharada sopera de vinagre, la misma cantidad de salsa de champiñón, o bien de oporto, o ambas cosas, y otra de mostaza. Déjelo bullir todo junto hasta que espese a su gusto. Eche después el perejil con los pepinillos para que se calienten bien y rocíelo todo sobre la carne. O, si lo prefiere, viértalo en una salsera».

Yo les recomiendo que no abusen de los pepinillos y piensen en un huevo muy pequeño cuando añadan la mantequilla. La verdad es que yo la encontré bastante insípida. Pero Kitchiner recomienda una gran variedad de aditivos, incluidas chalotas o escalonias, alcaparras y rabanitos, para aquellos que no la consideren «lo suficientemente sabrosa».

Uno

—Soy la señora de Samuel Castings, pero puedes llamarme Evelyn.

Maddie Cranston miró con desconfianza a la mujer que tenía delante. La señora Hastings esbozaba una sonrisa tan compasiva como reconfortante. Pero había sido su marido quien había acudido a Maddie aquella noche en Dover, deshaciéndose en patéticas disculpas y excusas, como si cualquier suma de dinero pudiera compensar lo que había sucedido. Entraba dentro de lo posible que Evelyn Hastings fuera otra pelotillera del duque de Saint Aldric y, por tanto, indigna de confianza.

El duque le había dicho que era comadrona. Sería un alivio hablar con una mujer sobre el asunto, sobre todo con alguien tan familiarizado con los achaques del embarazo. A veces Maddie sentía tales dolores que hasta temía que lo que le estaba sucediendo a su cuerpo no fuera normal. Si alguien se merecía un castigo por lo sucedido de aquella noche, ese era precisamente Saint Aldric.

Pero si eso era cierto, ¿por qué consentía Dios que fuera ella la que tuviera que sufrir?

Aquella desconocida que reclamaba esa familiaridad de trato no tenía aspecto de comadrona convencional. No era particularmente mayor y tenía un aspecto demasiado saludable y atractivo para ejercer cualquier trabajo, del tipo que fuera. Más bien al contrario, parecía la clásica dama de vida regalada habituada a contratar niñeras e institutrices para cuidar de sus retoños, en lugar de ocuparse personalmente de ellos. ¿Qué podía saber ella de ayudar a parir y criar hijos?

Cuando una se hallaba rodeada de enemigos, era preferible mostrarse distante que asustada. La vida le había enseñado que la debilidad era algo fácilmente explotable. No se dejaría tentar por una voz acariciadora y una cara bonita.

—Encantada. Yo soy la señorita Madeline Cranston —Maddie tendió la mano a la supuesta comadrona, pero sin devolverle la sonrisa.

La señora Hastings ignoró su frialdad, reaccionando con una mayor simpatía y, si acaso eso era posible, con un tono aún más suave y consolador.

—¿Supongo, dado que Saint Aldric mandó a buscarme, que estás encinta?

Maddie asintió, incapaz de repente de confiar en su propia voz cuando se enfrentaba a la enormidad de lo que había hecho al acudir allí. Iba a dar a luz un bastardo. No había consuelo alguno en ello, sino la búsqueda de la mejor solución. Había sido una estúpida al meterse en tratos con un duque, sobre todo teniendo en cuenta su último encuentro. ¿Y si se hubiera mostrado lo suficientemente furioso como para resolver el problema con violencia en lugar de con dinero? Aunque no quería pensar que un aristócrata pudiera llegar a comportarse de una manera tan despreciable, tampoco había visto razón alguna para esperar otra cosa de aquel hombre en particular.

—¿Sufres de náuseas? —le preguntó la mujer, desviando la mirada hacia el jarro de agua fría que había en la mesa.

Maddie volvió a asentir.

—Pediré que nos traigan un té de jengibre. Eso te asentará el estomago —llamó a un criado, le impartió instrucciones y retomó su interrogatorio—: ¿Senos sensibles? ¿Faltas de ciclo menstrual el mes pasado?

—Dos meses —susurró Maddie. Desde el principio había sospechado lo que había sucedido, pero no había querido admitirlo. Ni siquiera a sí misma.

—Y estás soltera —la señora Hastings miraba fijamente su rostro, leyéndolo como si fueran posos de té—. ¿No intentaste poner fin a esto, cuando te diste cuenta de lo que estaba ocurriendo?

Era una posibilidad, incluso en aquel momento. ¿Qué futuro le esperaba a ella o a su hijo si Saint Aldric le daba la espalda? Sería una bastarda con un bastardo. Irguiéndose, ignoró aquellas dudas. Si su propia madre se había tomado la molestia de tenerla, ella no le debía menos a su propia criatura. La mujer que la había engendrado no estaba allí para aconsejarla. No deseaba entregar a su bebé a desconocidos, y hacer con él lo mismo que habían hecho con ella. Pero... ¿qué otra opción le quedaba? Su misma presencia en la vida de su hijo dificultaría aún más las cosas, porque no podría ser fácil tener una madre que era poco más que una prostituta a ojos de la sociedad.

Un padre soltero, pero poderoso, era en cambio un asunto completamente diferente. Había sido Saint Aldric quien había creado ese problema, y por eso tendría que enfrentarse en ese momento a las consecuencias de sus actos. Volvió a concentrarse en la comadrona.

—No. No he hecho intento alguno por deshacerme de la criatura.

—Entiendo —la señora Hastings se ruborizó ligeramente y cambió de tema—. ¿Y estás experimentando cambios de humor, como si tanto tu cuerpo como tu mente no fueran ya los mismos?

Era esa una pregunta que no podía responderse con un simple movimiento afirmativo de cabeza, porque afectaba al corazón mismo de sus miedos. Se quedó mirando fijamente a la señora Hastings por un momento, pero se rindió por fin y susurró la verdad:

—No soy capaz de controlar mi carácter. Cambio de un momento al siguiente: de la risa paso a las lágrimas. Tengo sueños muy intensos cuando duermo. Y me despierto concibiendo las ideas más descabelladas —aquel mismo viaje que había emprendido no era más que un ejemplo—. A veces tengo miedo de estar volviéndome loca.

La comadrona sonrió y se recostó en su silla como complacida de haber encontrado por fin un tema que dominaba bien.

—Eso es absolutamente normal. No es más que el trastorno de humores causado por el crecimiento de una nueva vida en tu interior. No te encaminas hacia la locura, querida. Simplemente vas a dar a luz a un niño.

Como si fuera así de sencillo, incluso en aquellos primeros momentos... Llego el té, acompañado de unas galletas más bien insípidas. Maddie lo probó y mordisqueó vacilante las galletas, pero enseguida se sorprendió al descubrirse algo mejor por el alimento.

—Se me antoja asombroso que puedan ocurrir estas cosas —le confesó Maddie, bebiendo otro sorbo de té—. Y más todavía permitir que le ocurran a una más de una vez.

La señora Hastings pareció encontrar divertida su frase, porque no se molestó en disimular su risa.

—A partir de ahora no tienes por qué temer nada. Yo estaré a tu lado para cuidarte.

Aquella mujer no podía ser consciente de lo que le estaba ofreciendo. Pero todo en ella, desde sus palabras tiernamente susurradas hasta su actitud práctica y decidida, representaba una seguridad.

Maddie se arriesgó a recostarse en los cojines del diván, aunque solo fuera por un momento.

—Gracias.

—Antes de la aparición de esos síntomas, tuviste ayuntamiento sexual con un hombre —le recordó la señora Hastings con tono suave—. Entiendo que serías consciente de las consecuencias que podría tener ese comportamiento.

—No fue algo de mi elección —repuso Maddie con tono firme y tranquilo.

La señora Hastings ahogó una leve exclamación de asombro, pero mantuvo la reconfortante sonrisa de siempre.

—¿Conoces la identidad del responsable?

Aquella mujer era muy distinta de su marido. Y quizá podría ayudarla con algo más que con un té de jengibre y con su amabilidad. Maddie decidió arriesgarse a contarle la verdad.

—Fue el duque de Saint Aldric —ya estaba. Lo había dicho en voz alta. El solo hecho de confesarlo a otra persona volvía más ligera la carga que arrostraba—. Estuve en una posada de Dover. Por la noche, él entró en mi cámara sin invitación y... —se había cansado ya de llorar por ello. Pero revelar su historia a una completa desconocida no había formado parte de su plan.

Evelyn Hastings volvió a abrir mucho los ojos y su tierna sonrisa se tornó incrédula.

—Dices que «el Santo» irrumpió a la fuerza en la habitación y...

—Saint Aldric —la corrigió Maddie—. Estaba ebrio. Después alegó haberse equivocado de habitación —¿pero cómo podía saber ella que eso había sido verdad?

Quizá estuviera acostumbrado a decirle lo mismo a cada mujer a la que deshonraba. En la experiencia de Maddie, un título de nobleza y una cara bonita no siempre eran indicio de un carácter bueno y bondadoso.

La señora Hastings parecía pensar lo contrario, porque continuaba mirándola con incredulidad.

—¿Estás segura de ello?

—Pregúnteselo usted misma. Él no lo niega. O hable con el doctor Hastings. Él estuvo presente.

Evelyn inspiró profundo, siseando entre dientes.

—Oh, sí. Desde luego que le preguntaré a mi marido si sabe algo de esto —su expresión era furiosa, pero Maddie no tenía ninguna razón para pensar que esa furia estaba dirigida contra ella. Se trataba más bien una justificada indignación por lo sucedido a una compañera de su mismo sexo—. ¿No tienes familia que te ayude en esto? ¿Nadie que permanezca a tu lado?

Maddie sacudió la cabeza.

—Estoy sola —no había posibilidad de que el internado en el que se había educado volviera a acogerla, después de ver lo que había hecho con la educación y preparación que había recibido, y que habría debido proporcionarle una posición respetable.

—Entonces me tendrás a mí —declaró Evelyn con firmeza. Se levantó de la silla con la majestuosa actitud de una reina—. Si me disculpas, debo hablar con mi marido sobre esto. Y con el duque. Una vez que lo haya hecho, todo quedará arreglado.

La señora Hastings pareció aún más alta de lo que era. Tenía un aspecto formidable, como el de una reina guerrera que partiera para la batalla. Desapareció luego en el pasillo, cerrando la puerta con un golpe decidido.

Maddie sonrió mientras se recostaba en los lujosos cojines de terciopelo del diván y bebía su té. Quizá Boudica, la reina guerrera de los britanos, hubiera aparecido demasiado tarde para luchar por su honor. Pero al menos parecía perfectamente capaz de conseguir alguna compensación por su pérdida. Maddie no necesitaba hacer otra cosa que esperar.

Michael Poole, duque de Saint Aldric, se hallaba de pie en el vestíbulo de su casa de Londres, atendiendo con una oreja a su hermano y pendiente con la otra de la conversación que se estaba desarrollando en el salón. No podía volver abrir la puerta y exigir a las damas que hablaran más alto, para poder enterarse de todo. Pero tenía que saber la verdad, y cuanto antes mejor: si iba a tener una criatura, quizás un hijo...

Porque eso lo cambiaba todo.

—¿Ella te encontró? —su hermanastro, Sam

Hastings, estaba igualmente concentrado en la puerta cerrada, tanto que parecía taladrarla con la mirada.

—Ella me encontró —Michael lo había esperado: lo que no había esperado era que eso le proporcionaría tanto alivio. Cada vez que había salido a la calle, se había preguntado si veía entre la multitud un par de ojos acusadores que le resultarían a la vez familiares, pero no había sido así. En ese momento, al menos, tenía un nombre y una cara que asociar a aquella noche, que hasta entonces no había sido más que un borroso recuerdo.

—Lo siento —dijo Sam.

—¿Lo sientes? —rio Michael—. ¿Qué tuviste tú que ver en todo aquello?

—No debió haber sucedido así. No debí haberla dejado escapar. El asunto pudo haber sido debidamente arreglado en Dover. Cuando hablé con ella aquella noche, ella afirmó que no quería tener contacto alguno conmigo, ni entonces ni en un futuro. Yo le prometí que respetaría sus deseos. Pero pude haber hecho más.

—No teníamos ningún derecho a retenerla y a obligarla a aceptar ayuda —le recordó Michael. Aquella noche había sido un desastre. Aquella pobre mujer se habría llevado una opinión aún peor de él si hubieran atrancado su puerta y retenido para forzarla a llegar a un acuerdo justo.

—Dios sabe que intenté localizarla sin éxito —Sam prácticamente se estaba retorciendo las manos

15

de nervios—. Inglaterra es un país muy grande y plagado de jóvenes infortunadas como ella.

Una joven infortunada. Michael nunca había imaginado que su nombre se vería alguna vez relacionado con alguien que mereciera ese calificativo.

—La culpa es mía, no tuya —replicó Michael—. Si aquella noche no me hubiera emborrachado hasta la inconsciencia, yo no le habría causado mal alguno y tú no tendrías que preocuparte por arreglar este desastre.

—También habrías podido permanecer sobrio —dijo Sam con tacto—. Pero al margen de lo que escogieras hacer, nunca habríamos podido prever el resultado.

¿Acaso el hecho de haber visto a su padre en acción no le había enseñado la necesidad de mantener un buen comportamiento a todas horas?, se preguntó Michael.

—Debí haberme controlado —insistió.

Samuel no respondió nada, lo cual probablemente era indicio de asentimiento.

—Nunca te habrías rebajado a ese estado de no haber sido por el impacto que te produjo tu enfermedad —le recordó.

—Una enfermedad que me tumbó cuando apenas habría incomodado a un niño.

—Los efectos de esa afección no son los mismos en un cuerpo infantil, con un sistema reproductivo aún por desarrollar.

—Qué manera tan delicada de expresarlo, señor

Hastings —se burló. Michael había permanecido en cama durante tres días, con una fuerte fiebre y los testículos tan hinchados que apenas había podido soportar mirarlos, para no hablar de tocarlos. Luego la enfermedad lo había abandonado. Pero no sin dejarle secuelas.

O al menos eso era lo que había pensado en un principio. Porque en ese momento, por primera vez en seis meses, tenía razones para albergar esperanzas.

—La señorita Cranston me ha localizado, y no porque estuviera insatisfecha con el dinero que le diste. Afirma que está encinta —se interrumpió para dar tiempo al doctor para que disimulara su sorpresa—. ¿Es eso posible?

—Por supuesto que es posible —dijo Sam—. Ya te expliqué desde el principio que las consecuencias negativas de las paperas en los varones adultos no están garantizadas. Y sin embargo tú insististe en hacer esa alocada excursión por la campiña, ebrio y decidido a demostrar tu virilidad.

—Un hijo bastardo me habría servido muy bien — eso era lo que había esperado Michael. El miedo de que una simple fiebre hubiera destruido la estirpe de los Saint Aldric se había convertido en obsesión. Y de ahí había nacido la esperanza de que un accidente con algún representante del sexo débil pudiera asegurarle un fructífero matrimonio.

Reconocer tal cosa ante su propio hermano ilegítimo venía a demostrar lo muy bajo que había caído. Ahora que estaba sobrio, el plan le parecía tan disparatado como cobarde. «De tal padre, tal hijo», pensó. Michael había consagrado su vida a desmentir aquel refrán. Y había fracasado.

—Si lo que querías era una bastardo, bien parece que vas a tener uno —dijo Sam, sacudiendo tristemente la cabeza—. ¿Qué piensas hacer al respecto?

Michael se sorprendió de que su hermanastro no reparara en lo que para él era tan obvio.

—La situación actual es mucho mejor de lo que esperaba.

—¿Esperabas desflorar a una institutriz? —al darse cuenta de que había bajado la voz, Sam añadió en un susurro—: ¿Y sin su consentimiento? ¿Estás loco?

—No. Ciertamente que no —y, sin embargo, eso mismo era lo que acababa de hacer—. Yo nunca quise entrar en aquella habitación. Me confundí.

—Porque estabas demasiado borracho.

Se merecía la reprimenda. Su padre, al menos, se había entretenido con las bien dispuestas esposas de sus amigos. Él había hecho algo todavía peor.

—La mujer que estabas buscando aquella noche no era ninguna inocente. De haberse producido consecuencias, habría sido generosamente recompensada. Yo incluso habría reconocido a la criatura.

—Como supongo que querrás hacer con esta...
—Sam le estaba insinuando que debía recordar sus obligaciones para con la muchacha y su problema.

Pero Sam no tenía razón alguna para preocuparse. Después de años de ejemplar comportamiento, Michael había cometido suficientes errores durante los últimos meses como para saber lo que era el falso orgullo. No tenía la menor duda sobre lo que debía hacer al respecto.

El problema sería convencer de ello a la institutriz.

—Si la señorita Cranston lleva efectivamente un hijo mío en sus entrañas, la criatura no tendrá por qué ser un bastardo reconocido —dijo, espiando cautamente la reacción de Sam—. Si me caso con ella y legitimo al heredero...

—¿Casarte con ella? —en ese momento Sam lo estaba mirando con una irónica sonrisa—. Ya no sé si reírme o enviarte a Bedlam, el hospital de dementes.

—¿Por qué no debería casarme con ella? ¿Acaso la muchacha tiene algo que la desmerezca como candidata? Es institutriz y, por tanto, cultivada. Está sana —y no carecía de atractivos. Estaba obligado hacia ella. Después de lo que había sucedido, le debía algo más que dinero. Le debía restaurar su honor.

—Probablemente te odie —le dijo Sam.

—Tiene buenas razones para hacerlo —había visto la expresión de sus ojos cuando ella lo enfrentó con la verdad. En condiciones normales no se habría dignado a mirar dos veces a la mujer que se había plantado en la calle, frente a su casa. Vestida pulcra y casi remilgada, con un sobrio vestido azul oscuro y el cabello bien apretado un moño, sin un solo mechón fuera de su sitio. Los labios que deberían haber sido suaves y besables estaban apretados con fuerza, y un hosco ceño ensombreció sus grandes ojos castaños en cuanto lo reconoció. Se había adelantado para bloquearle el paso, como nadie en Londres se habría atrevido a hacer, para susurrarle:

—Deseo hablar con usted sobre las consecuencias de vuestro reciente viaje a Dover.

La frialdad de su voz impregnaba todavía el recuerdo de aquellas palabras. Pero nada de eso importaba en aquel momento.

—Yo le daré razones para no odiarme. Un centenar de razones. Un millar. Le daré todo lo que tengo. Si quiero que mi estirpe continúe, debo tener una esposa y un hijo, Sam. No tendré una mejor oportunidad que esta.

La puerta del salón se abrió de pronto y la esposa de Sam, Evelyn, apareció entre ellos, con las manos en las caderas.

—A ver, explicaos los dos. Decidme que lo que alega esa pobre muchacha no tiene ningún fundamento —se volvió hacia su marido, cada vez más furiosa—. Y que tú no has tenido parte alguna en este vergonzoso asunto.

Sam alzó una mano como para defenderse de la ira de su esposa.

—Fui con Michael a Dover, pero solo con la esperanza de infundirle un mínimo de cordura. Como médico personal del duque de Saint Aldric, es mi trabajo velar por su buena salud.

Su esposa respondió con un helado ceño.

—Estaba mostrando síntomas de lo que temía fuera una embriaguez crónica y había estado... —se aclaró delicadamente la garganta— haciendo cosas de las que no deseo hablar en compañía... femenina.

—Ayuntándose con prostitutas —dijo Evelyn, negándose a escandalizarse, y miró fijamente a Michael—. Pero eso no es excusa para lo que le ha pasado a la señorita Cranston.

—Fue todo un error, lo juro. Me dirigía a visitar a otra mujer en la posada cuando me equivoqué de pasillo. Estaba oscuro... —eso no era ninguna excusa. Debió haber sido capaz de distinguir a la pechugona tabernera que había estado buscando de la menuda señorita Cranston, incluso sin luz. Aunque habría jurado que, cuando se acercó a su cama, ella había estado dispuesta y esperándolo.

—Cuando me di cuenta de que Michael había desaparecido escaleras arriba, lo busqué y escuché gritos de alarma —terminó de contar Sam por su hermanastro—. Para cuando lo encontré, era ya demasiado tarde.

Evelyn soltó un resoplido de disgusto.

—La cosa es todavía peor —reconoció Sam—. La señorita Cranston, quien, según tengo entendido, trabajaba de institutriz, estuvo de visita en la posada para entrevistarse con un nuevo patrón. El hombre llegó dos pasos por detrás de mí y fue testigo del suceso. Se encontró despedida y sin referencias antes incluso de que empezara a trabajar.

Michael esbozó una mueca. No tenía más que vagos recuerdos de la última parte de aquella noche. Lo que había pensado había sido un delicioso interludio había terminado entre exclamaciones de sorpresa, lágrimas y gritos. Y se había encontrado tambaleándose en medio de la cámara, en camisa y enfrentado a la mirada de decepción de Sam, la misma con que lo estaba contemplando en ese instante.

—He permanecido sobrio desde entonces —le recordó a Evelyn—. Y habría arreglado el asunto con la señorita Cranston a la mañana siguiente si ella no hubiera volado de la posada antes de que tuviéramos oportunidad de hablar.

—Ya es demasiado tarde para lamentar lo que pudo hacerse y no se hizo —replicó Evelyn, sacudiendo la cabeza—. Lo que importa ahora es lo que piensas hacer.

—¿Es cierto lo que dice ella? —inquirió Michael, sin atreverse a concebir plenas esperanzas—. ¿Está encinta?

—Hasta donde yo sé, sí —respondió Evelyn.

Michael se cuidó muy mucho de no traicionar lo que sentía. Era injusto por su parte entusiasmarse ante la perspectiva. Alegrarse de ello. Tener una criatura... O, mejor todavía, un hijo...

Cuando él abandonara ese mundo, quedaría un nuevo Saint Aldric consagrado a la tarea de cuidar de sus tierras y sus gentes. Y aquel muchacho sería educado de una manera bien distinta de como había sido educado el padre. Era casi como si, a pesar de su reprensible comportamiento, una maldición se hubiera levantado por fin de la casa familiar.

—Te lo repito: ¿qué piensas hacer al respecto?

Al parecer, en su distracción, había estado ignorando a su cuñada.

Así que procedió a explicarle su plan.

Dos

El rumor de la apagada conversación del vestíbulo llegaba hasta Maddie. Aunque sabía que estaban hablando de ella, se sentía extrañamente distanciada de la situación. Antes de lo de Dover, siempre había evitado comportamientos que pudieran provocar murmuraciones. Sus expectativas eran modestas y su futuro previsible. Enseñaría a niños de desconocidos hasta que se hicieran demasiado mayores para necesitarla. Luego encontraría otra familia necesitada de una institutriz. Conseguiría al final una pequeña cantidad de ahorros con los que jubilarse, o viviría acogida en alguna casa como la vieja y querida señorita Cranston, pese a que no fuera de utilidad.

Pero tenía la sensación de que había transcurrido una eternidad desde entonces. Porque ninguna familia decente iba a aceptarla después de aquel escándalo. Había cometido una estupidez al proponer aquella posada en particular, pero cuando su nuevo empleador le había sugerido que se entrevistaran en

Dover, la tentación ha sido demasiado grande. Había vuelto a aquel lugar varias veces a lo largo de los años, imaginándose, en sus fantasías, como una joven despreocupada y libre de sus obligaciones de su... demasiado corriente y convencional vida. Se había ido a la cama pensando únicamente en Richard y en la última noche que pasaron juntos en aquella misma habitación de la posada.

Pero el hombre que había acudido aquella noche a buscarla no había sido el amante de sus sueños. Todo había empezado con una mínima ternura, para terminar convirtiéndose en una pesadilla de vigilia. Alguien había sacado al embriagado desconocido de su lecho, mientras el señor Barker, recortada su figura en el umbral de la puerta, le gritaba que una mujer semejante no podía quedarse en una posada decente, y mucho menos acercarse a sus hijos. La discusión se había trasladado al pasillo y ella había cerrado de un portazo, se había echado la ropa encima y había escapado a la carrera. Pero no antes de escuchar el nombre de su agresor, mientras exigía a su otro compañero, con voz de borracho, que dejara de montar tanto escándalo por una simple tabernera.

Tras dos meses sin empleo, había terminado agotando la mayor parte de sus magros ahorros. Luego había llegado al creciente convencimiento de que tendría que compartir su futuro con otro ser: un ser demasiado pequeño e indefenso para que pudiera comprender el aprieto en que ambos se encontraban. Así que había tomado sus últimos dineros y comprado un billete para Londres.

En ese momento se encontraba de visita en casa de un aristócrata. Miró a su alrededor. Su presencia en aquella mansión, tan elegante como habría cabido esperar, rebasaba los límites de su imaginación. Ni siquiera en los salones de las familias que la habían contratado se había atrevido a relajarse. Siempre había habido niños a los que vigilar o que llevar al cuarto de juegos cuando se aburrían.

Los mismos desconocidos de aquella noche se hallaban en ese instante en el vestíbulo, mientras ella tomaba el té. Ahora que la señorita Hastings conocía la verdad, resultaba obvio que no iba a callarse fácilmente. La oyó soltar una exclamación, como si uno de sus interlocutores hubiera dicho algo particularmente escandaloso. En comparación, sus susurradas explicaciones sonaban harto débiles.

Imaginaba que, cuando le fuera propuesto algún arreglo, Evelyn Hastings le serviría bien como mediadora. Maddie sabía que la gente decente no criaba a un hijo en secreto con una pensión de unas cuantas libras. Un hijo bastardo de un duque merecía una educación digna y una oportunidad de medrar en la vida.

Pensó en su propia infancia. La familia que la había acogido siempre se había preocupado de que no olvidara nunca su oscuro origen. Y los colegios donde había sido internada nunca le habían ocultado que su presencia allí se debía a un anónimo benefactor. La habían mirado con extrañeza, por supuesto, pero el dinero suministrado había bastado para acallar las especulaciones, y la educación recibida le había permitido iniciar una modesta carrera.

Estaba segura de que Saint Aldric podría hacer algo mejor por su hijo bastardo. Acudiría a excelentes escuelas. Si era niña, haría la Temporada en Londres y un adecuado matrimonio; si era niño, contaría con importantes contactos y algún cargo u oficio respetable. Y si el duque lo reconocía, a su retoño no le faltaría una familia. Un padre siempre era mejor que ninguno. Una vez que estuviera segura del futuro de su hijo, podría discretamente desaparecer, cambiarse de nombre y comenzar una nueva vida. Nadie necesitaría nunca conocer aquel desgraciado incidente. Se ahorraría los desaires y murmuraciones de las mujeres decentes y las ofertas de supuestos caballeros convencidos de que, si había caído una vez, bien podría entregarse a todo el que se lo pidiera.

Era la mejor solución, se recordó mientras luchaba contra una punzada de la culpa. El mundo social perdonaría a Saint Aldric y, por asociación, a su hijo, pero semejante caridad nunca sería extensiva a ella. En ese momento se abrió la puerta y entraron el doctor y la señora Hastings, seguidos del duque.

¡Dios mío, sí que era guapo...! Maddie se esforzó todo lo posible por disimular lo que habría sido una reacción perfectamente natural a su pre-

27

sencia, porque... ¿qué mujer, enfrentada a un hombre como Saint Aldric, no sentiría la atracción de sus encantos? Aparentemente Dios no se había conformado con dotar a un solo ser humano de poder y de riqueza: también había hecho una obra maestra con su físico. Saint Aldric era alto pero no delgado, y musculoso sin parecer demasiado fornido. Las medias y calzas que llevaba parecían acariciar músculos endurecidos por el deporte y la equitación. Azul era un término demasiado común para describir los ojos que la taladraban: eran turquesa, aguamarina, cerúleos... Podría practicar eternamente con una paleta de colores y aun así no encontraría un color que le hiciera justicia. El cabello rubio que caía sobre su noble frente parecía concentrar la última luz del sol de la tarde, mientras que la mano con que se apartó la onda de la frente tenía unos dedos tan largos como elegantes. La mandíbula, de afeitado perfectamente apurado, nada tenía de femenina. La hendidura de la barbilla hablaba de resolución, más que de terquedad. Y su boca...

Recordaba bien su boca, aquella noche. Y sus brazos desnudos, con el lino de su camisa rozando su piel cuando la envolvió en ellos. Y su cuerpo...

El estómago le dio otro nervioso vuelco. Recordaba cosas que ninguna mujer decente debería recordar. Y lo que recordaba no debería haberle proporcionado placer alguno. Aquella noche había sido su perdición.

La señora Hastings percibió su sobresalto y acudió rápidamente a su lado, compartiendo el sofá con ella y tomándole la mano. Estaba fulminando con la mirada a su marido, y al duque también.

—Y bien, Sam, ¿qué tienes que decir en tu defensa?

El matrimonio cruzó una ominosa mirada, como para confirmar una discusión que aún seguía pendiente. Pero el médico se volvió hacia Maddie con la misma expresión compasiva con que la había mirado en la posada, cuando se había llevado a su amigo.

—Señorita Cranston, ambos le debemos más disculpas de las que podríamos ofrecerle en toda la eternidad. Y, una vez más, permítame que le asegure que no corre usted ningún peligro .

Pero Maddie se fijó en la puerta cerrada y en la carencia de cualquier otra salida. Y en la cercanía del atizador de la chimenea, caso de que la señora Hastings fuera incapaz de ayudarla. El duque detectó aquella mirada e hizo un gesto de tranquilidad y consuelo con las manos.

—Señorita Hastings —empezó, buscando las palabras—. Nada tiene que temer.

—Nada más, querréis decir —la corrigió ella.

—Nada más —aceptó él—. La noche que nos encontramos...

—Querréis decir la noche en que irrumpisteis en mi habitación sin que os invitara y...

—Estaba muy borracho —la interrumpió esa vez, como temiendo lo que ella pudiera decir delante de sus amigos—. Demasiado para poder encontrar mi propia habitación, para no hablar de otra. Le juro que creí que era usted otra persona.

Maddie no pudo menos de recordar que sus propios brazos, tendidos hacia él, la habían traicionado, aunque una inocente institutriz como ella no podía haber estado esperando un amante.

—Me llamasteis Polly —dijo, casi tan furiosa consigo misma como con él.

—Tenía una cita. Con la tabernera. Y estaba borracho —repitió—. De hecho, a esas alturas, llevaba borracho varios meses. ¿Qué significaba un día más? —por un instante pareció casi tan amargado como se sentía ella, sacudiendo la cabeza con un gesto de repugnancia por su propio comportamiento—. Y, durante ese tiempo, hice cosas horribles. Pero nunca en toda mi vida he forzado a una mujer.

—¿Aparte de a mí? —le recordó ella. Lo cual era injusto. Porque no había habido forzamiento alguno.

Pero él debió de haberlo considerado como tal y debió también haberla tenido a ella por una inocente, porque parecía realmente consternado por el recuerdo.

—Cuando me di cuenta de mi error, ya era demasiado tarde. El daño había sido hecho —inspiró profundamente—. Lo ocurrido aquella noche fue una desafortunada aberración.

—Muy desafortunada —convino ella, sin darle

cuartel. ¿Por qué habría de hacerlo? Era una patética excusa.

—Nunca había hecho algo así —le aseguró él—. Ni volverá a repetirse. Desde aquel día, he moderado mi comportamiento. Aquella noche me enseñó los abismos en los que uno puede caer cuando se regodea en la autocompasión y no se preocupa más que de su placer personal.

La miraba con la misma anhelante expresión que a veces había visto Maddie en algunos de sus pequeños alumnos, cuando juraban y perjuraban que no volverían a cometer las travesuras que continuaban sucediéndose con la regularidad de un reloj de péndulo.

—Lo que a mí me enseñó esa noche fue a no confiar en la puerta cerrada de una posada.

—Si existiera una manera de hacerlo, borraría lo sucedido de manera que usted no me habría conocido nunca. Pero ahora deseo asegurarme de que ese episodio quede enterrado en el pasado. Su reputación será restaurada. Nunca le faltará de nada. Todo lo que necesite será suyo.

¡Aquello era un éxito! Aquel hombre le estaba ofreciendo más de lo que ella deseaba. Tendría una nueva vida y otra oportunidad.

—¿Para el niño también? —inquirió. Porque para ella sola no aceptaría nada.

—Por supuesto —le sonrió, como si no concibiera otra posibilidad.

—¿Estamos de acuerdo, entonces? ¿Hacemos el

trato? —Maddie lanzó una sonrisa agradecida a la señora Hastings, que había hecho milagros con una conversación tan breve.

—Al chico no le faltará de nada —continuó Saint Aldric—. Y a usted tampoco. No necesitará postularse más a un puesto de institutriz en otra casa, con un sueldo de veintiún libras al año. Será usted quien contratará a una. Tendrá una casa, también. O varias, si así lo desea.

Maddie se dijo que ella no necesitaba casas. Podía ver que el duque se estaba mostrando demasiado nervioso por algo que podía resolverse de la manera más sencilla. Quizá la locura fuera un rasgo de la familia, a la par que la embriaguez.

El doctor Hastings reparó en su expresión y reaccionó con un tono más calmado:

—Se la cuidará bien. Lo mismo que a su hijo. Si las sugerencias ofrecidas aquí esta noche no son de su gusto, contará con nuestra ayuda para rechazarlas.

Evelyn Hastings, por su parte, volvió a asentir con gesto satisfecho mientras se retorcía las manos.

—¡Basta!

El tono de Saint Aldric revelaba una firmeza que dejó estremecidos tanto al médico como a su esposa. Al contrario que a Maddie, porque... ¿qué podía haber más estremecedor que lo que ya había ocurrido entre ellos? El duque era un reconocido haragán. No le sorprendería que cambiase de repente de idea y se negara a pagarle, aunque resultaba obvio que poseía los fondos necesarios. Alzó la barbilla y se lo quedó mirando fijamente.

Podía ver que le brillaban los ojos azules mientras hablaba, pero no de locura. La luz que distinguía en ellos tenía la dureza del acero.

—Mi voluntad de reconocer a mi progenie es incuestionable, señorita Cranston. Demasiados secretos he tenido que soportar en mi familia, que me han reportado un sinfín de problemas. Tiene usted mi palabra. El niño que lleva en las entrañas es mío y gozará de todas las ventajas que yo pueda ofrecerle.

—Gracias —Maddie se dijo que, después de todo, había tenido éxito. ¿Tan fácil había sido?

—Pero... —añadió el duque.

No, al parecer no había sido tan fácil.

—Existe una complicación.

«No por lo que a mí se refiere», pronunció Maddie para sus adentros.

—No pienso contar lo ocurrido a nadie, ni al niño siquiera —dijo ella— siempre y cuando reconozcáis su existencia.

—No, es algo más que eso —repuso el duque, nuevamente distraído y paseando delante del fuego—. Hace seis meses, yo caí enfermo. De paperas. Si eso me hubiera sucedido de niño, no me habría ocurrido nada...

—Soy bien consciente de ello, dado que he ayudado a varios de mis pupilos a superar esa afección —le informó Maddie—. ¿Pero qué tiene que ver eso con nuestro asunto?

El duque continuó, impasible ante su ataque de impaciencia:

—Como resultado de la enfermedad, tuve mis razones para dudar de mi capacidad para engendrar.

En ese momento estaba negando lo que había sucedido entre ellos, o poniendo en cuestión su responsabilidad en la criatura que habían engendrado. Aquello era imposible de soportar. Hizo uso de las últimas fuerzas que le quedaban para levantarse de los cojines de terciopelo, erguirse cuan poco alta era, algo más de uno sesenta, y plantarse ante él para interrumpir su deambular. Encararse con aquel hombre y verse obligada a alzar tanto la cabeza la hacía sentirse pequeña, débil e insignificante, pero no estaba dispuesta a demostrarlo. Ni siquiera por un segundo.

—¿Duda de la verdad de mis acusaciones?

—En absoluto —alzó una mano—. Me quedé sorprendido, por supuesto. Pasé los cuatro meses que transcurrieron entre mi recuperación y nuestro encuentro realizando desesperados y penosos intentos por probar mi virilidad. Fue en una de aquellas excursiones cuando tropecé con usted cuando estaba buscando a una tabernera, con la que había quedado citado en una habitación justo encima de la vuestra.

De modo que era un depravado, amén de un borracho, dispuesto a acostarse con la mujer que fuera con tal de demostrar su hombría. No le sorprendía lo más mínimo. Cruzó los brazos y esperó.

—No pretendo sentirme orgulloso de ello —le

dijo él, impasible ante su desaprobación—. Simplemente deseo que sepa la verdad. En seis meses, ninguna otra mujer ha acudido a mí con las demandas que usted me está planteando. Yo las habría acogido con gusto, si lo hubieran hecho. Para cuando la encontré, ya ha había perdido toda esperanza. Temía por mi sucesión. Imagine usted que yo no pudiera engendrar un hijo: ¿qué sería de mi título? ¿Qué sería de mis tierras y de las gentes que dependen de mi persona? Dependen de mí para su seguridad y su supervivencia. Y si yo no podía hacer algo tan sencillo y tan básico... —se encogió de hombros—. Sepa usted que yo soy el último miembro legítimo de mi familia.

Maddie entrecerró los ojos. En su opinión, alguna gente se sentía demasiado orgullosa de su propio origen, como si hubieran tenido algo que ver en ello.

—Eso no es excusa para lo que sucedió.

—Yo no he dicho que lo fuera. Simplemente deseo explicarme. Aquella noche había esperado encontrar a una mujer acostumbrada a los riesgos de semejantes encuentros frívolos. Pero usted es una institutriz, ¿verdad?

—Lo era —lo corrigió—. Ya no puedo desempeñar ese cargo.

—Lo entiendo —la compasión que traslucía su voz sonaba casi sincera—. No es mi intención despacharla con unas cuantas monedas y la promesa de que acogeré a la criatura, como si fuera usted una prostituta a la que hubiera dejado encinta de un bastardo —dio un paso hacia ella.

Incapaz de evitarlo, Maddie retrocedió. Pero sus piernas tropezaron con el cojín que tenía detrás y volvió a sentarse. De repente el duque clavó una rodilla en tierra. Si se trataba de un intento de compensar su diferencia de estatura para que se sintiera más cómoda, no funcionó: estaba demasiado cerca para ello. Y aunque cuando entró en aquella casa había soñado con poner de rodillas a aquel hombre poderoso, eso no había pasado de ser una metáfora. La visión de todo un lord arrodillado ante ella resultaba ridícula.

—Se merece usted algo mejor que eso —le dijo él, muy serio—. Pretendo darle mucho más, y lo habría hecho ya si se hubiera quedado en aquella posada hasta la mañana. Me habría encargado de que no volviera a sufrir daño alguno —su voz suave parecía acariciar sus tensos nervios—. Nunca la habría dejado en una posición en la que tuviera que acudir a mí reclamando justicia. Pero huyó usted antes de que tuviéramos oportunidad de hablar.

Maddie luchó por sobreponerse al romántico ambiente que estaba creando aquel hombre. ¿Esperaría acaso que ella asumiera parte de culpa por la situación? No pensaba hacerlo. ¿Cómo podría explicarle sus sentimientos de aquella noche? Apenas los comprendía ella misma. Furia, miedo, culpa y, ¿se atrevería a admitirlo? Vergüenza. Yacer con otro hombre había sido una traición a todo lo que había compartido con su querido Richard. Aquello lo había hecho estando enamorada. Y nunca se arrepentiría.

Pero hacía tiempo que Richard ya no estaba. La guerra se lo había llevado. En su honor, Maddie se había propuesto conservar puro el recuerdo de aquel tiempo. Y, en ese momento, no podía pensar en ello sin recordar a Saint Aldric.

—No podía soportar estar con vos bajo el mismo techo ni un momento más del necesario.

Había huido. Había sido una estupidez por su parte. ¿Pero qué motivo habría tenido para confiar en que él la trataría mejor de lo que había hecho aquella noche?

Por supuesto, el hombre que tenía delante no parecía tan amenazador como había imaginado. De hecho, parecía deseoso de ayudarla. Lo cual no lo eximía de culpa, evidentemente. Pero tenía un ceño de preocupación que había estado ausente antes, cuando llegó a aquella casa.

—Entiendo que no quisiera usted tener más tratos conmigo en Dover. Yo le había dado suficientes motivos para desconfiar. Pero ahora deseo corregirme. Se merece usted más ayuda de la que recibió, y lo mismo la criatura que lleva en las entrañas. No pienso rechazarla a usted, y a ella tampoco.

Le estaba sonriendo. Y si no lo conociera mejor, ella le habría devuelto la sonrisa.

—Y ser el hijo bastardo reconocido del duque podría abrir muchas puertas —continuó él—. Pero...

Volvió a titubear, señal de que Maddie estaba en lo cierto al no confiar en él. Se preparó para lo que seguiría a continuación.

—¿Pero acaso no sería mejor que fuera mi heredero?

Maddie no pudo evitar soltar una breve y muy poco femenina carcajada ante la idea. Recuperó en seguida la compostura y esbozó una sonrisa sarcástica, fingiendo meditar su respuesta.

—¿Que si sería mejor ser un duque antes que un hijo bastardo? Lo siguiente que me preguntaréis es si es preferible ser duquesa a institutriz.

La habitación quedó en silencio. La señora Hastings se levantó y fue a reunirse con su marido. Ambos parecían incómodos. En ese momento, en cambio, el duque sonreía aliviado.

—Es eso precisamente lo que le estoy preguntando. Se lo estoy pidiendo.

Siguió otro largo e incómodo silencio conforme Maddie digería las palabras, repitiendo aquella conversación en su cabeza e intentando encontrar el punto en que abandonaba la realidad para internarse en la fantasía.

—No podéis hablar en serio —pronunció al fin. Estaba jugando con ella, esperando a que perdiera los últimos restos de coraje, y entonces... entonces solo el cielo sabía lo que podría suceder. Tenía que huir en aquel preciso instante, corriendo como ya había hecho antes.

Pero su cuerpo parecía entender aquello que se

negaba a asimilar su mente y se negaba a obede-
cerla. Intentó levantarse, pero las piernas no parecían funcionarle con normalidad. Ya casi lo había
logrado cuando volvió a dejarse caer en los cojines
del sofá.

Saint Aldric no había cambiado de postura, arrodillado ante ella. Esperó a que terminara su débil
intento por escapar. Y continuó hablando.

—Las ventajas serían muchas. No necesitaría
usted temer contratiempos ni incomodidades.

Era tan hermoso como Lucifer cuando sonreía,
con aquellos ojos tan increíblemente azules. Su voz
era baja, casi seductora en su oferta de que abandonara toda preocupación. Por un instante recordó cómo
se había sentido aquella noche cuando él se cernió
sobre ella, en medio de lo que todavía había creído
era un placentero sueño.

Antes de que tomara conciencia de que lo que
estaba sucediendo no era más que simple lujuria.

—Os tendría miedo —le espetó, brusca, y vio
que la respuesta le afectaba. La reacción, aunque
mínima, le proporcionó una sensación de poder y
no pudo evitar sonreírse levemente.

Pero el duque continuó con tono serio, concentrado:

—Le juro a usted que no le daré motivo alguno
para que vuelva a tener miedo de mí. Nuestro hijo
tendría lo mejor de todo: educación, estatus y, con
el tiempo, mi escaño en el Parlamento y todas mis
propiedades.

—En este momento apenas se puede hablar de una criatura, y mucho menos de un hijo —le recordó ella. Duque o no, aquel hombre se estaba engañando—. Y muy bien podría acabar teniendo una hija —de hecho, rezaba para que así fuera, solo por fastidiarlo.

El duque sacudió la cabeza.

—Lo improbable sería que usted engendrara un hijo mío. Estoy seguro de que esto debe ser una señal. Ya fue así para mi padre, y para su padre antes de él, y así hasta casi el primer duque. En mi familia, el primer retoño siempre es varón. Si he engendrado un hijo, será varón. Y aprenderá de mí, como yo aprendí a mi vez, a amar sus heredades y a ser mejor hombre que su padre.

En eso al menos, pensó Maddie, no podía menos de estar de acuerdo.

—Y a no equivocarse de habitación en las posadas.

El médico y su esposa parecieron acusar la pulla, pero Saint Aldric se limitó a asentir con la cabeza.

—El próximo duque será noble de título y de carácter. Es demasiado precioso para sufrir menosprecio, incluso durante los primeros meses de su gestación. No admitiré rumor o mancilla alguna sobre él... ni sobre su madre.

—¿Y yo? ¿Es que yo no tengo nada que decir sobre su futuro ni sobre el mío propio? —oyó a los Hastings removerse nerviosos, claramente compasivos hacia ella, pero seguía sin poder apartar la mirada de aquellos ojos tan azules.

El duque reflexionó por un momento.

—Puede usted rechazarme, supongo. Pero solo se lo pediré una vez más —le tomó una mano, que ella se apresuró a liberar—. Necesito el hijo que lleva usted en sus entrañas.

—Lleváoslo entonces y educadlo en cuanto nazca —dijo con tono firme, desviando la mirada de sus ojos—. Dad al niño las ventajas de vuestra fortuna y de vuestro rango. Pero yo no formaré parte del trato. Yo no quise esto. Yo no os busqué en aquella posada. Fuisteis vos quien vino a mí —podía ver por su expresión que la verdad de aquella frase todavía lo preocupaba, de manera que experimentó un perverso placer al recordárselo.

Alzó entonces los ojos y se encontró con las desaprobadoras miradas del matrimonio Hastings, aunque su censura no estaba dirigida hacia ella. Si rechazaba al duque, sus amigos se pondrían del lado de ella, tal y como le habían prometido.

—No —insistió Maddie—. El niño es vuestro y yo no os lo negaré. Pero vos no sois mi dueño —pensó que esa vez sería él quien estaría solo ante un incierto futuro.

—Un hijo sin una esposa no me sirve —pronunció entonces el duque, casi para sí mismo—. Yo no necesito un hijo natural al que privar de sus derechos de nacimiento, que fue lo mi padre le hizo a mi hermano —al decir eso, miró al doctor Hastings y solo entonces advirtió Maddie una semejanza entre ambos que debería haber sido obvia desde el principio. El duque se volvió nuevamente hacia ella—. Yo necesito un heredero. Y después de lo que le hice a usted, en buena conciencia no puedo casarme con otra mujer —le tendió la mano—. Señorita Cranston, usted no es una vulgar tabernera ni una fulana de Londres. Recibió la educación de una dama y está encinta de un hijo mío. ¿Cómo podría yo ofrecerle nada que no fuera el matrimonio y seguir considerándome un caballero, y mucho menos un Saint Aldric?

Lo dijo como si un Saint Aldric fuera un ser superior a los demás y no simplemente el título con el que había nacido. Cuando se conocieron, no había visto altura moral alguna en él. Pero... ¿y si realmente había sido un error? Quizá tuviera verdadera intención de corregir la situación, después de todo. Experimentó una fugaz sensación de alivio, pero enseguida lo consideró como una debilidad y rechazó su mano. Nunca debía olvidar la clase de persona que le ofrecía aquello y lo poco que tardaría en arrepentirse. No era momento de dejarse deslumbrar por unos ojos azules y unas cuantas zalamerías.

El duque bajó la mano y se incorporó.

—No pediré de usted nada más que lo que ya he tomado. No existirá intimidad alguna entre nosotros. Una vez que nazca el niño, podrá usted marcharse, si así lo desea. Yo no la detendré. Ni la buscaré ni la forzaré a regresar conmigo —seguía sonriendo. Pero había una cierta tensión en su rostro que le hacía pensar que casi lo habría preferido así, para que nunca más necesitara que le recordaran cómo se habían conocido—. Permítame que le ofrezca la reparación que debí haberle ofrecido cuando todavía estábamos en Dover. Me habría casado con usted entonces, si se hubiera quedado. Solo cuando su honor sea restaurado podré dar por terminado este asunto.

Dado que Maddie no se había quedado a hablar con él en Dover, no podía saber si sus palabras eran ciertas o simplemente una tardía ocurrencia para apoyar su oferta actual. Pero si en ese momento él le estaba diciendo la verdad, bastaría una respuesta afirmativa por su parte para que se convirtiera en una mujer riquísima, y sin que necesitara hacer más de lo que ya había hecho. Su hijo estaría a salvo y ella recuperaría su reputación.

Era mucho más de lo que había esperado. Y la oferta se fundamentaba en su errada suposición de que había tenido una honra que conservar cuando él acudió a ella. Pero no le debía detalle alguno de algo que había sucedido mucho antes de que se conocieran.

Al advertir su vacilación, el duque renovó su oferta:

—Sé que no tengo derecho a pedirlo, pero a cambio de su ayuda, yo se lo daría todo. Dinero. Joyas. Vestidos. Mi nombre y mi título, y toda la libertad asociada a los mismos. Si lo quiere, todo eso será suyo —inclinó ligeramente la cabeza, como un caballero esperando recibir el favor de su dama.

Cuando partió para Londres, ¿acaso no había querido verlo humillado ante ella? En un solo día había alcanzado su objetivo. Pero su victoria había sido demasiado fácil. El duque podía parecer un penitente, pero seguía siendo uno de los hombres más poderosos de toda Inglaterra.

Su humildad era una ilusión, destinada a hacer que se sintiera cómoda y ganarse así su colaboración. En un instante de descuido, aquel hombre había cambiado el curso de su vida. Y en ese momento estaba pensando que, al cambiarlo de nuevo como si tal cosa, le estaba haciendo un gran servicio. Pero su verdadero pasado quedaría entonces perdido, olvidado: su trabajo, su honor... y su Richard. Aquel duque, por muy guapo y amable que pudiera parecerle, le había arruinado la vida.

Y su preciada reputación, decidiera lo que decidiera, permanecería incólume. Tal como él mismo le había recordado, incluso aunque mereciera castigo por su canallesco comportamiento, seguía siendo el hijo legítimo de un duque. La ley no lo alcanzaría. Al lado de su poder, los deseos de una institutriz de clase baja no significaban nada.

Pero si ella se casaba con él, el duque no escaparía a su pasado. Era un consuelo. Ella se convertiría en un constante recordatorio de su error. Era una idea atrayente. Y, además, en ese momento él se lo estaba ofreciendo todo.

Era casi suficiente. Aunque... ¿y si él encontraba alguna razón para cambiar de postura?

—¿Qué sucederá si la criatura no resulta ser un niño? —le preguntó.

—Lo será —masculló—. En mi familia, las hijas son escasas. ¿Por qué eso habría de ser diferente conmigo?

Quizá porque no se merecía tanta suerte, pensó Maddie. No había hecho nada para ganársela.

—Basta ya de hablar de vuestros problemas y necesidades —le dijo—. ¿Y si estoy encinta de una niña? ¿Volveréis a forzarme, como ya hicisteis una vez?

Esbozó una mueca como si ella lo hubiera azotado con un látigo y arrancado una tira de piel de la espalda. ¿Sería por el recuerdo que tenía de su encuentro? ¿O por la posibilidad de que ella pudiera dar a luz a una niña? ¿Acaso el sexo femenino carecía completamente de valor para ese hombre? Sus pasadas acciones así parecían darlo a entender.

Recuperó la compostura y alzó la cabeza para mirarla.

—Si usted da a luz a una niña, mi promesa se mantendrá. Lo único que le pido es que se case conmigo. Aparte de eso, no puedo esperar más de usted. En el caso de que la criatura sea una niña... —se interrumpió como rezando en silencio para que no lo fuera—... se lo explicaré todo al Regente y le suplicaré permiso para que el título pase a través de mi hija a su hijo. Pero no la impondré a usted servidumbre alguna que pueda encontrar aborrecible —la miraba con tanta fijeza que parecía traspasarle el alma, anhelante de que aceptara.

Si hubiera tenido costumbre de confiar en desconocidos, habría confiado en aquel en particular. Con unos ojos como aquellos, tan claros y tan azules, ¿cómo se podía mentir? Y junto con la confianza aparecía también el irritante deseo de perdonarlo, de compadecerse de él y de olvidar que había sido ella la perjudicada. Podía casarse con él y ver aquel hermoso rostro cada día durante el resto de su vida, aquellos ojos mirándola de aquella forma, como si le importara realmente...

Pero... ¿tan débil podía llegar a ser? Ella no podía importarle. Todo era una ilusión.

—¿Estáis contando con el heredero varón de una hija que aún no ha nacido? Ese suceso, como muy pronto, podría tener lugar dentro de unos veinte años. ¿Qué garantía tenéis de que entonces estaréis vivo para verlo? ¿O de que el Regente aceptará vuestra petición?

—Viviré —dijo él—. Viviré porque estoy obligado a ello. Tendré un hijo, o un nieto. Y no moriré hasta ver consolidada mi estirpe y saber que habrá un nuevo Saint Aldric que asumirá las responsabilidades de las propiedades y de las gentes que de él dependen —cuadrando los hombros y apretada la mandíbula, se quedó mirando fijamente algo tras ella, como si estuviera contemplando aquel futuro.

¿Sería el título verdaderamente tan importante para el? Un hombre con un sentido tan acusado de su propia importancia sería capaz de hacer cualquier cosa para tener éxito, aunque ello requiriera destruir a los que lo rodeaban.

Eso, para ella, representaba un peligro. Pero en él era una debilidad susceptible de ser explotada.

—No me tocaréis —le advirtió con tono cauto, buscando todavía la trampa que podía esconderse detrás de sus palabras—. Y, a cambio, vos estáis dispuesto a dármelo... todo.

—Cualquier cosa que desee usted —le aseguró. Estaba conteniendo el aliento, a la espera de su respuesta.

Sus amigos parecían alarmados. Quizá pudieran ver más allá que él y fueran conscientes del tremendo poder que le estaba dando a ella sobre su vida. Fue el doctor Hastings quien se adelantó para hablar:

—Yo puedo hablar por mi esposa en este asunto: no tengo la menor duda de ello. Lo que Saint Aldric dice es cierto, porque aunque pueda ser culpable de otras cosas, yo sé que nunca miente. Si llega usted a dudar en algún momento, ahora o en el futuro, de la voluntad del duque de atenerse a este trato, yo haré mía la causa de usted y lo retaré en defensa de su honor.

El hombre se estaba esforzando por enmendar las cosas. Y tenía razón en que todo sería más fácil para el niño, y también para ella, si se casaban.

Pero entonces pensó en Richard. Maddie había conocido el amor una sola vez en su vida. Solo había sido una semana, pero que debería durar para siempre dado ahora que él ya no estaba. Hacía ya mucho que se había reconciliado con el hecho de que en su vida no habría hijos, ni marido, ni amor alguno por otro hombre.

¿Estaba acaso deseosa de entregarse a otro hombre, si no en cuerpo sí al menos legalmente, por una pura cuestión de conveniencia? Ello haría que su pasado careciera de sentido. Y allí, delante de ella, tenía a la persona que había trastocado sus planes. Nunca se había tenido por una persona especialmente resentida. Al menos hasta que conoció a Saint Aldric, que en ese momento le estaba ofreciendo sus ilimitadas riquezas y el poder de enfrentar al amigo contra el amigo. Para variar, era ella la que tenía todas las cartas en la mano, para jugarlas a su capricho. Si deseaba tomársela, la venganza era suya. Pero... ¿lo deseaba realmente?

El duque seguía ofreciéndole la mano y ella se estiró para aceptarla. ¿Acaso había esperado oler a azufre cuando lo tocó? ¿Una quemadura? ¿Un escalofrío? Pero no era más que carne y hueso. Aquel hombre podía ser tan hermoso como Lucifer, pero era un simple mortal. Y quizá fuera también un estúpido.

Su palma era cálida y seca. Mientras se levantaba y la ayudaba a levantarse a su vez, su fuerza la hizo sentirse más segura de lo que se había sentido desde que... Dejó inconcluso ese pensamiento, porque aquel hombre no tenía nada en común con Richard. Eso era algo que no debía olvidar, porque aunque el duque de Saint Aldric podía parecer un caballero andante, era la causa de sus actuales problemas, y no su solución. Forzó una sonrisa, imaginándose que era lo suficientemente fuerte como para ser su igual y no simplemente una institutriz a la que se le habían agotado todas las opciones.

—Muy bien, entonces. Me casaré con vos —«y os haré pagar lo que me habéis hecho», añadió para sus adentros.

Tres

¿Lamentaba haberla pedido en matrimonio?, se preguntó Michael. En realidad no. Si existía siquiera la más remota posibilidad de que ganara un hijo de todo aquello, se casaría de buen grado. La identidad de la novia era lo de menos.

Por supuesto, eso tampoco había importado antes. Evelyn le había parecido una candidata conveniente y además le había gustado mucho. Pero dudaba que lo que había sentido por ella pudiera ser calificado de amor. Ni siquiera estaba seguro de poder reconocer ese sentimiento.

Estaba seguro, sin embargo, de que no experimentaba ese particular sentimiento hacia Madeline Cranston. Pero el matrimonio era la solución justa. No podía escoger a otra mujer, sabiendo ya que ella existía y que él le había arruinado la vida.

Por supuesto, ella tampoco había buscado esa situación. Se había mostrado horrorizada la primera vez que él le sugirió el plan, lo cual demostraba que no era una frívola cazafortunas. Pero era una dama y se encontraba en un serio apuro por su culpa. Estaba en deuda con ella. Debía contentarse con el hecho de que era una mujer cultivada y no carente de atractivos.

De hecho, le había parecido encantadora cada vez que había podido admirarla sin que ella se diera cuenta. Era más fina y delicada que las mujeres cuya compañía normalmente buscaba. Los rizos castaños que no estaban ocultos por su bonete formaban deliciosos tirabuzones, como reclamando un dedo de hombre que se enredara en ellos. Los ojos también castaños y su dulce sonrisa eran tan adorables como había sabido que serían los de la mujer a la que, en aquel momento, estaba esperando en el altar.

Solo que, cuando ella lo miró, la dulzura de aquellos ojos se tornó de piedra y el calor de su sonrisa se congeló. Le preocupaba que, en las dos semanas que llevaba de conocerla, la mujer de su hijo no hubiera hecho ningún esfuerzo por mostrarse agradable. Aunque, por otro lado, una quincena no era nada. Pronto se daría cuenta de que él no era el monstruo que se creía que era. Y para entonces firmarían alguna tregua por el bien de su hijo.

Pero... ¿y si ella decidía no perdonarlo nunca? Verse atado a una mujer que lo odiaba por un futuro indefinido sería como un viaje a Tyburn, el principal lugar de ejecución de Londres. Peor aún: sería una repetición del matrimonio de sus padres y del mismo camino que precisamente se había jurado evitar.

Ya en el último momento, en el patio de la iglesia de Saint George, Sam había cuestionado su plan:

—¿Estás seguro, Michael, de que no existe otro camino?

—¿Me estás sugiriendo de nuevo que la soborne para que desaparezca? —se había quedado mirando fijamente a su hermano, esperando acallarlo.

—Por supuesto que no. Ambos manejamos pésimamente el incidente de Dover. Y ahora que has vuelto a encontrarla, no vas a eludir tus responsabilidades. Pero ella no te pidió el matrimonio, Michael, sino solo que te encargaras de su hijo. Un simple arreglo habría bastado.

Maldijo a Sam por ofrecerle una solución tan razonable. Bien podía haberle dado a esa mujer lo que buscaba: fondos suficientes para mantenerse a sí misma y criar a su hijo natural. Y nunca más se habrían vuelto a ver.

Pero entonces se imaginó a su primogénito separado de él por una barrera de ilegitimidad. Su error se interpondría para siempre entre el muchacho y su derecho de nacimiento. ¡Qué ingenuo había sido tres meses atrás al pensar que un bastardo no sería más que una demostración de su virilidad! Si al final iba a haber un hijo, no podía imaginárselo en otro lugar que no fuera bajo su propio techo.

—No hay otra manera —dijo, sabiendo que decía la verdad—. Estoy decidido a casarme con la chica y a proteger al niño.

Si su propia infancia le había enseñado algo, entonces la señorita Madeline Cranston, muy pronto la duquesa de Saint Aldric, se convertiría en un constante recordatorio de lo que les sucedía a aquellos que se desviaban del sendero de la virtud. Uno siempre podía terminar en una iglesia, intercambiando votos con una desconocida. Pero, al mismo tiempo, significaba también la oportunidad de empezar de nuevo. Ya encontraría una forma de hacer las paces con su esposa. Tendría el hijo que ansiaba. El muchacho sería educado en un ambiente absolutamente distinto de aquel que había presidido su propia infancia. Ese simple pensamiento bastaba para ponerlo eufórico.

Sam no compartía aquella visión. Sus preocupaciones estaban firmemente arraigadas en el presente.

—¿Realmente era necesario organizar una boda tan vistosa? —preguntó—. Tanta pompa y tanto boato, más que solucionar problemas, los crea. Demasiada gente me ha preguntado ya por la mujer y por las circunstancias en las que la conociste. ¿Qué voy a decirles?

—Ignóralos. Pronto estallará otro escándalo que provocará las murmuraciones de la alta sociedad para quedar luego rápidamente olvidado —o al menos eso esperaba él. Cuando le propuso matrimonio a la señorita Cranston, se había imaginado una ceremonia rápida en la capilla familiar, y había recurrido a sus contactos para conseguir una licencia especial en un tiempo récord. Pero eso no había complacido a su prometida, que había pedido la mejor iglesia. Y ropa nueva de boda, junto con un ajuar completo.

Cuando él le recordó que tales cosas podían tardar algún tiempo en conseguirse, ella había respondido, sin una sonrisa, que lo único que se necesitaba era dinero. Se había pasado una mano por su vientre todavía plano mientras le recordaba que el tiempo era esencial. Y dado que él le había prometido todo lo que quisiera...

Había pagado sobornos, incentivos y toda clase de tarifas suplementarias. Y, al final, la boda con toda su pompa y boato había estado lista en una semana.

Aquel era el primer paso hacia un futuro más luminoso, se recordó al tiempo que forzaba una distante sonrisa destinada a hacer que el único pariente de sangre que le quedaba en el mundo dejara de insistir.

—Si te preguntan por las circunstancias de nuestro encuentro, por nuestro matrimonio o por nuestro futuro, puedes decirles que no es asunto suyo. Si no respetan eso, diles entonces que me lo pregunten directamente a mí.

—No se atreverían —repuso Sam, sacudiendo la cabeza.

—Exactamente —su hermano era demasiado nuevo en la familia y todavía no sabía utilizar bien el poder de su nombre y de su rango—. Asunto cerrado.

Siempre y cuando esos curiosos no fueran a preguntar a la duquesa. Porque ella podría revelar la verdad de puro resentida. En ese momento estaba con él ante el altar, observándolo con una sonrisa y una elegante inclinación de cabeza.

«Hipócrita», quiso gritarle. Las miradas de odio que le lanzaba cuando estaban solos no se parecían en nada a la de aquel instante, que cualquier espectador habría interpretado como de absoluta inocencia.

Él le sonrió a su vez, representando el papel de ilusionado novio que la sociedad esperaba ver. Siguió sonriendo mientras el obispo musitaba frases sobre la santidad del matrimonio y la necesidad de la procreación. El hombre no tenia idea de lo que estaba hablando. En la experiencia de Michael, no había nada ni remotamente sagrado en las uniones que había visto. Si su padre hubiera sido un marido fiel, no habría dejado sin reconocer a Sam, su hijo bastardo. Su nueva novia, ¿tendría familia? No se le había ocurrido preguntárselo. No había invitado a ningún familiar, en cualquier caso. Y amistades tampoco. Quizá estuviera tan sola como él, la pobrecita...

Su humor se suavizó. Luego ella se volvió ligeramente para mirarlo. Desde lejos, el vestido azul lavanda que llevaba y las flores que sostenía en las manos le recordaron un delicioso pastelito: tan pequeño como dulce. Pero conforme fue acercándose, la imagen desapareció. Aunque el color le favorecía, los ojos que lo contemplaban eran oscuros, de mirada insondable. Intimidante.

Pensó que debía de haber sido una institutriz de carácter, porque estaba usando con él aquella mirada tan amedrentadora. Pero Michael era demasiado viejo para caer en ese truco. Aquella ferocidad representaba un interesante contraste con su delicadeza. Habitualmente prefería a las mujeres rubias, pero aquella bien podía hacerle cambiar de gustos. Con su cabello y ojos oscuros, tenía un rostro dulce y unos ojos que le habrían hecho derretirse por dentro si hubieran probado a suplicarle, en lugar de exigirle. La criatura que engendrarían no andaría escasa de atractivos, pero dudaba que saliera alta. Ella era menuda, de huesos finos y, afortunadamente, todavía esbelta. Nadie sospecharía un embarazo.

«Por un tiempo», añadió para sus adentros. Experimentó una punzada de posesiva euforia solo de pensarlo. Procuraría que nadie se enterara de su estado. Aprovechando que no había sesiones parlamentarias, se retirarían al campo y ella completaría su gestación en la intimidad. No tenía deseo alguno de visitar Aldric House, porque el lugar no guardaba para él más que malos recuerdos. Quizá el futuro allí fuera diferente. La perspectiva de los meses venideros y la recompensa que lo esperaría al final de los mismos hacía que se sintiera tan aturdido de felicidad como un niño que esperara la llegada de las fiestas navideñas…

—Excelencia.... —susurró la voz del obispo en el silencio de la iglesia.

Los votos. No había estado escuchando. Madeline continuó fulminándolo con la mirada, como si fuera el niño más estúpido de los que tuviera a su cargo.

—¿Me haríais el favor de repetir la pregunta, Eminencia? —sonrió a modo de disculpa.

El obispo hizo lo que le decía y Michael pasó a concentrar su atención en el negocio que tenía entre manos, respondiendo y repitiendo las formularias palabras con lo que esperaba fuera una voz confiada.

La voz de Madeline Rosemary Cranston era más suave, pero no menos firme. Se llamaba Rosemary: otro detalle omitido sobre su nueva esposa. Prestaría mayor atención a partir de ese momento. Tal vez ella no disfrutara de su compañía, pero él no le daría motivo para que lo sorprendiera en alguna falta. Cuando el obispo así se lo ordenó, le entregó el anillo que había pertenecido a su madre, para que lo bendijera, y lo deslizó luego en el dedo de la novia. Ya estaba. El trabajo estaba hecho, y el nudo bien atado.

Maddie estaba hirviendo de furia. Era él quien había querido aquella boda y ni siquiera había estado prestando atención a los votos. El colmo fue cuando apenas fue capaz de farfullar un simple «sí quiero». Era la demostración de que ella no le importaba nada en absoluto. El matrimonio no era más que un paso entre él y su anhelado heredero.

Volvió a tranquilizarse, porque no podía ser bueno para el bebé estar siempre tan furiosa. El niño no le había dado motivo alguno para semejante amargura. Su padre sí. Pero ella no podía culpar a un inocente.

El obispo seguía perorando sobre la fertilidad de la pareja y rezando a Dios para que los bendijera con una numerosa progenie. Se le encogió el estómago. Un hijo con aquel hombre era ya demasiado. Ya se había hecho a la idea de que viviría y moriría sola. De que el amor que había reservado para la familia que nunca tendría con Richard acabaría derivando, progresivamente, a los pupilos que educaría, resignada a no tener nunca hijos propios.

Pero tal parecía que el bebé que tanto había deseado nacería al fin, solo que en una farsa de matrimonio con el mismo que le había arruinado la vida. «Todavía no es demasiado tarde para parar esto», se recordó. El obispo no había terminado la ceremonia. El doctor Hastings había jurado ayudarla. Evelyn y él estaban allí como testigos. No tenía más que anunciar que no podía seguir adelante y ellos la acogerían.

¿Pero qué bien le reportaría quedarse sola para criar a un bastardo? El duque le había dejado claro su decisión. Persistiría hasta que ella se rindiera y legitimara al niño.

En ese instante el obispo estaba hablando de sumisión, lo cual era todavía peor que cuando había hablado de los hijos. Si el objetivo de Saint Aldric era tener una mujer en su cama, una mujer que además le había prometido obediencia ante el altar, entonces ella misma se había puesto directamente en sus manos.

Se recordó, sin embargo, que una promesa hecha bajo coerción no era tal promesa. De cualquier forma, sus pensamientos regresaron inevitablemente a aquella noche, cuando se despertó con un desconocido a su lado.

Se había quedado dormida y soñando. Soñando su sueño favorito. Richard había vuelto con ella, tal y como le había prometido que haría hacía ya tanto tiempo. Todo se arreglaría al final. No tendría trabajo esperándola, ni más niños difíciles a los que educar. No más padres de expresión agria esperando que la señorita Cranston se ocupara de la educación de una progenie con la que ellos no deseaban molestarse. Tras años y años sin esperanza, por fin se casaría.

Y, sin embargo, todavía había vacilado.

—Te creía muerto —le había susurrado en el sueño—. En la batalla de Nueva Orleans. No volví a recibir noticias tuyas desde entonces.

—No estoy muerto —había replicado él—. Solo durmiendo, como tú estás ahora. Volveré contigo. Nos casaremos, tal y como siempre te prometí. Pero, esta noche, será como antes de que me marchara...

Sonriendo, había dejado que su fantasmal amante la tumbara sobre el colchón. No había habido dolor, como tampoco lo hubo aquella primera vez. Había estado tan dispuesta para él... Durante tanto tiempo había esperado el largo y lento deslizamiento de su cuerpo dentro del suyo... Se había tendido sobre ella, con su calor apurando el último resto de frialdad del aire del invierno...

Lo había rodeado con sus brazos, sintiendo la cálida solidez del cuerpo masculino, entero e indemne tras la batalla. Dos brazos la habían rodeado a su vez. Dos piernas se habían enredado con las suyas. Los labios que recorrían su cuello ardían, la lengua trazó dibujos por el cuello abierto de su camisón hasta que encontró su seno. Aunque solo fuera por un instante, había vuelto a sentirse joven y feliz. Y había suspirado de alivio cuando él entró en ella. Se había sentido tan sola y durante tanto tiempo...

Se había entregado libremente a él, le había devuelto sus besos y acariciado su cuerpo, animándolo sin cesar. Había alcanzado el clímax al mismo tiempo que él, incluso mientras se daba cuenta de que la voz que soltaba el grito de triunfo mezclado con el suyo no le resultaba familiar.

Fue entonces cuando había abierto los ojos.

Estaba temblando de nuevo, solo que esa vez de vergüenza y de asco hacia sí misma. Podía fingir que la culpa era únicamente suya, pero esa no era toda la verdad. Había yacido con un desconocido. Y, peor aún: había disfrutado. Ella era todo lo que había temido: una mujer sin honra y de moral relajada, no mejor que su madre.

Pero no en ese momento. Porque en ese momento se encontraba en una iglesia en Londres. Dover era ahora tan fantasmal, tan irreal, como lo había sido Richard. Ordenó a su cuerpo que permaneciera quieto, pero el cuerpo no le obedeció: no más, al menos, que lo había hecho la noche en que se acostó con el duque. Había sido una estúpida al buscar de nuevo a Saint Aldric, y más estúpida aún al aceptar casarse con él con la intención de vengarse. Si no llevaba cuidado, volvería a caer en su cama, pese a que no existía sentimiento verdadero entre ellos.

Aquello no podía continuar. Tenía que haber alguna manera de dar marcha atrás al reloj y volver a la vida que había llevado antes. No había sido una vida feliz, pero sí al menos previsible. Abrió la boca en aquel instante, antes de que el obispo terminara de pronunciar las palabras finales, para anunciar a todo el mundo que todo aquello no había sido más que un terrible error. Pero no fue capaz de hablar. Temblaba tanto que se sorprendía de que la iglesia entera no se diera cuenta.

En ese momento, de rodillas, estaba tambaleándose, a punto de desmayarse del todo. Se aferró a la barandilla del reclinatorio, viendo cómo los nudillos se le ponían blancos por la tensión. Su campo de visión pareció estrecharse como si estuviera al final de un túnel, clavada la mirada en el dedo que portaba la gruesa alianza de oro.

El hombre que se hallaba a su lado lo había notado. Extendió una mano para cubrirle la suya, como buscando reconfortarla.

Se quedó paralizada. Si decidía interrumpir la ceremonia, todo Londres sabría de la enloquecida muchacha que había dejado plantado a Saint Aldric ante el altar. Ella se quedaría con su bastardo y con una reputación no ya mancillada, sino notoria por su perversidad. Y la estimación del duque crecería en tanto que trágica figura, nada merecedora de tan horrible tratamiento. A su lado, Saint Aldric sonrió y retiró la mano. Parecía pensar que había acabado con su temblor mediante su gesto de consuelo.

Aquel hombre era insufrible. La había despojado de sus recuerdos de Richard y le había hecho dudar de su propio corazón. Y luego la había dejado en una situación comprometida. Había pisoteado su vida hasta reducirla a polvo. Y en ese momento, aunque lo único que le importaba era el niño que llevaba en las entrañas, pensaba que todo podría arreglarse entre ambos con una farsa de ceremonia y una palmadita en una mano.

Le deparara lo que le deparara el futuro, no perdería más tiempo temiendo y temblando por tipos como Saint Aldric. Y, al casarse con el duque, le enseñaría la lección que debería haber aprendido en la escuela: a tratar a los demás como a él le gustaría que lo trataran.

Cuatro

Michael miraba fijamente el vaso que tenía delante, deseando que contuviera ginebra en lugar de champán. Era demasiado temprano, tanto a efectos del día como del matrimonio, para buscar un remedio alcohólico a los problemas que tenía delante. Si el ambiente que lo rodeaba en esos momentos era un indicio del futuro que le esperaba con Madeline, una bebida fuerte a la hora del desayuno no le sentaría mal.

La ceremonia en la iglesia había aliviado el acuciante sentido de culpa que había experimentado desde la noche de Dover. Había pensado que lo peor por fin había acabado y que su vida podría recuperar por fin la normalidad.

Pero cuando contempló la decoración del banquete que ella había dispuesto para celebrar sus nupcias, no fue capaz de encontrar nada normal en ello. Suponía que debería dar gracias a Dios por su buen gusto. Habría podido ser peor, si el escenario hubiera sido desagradable. Por supuesto, el nivel de exceso era absolutamente inapropiado para un almuerzo nupcial, que, en su opinión, debería ser pequeño, de buen gusto y más bien rápido.

Todo aquello tenía el aspecto de un baile de máscaras.

Ella había abierto las puertas de par en par y despejado de muebles la mitad de las habitaciones de la casa de Michael en la capital, para poder recibir a la multitud a la que había invitado. Cada superficie estaba cubierta por montañas de flores, orquídeas tropicales incluidas. Las paredes estaban decoradas con cintas y jaulas dotadas con molestos, aunque hermosos, periquitos.

Allá donde miraba, topaba con pequeñas cabezas rojas con ojillos negros. Que no cesaban de silbar y gorjear.

—¿No habría sido mejor poner palomas? —le espetó, incapaz de disimular su irritación. Porque entonces, al menos, los trinos habrían sido más bien melodiosos.

—Pero, querido, las palomas son tan ordinarias... —hizo un mohín digno de una cortesana—. Y vos dijisteis que podía pedir lo que fuera. Los invitados se mueren de envidia.

Las féminas, quizá. A su alrededor no oía más que susurros de asombro: «Qué pájaros tan raros...» «Traídos directamente de Abisinia...».

Los varones, en cambio, parecían sentirse igual que él, como si echaran en falta alguna bebida fuerte para aliviar los efectos que aquella algarabía producía en sus nervios. Al menos ellos no tenían que pagar por aquellas malditas aves.

—Es una pena que no hayamos dispuesto de tiempo para enseñarles a hablar —dijo ella.

Michael reprimió una mueca. Con aquella sonrisa diabólica que lucía, podía imaginar lo que desearía que dijeran aquellos periquitos. Esperaría coros de estridentes voces acusándolo de actos de los que no podía defenderse. Y todo ello delante de aquella inmensa multitud que parecía concentrar a medio Londres.

—Lástima —masculló entre dientes. No podía sacudirse la sensación, cuando miraba la triunfante expresión de su esposa, de que estaba cumpliendo sentencia por un delito. Ella debía de entender que aquella unión era la mejor solución: era una duquesa, no una carcelera. Había perdido su trabajo, pero ganado una vida cómoda y un título tan augusto que nadie se atrevería a cuestionar su pasado.

Sus vidas no serían precisamente ordinarias, sobre todo cuando contenían tantos periquitos. Pero estarían perfectamente libres de reproche. Era todo lo que había querido para sí mismo, y había supuesto, por la manera en que lamentaba su reputación perdida, que eso era lo que ella querría también.

Había tenido intención de hacer poco más que mirar en su dirección, acusar recibo de su comentario y demostrarle que no le había molestado. Pero le había sostenido la mirada durante demasiado tiempo, convirtiendo el momento en una batalla de voluntades. Vio que, por un instante, su confianza vacilaba y parecía tan desorientada como él mismo se había sentido algunas veces bajo el escrutinio de la sociedad supuestamente civilizada. Pero en seguida se recuperó y volvió a levantar la guardia, asumiendo la actitud distante de cualquier altiva dama.

Mejor para ella. Había cometido una grosería al quedársela mirando fijamente. Pocos hombres en Londres habrían tenido el temple de sostenerle la mirada a un duque. Pero la pequeña institutriz con la que se había casado la había aguantado bastante bien. Era algo que jamás se habría imaginado unas semanas atrás. Se esforzaba por mantener aquella altivez, dejando que la gente pensara que era orgullo. Cuanto más distante se mostraba hacia la sociedad, más se desesperaba esta por hacerse amiga suya. Si hubiera tenido el doble de edad, se habría parecido a aquellas matronas horriblemente intimidantes que gobernaban Almack's metiendo miedo en los corazones de todo el mundo, temeroso de caer en desgracia ante ellas al menor desliz.

Pero era una mujer joven y aquellas extravagancias suyas, por muy estrafalarias que pudieran parecer, serían imitadas y copiadas como la última moda a seguir.

La cosa ya había empezado. Aquella mañana, Hyde Park estaba vacío, Bond Street en calma y damas que no solían levantarse a esas horas se habían vestido y obligado a sus infortunados maridos, hijos y hermanos a acudir a celebrar el matrimonio de Saint Aldric.

—Qué bien que haya usted traído tantos invitados para compartir este día... —comentó, intentando no pensar en los pájaros enjaulados que colgaban sobre su cabeza y que parecían seguir su conversación como si comprendieran cada palabra—. ¿Son amistades suyas?

—No, querido —repuso con otra falsa sonrisa—. Yo no tengo familia, ni conocidos en la capital. Nadie estuvo a mi lado en mis momentos de necesidad —y suspiró con aire teatral.

Era otro recordatorio de lo apurado de su situación cuando acudió a él. Pese a su carencia de dinero, de familia y de posición, Michael estaba empezando a sospechar que nunca en toda su vida había conocido a una mujer menos desvalida.

—Todos estos son vuestros amigos —señaló la concurrencia con un gesto de su mano—. Conseguí sus nombres gracias a vuestra ama de llaves.

Se sintió tentado de despedir a la señora Card por haber prestado su concurso en aquella farsa. Debía de haber hecho acopio de cada lista de invitados y conocidos que había encontrado en la casa. Si bien se sabía los nombres de memoria, apenas conocía a la mitad de los asistentes. De lo que se derivaba que, además de los pájaros, tenía que atender a completos desconocidos.

Pero la mujer que se hallaba sentada a su lado en aquel almuerzo nupcial digno de unos reyes estaba picoteando su plato como si la comida le diera asco.

—¿No le gusta? —le preguntó, esforzándose por disimular su disgusto.

—Ya sabéis que no puedo comer —dijo antes de beber un pequeño sorbo de vino.

«Y también sabéis por qué». No lo dijo en voz alta, pero parecía como si quisiera, en cualquier momento, levantarse para anunciar a todo Londres de qué manera se habían conocido. ¿Eran solo las circunstancias de aquel encuentro lo que había despertado aquella perversa faceta de su naturaleza? ¿O había sido ya así antes, agria y desagradable? Sus experiencias con institutrices durante su infancia y adolescencia le hacían sospechar lo último. Si ese era el caso, estaba claro que ella no era el tipo de mujer con la que habría querido compartir su vida y criar a su hijo. Si odiaba al padre, no tendría razón alguna para amar al hijo.

Mayor razón aún para convencerla y ganarla para su causa, aunque le costara toda la vida. Él lo haría mucho mejor que sus padres, en todos los aspectos. Madeline podía tener todos los periquitos que deseaba y vestidos a juego con cada una de sus plumas. Pero él no abandonaría a su hijo, como su padre sí había hecho con Sam. Como tampoco permitiría que su hogar degenerara en el que habían tenido sus padres, un campo de batalla lleno de trampas para incautos.

¿Y si se había equivocado? Miró a su mujer, que miraba a su vez la comida de su plato como si fuera a saltarle encima para intentar alimentarla contra su voluntad. Si ella flaqueaba en sus obligaciones, él contaba con recursos para proteger a su hijo de su desdén. Porque las mujeres a las que encargaría su cuidado y nutrición serían amables y cariñosas.

Dedicó un pensamiento a Evelyn, sentada junto a su hermano al otro extremo de la mesa. Si las cosas hubieran sido distintas, ella se habría convertido en su esposa y también en la mejor madre que podría haber deseado. Adoraba a los niños, y ayudaba además a su alumbramiento. Durante la última Temporada se había mostrado demasiado selectivo, esperando a que Eve tomara una decisión. Debió haber propuesto matrimonio a la primera virgen cariñosa que se hubiera cruzado en su camino y haberle puesto el anillo en el dedo. De esa manera se habría ahorrado un sinfín de problemas.

Por supuesto, si se hubiera casado con Eve, la habría hecho terriblemente desgraciada, porque ella siempre había amado a Sam. En ese momento sonreía con expresión radiante a su marido como si estuviera evocando su propia boda, o se encontrara todavía de luna de miel.

Se preguntó si el hecho de recibir semejante devoción de una mujer podría suscitar una reacción semejante en su propio corazón. Había esperado convertirse en un amable compañero para la mujer con la que se casara. Pero con tan escasa experiencia como tenía, el amor romántico era algo que se hallaba más allá de su comprensión.

Sin alguien que le mostrara el camino, ¿cómo podría encontrarlo? Contempló pensativo a la mujer que estaba a su lado e intentó imaginársela como su amante y devota esposa.

Ella le devolvió la mirada con disgusto.

Lo cual demostraba aquello que tan a menudo había esperado. Si uno esperaba recibir devoción eterna, lo inteligente era hacerse con un perro y no con una mujer. Madeline deseaba estar en cualquier parte siempre y cuando fuera lejos de él y, en aquel momento, a él mismo le habría encantado complacerla.

—Es una pena que no se encuentre usted lo suficientemente bien para viajar —le comentó, bebiendo un sorbo de vino—. Un viaje de luna de miel en un momento como este no sería prudente. Pero ahora que la guerra había terminado, una excursión al continente sería un verdadero placer. Italia, España, Francia...

Por un instante, el brillo de sus ojos se suavizó.

—Nunca he salido de Inglaterra —le confesó, nostálgica.

¿Tendría debilidad por los viajes? Eso sería fácil de remediar y resolvería varios problemas a la vez.

—Qué pena. Yo hice el Grand Tour, por supuesto. O todo lo que pude del mismo, con Napoleón corriendo suelto por ahí... Estoy seguro de que ahora mismo el continente sería bastante seguro, caso de que deseara visitarlo.

Por un segundo su expresión se tornó definitivamente ansiosa, entusiasta. Pero luego entornó los ojos, taladrándolo con la mirada como si fuera una barrena.

—Oh, Excelencia, yo nunca podría separarme tan pronto de vos. Y está el cuidado del niño, por supuesto.

—Tendremos ayas y amas de cría —le recordó—. E institutrices.

—Oh, pero a mí no me gustaría delegar la educación de nuestra hija en manos de desconocidos —remarcó el género de la palabra, como para recordarle la posibilidad de que pudiera estar equivocado en sus expectativas—. Yo soy perfectamente capaz de educar a nuestro retoño. Enseñarle latín, por ejemplo: Amo, amas, amaretto...

—Amat —la corrigió, incapaz de contenerse.

—Amo, amas, amat. Yo amo, tú amas, él ama. Amaretto es una palabra italiana. Un licor de almendras amargo —se preguntó si sería realmente tan ignorante como aparentaba.

—Bah, eso no importa —repuso ella con una expresión inocente en sus ojos muy abiertos—. Al fin y al cabo, el amor y la amargura no están tan alejados.

Se trataba, pues, de un juego. Una broma. Otro intento de poner a prueba su paciencia

—Aunque no cuestiono en absoluto sus capacidades como institutriz, yo pensaba que no estaría usted interesada en la educación de nuestro hijo —le dijo, lanzándole una triunfante sonrisa por encima del borde de su copa—. Porque usted misma mencionó su intención de entregármelo después de que naciera, ¿no?

Aparentemente hubo algo en lo que le había dicho que le afectó. Por un instante, todo disimulo desapareció de su semblante y su compostura se resquebrajó. De repente pareció confusa y aterrada. Peor aún: a punto de llorar.

Contuvo el aliento y rezó para que se le pasara aquel humor. Se suponía que la gente que lo rodeaba debería sentirse cómoda y contenta: él siempre se aseguraba de ello. De las lágrimas femeninas sabía todavía menos que del amor. Quizá Madeline lo hubiera percibido y estuviera recurriendo a tácticas todavía más angustiantes que los pájaros tropicales y el latín macarrónico.

Pero entonces el momento pasó y ella emitió un pequeño y lastimero chasquido con la lengua.

—Aceptasteis que yo podría hacer lo que me pluguiera. Si me place dejaros, lo haré. Pero no porque me sobornéis con viajes al extranjero. Suponed que desee quedarme... —se encogió de hombros con un gesto muy femenino—. Quizá podríais enviarme al extranjero contra mi voluntad. Sé que sois capaz de hacerlo. Pero yo estoy segura de que a vuestros amigos les interesaría enterarse de nuestra historia...

Al fin estaba pisando un terreno familiar, pensó Michael. Le devolvió la sonrisa.

—Vaya, querida... Cualquiera pensaría que si se casó usted conmigo no fue más que para acechar una oportunidad de difundir esa historia —le dio la oportunidad de que lo negara, o que lo admitiera.

—Eso os convendría. Cuando nos conocimos,

parecíais deseoso de arruinar vuestra propia reputación. Yo simplemente deseo ser la compañera que os merecéis.

Michael pensó, irónico, que era una lástima que el plan de su esposa no fuera a funcionar. Los hombres de su rango no estaban expuestos a esos peligros. Bebió un sorbo de vino.

—Permítame entonces que le confiese la triste verdad, Madeline. Es usted tan ignorante de las costumbres de la alta sociedad como finge serlo del latín. La razón de nuestro matrimonio no les importa. No mucho, al menos. Cotillearán durante un tiempo. Pero nunca se atreverían a echarme de sus salones por mi canallesco comportamiento. Caballeros y matronas aplaudirán mi decisión de casarme con usted y no dejarla a vuestro infortunado sino. Y las damas de mentalidad liberal me encontrarán peligrosamente atractivo. Haga, pues, lo que guste. Cuente aquí su historia, ahora mismo, antes de que cortemos la tarta y la concurrencia se disperse. Y luego seguiremos adelante con nuestras vidas.

Bebió otro sorbo de vino, disfrutando de su consternado silencio y esperando a que la farsa terminara de una vez.

Cuando la puerta se cerró tras el último de los invitados, Maddie no pudo evitar una sensación de alivio. Era estúpido y vengativo por su parte intentar arrancar una reacción a Saint Aldric delante mismo

73

de la alta sociedad. Aparte de lanzarle unos pocos y cortantes comentarios, se lo había tomado todo con una asombrosa sangre fría, como si fuera perfectamente natural ver de repente su casa y su vida patas arriba por culpa de una desconocida.

Casi había logrado sacarlo de sus casillas cuando simuló equivocarse con el latín. Habiendo aprendido aquella lengua con una institutriz seguramente tan estricta como ella, el duque no había podido reprimirse de corregirla. Pero proyectar deliberadamente semejante ignorancia había sido ir demasiado lejos, y demasiado a contrapelo de su misma naturaleza.

Quizá fuera eso lo que le había afectado tanto: el conocimiento de que el único hijo que probablemente tendría acabaría siendo criado por otras gentes. Lo cual sería lo mejor para el bebé, por supuesto. Saint Aldric podría proporcionar al pequeño mucho más que la legitimidad. Pero saber que finalmente podría tener la oportunidad de fundar una familia, solo para luego marcharse y abandonarla...

Pero era demasiado pronto para pensar en todo aquello. Hasta el momento del nacimiento podían ocurrir muchas cosas. No tenía la cabeza suficientemente despejada para imaginar el futuro. Los criados habían empezado a recoger aquel caos. Mientras las orquídeas desaparecían en dirección a la cocina, pudo por fin respirar a fondo. El empalagoso perfume de las flores casi le había hecho vomitar en la mesa; apenas había comido unos bocados de jamón y una finísima rebanada de la tarta de boda. Y la cabeza todavía le dolía por la algarabía de los pájaros.

Eso tampoco había funcionado. Saint Aldric había ignorado los estruendosos silbidos y gorjeos. Pero a juzgar por los admirados murmullos de los invitados, la alta sociedad se lo había tomado como el acontecimiento de la Temporada. Para el día siguiente, las matronas de todo Londres recorrerían los muelles en busca de aquellos vistosos pájaros importados.

Al parecer, ella era la única que había sufrido con aquel día. Y, tal y como le había venido sucediendo en sus visitas a la casa de Saint Aldric, se sentía pequeña, insignificante y terriblemente sola.

Había sido más fácil la pasada semana, cuando se quedó todo el tiempo con Evelyn y el doctor Hastings. Tenían una casa elegante, pero no tan grande como aquella. Allí casi se había sentido cómoda, después de haberse acostumbrado a la novedad de dormir en una habitación decorada para un invitado, que no para un sirviente. Evelyn era tan sabia como solícita con ella, y su presencia la tranquilizaba enormemente por lo que se refería al embarazo y al parto. El doctor Hastings era una persona muy diferente de la que había imaginado, después de lo de Dover. Ambos le habían dejado claro que su hogar estaba a su disposición durante todo el tiempo que quisiera.

Se había atrevido a imaginar, solo por un momento, que eran su familia. Sentirse tan acogida y sin obligación de trabajar representaba una novedad. Dudaba asimismo que Saint Aldric les hubiese pagado por su hospitalidad, como su ausente padre había hecho con la familia que la había criado a ella. La habían aceptado encantados, sin esperar nada a cambio.

Pero entonces el doctor Hastings le había insinuado, muy diplomáticamente, que si en algún momento cambiaba de idea acerca del matrimonio o sobre cualquier otro asunto, bien podría acudir a él en busca de ayuda.

Aquello la había dejado inquieta. ¿Pensaría acaso que no era lo suficientemente buena para el duque? ¿Confiaba tal vez, emboscado tras una fachada de amabilidad, en disuadirla de que se casara con su hermano? ¿O conocía hechos que aún no le habían sido revelados y consideraba todo aquello una especie de rescate? Podía ser que Saint Aldric fuera tan peligroso como ella había imaginado y que su matrimonio con él acabara en un completo desastre.

Pero ya era demasiado tarde para preocuparse por eso ahora. Había optado por casarse con él. Pese a lo villano que podría ser su marido, se había convertido en una duquesa y estaba decidida a comportarse tan caprichosamente como la peor de todas.

Cuando reclamó la presencia inmediata de una modista para que le proporcionara un guardarropa digno de la esposa de un noble, Saint Aldric apenas había pestañeado. En lugar de ello, había añadido:

—Necesitará también una doncella personal. ¿Quiere que la señora Card le prepare una lista de candidatas para que las entreviste?

La parte diabólica de su naturaleza había decidido que contratar al ama de llaves para la tarea sería una buena manera de crear dificultades. Pero eso la habría dejado en la embarazosa posición de entrevistar sirvientes, y de utilizar por tanto con ellos el mismo tono altivo que habían usado con ella apenas unos meses atrás. De modo que al final había escogido a una de las criadas de la casa que había tenido alguna experiencia en vestir damas, con la esperanza de que resultara bien.

La muchacha, al igual que sus compañeras, aceptó a su futura señora con entusiasta disposición. Parecía pensar que cualquier mujer que pudiera convenir a Su Excelencia era un dechado de perfección.

¿Cómo podían estar todos tan equivocados sobre él? ¿Tan hábil era para disimular el lado oscuro de su naturaleza a todos menos a ella? Los criados parecían tenerlo no ya por un santo, sino por un dios, apresurándose a cumplir sus órdenes como si fuera un honor servir en aquella casa. Tan desenfocada lealtad le helaba la sangre, y con ella cualquier deseo de amargar a la servidumbre en lugar de a su amo. Aquellos pobres infortunados no habían hecho nada para merecer su castigo. Sabía por experiencia lo que era tener patronos sin compasión alguna hacia sus sirvientes y los apuros que aquellos podían ocasionarles con sus extravagantes requerimientos. Podría convertir sus vidas en un infierno con sus irracionales reclamaciones... o también sumir la casa entera en el caos con su inactividad.

Si tenía un conflicto con su amo, no iba a resolverlo haciéndoselo pagar a los criados. Así que, ese día, dio las gracias a la señora Card por el trabajo que se había tomado para preparar el festín nupcial con tan escasa antelación y anunció que se retiraba a sus habitaciones.

Lanzó una rápida y desvalida mirada a la mujer.

—Alguien tendrá que enseñarme el camino —si hubiera tenido un casamiento normal, ¿habría seguido ignorando cuál sería su dormitorio durante la noche de novios? Ciertamente eso no le habría sucedido si se hubiera tratado de Richard, tal como había esperado. Dudaba que el hombre con el que se había desposado se mostrara tan delicado a la hora de preservar su honor, una vez que ella había transigido con el matrimonio.

Eso le hizo pensar en Dover y en la deliciosa sensación del hombre que se deslizó dentro de ella... seguida del estupor que le produjo descubrir que se trataba de un desconocido.

El ama de llaves advirtió su nerviosismo y sonrió, risueña y compasiva.

—Por supuesto, Excelencia.

Pero lo que la señora Card tomaba por el nerviosismo de una novia primeriza no eran más que los sentimientos de incomodidad y culpa de Maddie, mezclados con una especie de erótico zumbido: el deseo de entregarse al pecado, de sentirse tan viva como se había sentido cuando había estado con Richard. No quería estar sola.

Pero tampoco quería sentirse atrapada en una farsa de matrimonio. Y la sonriente ama de llaves solo la hacía sentirse más culpable. ¿Acaso aquella pobre mujer no se daba cuenta de sus verdaderos sentimientos hacia el duque?

Al parecer no, porque mientras la acompañaba a sus aposentos no dejó de felicitarla por su matrimonio, deseando que concibiera pronto un hijo, dado que Su Excelencia había depositado tantas esperanzas en ello...

—Por supuesto —repuso Madeline con una sonrisa todavía más falsa que la habitual, y continuó subiendo las escaleras. Pronto se daría cuenta todo el mundo de la verdadera razón de aquel matrimonio. En lugar de escandalizarse por su impúdico comportamiento, probablemente aplaudirían la llegada de otro pequeño duque.

El ama de llaves se detuvo ante una puerta abierta con una expectante sonrisa.

—Estas, Excelencia, son vuestras habitaciones. No han vuelto a utilizarse desde que vivía la madre del duque. Pero las hemos aireado y Peg ya está deshaciendo vuestro equipaje.

Como si la mención de la madre de Sant Aldric, que probablemente tenía le sangre tan azul como los ojos de sus hijos, hubiese contribuido a que se sintiera mínimamente cómoda...

—Gracias, señora Card. Estoy segura de que aquí me encontraré perfectamente.

La mujer hizo una reverencia y se retiró, dejando a Maddie sola. O al menos tan sola como podía llegar a estarlo, porque seguía habiendo un sirviente en la habitación. Su nueva doncella estaba llenando cajones con diligencia y buscando cosas que pudieran necesitar un remiendo o un remate. Como si los necesitaran. Toda su ropa era nueva.

Demasiado nueva. Aunque le pertenecía, no se sentía cómoda llevándola. Había localizado a la modista más cara de Bond Street y prácticamente le había vaciado la tienda. La mujer se había quedado frustrada por su falta de interés por los detalles y por su preferencia por la cantidad antes que por el estilo. Al final, había escogido el mismo diseño solo que en múltiples colores, nada deseosa de dejarse tomar medidas o de examinar muestras de tejidos, como tampoco de escuchar frases como que tal o cual corte acentuaría la esbeltez de su figura.

Aquella ropa era como la comida del almuerzo nupcial de aquel día: vistosa y cara, pero intragable. La habitación desbordaba con más ropa de la que tendría tiempo de ponerse nunca. A Saint Aldric no parecía molestarle, pero la vista de aquellos vestidos la hacía sentirse culpable y manirrota.

Echaba de menos su antigua ropa: el sencillo vestuario apropiado para una institutriz, esencialmente cómodo. Su doncella, Peg, lo había apartado con un mohín de disgusto, y Maddie no había vuelto a verlo. Sospechaba que, si se le ocurría buscar en las tiendas frecuentadas por la servidumbre en la zona, acabaría descubriendo que se lo había vendido.

Antes de que Peg se lo llevara, Maddie había conseguido rescatar un pañuelo gris, con el argumento de que era suave y abrigaba mucho, pese a lo insulso del color. Había salvado también un chal que había tejido ella misma a partir de un pedazo de franela azul oscuro. Peg alegaba que no tenía nada de romántico, y prefería la pelliza de encaje que acompañaba un vestido de corte casi indecente. Según ella, en cuanto Su Excelencia viera aquella cosa tan horrible, se encerraría en sus habitaciones para no volver a salir.

Eso era precisamente lo que esperaba Maddie. Recogió el chal, apretándolo contra su mejilla mientras examinaba su habitación. No le importó que aquel dormitorio hubiera estado años sin utilizar. Era una especie de tributo a la discreta elegancia, con papel de seda verde de rayas en las paredes y el satén de color crema de la colcha, los bronces relucientes de las palmatorias y la madera bien encerada de mesas y armarios. En comparación, sus propias ropas eran tan extravagantes como los periquitos del salón de bodas.

Peg le quitó el chal de las manos y acarició con unción los vestidos de la cómoda.

—Tenéis aquí unas cosas tan bonitas, Excelencia... Mucho más que las que habéis traído con vos. Y el vestido que lleváis ahora puesto no necesita un chal.

—El escote es demasiado bajo —masculló Maddie. Peg lo había juzgado decente para la iglesia. Pero seguía siendo demasiado escotado, demasiado frívolo.

—No más que los que lucen las demás damas —replicó firmemente Peg—. Y el vestido es mucho más bonito. Aunque es una pena que muy pronto os vaya a quedar pequeño... —miró especulativamente el vientre de Maddie.

—No sé lo que quieres decir... —le espetó ella, brusca.

La muchacha se ruborizó.

—No os molestéis, Excelencia. Es muy poco lo que puede escapársele a la doncella de una dama y menos aún aquello de lo que puede hablar —volvió a acariciar los vestidos—. La modista no me dejó mucha holgura en las costuras, pero pronto tendré que ensanchar todos vuestros corpiños.

—Pero si acabo de casarme... —insistió Maddie.

—Os repito que no tenéis que preocuparos. Nadie podría culparos por haberos relacionado tan tempranamente con un hombre como el duque.

—¿Y eso por qué? —carecía de sentido continuar negando lo que Peg podría ver con sus propios ojos cada vez que la vistiera.

—Es un hombre terriblemente guapo —dijo la doncella con una risita.

—¿Es dado a...? —¿cómo formular la pregunta? Era mejor estar preparada que descubrir más infortunadas verdades y verse sorprendida por ellas—. En realidad, no lo conozco muy bien. La gente tiene una opinión tan alta de su persona que me cuesta creer que sea verdad. ¿Qué clase de amo ha venido siendo en esta casa?

—El mejor de todo Londres —respondió Peg con una sonrisa—. Y probablemente también de toda Inglaterra. Amable, dedicado. Jamás ha tenido una mala palabra para nadie.

—Son muchos los aristócratas que abusan de su poder —comentó Maddie con la mayor delicadeza posible—. Son dados a todo tipo de excesos. Bebida, juego, mujeres... —se interrumpió, esperando que el impulso de cotillear fuera demasiado poderoso para la resistencia de la doncella.

La muchacha lo miró con los ojos muy abiertos, como si no pudiera imaginarse una persona semejante.

—Pues entonces somos doblemente afortunados por tenerlo en esta casa.

—¿Trabajando para un hombre que carece de vicios? —Maddie había visto por sí misma que eso no era verdad.

La muchacha se interrumpió por un momento, vacilante.

—Pasó por sus malos momentos, después de la enfermedad. Brook's, su ayuda de cámara, estuvo muy preocupado. Pero Su Excelencia se encuentra ahora perfectamente.

—Y en aquellos malos momentos... ¿hubo sucesos de los que yo debería estar enterada? ¿Problemas con la servidumbre, quizá? —el duque había admitido ante ella la necesidad que había sentido de demostrar su virilidad. Seguro que habría empezado por su propia casa, bajo su mismo techo...

Ante eso, la única respuesta de Peg fue una carcajada incrédula.

—¡Oh, no, Excelencia! Por supuesto que no. Él estuvo lejos de casa todo el tiempo. Y ausente del Parlamento, algo totalmente ajeno a su carácter. Es el hombre más trabajador del mundo. Y nosotros siempre nos alegramos de tenerlo aquí, porque servirle es un orgullo. El duque es un perfecto caballero —se inclinó hacia ella, como si temiera que la sorprendieran chismorreando—. A él no le gusta mucho, pero la gente de Londres le llama «El Santo» por lo bueno y generoso que es.

—Yo preferiría no escuchar ese particular apodo en esta casa.

Quien habló fue el supuesto santo, que acababa de aparecer en el umbral que debía de comunicar sus dormitorios. La doncella, sobresaltada al escuchar la voz de su amo, se apresuró a alisar los pliegues de los vestidos que estaba colgando.

—Yo no me preocuparía demasiado, porque de mis labios sí que no lo oiréis —dijo Maddie, mirándolo directamente a los ojos con actitud desafiante.

—Ya me lo imaginaba —repuso él con tono seco antes de volverse hacia la doncella.

La muchacha hizo una reverencia, dispuesta a abandonar a la feliz pareja cuanto antes, y Maddie resistió el impulso de agarrarla de un brazo y exigirle que se quedara. Todavía no estaba preparada para quedarse a solas con el duque.

Saint Aldric se quedó donde estaba, apoyado contra el marco de la puerta.

—Está bien, Peg. Puedes quedarte.

No había ninguna razón lógica para temerlo, pero tenía el corazón en la garganta solo de verse nuevamente con él en una misma habitación. Evocar su contacto le producía una extraña mezcla de terror y excitación. Él la conocía como solo un hombre en su vida la había conocido nunca. Con la diferencia de que, al contrario que Richard, Saint Aldric seguía siendo un desconocido para ella.

Él no parecía en absoluto tan afectado. Y seguro que habría conocido a muchas mujeres. ¿Se acordaría siquiera de ella, aparte de que portaba un hijo suyo en las entrañas? ¿Y cuánto de aquella noche recordaba ella misma con claridad?

No quería recordar aquella noche. Eso pertenecía al pasado. Si estaban juntos era por culpa de un accidente. De un error. Y por culpa también del débil carácter del duque. No estaba dispuesta a que volviera a sucederle algo así, porque otra noche pasada en su cama significaría que era poco más que un animal libidinoso.

Procuró concentrar su mente en el lejano campo de batalla donde había caído Richard: un hombre bueno descansando en una tumba anónima. Solo entonces miró al duque, entero, intacto e indigno.

—¿Deseáis algo, Excelencia?

Vio que esbozaba una sonrisa. Le pareció normal y natural, y oyó el suspiro que lanzó la doncella, porque el duque era todavía más guapo cuando sonreía. Pero Maddie sabía bien lo que era: una amable máscara que escondía lo que pensaba realmente de ella cada vez que la miraba.

—Solo he venido a sugeriros que os vistáis para salir —utilizó el mismo tono formal, en presencia de la doncella—. Hace una magnífica tarde y pensé que podríamos aprovecharla para adquirir vuestro regalo de bodas.

Cinco

Un regalo.

Maddie no supo qué responder a eso. La frase de cortesía «no necesitáis molestaros» acudió a sus labios. Ya había recibido demasiadas cosas. Los vestidos...

Pero enseguida se dijo que una duquesa no podía vestir harapos.

El gran almuerzo de boda...

Eso era un éxito social.

Y el anillo que lucía en el dedo era más pesado y espléndido que cualquiera que hubiera esperado llevar nunca.

Y le quedaba bien, le recordó una voz interior. Si él deseaba comprarle algo específicamente para ella, ¿por qué no debería hacerlo? Sería como un soborno para mantenerla callada y de buen humor.

Cuando el duque se hubo retirado a su propia habitación, Peg escogió un elegante vestido de paseo de muselina azul celeste y un bonete con una cenefa de flores de seda. Mientras se miraba en el espejo,

Maddie no pudo evitar sonreír. Más que una duquesa, se sentía como una institutriz ataviada con un sofisticado vestido.

Bajó luego las escaleras para encontrar a Saint Aldric esperándola en el vestíbulo. Vestía unas calzas de color beige, botas hesianas y una chaqueta color burdeos, todo ello rematado por la misma impávida sonrisa que había lucido en el dormitorio.

Cuando alzó la mirada hacia ella, su expresión no reflejó el disgusto que había esperado ver cuando lo tomaba desprevenido. La estaba mirando, por el contrario, con verdadera admiración.

Como reacción, sintió que se sonrojaba. El hombre más atractivo de todo Londres la estaba mirando como si estuviera deseoso de disfrutar de su compañía. Que el cielo la ayudara, porque no pudo evitar sonreír a su vez. Se apresuró a bajar la escalera, a su encuentro.

Fue entonces cuando recordó la resolución que había tomado en el dormitorio hacía menos de una hora. No debía olvidar quién era ella, quién era él y las circunstancias que los habían llevado a los dos a aquella situación. Tan bien lo recordó que la mirada del duque cambió y su sincera sonrisa tembló como la luz de una vela derretida mientras retornaba su falsa actitud cortés.

Lo saludó con una inclinación de cabeza, seria, y dejó que la guiara hasta el asiento del alto faetón.

El vehículo era tan impresionante como todo lo que poseía Saint Aldric: caro y elegante, y tan nuevo que parecía recién pintado. Pero lo inestable del mismo afectó a sus nervios. ¿Y si se indisponía durante el trayecto? ¿Sería seguro ese medio de transporte para alguien en su estado?

Pensó en protestar, o en soltarle algún malicioso comentario acerca de que pretendía matarla en su primer día de matrimonio.

Pero el duque ya se había hecho cargo de las riendas y Maddie juzgó poco prudente importunarlo mientras conducía: ello podría provocar precisamente el accidente que tanto le preocupaba. Avanzaron a buen paso, tanto como se lo permitieron las atestadas calles de Londres, pero Saint Aldric manejaba el tiro con confianza y sin asumir estúpidos riesgos. Mientras observaba su destreza, volvió a experimentar aquella admiración hacia él que la asaltaba cada vez que se olvidaba de la clase de canalla con quien se había casado.

—¿Adónde me lleváis? —intentó parecer malhumorada, pero el tono de la pregunta sonó más bien a curiosidad y expectación.

—A Tattersall's. No es concebible una dama de la alta sociedad sin un carruaje propio, o una yegua al menos para pasear por el Rotten Row —su sonrisa era tranquila y distante. Y esbozó una levísima mueca mientras añadía—: Espero por cierto que sea muy cara.

Maddie pensó que quizá fuera esa una manera de congraciarse con ella. Si lo que quería era ocasionarle un buen gasto, aquella era su oportunidad.

—Durante el desayuno —continuó él—, Rayland me comentó que hoy salían a subasta unos buenos ejemplares y no quiero malgastar la ocasión de verlos.

Así que se trataba de eso. En el día de su boda había estado hablando de caballos, apenas habían salido de la iglesia. Pretendía hacer pública ostentación de su regalo de bodas, para que todo el mundo fuera testigo de su correcto comportamiento conyugal, no fueran a escandalizarse de que la hubiera dejado en casa mientras él se ausentaba por una subasta.

Sus sentimientos nada significaban para él. Si él le hubiera preguntado su opinión, ella le habría anunciado con sinceridad que la idea de conducir un carruaje ella misma, o desfilar a lomos de alguna yegua purasangre, le resultaba aterradora. Sabía poco de caballos y menos aún de manejarlos. Desarrollar tales habilidades mientras llevaba un hijo en las entrañas iba contra el sentido común. Si lo que deseaba era torturarla, no había podido encontrar una manera mejor.

Fue todavía peor cuando llegaron a su destino. Saint Aldric entregó las riendas a su palafrenero y la ayudó a bajar, y al momento Maddie se encontró rodeada de una multitud de hombres, caballos y perros de caza. Era un ambiente polvoriento, ruidoso, intimidante. Con aquellas enormes bestias levantando polvo a su alrededor, por poco entró en pánico.

Fue esa la única razón de que se descubriera colgada de su brazo, como si su presencia pudiera proporcionarle algún tipo de seguridad. Fue algo degradante. Detestaba tener que pedirle ayuda. Antes de que se hubieran conocido, ella se había abierto camino en el mundo sola, sirviéndose de su buen juicio para evitar situaciones peligrosas para una mujer sin familia y sin compromisos. Después de la partida de Richard, se había mostrado muy escrupulosa tanto con su seguridad como con su honor. Pero si ser la duquesa de Saint Aldric significaba que iba a verse arrastrada a semejantes lugares y obligada a buscar seguridad en su marido, entonces probablemente aquel matrimonio iba a disgustarle todavía más de lo que había imaginado.

Y lo que era aún peor: su marido le estaba dando palmaditas en la mano, como si fuera consciente de su debilidad.

—No necesita preocuparse. El caballo que tengo en mente para usted será muchísimo más dócil que estos animales. Le encontraremos una yegua tan mansa como un cordero.

Por supuesto que lo haría. Al fin y al cabo, nunca arriesgaría la vida de su hijo. El pensamiento le dejó un sabor amargo en la boca. Inspiró profundamente.

—¿No tendré yo palabra alguna en su adquisición?

—No sabía que supiera usted de caballos —la

miró sorprendido—. Si así lo desea, podrá elegir la montura que sea capaz de manejar.

Era todo un desafío. Una dama de la alta sociedad mostraría un espíritu animoso y elegiría algún caballo difícil, con lo que él se reiría de sus vanos intentos por dominarlo.

La llevó a la subasta, examinando las yeguas que saldrían a la venta. Eran animales grandes pero mansos, de ojos oscuros y hocicos aterciopelados, que buscaban su contacto como esperando el regalo de algún azucarillo. Corderos no eran, precisamente.

Seguían sin gustarle. Como tampoco le gustaba verse tan lejos de su elemento. Pero él, rodeado de caballos, parecía tan contento como lo había estado cuando ella convirtió su casa en un aviario. Tal parecía que se encontraba cómodo en cualquier situación.

Parecía estar condenada a caminar siempre un paso por detrás de él. Un poco perdida. Esforzándose por seguirle el ritmo, incluso en situaciones que había orquestado ella misma. En el almuerzo nupcial, Saint Aldric había saludado a todas y cada una de las personas a las que ella había invitado nominalmente, eludiendo las felicitaciones que le habían parecido menos sinceras con elogios sobre el buen gusto e inteligencia de su esposa, e incluso había respondido con conocimiento de causa cuando le habían preguntado por los periquitos. Parecía capaz de encandilar a todo el mundo.

Excepto a ella, por supuesto. Ella había conocido al hombre verdadero en Dover. Lo que estaba viendo en ese momento no era más que una falsa moneda. Si todo el mundo se dejaba engañar, entonces Londres debía de estar poblado de imbéciles.

En aquel instante, el «santo» de la alta sociedad estaba demasiado ocupado mirando dentaduras y palpando cruces de caballos para advertir su disgusto. La guiaba a lo largo del camino, señalándole un espolón aquí, una grupa allá, retirando belfos y examinando ojos, sin darle a entender qué era lo consideraba bueno o malo, y tratándola como si ella pudiera tener alguna idea de lo que supuestamente debería estar mirando. Se estaba divirtiendo a su costa, a la espera de que pusiera de manifiesto su ignorancia.

Maddie le dejó seguir el juego, negándose a morder el cebo y hablar. Miró luego algo detrás de él, fuera de la verja del recinto. En un triste simulacro de la subasta que se estaba celebrando allí dentro, la de los mejores caballos de todo Londres, un grupo de ganaderos y granjeros se había reunido a la puerta para hacer sus tratos. Aunque en el lote había vigorosos caballos de labor, incluso ella podía darse cuenta de que la mayoría de aquellos animales eran tan pobres como sus dueños. Uno o dos hombres se movían a través de aquella multitud pujando y comprando bestias.

Saint Aldric no parecía reparar en aquella particular subasta. Estaba demasiado preocupado por la expectación que generaba la suya, preparando las pujas para los caballos dignos de transportar a su nueva esposa.

Maddie se indignó. Al parecer su marido era un fanático de los caballos. Probablemente iba a derrochar más dinero del que ella podía imaginar por el derecho a poseer más animales de los que necesitaba en realidad. Una prueba más de que había sido una estúpida al intentar epatarle con sus vestidos.

Empezó a alejarse hacia la subasta de los ganaderos. Su marido no lo advirtió, pero el palafrenero sí, y la siguió apresurado. Le gustó saber que al menos había alguien que se preocupaba realmente por su seguridad.

Ver los caballos que había allí resultó casi reconfortante. No eran más pequeños, por supuesto. En algunos casos, eran inmensos: adecuados para tirar de arados y carretas. Pero al menos eran mucho más mansos que los otros.

Fue la serenidad de aquellos animales resignados a su destino lo que más la atrajo de ellos. Al final de sus duras jornadas de trabajo, no disfrutarían de un pasto verde como los elegantes purasangres que en ese momento seguía admirando su marido. Aquellos animales, con sus ojos acuosos y sus grandes cabezas bajas, estaban destinados al matadero. Pensó entonces en su propia vida dedicada al servicio y en cómo habría podido terminar, demasiado mayor para ser de utilidad alguna y rodeada de patrones y empleadores, no de amigos. Con gesto compasivo, palmeó suavemente al caballo más cercano.

Era un jaco de triste aspecto, devorado por las moscas. Su propietario lo mantenía alejado de la multitud, temiendo obviamente la probable respuesta cuando lo sacara a subasta. Cuando el pobre animal fue finalmente presentado, se oyeron burlas y abucheos.

Maddie se compadeció del propietario, que parecía todavía más abatido por la perspectiva de verse incapaz de venderlo. Empezó la subasta, con el subastero sugiriendo cuarenta libras que fueron acogidas con un silencio atronador. Bajó la cifra a treinta, luego veinte, y a diez. Su voz se tornaba cada vez más desesperada. Aun así, los potenciales candidatos no abrían la boca. El propietario que portaba el arnés parecía al borde de las lágrimas, o al menos eso fue lo que le pareció a Maddie. Baja y pequeña como era, perdía de vista la escena cada vez que se movía una cabeza delante de ella.

Hasta que finalmente ya no pudo soportarlo más:

—¡Cincuenta!

Todas las cabezas se volvieron para buscar a la autora de la puja. Se alzó un rumor y Maddie se vio apretujada por tanto cuerpo, que le resultó todavía más difícil ver algo. Empujó entonces hacia delante, pasando por debajo de brazos extendidos y abriéndose paso hasta el frente.

—No creo haber oído bien —dijo el subastero—. ¿Ha pujado alguien?

—¡Sesenta! —gritó de nuevo, más alto para hacerse oír por encima de las risotadas de la multitud.

Alguien gritó algo al fondo sobre una mujer loca y Maddie empujó con mayor fuerza al hombre que tenía delante, avanzando unos cuantos centímetros más.

—¡Setenta!

Se hallaba ya en primera fila, mirando indignada al subastero.

—Disculpadme, señora —dijo el hombre con una gran sonrisa—. Me parece que os habéis equivocado de lugar. La subasta apropiada está allá, al otro lado de la verja. Y más allá está el Jockey Club, si lo que buscáis es un jinete.

A juzgar por las risotadas que se alzaron, el comentario fue tan grosero como sonaba. Pero ella lo ignoró.

—Quiero un caballo. Este caballo. Y estoy dispuesta a pagar ochenta libras por él.

—Por ella.

Maddie se giró para enfrentarse al palurdo que se había atrevido a recordarle su ignorancia y se descubrió mirando fijamente el pecho de su nuevo marido.

—El animal en cuestión es una yegua —añadió él.

—Os suplico me disculpéis, milord —murmuró el subastero—, pero la dama... no creo que entienda bien la naturaleza de esta subasta, ni el valor del animal.

—¡Cien! —gritó Maddie al subastero y se volvió de nuevo hacia Saint Aldric, como desafiándolo a que lo corrigiera—. Dijisteis que la decisión era mía, ¿no?

—Así es —repuso con un suspiro casi inaudible, antes de dirigirse al propietario—. ¿Cuánto quiere por este jaco?

—Esto es una subasta, no una venta —le recordó ella—. Y yo ya he pujado cien.

—El animal que ha elegido usted no vale ni la mitad.

El propietario estaba demasiado estupefacto para poder hablar, pero Maddie se mantenía en sus trece.

—¿Cincuenta? Eso es muy poco para una belleza como esta —acarició el morro del animal y este reaccionó con confusa gratitud, como receloso de que un humano pudiera tratarlo con tanto cariño.

Maddie sonrió a Saint Aldric, que parecía avergonzado de que lo vieran al lado de un animal tan patético. Solo eso bastó para que se decidiera. Esbozando una frívola y bobalicona sonrisa, pronunció con entusiasmo:

—Tengo que quedármela.

Y volvió la cabeza de la yegua para que el animal pudiera enseñarle sus deteriorados dientes amarillos. Quizá fuera eso lo que había intentado enseñarle a hacer él con los demás caballos: aquel, en concreto, venía a ser un pésimo ejemplo comparado con los demás.

—Este es un caballo de carreta —le informó el

duque con tono paciente—. A mí me habría gustado comprarle uno decente. O quizá varios caballos de carruaje. Ignoro lo que piensa hacer con este.

—Lo llamaré Buttercup —dijo Maddie con un brillo malicioso en los ojos. «Aunque solo sea por sus horribles dientes», añadió para sus adentros.

El duque soltó el mismo suspiro de resignación que solía soltar después de cada uno de los extravagantes caprichos de Maddie y echó mano a su bolsa.

—Cien libras, pues. Si ese es el deseo de mi esposa —y miró a la multitud que los rodeaba expectante—. Pero esta será la única adquisición que hará hoy —se dirigió al propietario—. Si mi palafrenero os da mi dirección, ¿querrá usted llevarlo a mis cuadras? —a continuación miró a Maddie y agregó en voz baja—: ¿O prefiere acaso que me lo cargue yo a la espalda?

Era aquel otro indicio de que sabía perfectamente lo que estaba haciendo, aunque su tono benigno indicaba que no le importaba demasiado.

—No, que la entreguen y la instalen en las cuadras, para que yo pueda sacarla cuando me plazca —se quedó mirando fijamente a Saint Aldric, parpadeando con expresión inocente—. ¿No quedará magnífica en el Roten Row, al lado de los refinados caballos de la nobleza?

—Estoy convencido de que llamará la clase de atención que busca usted —replicó él.

—Quiero también un carruaje —declaró ella, provocándolo una vez más.

—Seguro que encontrará un vehículo que la convenga. Una carreta lechera, quizá.

Giró para alejarse y ella tuvo que correr para alcanzarlo. Por un instante Maddie temió que pudiera abandonarla allí, rodeada de desconocidos y peligrosos animales. Pero luego él se volvió para mirarla, le ofreció su brazo y le demostró que, una vez más, sus impecables maneras eran inmunes a toda clase de provocaciones.

Seis

La cena en el comedor transcurrió en un ambiente glacial. Michael llegó a plantearse cenar solo en su habitación, previa disculpa sobre lo ajetreado del día y la necesidad que sentía de descansar. Pero incluso aunque eso hubiera sido cierto, habría parecido que estaba huyendo de su esposa. Con lo que ella pensaría que le había ganado la partida.

Se suponía que los aristócratas estaban hechos de una pasta más resistente. Si podía soportar las interminables discusiones del Congreso, podría aprender a ignorar a la desconocida con la que se había casado. Con tiempo y paciencia suficientes, quizá ella aprendería a tolerarlo a él también.

Por el momento, ella estaba picoteando con desgana la comida, aunque no había allí nadie más que él para verla. Eso le hizo sospechar que tal vez la apatía que había mostrado por el almuerzo de aquella mañana no había sido fingida. Cuando estuvo eligiendo platos, se había decantado por cosas sencillas y de fácil digestión. El asado que había preparado la cocinera ni lo tocó. Su plato contenía pescado hervido con patatas y se había servido también un caldo ligero. Con lo poco que había desayunado, y teniendo en cuenta que por su culpa se había saltado la comida cuando la llevó a Tattersall's, prácticamente no había probado bocado en todo el día.

Fueran cuales fueran sus diferencias, lo que no podía hacer era ver cómo se moría de hambre. Pero... ¿cómo conseguir que comiera? Se volvió hacia el criado que esperaba junto a su silla.

—Todo esto está delicioso, por supuesto. Puede asegurarle a la cocinera que no tengo queja ninguna. Pero estoy algo indispuesto del estómago. Quizá unos huevos revueltos me sentarían mejor —alzó la mirada hacia ella, como si la idea se le hubiera ocurrido de repente—. ¿Queréis que os traigan unos también a vos, querida?

Maddie lo miró aliviada.

—Gracias.

Aquella sinceridad pareció sorprenderlos a ambos. Mientras el sirviente iba a buscar los platos, el comedor volvió a quedar en silencio.

Cuando llegaron los huevos, Maddie los probó con mucho remilgo y dejó el tenedor a un lado.

El duque reflexionó sobre su gesto. Si las comidas copiosas no le gustaban, y las muy sencillas tampoco, ¿qué opción le quedaba? Alcanzó el recipiente de salsa Wow Wow y regó generosamente con ella sus huevos, antes de ofrecérsela a ella.

Maddie la olisqueó, desconfiada.

—¿Qué es eso?

—Una nueva salsa. La cocinera dice que es una receta del doctor Kitchiner. Ese hombre tiene una mirada muy científica sobre la gastronomía.

—¿Un doctor, decís? —miró esperanzada el cucharón que él le había acercado.

—Parece que es muy saludable —le aseguró él. A juzgar por su sabor, la salsa era un ejemplo del refrán que decía que lo que no mataba, engordaba. Pero era perversamente adictiva y resultaba harto improbable que la hiciera sentirse todavía peor. Contuvo el aliento mientras ella se servía un poco y comía el primer bocado.

Vio que sonreía, masticaba... y tragaba al fin. Luego se sirvió más. Saint Aldric contempló con alivio cómo apuraba su plato, comiendo con entusiasmo. Siguió luego el plato principal, consistente en crujientes pastelillos hechos con pan negro y un queso Stilton particularmente fuerte.

Viendo aquello, empezó a relajarse. Después del desayuno, había llegado a preguntarse si no pretendería morirse de hambre solo para fastidiarlo. Tal parecía que, una vez despertado su apetito, su digestión era tan resistente como su voluntad, de puro hierro.

Estaba saboreando su oporto cuando ella hizo a un lado su plato vacío y sofocó un bostezo.

—Es tarde y estaréis, sin duda, cansada —dijo mientras se levantaba—. ¿Me permitís acompañaros hasta vuestra habitación?

Maddie entrecerró los ojos, recelosa, pero se levantó y asintió, precediéndolo fuera del comedor. Vaciló al girar hacia el pasillo y una vez más en lo alto de la escalera, demostrando con ello que la ayuda del duque había sido necesaria. Sola, apenas podía orientarse en aquella casa. Él no se molestó en recordárselo, pero tampoco la abandonó hasta que llegaron a la puerta de su dormitorio, que abrió para hacerse a un lado y dejarla pasar.

Una vez que ella estuvo dentro, el duque la siguió y cerró la puerta a su espalda. Al ver su expresión, alzó una mano con gesto tranquilizador.

—Solo deseo hablar un momento a solas con usted, antes de que llame a la doncella. Luego me marcharé.

—Muy bien, entonces —aceptó ella, frunciendo el ceño—. Hablad.

Sabía que estaba corriendo el riesgo de estropear todo lo que había conseguido durante la cena. Pero la vida entre ellos sería tanto más fácil cuanto antes airearan sus diferencias, más pronto que tarde.

—Me gustaría conocer sus intenciones hacia este matrimonio y recibir una sincera explicación sobre su comportamiento —seguro que no podría simular ignorancia. Le lanzó una penetrante mirada—. Por ejemplo, ¿es probable que las extravagancias de esta mañana vayan a repetirse?

—¿Extravagancias? —se lo quedó mirando con los ojos muy abiertos, toda inocente.

—La excesiva e innecesaria cantidad de invitados, por ejemplo.

—¿No considerabais importante celebrar nuestro matrimonio?

—Me sorprende que usted sí —replicó él—. Ambos sabíamos que no tenía ningún deseo de casaros conmigo. Y esta tarde, ese lastimoso jaco...

—Me prometisteis libertad para hacer lo que quisiera —le recordó ella.

—Es verdad —reconoció.

—Y pretendo usarla.

—Entiendo —inspiró hondo—. Y puede hacer usted lo que guste. Pero no lo entiendo. ¿Son esas cosas realmente lo que quiere? ¿O acaso solo lo hace para fastidiarme?

Se lo quedó mirando fijamente, remisa o incapaz de responder a la pregunta.

—En realidad, ni lo uno ni lo otro importa —continuó él—. Dudo que exista un solo castigo que pueda usted concebir que no me lo haya autoimpuesto ya. El hombre con el que os encontrasteis aquella noche en la posada... no era yo —sabía que sonaba ridículo cuando lo formulaba de esa manera. Pero era la verdad, y pensaba repetírsela hasta conseguir que lo creyera.

—¿Negáis que fuisteis vos quien me agredió?

—No fue una agresión —replicó. Se tomó un momento para tranquilizarse, porque no quería mostrarse furioso por algo de lo que solamente él tenía la culpa—. Fue un error. Fue mi cuerpo, sí. Eso no puedo negarlo. En aquel momento... —volvió a interrumpirse—. Mi propio comportamiento me resultó tan ajeno que, cuando lo evoco, veo al hombre que entró en vuestra habitación como un virtual desconocido a todo lo que pienso y defiendo como persona.

—Pero erais vos —insistió ella, nada impresionada—. Quién fuerais antes o después es algo que no me afecta. Fuisteis vos quien entrasteis aquella noche en mi habitación.

Por supuesto. Era ingenuo por su parte esperar que pudieran dejar aquello atrás con tanta rapidez. ¿Acaso no le había dicho su padre que eran los actos de un hombre los que contaban, no sus palabras? Aunque el viejo Saint Aldric no tenía ningún derecho a sermonearle al respecto. Su padre había sido culpable de un buen número de innobles acciones, mucho peores que la de aquella noche en Dover.

Y ese era el problema. Era mucho el bien que había hecho su padre a lo largo de su vida. Los lores que lo había conocido recordaban sus discursos con respeto y algunas veces hasta con emoción. Pero Michael no podía recordar nada de eso cuando lo comparaba con el hombre que había conocido en Aldricshire.

Eso mismo nunca podría decirse de él. Bajó la cabeza en un gesto de contrición.

—Lo lamento inmensamente. Si pudiera borrar aquello de un plumazo, lo haría sin dudarlo.

—¿Para conseguir que deje de confiar en vos? —se había quedado como paralizada en el umbral, mirando fijamente la puerta que comunicaba las dos habitaciones.

—Nunca le daré motivos para temerme —le recordó él.

Pero lo temía. Lo sabía porque su voz no contenía el tono bravucón que había escuchado antes. Finalmente había comido, pero seguía pálida y tan cansada que se tambaleaba levemente.

—Tiene usted mi palabra —le prometió una vez más,

—Prefiero pruebas más concretas. ¿Tiene cerrojo la puerta de mi dormitorio?

Michael lanzó un suspiro exasperado. Mucho le habría gustado haberlo desmontado años atrás, como había hecho con el de la puerta de su propia habitación.

—Así es.

—Del cual vos tenéis las llaves —le recordó ella.

—Se las daré. Será la primera cosa que haga por la mañana. Y también la de la puerta del pasillo y la que conecta nuestras habitaciones. No me guardaré yo ninguna copia. Ni siquiera el ama de llaves tendrá una, si es eso lo que quiere —pensó que eso sería muy embarazoso. La casa entera sabría que tenía vedada la entrada a un espacio que debería ser un dominio absoluto del marido.

El recuerdo de haberse encontrado en el lado equivocado de una puerta cerrada a cal y canto le resultaba demasiado familiar.

—Ya, eso será mañana. ¿Pero y esta noche? —le espetó ella, totalmente ajena a sus sentimientos.

Si uno no tenía nada que esconder, o nada que contener, entonces no necesitaba cerrar ninguna puerta. Y, hasta ese momento, su casa de Londres se había visto felizmente libre de puertas cerradas.

El hecho de que no tuviera deseo de entrar en su habitación no importaba. Eran las apariencias lo que le importaba a ella. Rebuscó en su bolsillo y sacó el juego de llaves que abría y cerraba la mitad de su suite principal.

—Tome. Quédeselas, si así se siente más segura.

Aceptó las llaves, suavizado un tanto su ceño.

—Gracias. Y ahora, si me disculpáis... —miró la puerta.

—Por supuesto —hizo una pequeña reverencia y salió por la puerta que daba a pasillo. Giró luego a la izquierda y entró en su propia habitación, situada a unos pocos pasos.

Una vez a solas, se sacó del bolsillo un segundo juego de llaves y lo dejó sobre el escritorio. Se quedó mirando fijamente el llavero durante unos segundos antes de decidir que el hecho de ocultárselo a su esposa no era ninguna mentira. Ella le había reclamado las llaves de la puerta y él le había entregado el juego de la duquesa.

Sonrió, triste. Si ella le hubiera exigido todos los

juegos, él habría tenido que entregarle también el suyo propio, personal. Pero no lo había hecho. Estaba en su derecho a permanecer callado al respecto.

Como también lo estaba a rechazar sus exigencias. Él le había prometido completa libertad y una obediencia casi absoluta a sus deseos. Dejando a un lado el hecho de que ella se la hubiera ganado, mostrarse tan sumiso iba contra el orden natural de las cosas. Nadie iba a prohibirle entrar aunque solo fuera en una habitación de su propia casa: ni ella ni ningún otro.

Lo que ella había querido realmente de él era la garantía de que no entraría en su dormitorio. Debería haberse conformado con una promesa por su parte. Para su honor, la exigencia de la llave había sido como una bofetada en plena cara, algo que jamás habría esperado escuchar de labios de su esposa. ¿Esperaría acaso que le claveteara la puerta, para demostrarle su intención de no usarla?

Aquella actitud lo incitaba más bien, perversamente, a dejarla abierta de par en par. Aunque solo fuera para demostrarle que tenía fuerza de voluntad suficiente para quedarse a ese lado del umbral.

Pero no quería convertir lo que todavía era una incómoda tregua en una discusión abierta. Como tampoco tenía motivo para llamar a su puerta y pedirle que hablara con él. No tenía razón alguna para hablar con su esposa. Que tuviera que resignarse a tal cosa precisamente en su noche de bodas era algo que escapaba a su comprensión. Así que se dirigió a la cama y se preparó para acostarse.

Cuando volvió a abrir los ojos, la habitación seguía a oscuras. Era demasiado temprano para levantarse, sobre todo después de los problemas que había tenido para poder dormir. Era irritantemente consciente de la desconocida que estaba durmiendo en la habitación contigua. Allí donde había habido una ausencia, había ahora una presencia. El rumor ocasional de los movimientos de Madeline al ir a acostarse. La ahogada conversación con la doncella y el ruido de la puerta del pasillo al cerrarse tras la salida de la sirvienta. Y luego nada. Incluso el leve resplandor de la luz de la vela visible por la rendija de la puerta se había apagado.

No habían sido ruidos altos, molestos. Pero habían demostrado una actividad inusual en aquella parte de la casa, la más silenciosa, y no estaba seguro de que eso le gustara. Era extraño, porque él siempre había odiado el silencio asociado a una absoluta intimidad: un recordatorio de lo solo que había estado.

Ahora que ya no lo estaba, el efecto no había sido la mágica cura de tranquilidad y el fin de los insomnios que a veces lo acosaban. En lugar de sentirse libre para relajarse, se sentía responsable por la fuente de aquel ruido, preocupado además como estaba de que ella tampoco pudiera dormir y preguntándose si acaso podría hacer algo para ayudarla. Solo cuando estuvo seguro de que se había quedado dormida, y el silencio se impuso de nuevo, había sido finalmente capaz de cerrar los ojos.

Pero algo lo había despertado. Un ruido de alguna clase, sospechaba. ¿Roncaría ella? Sería una molestia, pero se acostumbraría. En seguida volvió a escuchar el sonido. No era un ronquido, pero no lograba identificarlo. Quizá hubiera alguien en el pasillo. O quizá Madeline había llamado a su doncella. Definitivamente se trataba de una voz femenina, procedente del otro lado de la puerta cerrada que comunicaba ambas habitaciones. Pero no había oído abrirse la puerta del pasillo. Ni tampoco la voz de la sirvienta contestando.

Era la voz de Madeline hablando consigo misma. Ciertamente era una mujer muy extraña. ¿Haría eso muy a menudo? ¿Acaso no era consciente de que él podía escucharla? El murmullo monótonamente repetido le llevó a pensar que estaba hablando en sueños. No podía culparla por ello. Él tampoco dormía plácidamente en lugares desconocidos.

Gradualmente, aquella especie de monólogo se estaba convirtiendo en una especie de discusión unilateral, cada vez más alta y agitada. ¿Estaba obligado a intervenir de alguna forma? Si llamaba a los sirvientes, acudiría su ayuda de cámara, que llamaría a su vez a la doncella. Media casa se habría despertado para cuando lo hiciera ella. Y, durante todo ese tiempo, la pesadilla continuaría agitándola, porque no daba señal alguna de despertarse.

Hizo a un lado las mantas y caminó descalzo hacia el aparador. Rebuscando en uno de los cajones, sacó la llave de la habitación contigua. Le había prometido no molestarla. Pero quizá, en aquella circunstancia en particular, mejor sería hacerlo antes que dejarla en aquel apuro, sufriendo tanto.

Abrió la puerta y entró en su dormitorio, a oscuras. No tuvo problemas en encontrar la cama. Conocía aquella habitación, al igual que las demás, mejor de lo que ella podría conocerla nunca. Ignoraba por qué se había acostado dejando las cortinas tan cerradas. El ambiente debía de ser sofocante, porque la noche estaba empezando a acusar los primeros calores del verano.

Corrió unos centímetros de cortina.

—Madeline, ¿se encuentra bien?

—No —gimió—. Para.

—Madeline —pronunció su nombre en voz más alta, ya que no parecía haberlo oído—. Está usted soñando. No tiene nada que temer.

—No —dijo de nuevo, aunque resultaba imposible saber si se estaba dirigiendo a él—. Richard. ¿Dónde estás? Vuelve conmigo.

¿Quién era ese Richard? Ella no le había mencionado a un hermano, ni a un primo, ni a nadie con ese nombre.

—Richard no está aquí —pronunció con tono paciente—. Soy yo.

—No —sacudió la cabeza—. Richard...

Estaba alzando la voz. Michael pensó que si no hacía algo pronto, acudirían los criados y lo encontrarían junto a su cama, viéndola sufrir. Y ella estaba sufriendo. Le temblaba el labio y tenía la piel lívida, perlada de sudor. Fueran cuales fueran las diferencias entre ellos, le dolía verla así.

—Madeline —extendió una mano y le tocó un hombro.

Se sobresaltó. En ese momento tenía los ojos muy abiertos, aunque seguía dormida, y se revolvía en la cama en sus intentos por incorporarse y apoyarse en el cabecero, aferrada a la cortina como si fuera un escudo.

—Yo no soy Polly —exclamó ella—. No soy Polly...

Michael comprendió que, en su pesadilla, estaba reviviendo lo ocurrido en Dover. Y Madeline se había despertado para descubrirlo cerniéndose sobre ella, al igual que aquella noche.

—Lo siento —retrocedió—. Lo lamento de verdad. Te oí llorar —la tuteó—. No pretendo hacerte daño .

—Yo no soy Polly —jadeó, mirándolo todavía sin verlo, atrapada en su sueño—. Soy yo, Maddie. ¿No te acuerdas, Richard?

—Estás teniendo una pesadilla —le dijo, tuteándola otra vez, y sintiéndose más impotente de lo que se había sentido nunca—. Aquí estás a salvo —a salvo de él. Qué extraño que sintiera la necesidad de decirlo.

—¿Richard? —inquirió, esperanzada. Empezaban a cerrársele los ojos y tenía una leve sonrisa de felicidad en los labios—. Así que no estás muerto, después de todo.

—Así es, amor mío. Soy Richard. Y estoy aquí, contigo.

—Entonces sácame de aquí. Soy tan desgraciada...

Podía dárselo todo, excepto la única cosa que ella verdaderamente quería. Debía recordar que él no era el único en aquel matrimonio que había conocido la decepción. Michael se humedeció los labios y volvió a mentirle:

—Por supuesto, amor mío. Volveremos a donde fuimos tan felices —fuera donde fuera. Aquellas palabras parecieron ayudarla. Vio que se recostaba contra las almohadas con un suspiro, relajados un tanto sus rasgos.

Se la quedó mirando fijamente, incapaz de apartar la vista. Nunca la había visto tan contenta. Había sabido que era atractiva, pero hasta ese momento no se había fijado en la belleza de su sonrisa, tan dulce, deliciosa e invitadora. Pero no para él, sino para el hombre que no había estado a su lado para protegerla, cuando ella más lo había necesitado.

Fue entonces cuando advirtió las lágrimas que se le habían secado en la cara. Él había sido el culpable. Deslizó la punta de un dedo por su piel, enjugando las últimas.

113

Ella apretó la mejilla contra su mano y rozó sus dedos con un beso.

Michael se quedó paralizado, incapaz de moverse. Si ella se despertaba del todo y lo descubría en su cámara, perdería toda esperanza de ganar su confianza. Pero la sensación era tan dulce... Aunque tenía más poder, rango y dinero que podía necesitar cualquier hombre cuerdo, envidiaba a aquel tal Richard, que antaño había monopolizado la devoción de su pequeña Madeline.

Muy cuidadosamente, le subió las mantas y la arropó. Le apartó delicadamente un rizo que se le había pegado al rostro húmedo.

—Que duermas bien, querida. Todo está bien.

Y lo estaría. Él se encargaría de ello.

Maddie se despertó y parpadeó varias veces, cegada por la luz que entraba por la rendija de las cortinas de la cama. Había vuelto a soñar, estaba segura de ello. Sentía los brazos y las piernas pesados como si, en sueños, hubiera caminado una gran distancia.

Al menos ese día no se había despertado enredada en las sábanas. Algunas mañanas se despertaba paralizada tanto de cuerpo como de mente, y tan triste que apenas podía hacer el esfuerzo de liberarse de las mantas.

El sueño de la pasada noche, tal como lo recordaba, había sido diferente de los otros. Estaba en la posada de Dover, por supuesto, pero no yaciendo con un desconocido. No había sentido vergüenza ni incomodidad. De hecho, había vuelto a sentirse joven, inocente y enamorada. Había sido tan real que hasta había sentido la seguridad de estar despierta. Descubrir a un hombre junto a su cama debería haberla aterrorizado, pero, de manera extraña, no había sido así. Porque aunque no había podido verle el rostro, había estado segura de que era Richard. Le había hablado con dulzura, tranquilizándola, y ella se había preguntado si no habría regresado finalmente sano y salvo de la guerra, tal y como había ocurrido en el sueño.

Fue entonces, pensando sobre ello, cuando se dio cuenta de algo. Ella le había besado la mano, pero él no se había reunido con ella en la cama. En lugar de ello, se había quedado mirándola durante unos momentos, sin sentarse; la había arropado y la había puesto a dormir como si fuera una niña asustada.

No había sido el Richard que ella había conocido. Había sido un ángel. No había podido verle las alas, pero era seguro que las había tenido. Antes de marcharse, le había prometido que la protegería y ella había creído en su palabra. Que siempre estaría a su lado, protegiéndola.

Si los sueños tenían algún significado, aquel en concreto le decía que debía dejar de esperar. Ya estaba casada. Su verdadero amor no volvería a casa más que en forma de un dulce recuerdo. Eso debería haberla enfadado, irritado: el hecho de ver desvanecida su última esperanza. Pero él le había dicho, en el sueño, que no tenía nada que temer. Que ella debía confiar en él, al igual que había hecho mientras estuvieron juntos. Y, con ese conocimiento, se había reconciliado con su ausencia y se había quedado profundamente dormida, para despertarse aquella mañana fresca y descansada.

Resultaba extraño que hubiera pasado la primera noche descansada en mucho tiempo en la misma casa del hombre al que menos ganas había tenido de ver. Pero, cumpliendo la promesa dada, él no la había molestado por la noche. Contaba con la seguridad de la puerta cerrada entre ellos. Antes de acostarse, había echado la llave y se la había guardado. Dos veces había revisado la puerta. Solo entonces se había metido en la cama y corrido las cortinas.

Era una estupidez que hubiera tomado tantas precauciones. Quizá fuera la vida que se iba desarrollando en su interior la que la urgía a revisar dos veces cada cosa que hacía, como para poner a prueba sus propias capacidades. Era absurdo. La puerta estaba cerrada y la llave seguía en la cómoda.

De repente, en un impulso, saltó fuera de la cama y se acercó a la puerta con la intención de asegurarse de que seguía bien cerrada, tal y como la había dejado la noche anterior. Agarró el picaporte y lo giró lenta y sigilosamente, para no despertar al duque. Pero, en lugar de resistirse, cedió con facilidad, abriéndose de pronto hacia ella... a causa del peso que parecía haber estado apoyado al otro lado. Y el duque de Saint Aldric rodó por el suelo.

Se apartó alarmada, cerrándose la bata e intentando ocultar el ridículo camisón de encaje que Peg había insistido en que se pusiera en su noche de bodas.

Él parecía todavía más sorprendido que ella, mirándola como la estaba mirando desde el suelo.

—¿Qué significa esto? —exigió saber Maddie.

Pero el significado era obvio, y no por ello menos desconcertante. Al otro lado de la puerta el duque había corrido un banco como para bloquear el umbral, y lo había estado usando como cama. Había estado durmiendo allí recostado, apoyado contra la puerta. Por eso, cuando ella la abrió, se había caído hacia atrás, de espaldas.

—Maldita sea... —en ese momento se estaba frotando la parte posterior de la cabeza. Volvió a mirarla y desvió apresuradamente la vista, pudoroso, antes de desenredar las piernas del banco para levantarse del suelo.

Ella debería haber hecho lo mismo. Porque si su pudor estaba en buena medida a salvo, no ocurría lo mismo con el de él. Tenía casi todo el pecho al desnudo, abierta como llevaba la bata. Y con la caída se le habían levantado las faldas de la misma, hasta la entrepierna. Tenía unas piernas fuertes y bien torneadas, de muslos y pantorrillas musculosas.

«¡Dios mío!», exclamó Maddie para sus adentros. Una tira de vello dorado descendía por su vientre, dejaba atrás el ombligo y se perdía en la pequeña parte de su cuerpo cubierta por la bata enredada... y que de poco servía para esconder la gran excitación mañanera que se escondía debajo.

Pero luego el momento pasó y el hombre apareció ya de pie en el umbral, arreglándose la ropa y cubriéndose convenientemente.

Permanecieron durante unos segundos en silencio. El duque mantenía los ojos clavados en los suyos con una expresión impasible, distante. Tuvo Maddie que hacer uso de toda su fuerza de voluntad para no volver a bajar la mirada, para ver si algún rastro de su glorioso cuerpo seguía visible. El deseo, el puro y simple deseo, se añadía así a los extraños sentimientos que se alzaban dentro de ella como una marea, desde que estaba encinta. Pese a lo que había ocurrido entre ellos, tenía que admitir que su nuevo marido era un hermoso ejemplar de hombre, merecedor de toda admiración.

—La oí gritar por la noche. Estaba usted obviamente angustiada —dio un tirón del cinturón de su bata—. Una vez asegurado de que no corría verdadero peligro, volví a mi habitación y allí me quedé, apoyado contra la puerta, en caso de que la pesadilla se repitiera.

—Vos... ¿entrasteis en mi habitación?

El ángel que había sentido guardándola durante la noche... ¿había sido él? Y luego había vuelto a su habitación, pero para seguir vigilando su sueño.

—No pretendía hacerle daño.

No había sido Richard. Había sido Saint Aldric, una vez más. Se había acostumbrado a encontrárselo en sus pesadillas, pero... ¿debía invadir también sus sueños más placenteros? Podía sentir que las mejillas se le iban enrojeciendo por momentos, no solo de vergüenza, sino de ira.

—La puerta estaba cerrada.

—Existe otra llave.

—¿En vuestro poder? —se preguntó qué sentido habría tenido para él que le entregara su propia llave, aparte de la intención de crearle una falsa sensación de seguridad.

—No puedo consentir que se me prohíba la entrada en cualquier habitación de mi propia casa —repuso con tono tranquilo—. Debe usted confiar, por mi honor, en que no la usaré más que en las más perentorias emergencias.

—¿Y descubristeis esa clase de emergencia en nuestra primera noche de matrimonio?

—Estaba llorando lo suficientemente alto como para despertar a toda la casa —dijo él casi en un susurro—. Para mí representaba una emergencia justificada.

—Solo era una pesadilla.

Se negó entonces a mirarla a los ojos, porque ambos sabían cuál había sido la causa de aquella pesadilla.

—Le entregaré la llave —le ofreció, echando mano a un bolsillo de la bata.

—¿Cómo podré confiar en que no hay una tercera?

—Tiene usted mi palabra.

—Que ya habéis roto escondiéndome esta segunda llave. Os exijo que me cambiéis inmediatamente a otra habitación —preferiblemente a una situada en otro continente. Solo entonces podría quizá escapar a sus contradictorios sentimientos de furia, culpa y desconcierto. Al menos si se alejaba lo suficiente, podría liberarse del deseo de volver a mirar su cuerpo. Una vez más se obligó a concentrar la mirada en su rostro, tal y como él estaba haciendo.

Mientras lo observaba, decenas de emociones desfilaron por sus perfectos rasgos como nubes atravesando un cielo despejado. Estaba incómodo, avergonzado de lo que había hecho en Dover y de la mentira que acababa de soltarle. Vacilaba. Cuando volvió a mirarla a los ojos, su mirada era sombría. Furiosa. Como si se hubiera visto obligado a hacer algo deshonesto en lo que no quería tomar parte.

—Sería complicado cambiarla a alguna habitación de invitados, en la cual, aunque encantadora, difícilmente cabría su guardarropa. Pero si nos trasladamos a Aldricshire, allí sí que podré complacerla. Los aposentos del señor y la señora no están conectados.

«Que extraño». Estuvo a punto de decirlo en voz alta. O de hacer algún otro estúpido comentario sobre las inconveniencias que ello debía causar. Porque mientras era costumbre establecida que los cuartos de los niños estuvieran lo más lejos posible de las habitaciones de los adultos, jamás había oído que un marido y su esposa durmieran tan separados. Excepción hecha de su propio matrimonio, por supuesto.

—Eso sí que sería conveniente —dijo ella. Debería serlo, porque resultaba obvio que la idea lo incomodaba. Y... ¿acaso no había sido ese su primer objetivo al casarse con él? Hacerlo tan desgraciado como lo había sido ella.

Pero... ¿por qué dormir separado de ella parecía gustarle tan poco? Ella le había dejado claro desde el principio que no habría unión física entre ellos. Sería un iluso si esperaba convencerla de lo contrario manteniéndola allí, en Londres.

—Preferiría partir lo antes posible —añadió, nada deseosa de tentar a su destino con la continuada vista de su persona cada mañana.

Pareció meditarlo por un momento.

—Después del desayuno, entonces. Puede que el viaje nos lleve menos de un día. Viajaremos con poco equipaje. El grueso lo despacharemos más adelante —y se apresuró a corregirse, como adelantándose a cualquier posible objeción por su parte—: El mío, claro está, porque usted deberá viajar con todo su guardarropa. Haré que Scott traiga los baúles e instruya a su doncella para que empiece a hacer el equipaje de inmediato —se volvió para tirar del cordón de la campanilla, resignado a reorganizar su vida para satisfacer los caprichos de su esposa.

No parecía en absoluto molesto. Se comportaba como si no hubiera nada en su programa que no pudiera ser pospuesto o delegado en otras personas. Maddie pensó que sería culpa suya si aquel viaje terminaba acarreándole la antipatía de los criados. Después del trabajo que se habían tomado con el almuerzo nupcial, aquel súbito traslado podría generar un caos aún mayor.

Si los criados se vieron sorprendidos por aquella súbita agitación, tuvieron la deferencia de no demostrarlo. Los sirvientes que en el baile se habían encargado de decorar de flores el salón se dedicaban en aquel momento a transportar los baúles de su habitación a uno de los dos carruajes que esperaban. Incluso sonreían mientras cargaban con los pesados arcones por las escaleras. Al parecer, si el duque les ordenaba algo, obedecerle era considerado un honor.

Cuando Maddie preguntó por la necesidad de llevar dos vehículos, la informaron de que el segundo contenía únicamente su ropa. El primero era para ella y para la doncella. ¿Y el duque? Prefería, al menos en aquella ocasión, montar a caballo. En el momento de la partida, lo vio llevando de la brida un enorme animal cuyos ojos relumbraban como los del mismo demonio. Era negro y brillante, tan opuesto al triste jaco que ella había elegido el día anterior que era como si pertenecieran a especies diferentes.

Saint Aldric montó sin ayuda de ningún mozo ,

acomodándose fácilmente en la silla y mirándola luego a ella, sentada ya en el carruaje. Tan alto estaba que tuvo que bajar la cabeza, pese a que el coche no era precisamente bajo. Luego dio vuelta al caballo y partió a paso tranquilo por el sendero.

Aunque a Peg se le hizo eterno, el viaje no fue particularmente largo.

—Sesenta kilómetros —se quejó—. Nunca en toda mi vida había estado tan lejos de casa.

Maddie reprimió una sonrisa. Los diversos cambios de trabajo que había tenido la habían obligado a atravesar el país de punta a punta en varias ocasiones. Y, antes de eso, no había tenido un verdadero hogar que echar de menos.

—Es mucho más cómodo viajar así que en un coche postal —comentó—. Nunca es agradable que los demás te dicten el programa de viaje, o parar en las posadas de carretera sin tiempo apenas para lavarse un poco.

—Si lo necesitáis, el duque me aseguró que solo teníais que decírselo y pararíamos inmediatamente —repuso Peg.

Maddie frunció el ceño. ¿Eso había dicho el duque? Pero no a ella. Parecía que no había tenido problema en confiarle su preocupación por su esposa... a su doncella.

Cuando ella mencionó que bien podrían parar para comer, la comitiva se detuvo inmediatamente y uno de los acompañantes sacó una manta para extenderla sobre la hierba y una cesta de viandas que fue más un festín que un picnic. Comió faisán en conserva con champán, un delicioso queso Stilton y fresas que, según le aseguraron, procedían del mismo Aldricshire. Había también un pequeño frasco de la misma salsa medicinal que le había ofrecido el duque, y que hacía que cada plato resultara aún más suculento. Cuando estuvo segura de que nadie la estaba mirando, untó con ella una de las fresas y descubrió sorprendida que sabía más dulce de lo usual.

Lo único que brilló por su ausencia en la comida fue el propio duque. Tanto se había retrasado que Maddie había llegado a sospechar que se había detenido en alguna de las posadas por las que habían pasado. Frunció el ceño. Quizá su hermoso caballo negro no fuera tan bueno, después de todo, y se hubiera visto incapaz de mantener el ritmo de los carruajes. O tal vez no había querido conformarse con un plato de ave y un vino ligero. Pese a su insistencia en que ya no bebía en exceso, lo mismo se estaba inflando a cerveza o a brandy hasta que no pudiera volver a tenerse en la silla. Se reiría con ganas si lo viera en semejantes circunstancias, porque eso significaría que toda aquella cháchara sobre la abstinencia no había sido más que otra mentira.

«O quizá», le recordó una voz interior, «no desee estar contigo». Eso debería haberla alegrado, al igual que el pensamiento de que se hubiera emborrachado. Si ella estaba viajando como una princesa, y él prefería prescindir del lujo al cabo de solo dos días de matrimonio con tal de alejarse de ella, eso quería decir que estaba triunfando con su plan de hacerlo desagraciado.

Nunca había querido ser el tipo de persona cuya presencia se le hiciera insoportable a los demás. Cuando una estaba al servicio de los demás, no podía permitirse ser desagradable con nadie. Parecía que a su doncella le había caído en gracia, porque no cesaba de hablar mientras viajaban, haciéndole comentarios sobre los lugares por los que pasaban. Los cocheros, mozos y acompañantes también la trataban con amabilidad. Todos sonreían mientras se afanaban por servir a la nueva duquesa, agasajándola con golosinas y cojines como si fuera tan frágil como un huevo de codorniz, que hubiera que envolver en algodones para que no se resintiera demasiado con los movimientos del carruaje. Ella, a cambio, procuraba ser amable y educada con todos, disculpándose por cualquier molestia que pudiera causarles y agradeciendo sus esfuerzos.

No había demostrado en absoluto esa misma amabilidad hacia su marido, capaz de resignarse a dormir en un banco para velar su sueño. Por supuesto, habría descansado mucho mejor si nunca lo hubiera conocido...

Pero por mucho que se recordara que la furia que sentía estaba más que justificada, a veces lo que sentía era compasión y benevolencia hacia él. Porque a fuerza de comodidades y amabilidades, resultaba obvio que no dejaba de esforzarse por compensar el mal que le había hecho. Y recordaba bien su expresión de aquella mañana, cuando la miró antes de partir, como diciéndole: «no dejaré que eso me afecte ante los demás. Pero mira lo que me has obligado a hacer».

El día anterior, él le había exigido que lo acompañara a aquel ridículo viaje a Tattersall's, y también durante la cena. Ese día, sin embargo, no parecía molesto por la perspectiva de pasarlo alejado de ella. Lo había visto sonriendo y charlando con los mozos de cuadra antes de partir de viaje. Las escasas veces en que había vuelto a verlo, cuando había cabalgado lo suficientemente cerca del carruaje, le había parecido contento con viajar a caballo, y no dentro del coche.

Solo cuando se la había quedado mirando antes de partir, una sombra había cruzado por sus rasgos. Y eso cuando nadie más lo había estado viendo. En los demás momentos, siempre y cuando se había mantenido alejado de ella, había exhibido su habitual buen humor.

Entraba dentro de lo posible que, para el día siguiente, dejara de verlo más. La instalaría en su mansión rural y desaparecería luego de su vida. Y ella tendría un lugar propio para sentirse triste y desagraciada, aun cuando estuviera rodeada de lujos.

Contra toda lógica, el daño que había causado parecía volverse en su contra, de rebote. Después de haber perdido a Richard, había comprendido que la oportunidad de encontrar la verdadera felicidad no volvería a presentársele nunca. Se quedaría sola hasta que muriera. Para pasar el tiempo, se mantendría ocupada y se dedicaría a las buenas obras. Llevaría ciertamente una vida solitaria, pero no vacía. Nunca se había imaginado a sí misma como una mujer abandonada, o rechazada, hasta que se casó con el duque. Pero, en ese momento, podía visualizar su futuro como un cómodo y lujoso vacío.

Volvieron a hacer una parada a primera hora de la tarde, en un prado tan verde y hermoso como aquel en el que había comido. Para la hora de la cena, encontraron una posada donde enseguida le habilitaron un salón privado, ofreciéndole lo mejor que un lugar tan humilde podía ofrecer a una duquesa. El posadero y su hija se deshicieron en reverencias, como si su presencia allí fuera el mayor de los honores

Pensó en preguntarles si conocían al duque. Debían conocerlo, porque aquella posada parecía una parada habitual en el camino hacia la mansión y el lugar más lógico para cenar.

Ante la mención del duque, el hombre sonrió como orgulloso de tener a un señor tan poderoso como amigo, calificándolo de hombre amable, galante y encantador. Su hija se limitó a ruborizarse y a suspirar.

De modo que también era un héroe en Aldricshire. Al parecer ella era la única en odiarlo y en tratarlo con algo que no fuera un absoluto respeto. Una vez más volvió a experimentar aquella extraña sensación en el estómago. Probablemente se debería a la agitación del viaje en la vida que se estaba formando en su interior. Pero cuando se detuvo a analizarla, se quedó sorprendida al descubrir que, después de un solo día de comida y sueño, físicamente se sentía muchísimo mejor que antes.

Los problemas que estaba experimentando no eran digestivos; eran emocionales. ¿Sería envidia del posadero y de su hija? ¿Celos de que estuvieran tan obviamente contentos con el duque? ¿Se debería esa tristeza a que no se sentía parte de la feliz multitud que lo rodeaba? El duque era amable, de manera indiscriminada, con amigos, criados y desconocidos. Pero su propia relación con él estaba permanentemente corrompida. Y aunque él le demostraba el mismo tratamiento, ella sabía que lo hacía a regañadientes.

Estuvo rumiando aquellos pensamientos durante un buen rato, hasta que llegaron a la mansión. Era casi de noche y los fanales del carruaje llevaban algún tiempo encendidos. Pero, a la espera de su llegada, los criados habían encendido similares fanales en los postes que flanqueaban el largo sendero de entrada, para que supieran que por fin habían llegado al hogar.

«El hogar». Aquel enorme edificio de piedra gris

iba a ser su hogar durante todo el tiempo que permaneciera con el duque. Aun así, no había señal del amo de la casa.

El cochero la ayudó a bajar y ordenó que descargaran los baúles. Y, cuando pensaba que Maddie no lo estaba viendo, se acercó a la mujer que esperaba en el umbral y le dio un rápido abrazo y un beso. Enseguida retomó su actitud profesional mientras la mujer se alisaba su delantal de ama de llaves como si quisiera ofrecer un aspecto perfecto a la nueva señora de la casa.

Maddie se volvió para lanzar una rápida e inquisitiva mirada a su doncella.

—Son hermanos —le susurró Peg—. Pero se ven muy poco, dado que ella no sale de aquí y él siempre está en Londres.

—Pero seguro que Blake se encarga de trasladar a Su Excelencia cuando vuelve a casa —pensó que, aunque le gustara montar, carecía de sentido que no utilizara el carruaje cada vez que se desplazara a Aldricshire.

—Pero su Excelencia no... —Peg se interrumpió por un momento, vacilante, como si no supiera si le correspondiera a ella decírselo—. Su Excelencia rara vez se queda aquí, en el campo. Administra todo lo posible la propiedad desde Londres y deja el resto al señor Upton, su administrador.

—¿Pero y cuando el Parlamento no celebra sesiones? —quiso saber Maddie.

—Se queda en Londres.

—¿Incluso con los calores del verano?

—A veces va a Bath —respondió la doncella, antes de asegurarle—: La casa que allí tiene es de las mejores del Royal Crescent. Estoy segura que, cuando os lleve a vos, la casa que escoja será todavía más encantadora.

—¿Y en Navidad? —Maddie miró el edificio, imaginándoselo adornado con ramajes verdes y resplandeciente de luces.

—Suele pasarla invitado en fiestas en una casa o en otra. Sus amigos rivalizan por recibirlo en sus hogares, dado lo entretenido de su compañía. Muchos de ellos tienen hijas solteras y sin compromiso... —la doncella se dio cuenta entonces de que había hablado demasiado—. Él siempre dice que sería injusto obligar a la señora Harker a dar fiestas en un casa que no tiene señora, por muchas ganas que ella tenga de enseñar a los dandis de Londres el significado de la verdadera hospitalidad —y enseguida añadió, con expresión radiante—: Pero todo eso va a cambiar ahora que vos estás aquí.

«Porque yo estoy aquí», pronunció Maddie para sus adentros. Peg se estaba imaginando exóticas decoraciones, risas, música y salones repletos de invitados. Por un momento se quedó paralizada de terror por el cambio radical que iba a experimentar su posición. Lo de organizar el almuerzo nupcial había sido una especie de broma, en la que había disfrutado planeando la fiesta más extravagante imaginable.

Pero ello había generado una gran expectación entre la alta sociedad. Esperarían de ella que tomara las riendas de la mansión y la decorara con todo tipo de lujos, pero de buen gusto. Dentro de seis meses estaría ostentosamente encinta, y la casa estaría llena hasta los topes de amigos de Saint Aldric, todos esperando ver a la mujer que había encandilado al duque.

Eso si su marido seguía viéndose obligado a soportar su compañía. Algo que estaba empezando a pensar que podía no ocurrir.

En ese momento escuchó un distante ruido de cascos y el temblor de tierra que anunciaba la llegada de un jinete por el sendero. El corcel negro pareció materializarse en la oscuridad, cubriendo los últimos metros a galope tendido, para detenerse en seco justo delante de la puerta.

Saint Aldric saltó de la silla tan ágilmente como había montado, como si una jornada entera a caballo no hubiera significado nada para él. Mientras avanzaba, la miró con la misma expresión entre desaprobadora y acusatoria que le había venido regalando durante el viaje, antes de dirigirse hacia la entrada. Fue entonces cuando Maddie descubrió la verdadera razón de su disgusto. Parecía fulminar con la mirada Aldric House: desde sus alas y torretas, hasta los majestuosos grifos de piedra que flanqueaban el porche, pasando por las perfectas ventanas que brillaban como velas encendidas en la oscuridad. La simple desaprobación parecía haberse convertido en aborrecimiento.

Quizá fuera un efecto de la luz de los faroles. Porque cuando se acercó al mayordomo, al ama de llaves y al resto de los sirvientes que esperaban, recuperó su habitual sonrisa. A veces parecía tan sincero... Pero no era más que el papel que estaba acostumbrado a representar. Parecía disfrutar realmente de la compañía de sus criados, interesándose por su salud y por sus familias, y reconociendo con ellos, efectivamente, el largo tiempo transcurrido desde la última vez que los había visto. Pero cuando desvió por fin la mirada hacia la casa en la que estaba a punto de entrar, su sonrisa se tensó y una sombra volvió a oscurecer sus ojos azules.

¿Sería posible que fuera ella la única en darse cuenta? Odiaba hasta la última piedra de la mansión de su familia.

Siete

Estaba en casa.

O al menos eso pensaban sus criados. Michael no estaba de humor para disfrutar de su cordial bienvenida, o de su optimismo por aquella visita. Se había visto forzado a aquella situación. Se trataba de otro castigo por el error cometido en Dover, y por la manera en que había subestimado el daño que había hecho a la mujer que lo acompañaba.

Quizá se mereciera sufrir. Pero esperar que además disfrutara con ello era demasiado. En cuanto traspasaron las puertas, hizo a Madeline una brevísima presentación de la servidumbre reunida. Y anunció enseguida que ambos se retirarían a sus aposentos.

Vio que no dejaba de mirar en derredor: los suelos de mármol del vestíbulo, los espejos y los largos corredores que desembocaban en una impresionante cantidad de bien acondicionados salones y recibidores. Una vez que tuvo conciencia de la enormidad de su nuevo hogar, lo miraba todo boquiabierta como una doncella de visita en Chatsworth. Si era amable con ella, tenía que admitir que esa era la reacción más común. Ni siquiera los más hastiados aristócratas podían mostrarse indiferentes ante Aldric House.

Solamente alguien que hubiera vivido allí podía aprender a odiarla. Y lo peor todavía estaba por venir. Se volvió hacia el ama de llaves:

—Confío en que nuestras habitaciones estarán preparadas.

La mujer le sonrió, compasiva.

—Han sido abiertas y aireadas. Pero están tal y como vos las dejasteis, Excelencia.

—Entiendo —no había hecho cambio alguno en la primera planta desde que murieron sus padres. Los recuerdos eran demasiado dolorosos. De haberse casado con Evelyn o con alguien como ella, su esposa habría sido capaz de acometer las obras de reforma. Pero la mujer que había elegido, si bien parecía disfrutar gastando su dinero, probablemente se negaría a tocar nada como castigo.

Se la quedó mirando fijamente sin molestarse en disimular sus sentimientos por ella, ni la situación en la que lo había colocado.

—Es tarde. Permítame que le enseñe sus habitaciones —y se dirigió a la primera planta, sin molestarse en ver si la seguía.

Lo último que deseaba era traslucir ante ella la desgana con que emprendía aquellos viajes al campo, evitaba su antigua cama y se pasaba buena parte de la noche bebiendo en la biblioteca y durmiendo delante de la chimenea hasta que se retiraba dando tumbos. Su nueva esposa confundiría la debilidad con libertinaje y vería aún más justificada la opinión que tenía de su persona.

Había evitado el viaje en carruaje cerrado, las preguntas incómodas y los todavía más incómodos silencios. Se había entretenido por el camino y se había visto obligado a recorrer al galope los últimos kilómetros con tal de llegar bastante más tarde que la nueva duquesa. En verdad, aquel esfuerzo final a toda velocidad había terminado facilitándole las cosas. La sensación del viento en la cara como una bofetada helada había ahuyentado, sin bien temporalmente, fantasmales demonios familiares.

En ese momento continuaba caminando rápidamente, oyendo su respiración acelerada mientras lo seguía. A juzgar por la cadencia de sus pasos, ella tenía que dar dos por cada uno de los suyos.

—No tenéis por qué molestaros, si no queréis —le dijo ella, subiendo casi a la carrera los escalones de caoba mientras se apresuraba a alcanzarlo. Pero él se negaba a aminorar el paso.

—Fue usted quien no estaba contenta en Londres —habían llegado al primer rellano y se giró en redondo hacia ella, con tanta brusquedad que ella no tuvo tiempo de detenerse y chocó contra él. Sin pensar, estiró los brazos para sujetarla, pero luego se maldijo a sí mismo por su debilidad y se maldijo doblemente por el castigo que estaba infligiendo a la madre de su hijo, que debía de estar muy cansada por el viaje. Fueran cuales fueran sus diferencias, ella no tenía la culpa de sus propios sentimientos hacia aquel lugar.

Además, aparte de las quejas que ella le había expresado sobre la casa de la capital, tarde o temprano habría tenido que traerla allí. Nadie podía evitar su solar familiar para siempre.

Le sonrió entonces, confiando en que percibiera lo irónico de su actitud.

—Yo había imaginado que estaría interesada en su nuevo hogar. Es la mayor mansión de cuantas podría ver en toda Inglaterra, a excepción de la Colton House y del Grand Pavilion —después del comportamiento que había exhibido en Londres, había esperado de ella que ambicionara una casa así. Aunque solo hubiera sido para venderla y pensar en la cantidad de vestidos que le habría reportado la venta. Pero no había manera de renunciar al principal símbolo de su ducado. Si de él hubiera dependido, habría vendido aquella casona hacía años.

—Por supuesto que estoy interesada —repuso con voz débil— Pero seguro que el ama de llaves se habría ofrecido a acompañarme a la habitación. Vos no necesitabais molestaros —insistió. Sus ojos destacaban grandes y redondos en su rostro lívido, como si volviera a tenerle miedo y temiera quedarse a solas con él en las habitaciones superiores.

Michael podía entender eso, al menos, aunque no le provocaba la menor compasión.

—El ama de llaves no la conoce tan bien como yo —para ella, solo se trataba de una casa. Y sin embargo cada habitación representaba un recuerdo para él, especialmente las suites—. Puede que ella le enseñe mañana las habitaciones de la planta baja y los alrededores de la mansión. Pero esta noche yo le enseñaré sus aposentos.

Vio que se encogía espantada, como si hubiera esperado ver una celda con grilletes. ¿Pensaría acaso que aquella casa era una especie de prisión? Si lo era, no lo era ciertamente para ella. Una vez que llegaron a lo alto de la escalera, le señaló el ala izquierda.

—Aquellas son mis habitaciones. Me ha dejado usted bastante claro que no tiene interés alguno en visitarlas, así que un recorrido por ellas es completamente innecesario —a continuación señaló la puerta que tenía delante, justo enfrente de la escalera—. Detrás de esa puerta está el ala infantil. Hay un aula de estudio, un cuarto de juegos, habitaciones para los niños y dormitorios para niñeras, profesores e institutrices. Dudo que hayan sido aireados. Esta noche no nos molestaremos en visitarlos.

No tenía la menor duda de que las habitaciones no solo habían sido aireadas, sino que tendrían un aspecto inmaculado. Su plantilla no consentiría otra cosa. Si había corrido el rumor de que la nueva duquesa podía estar encinta, habría flores frescas, fuegos y velas encendidas durante toda la noche, para contento de la feliz pareja.

El simple pensamiento le puso enfermo. Mejor era educar a un niño en sus habitaciones de soltero en Bath que criar a la pobre criatura allí. Probó la puerta que daba al ala infantil para asegurarse de que estuviera bien cerrada. Apartándose luego de ella, señaló con gesto indiferente a su derecha.

—Aquellas son sus habitaciones. En caso de que albergue usted algún temor, sepa que esta será la última vez que traspondré esta puerta —el pasillo no era precisamente sombrío, pero su longitud era tal que las velas de las paredes apenas bastaban para ahuyentar la oscuridad.

Se asomó al corredor como temerosa de avanzar por él.

—¿Cuáles?

—Todas, por supuesto —le reportó una pequeña y amarga satisfacción ver su expresión de asombro—. Si deseaba usted dormir alejada de mí, entonces su deseo se verá cumplido de sobra —fue abriendo las puertas de las diferentes estancias mientras caminaba, sin asomarse apenas a los interiores—. Estos son los dormitorios de sus doncellas. Hay otro más cercano a vuestro dormitorio, para que no tarden en atenderos en caso de que las llame durante la noche.

—¿Doncellas?

El plural la había sorprendido. Muy bien. Su estupor resultaba satisfactorio. Iba a enterarse muy pronto de lo que significaba ser la duquesa de Saint Aldric. Vio que miraba aquellas diminutas habitaciones como si pudiera contentarse con cualquiera de ellas para así.

—Esta es la habitación principal de invitados —lejos de la de la duquesa, su madre había reservado aquella como una especie de purgatorio para aquellos pretendientes que habían perdido sus favores—. El almacén es para los baúles en los que guardará su guardarropa, cuando viaje. Sirve para ahorrar tiempo y evitar que los criados bajen las cosas del ático cada vez que le entre a usted el capricho de visitar Londres —aquella había sido otra habitación de invitados, antes de que sus padres hubieran cesado de entretenerse y pasar el rato de una manera convencional. Podía ver el gesto de extrañeza de Madeline: dejaría que la pregunta se respondiera por sí misma. Habían llegado al final del pasillo principal y abrió las puertas de cada lado—. Aquí están las suites de los invitados. Cada una cuenta con un vestidor con espacio para un catre de sirviente, en caso de que deseen tener a mano a sus ayudas de cámara.

—O a sus doncellas —añadió ella, ingenua como era.

Michael le hizo atravesar la suite de invitados de la izquierda y abrió la puerta de la pared del fondo.

—Y este es su salón.

Se quedó mirando boquiabierta la estancia. Hacía tanto tiempo que Michael no la veía que casi reaccionó con la misma sorpresa. Mientras las habitaciones de los invitados habían asemejado su diseño al de las elegantes estancias de su casa de

Londres, las paredes de aquel salón estaban forradas de tapices orientales. Un enorme hogar la calentaba. Las arañas de cristal y las lámparas de pared estaban todas encendidas, proyectando reflejos por doquier. Al fondo había sillones y, en un lugar de honor, un diván tapizado con la misma tela decadente que el papel de las paredes. Empujó una nueva puerta que se abría al fondo para mostrarle los vestidores y el lecho de la niñera.

—Y aquí nace el corredor que desemboca en su dormitorio.

Si el salón la había sorprendido, el dormitorio la dejó muda de asombro. La exótica decoración penetraba hasta allí, con mullidas alfombras de Persia y el suelo y la cama repleto de cojines. Michael había agradecido muchas veces que, de niño, hubiera visto prohibida la entrada en aquella ala de la casa. Eso le había ahorrado el dolor de imaginarse a su madre viviendo allí.

Miró entonces a su esposa y se preguntó si comprendería realmente el significado de lo que estaba viendo.

—¿Encuentra esta cámara lo suficientemente apartada?

—Es inmensa —fue lo único que logró decir.

—Es suya —le dijo, a manera de brusca respuesta a su asombro—. Son varias las habitaciones que separan su cámara de la mía. Cada una tiene su cerradura, con un único juego de llaves. Puede usted abrir y cerrar las puertas de las habitaciones de invitados y la suya a su gusto, y entretenerse aquí sin temor a interrupciones. Podrá recibir aquí a los invitados que guste, hombres o mujeres. A la plantilla eso le interesará tan poco como a mí. Este es su santuario: su refugio de la obviamente desagradable tarea de ser mi esposa. Está perfectamente equipada, de manera que no necesitará bajar a la planta baja para nada. Y ahora, si me disculpa...

No esperó su respuesta. En lugar de ello, abandonó el dormitorio por la puerta de la pared más alejada, que llevaba a otra habitación de invitados, y salió de nuevo al corredor principal.

Volvió entonces al ala del señor de la casa, disgustado con su propio comportamiento. Le había proporcionado una especie de perverso placer ver a Madeline muda de asombro ante la opulencia de aquellas habitaciones. Pero, en aquella casa, ¿qué otro placer podía suscitarse que no fuera enfermo, insano? Con sus baúles repletos de vestidos, sus estridentes pájaros y su mal gusto a la hora de elegir caballos, su esposa había pretendido que se sintiera avergonzado, escandalizado, o incluso disgustado. Qué ilusa había sido.

Era una lástima que no hubiera conocido a su madre. Ella había sido la maestra absoluta de aquel juego antes incluso de que Madeline hubiera nacido. Y en respuesta, también, a un marido que se había ganado un merecido castigo.

Mientras pasaba por delante del ala infantil, se demoró un tanto. ¿Seguiría haciendo tanto frío allí, el mismo que tan bien recordaba? No era ese el momento adecuado de comprobarlo, si lo que quería era disfrutar de una buena noche de sueño. Ya le resultaría suficientemente difícil descansar allí sin el brandy como anestésico.

Atravesar el umbral de aquel lado de la casa le resultaba casi tan difícil como volver a ella. Habitaciones de juegos, billares y un salón de fumadores, todo muy bonito, si bien algo chabacano. Pero pertenecían a la planta baja y no estaban encajados entre los dormitorios. Luego estaban las habitaciones de invitados, que era cosa por completo diferente. La plantilla no se había molestado en encender allí las velas, sabiendo lo mucho que detestaba aquellas decoraciones sin gusto alguno. En Londres había visto burdeles más discretos que los cuartos de invitados de su padre, con sus cortinajes de terciopelo rojo y sus enormes espejos.

Al menos su padre no se había molestado en levantar un laberinto de habitaciones comunicadas. Mientras que su madre había fingido tener favoritos, su padre no había tenido problema en esconder las idas y venidas de amantes de su cama. De hecho, muy a menudo había dejado abierta la puerta de su cámara para provocar celos entre las damas que lo visitaban. Si una deseaba su atención mientras él estaba ocupado con otra, no tenía más que entrar en la estancia y sumarse a la diversión.

Michael se detuvo finalmente ante la puerta de su dormitorio, el que había pertenecido a su padre, recordando las taimadas sonrisas de las mujeres que había visto abandonar aquella ala, las repentinas y ruidosas carcajadas, los susurros ahogados y los gritos de deleite. Había representado un crudo contraste con el mortal silencio de la parte de la casa que había habitado su madre, así como con la igualmente silenciosa ala infantil.

Cuando alcanzó la edad necesaria para comprenderlo, se había jurado a sí mismo que jamás llevaría una vida como la que habían llevado sus padres. Su comportamiento sería ejemplar. Su matrimonio sería una asociación fundamentada sobre el respeto mutuo. Su familia sería grande, y feliz.

Y había fracasado. Pese a todos sus esfuerzos por evitarlo, al final se había revelado digno hijo de su padre. Entró en ese momento en la antigua habitación de su progenitor, cerró de un portazo y tiró del cordón de la campanilla para pedir le llevaran brandy.

Ocho

—Pero, Excelencia, os queda tan sumamente bien que sería una lástima que no os lo pusierais.

Maddie se miró en el espejo, estupefacta ante su aspecto. Quizá hubiera algo en el aire de aquel edificio que cambiaba a cualquiera que se internara en él. Si ese era el caso, lo que tenía que hacer era abrir las ventanas y ventilar los miasmas. Se había ido a dormir a una habitación que era más bien un harén. En ese momento su doncella estaba intentando convencerla de que luciera un vestido mañanero digno de la cautiva de un sultán.

—Seguro que tiene que haber algo más práctico que me pueda servir —las damas que había visto en ropa de casa en los hogares en los que había trabajado como institutriz habían mostrado mucha mayor discreción con sus vestimentas. Al menos habían tenido el buen sentido de cubrir sus pechos. Porque aquel conjunto de volantes y muselinas apenas cubrían los suyos.

—Pero es tan francés, Excelencia... Y estáis preciosa con él.

—No me sienta —replicó. El escote de aquel vestido... ¿había sido tan horriblemente bajo cuando se lo probó en la tienda de la modista? ¿O sería acaso el embarazo lo que había aumentado aquello que supuestamente el corpiño tenía que esconder? Sus senos parecían flotar en un mar de encajes, listos para salir a la superficie en cualquier momento.

—No os tiréis del corpiño, Excelencia. Romperéis el corte. Tiene que quedar así de bajo.

—Lo dudo seriamente —en el espejo, podía distinguir las aréolas de sus pezones asomando por el borde del escote. Y la tela de debajo era tan fina que apenas escondía nada.

—Quizá con un toque de colorete... —sugirió la doncella, mirando su escote.

Maddie no necesitaba colorete para colorear ni sus senos ni ninguna otra parte de su cuerpo. La idea le resultaba tan escandalosa que el rubor que se extendió por sus mejillas fue completamente natural.

—Os lo pondréis nada más que para tomar el chocolate en el salón —insistió su doncella—. Nadie más lo verá.

Quiso replicarle que por ese mismo motivo precisamente no necesitaba molestarse en ponérselo. Pero la suntuosidad que la rodeaba parecía exigir aquellas galas. El recuerdo de la caricia de las sábanas de satén en su mejilla y aquella cama tan ridículamente inmensa que prácticamente reclamaba a gritos hacer algo más que dormir en ella...

145

Aquel era el verdadero peligro de su caída en la deshonra. Que sabía demasiado de tales cosas. Aunque el recuerdo de Richard palidecía a cada día que pasaba, la vista del flanco desnudo de su marido parecía grabada a fuego en su recuerdo. Podía imaginarse a sí misma deslizando una mano por aquella piel, la reacción que le suscitaría y el sentimiento de placer que le provocaría verlo excitado.

La habitación se tornó insoportablemente cálida y asfixiante mientras pensaba en ello.

Las dos últimas semanas habían transcurrido en una especie de aterrado apresuramiento hacia la farsa de la boda y el almuerzo nupcial. Aquella mañana era la primera tranquila que había disfrutado en años. Pero eso no quería decir que debiera sentarse medio desnuda en un cojín de satén, y pensando además en las piernas desnudas de Saint Aldric. Más propio de su carácter habría sido conseguir un libro y buscar un tranquilo rincón donde disfrutarlo.

Pero eso habría requerido recorrer aquel museo de casa en busca de la biblioteca. Si la planta baja se parecía en algo a los dormitorios, podía imaginarse bien los desastres que la esperaban. Con aquel laberinto de habitaciones conectadas, su ala parecía diseñada para aislarla del resto del mundo. ¿Acaso iba a ser una prisionera allí? ¿Se trataba de un castigo? ¿O verdaderamente su esposo pensaba que una intimidad tan absoluta era necesaria o bienvenida? Soltó un suspiro exasperado.

—Está bien. Llevaré el vestido. Pero no me pondré el colorete —se apresuró a añadir—. Y me llevaré el chal, por si me entra frío. Sirve el chocolate con unas tostadas. Y un huevo o dos —se lo pensó de nuevo—. Y un poco de esa salsa que Saint Aldric me recomendó —se dijo que, al menos, debía de estarle agradecida por haber recuperado el apetito.

—Hola —llamó una voz femenina desde la habitación contigua—. ¿Recibe hoy Su Excelencia?

—¿Evelyn? —fue a ponerse la bata, pero era demasiado tarde. La comadrona ya había entrado.

—Así que era aquí donde te escondías... —la señora Hastings asomó la cabeza, sonriente, por la puerta que comunicaba con la habitación principal de invitados—. Me he presentado sin anunciar y pido disculpas por ello. Sam está hablando con Michael justo al otro lado de la casa. Pero estimaron poco apropiado que me quedara en el dormitorio del duque. Por eso he venido a buscarte.

—Y vienes y me encuentras aquí medio desnuda, como la reina de Saba —dijo Maddie con aire triste.

—La culpa la tiene este ambiente —le aseguró Evelyn, compasiva—. Si te sirve de consuelo, la decoración de la planta baja es perfectamente convencional.

—Es un alivio. Todavía no la he visto y me temía lo peor. Cuando llegamos. Saint Aldric me llevó directamente a esta ala y aquí me dejó.

Eve miró a su alrededor, contemplando los opulentos tapices,

—Es excesivo, ¿verdad? Hacía tiempo que había fallecido la duquesa cuando visité por primera vez Aldricshire. Michael nunca me hizo pasar de la casita de campo y de los salones de la planta baja. Pero si esto es una muestra de algo, su madre debió de haber sido una mujer bastante especial.

—Una descripción muy benevolente.

Evelyn admiró entonces su vestido.

—Y debo decir que la ropa que llevas encaja muy bien con este ambiente. Es muy...

—¿Lascivo? —sugirió Maddie, mirándose los senos.

—Iba a decir femenina.

—Parezco una meretriz —dijo Maddie, subiéndose de nuevo el escote.

—He visto cosas más escandalosas en Londres, te lo aseguro. En la intimidad de tu propia casa no hará daño a nadie. Y Michael lo encontrará de lo más atractivo.

«Michael otra vez», pronunció para sus adentros. Aunque Maddie todavía era incapaz de hacerlo, Evelyn no tenía el mayor problema en llamar al duque por su nombre de pila. Michael había llevado a Evelyn a Aldricshire. Y, aparentemente, sin su marido.

—No tengo interés en que mi marido aprecie este estilo —murmuró disgustada—. No me gustaría que me encontrara recostada en un diván y con el vestido medio bajado.

Evelyn fue a sentarse a su lado y le tomó la mano.

—No pretendía burlarme. Puedes cambiártelo, si quieres. Pero yo creo que es encantador, como tú.

—Gracias —repuso aliviada—. Pero la habitación es horrible, ¿no te parece? Creo que está afectando a mi humor —vio que Evelyn asentía, compasiva—. ¿Y dices que has estado aquí antes? —se interrumpió por un momento para darle a Eve la oportunidad de corregir lo que ella había entendido—. Con tu marido, supongo. Él debe de conocer bien la propiedad.

—No. De hecho, él nunca había visto la propiedad. Ni llegó a conocer a su padre —se interrumpió—. ¿Qué es lo que te ha contado Michael de nuestra historia juntos?

Otra vez se había referido a él por su nombre de pila. Y la insinuación de que sabía mucho más sobre su marido de lo que sabía ella misma. ¿Pretendería su esposo ocultarle aquellos secretos? ¿O consideraba acaso que compartirlos no merecía la pena el esfuerzo?

—Absolutamente nada —admitió Maddie al fin, antes de agregar—: Tú sabes mucho más de mi pasado que yo del tuyo.

De repente Evelyn suspiró como aliviada de poder desahogarse.

—No hace muchos meses que todo el mundo daba por hecho que yo terminaría convirtiéndome en la duquesa de Saint Aldric. Llegué a estar comprometida con Michael. Durante menos de una semana —se apresuró a añadir—. Pero me cortejó durante la mayor parte de la Temporada y teníamos expectativas.

«¡Qué horror!», exclamó Maddie para sus adentros.

—¿Y luego él...?

Evelyn se echó a reír.

—No, querida. Eso no tuvo absolutamente nada que ver contigo —se puso seria y continuó, con voz dolida—: Pero mucho me temo que eso pudo tener algo que ver con lo que ocurrió en Dover. Fue después de que yo rompiera mi compromiso con Michael cuando se... volvió loco, fuera de control. También como un efecto de la enfermedad, por supuesto. Pero es verdad que coincidió con el momento en que yo elegí a su hermano, en lugar de a él. Y aunque él me aseguró que eso no le había importado, yo me quedé muy preocupada.

—¿Porque le guardabas algún afecto?

—Sí, pero como si fuera un hermano y nada más —Evelyn parecía muy aliviada de poder contarle toda la historia—. Para mí nunca hubo más hombre que Sam. Lo conozco desde más tiempo del que puedo recordar y lo he amado casi desde entonces. Pero él estaba lejos de Londres y yo todavía no conocía a Michael. Y cuando lo conocí... —se encogió de hombros y sonrió—. Tienes que haberte dado cuenta del parecido. A mí me ocurrió cuando los vi juntos. Yo cultivé el interés de Michael, persuadí a Sam a que volviera a Londres, los dos se presentaron a la vez en mi casa y entonces descubrí la verdad... —volvió a encogerse de hombros—. Fue todo un poco confuso, durante un tiempo. Pero al final las

150

cosas se resolvieron de la mejor manera posible. Ahora somos muy felices. Y tú lo serás también. A pesar de su comportamiento cuando lo conociste, Michael es un verdadero santo, aunque él deteste admitirlo. Y será también un marido y un padre maravilloso.

—Y ahora todos estamos juntos en Aldricshire —añadió Maddie. Una vez más, ella era la intrusa, al igual que le había ocurrido en Londres.

—Sam es el médico personal del duque —le explicó Eve—. No es que sean requeridos sus servicios, por supuesto. Michael está sano y fuerte como un toro. Pero admito que ambos sentimos cierta curiosidad por conocer esta casa. Sam no sabe prácticamente nada de su padre. Y Michael rara vez habla de su infancia, y visita la casa todavía menos —sonrió—. Es mi opinión profesional que necesitas una comadrona, de manera que podríamos usar tu retirada estratégica al campo para investigar un poco. Espero que no te importe.

Era demasiado tarde para oponerse, pensó Maddie. Incluso aunque tuviera alguna intención de hacerlo.

—Por supuesto que no. Yo misma sé muy poco de este lugar, aunque no sabría dónde podría instalarte mejor.

—Eso ya está arreglado —le aseguró Evelyn—. Michael me sugirió la casita de campo de la propiedad, que satisfará perfectamente nuestras necesidades. Es tan pequeña como encantadora, está decorada con mucho gusto y se halla lo suficientemente alejada como para que podáis disfrutar de intimidad.

Evelyn parecía imaginar una feliz luna de miel ya en proceso. Otro indicio del inveterado optimismo de aquella mujer.

—Ya tenemos demasiada intimidad. Toda esta ala es de mi dominio exclusivo. Y el duque tiene espacio propio bastante en el otro extremo de la casa.

Pero, a juzgar por la preocupada expresión de Evelyn, aquel arreglo resultaba tan extraño como aparentaba serlo.

—El distanciamiento que presidió la relación del anterior duque y su esposa debió de ser todavía más profundo de lo que me dio a entender Michael. Sam nació poco después que Michael. El duque nunca llegó a reconocerlo. La duquesa se enfadó mucho. Esto... —hizo un gesto con la mano, abarcando los aposentos— debió de ser el resultado.

Y en ese momento el nuevo duque acababa de casarse con una desconocida que le había reclamado una separación de espacios tanto o más profunda que la que habían tenido sus padres. La experiencia debía de haberle resultado ciertamente dolorosa.

¿Pero por qué no había opuesto ninguna objeción? Si lo que Maddie había querido era hacerle daño, lo había conseguido al obligarlo a instalarse en aquella casa. Pero, de manera extraña, el pensamiento no le producía alegría.

—Debió de ser muy difícil para él —comentó,

cauta—. No parece que este lugar le guste nada. Si estos aposentos son un indicio de algo, no quiero ni imaginarme cómo serán los de él.

—¿De manera que Michael está secuestrado en el otro extremo de la casa y tú todavía no has visto sus habitaciones? —inquirió Eve, enarcando las cejas.

—Es que acabamos de llegar... —se apresuró a asegurarle Maddie, nada deseosa de que la situación pareciese aún más extraña de lo que ya era.

—Bueno, estoy que ardo de curiosidad. Atormentaré a Sam sin piedad hasta que haya descubierto cada detalle. Y entonces los compartiremos contigo.

—Por favor, no... —ni siquiera en la guerra debían existir reglas. Y si había algún terreno sagrado, ese debería ser la infancia.

—No te preocupes, es algo perfectamente justo —replicó Evelyn sin prestarle atención—. Si Michael llegó a pensar en casarse conmigo, debió haber dado por sentado que terminaría descubriendo todos sus secretos.

—Como si a ti se te pudiera ocultar algo, Evelyn. Eres un terrible engorro y la verdad es que soy muy afortunado de haber podido deshacerme de ti.

El duque entró en ese momento en la estancia, con toda su atención concentrada en su antigua prometida. Hasta que vio a Maddie y se quedó paralizado en el umbral. Porque allí estaba ella, medio desnuda y recostada en el diván, tal y como había temido que él pudiera sorprenderla. Su mirada se vio inmediatamente atraída por el escote de su vestido, privado de pañuelo o chal alguno que velara por su pudor. Sus ojos azules se tornaron prácticamente negros. Su respiración se volvió lenta, profunda, y, sin que Maddie se diera cuenta de ello, la suya pareció acompasarse también. El aire entre ellos parecía restallar de tensión. Los pezones se le endurecieron como reclamando sus besos.

En lo más profundo de su ser sintió un temblor, como un rumor de aguas, y el creciente deseo de dejarse llevar, de acostarse del todo en el diván y de mostrarle que la tela de la falda era tan transparente como la de su corpiño. La muselina acariciaría sus piernas, revelando sus curvas. Y él sonreiría y despediría a Evelyn.

A su lado, oyó a Evelyn reír por lo bajo. Luego el duque dejó de mirar a Maddie y se volvió para hablar con alguien que lo seguía, en el pasillo.

Sam Hastings. Pensó que Evelyn no se habría reído en absoluto si su propio marido hubiera entrado en la habitación para sorprenderla vestida de aquella guisa. El hombre era médico, sí, pero eso no significaba que ella le gustara exhibirse ante él como si fuera una lección viva de anatomía. Recogió entonces el chal de franela azul y se lo echó por encima, cubriendo el escote y todo lo que pudo de los muslos.

—Por fin habéis venido —dijo Evelyn, ignorando sus pudorosos esfuerzos—. Michael, tienes que enseñarnos las habitaciones de uso público. La visita guiada que me hiciste el año pasado fue de lo más interesante. Maddie debe de estar deseosa de conocer su nuevo hogar.

—Estoy seguro de ello —repuso Saint Aldric. La estaba mirando fijamente a los ojos, como si el interludio de hacía apenas unos segundos nunca hubiera tenido lugar.

—Bueno, desde luego lo que no puede hacer es internarse sin un guía —terció Sam mientras terminaba de entrar en la habitación, completamente ajeno a lo que acababa de ocurrir—. Si el resto de la casa es tan laberíntico como esta ala, corremos el riesgo de perderla si intenta orientarse sola.

—Estoy seguro de que se las arreglará bien. Y ahora vamos, los dos —Eve se levantó y los tomó a ambos del brazo—. Llevadme al salón del desayuno, porque estoy que desfallezco de hambre. Maddie irá a buscarnos allí cuando se haya vestido.

Cuando ya se marchaban, Peg apareció con los huevos y las tostadas. Maddie le indicó que no hacían falta:

—Parece que vamos a desayunar abajo, con los Hastings. Búscame un vestido que pueda lucir sin montar un escándalo. Y luego, por el amor de Dios, envíame a alguien para que me indique cómo llegar al salón del desayuno...

Acabado el desayuno, Michael guio al pequeño grupo por las habitaciones de la planta baja, recitando de memoria lo que sabía de arte y arquitectura y esperando luego sus reacciones. Todos quedaron muy impresionados. Madeline, en particular, estaba casi intimidada. Sus labios se abrían en un continuo «oh» de sorpresa. Era una lástima que se hubiera cambiado el vestido, porque la imagen de aquellos perfectos senos arriesgándose a aflorar con cada «ooh» o «aaah» habría constituido un espléndido espectáculo.

El aspecto que había ofrecido antes, inconsciente de su belleza y ofreciéndose como una Afrodita en aquel horrible salón, terminaría provocándole numerosas noches de insomnio: estaba seguro de ello. A juzgar por el vestido que había elegido para reemplazar el primero, de color insípido y que la cubría prácticamente hasta la barbilla, no se produciría una nueva aparición de la diosa una vez que los invitados se hubieran marchado. Lástima. Pese a todas las dificultades que ella le generaba, no podía negar que era el elemento más humano en aquel mausoleo que había heredado, y el más hermoso también.

Por el momento se contentaba con mirarla de reojo y asistir a su asombro ante cada nueva maravilla: suelos de madera taraceada, alfombras de pieles, chimeneas de mármol blanco tan sumamente limpias que era como si nunca se hubieran encendido, cristalerías, vajillas de porcelana fina y oro. Al menos estaba admirando algo de su persona... Si lo que había pretendido era vaciarle la bolsa, por fuerza tendría que darse cuenta de lo imposible que iba a ser eso. Su madre había intentado hacer lo mismo con su padre, sin éxito. Madeline no tendría mejor suerte con él.

La cena que les preparó la cocinera fue un digno remate del día: la mejor comida en los platos más finos, con los cubiertos más lujosos en las mantelerías más blancas. Y, a petición del duque, un frasco de salsa Wow Wow. La cocinera había reaccionado con un tácito horror, hasta que él le había explicado que era para la duquesa, que últimamente estaba teniendo una digestión un tanto delicada. La mujer había esbozado una sonrisa conocedora y había servido la salsa.

Se producirían comentarios entre la servidumbre. Pero, para variar, serían comentarios felices, alegres.

Esa noche, Evelyn parecía estar hablando por los cuatro. A veces, aquella naturaleza tan expansiva que tenía resultaba más irritante que entrañable. Pero era preferible al incómodo silencio que habría tenido que soportar si hubiera comido a solas con Madeline.

—Estoy seguro de que a Maddie le ha encantado especialmente el aula de música —comentó Evelyn.

—Por supuesto —dijo él, preguntándose si su esposa poseería algún talento en ese terreno. Decidió tantearla—. El arpa es preciosa. Pertenece a la familia desde hace tres generaciones.

—El aula no tenía arpa —le informó Eve—. Pero Maddie toca muy bien el pianoforte.

—Recibí lecciones —explicó la aludida, mirando todavía su plato—. En la escuela. Antes de que me pusiera a trabajar como institutriz.

La conversación empezó a decaer y Evelyn salió en su rescate.

—Fue una lástima que los Colver no pudieran asistir al almuerzo nupcial. Estoy segura de que se habrían sentido muy orgullosos de verte tan bien establecida.

Michael se preguntó quién sería aquella gente. Hacía apenas unas semanas que conocía a su esposa y nada sabía de su pasado. Pero, durante ese tiempo, Eve parecía haber recopilado sobre ella una abundante información.

—No me pareció necesario informarlos. Hace años que no los veo —dijo Madeline, empeñada aún en no levantar la mirada.

Quizá había imaginado que él no le dejaría traer a invitados comunes y ordinarios a su casa. Si ese había sido el caso, había pecado de injusta. Porque... ¿qué diferencia habrían supuesto unos pocos invitados más en aquella farsa de almuerzo nupcial infestado de pájaros?

—Si deseabais invitar a familiares vuestros, habríamos podido arreglarlo.

Madeline levantó en ese instante los ojos y le lanzó una punzante mirada.

—No son familiares míos. Es la gente a la que

mis verdaderos padres pagaron para cuidarme hasta que fui lo suficientemente mayor como para ingresar en un internado. Luego se desentendieron de mí. Si llegan a enterarse de mi boda, probablemente aparecerán. Pero no veo razón alguna para convocarlos yo.

—Entonces sois...

—Una hija bastarda —le informó ella.

¿Por qué había empezado siquiera la frase? Sacar un tema semejante en la mesa evidenciaba una absoluta falta de tacto por su parte. Y revelaba además su completa ignorancia del pasado de Madeline y sus sentimientos al respecto.

Eve asentía satisfecha, como si se hubiera apuntado un tanto. Si estaban jugando a algo, al menos podría haber compartido las reglas con el resto. Sam, por su parte, parecía muy concentrado en sus patatas asadas y totalmente ajeno a la conversación, aunque Michael sabía que en el fondo encontraba divertida la manera en que su esposa se dedicaba a atormentar a los demás.

Apretó los dientes, esforzándose por mantener la compostura.

—Como antes estaba diciendo —retomó Eve la conversación, ahora que parecía haber agotado el tema de Madeline—, el recorrido guiado por la mansión ha sido delicioso. Sobre todo los dormitorios: son únicos. Pero mi opinión solo puede referirse al ala de la duquesa —se volvió hacia su marido—. Supongo que Michael te habrá enseñado a ti sus habitaciones, ¿verdad, Sam?

Dado que se había dirigido directamente a él, Sam no pudo ya ignorarla. Pero se limitó a asentir con la cabeza y se llevó una gran tajada de carne a la boca, que masticó lentamente para evitar contestar.

—¿Y bien? ¿Cómo son? —Evelyn se inclinó hacia él, expectante.

El médico tragó saliva.

—Son... —Sam miró a Michael, como deseoso de ahorrarle más sufrimientos.

—¿Son tan espantosas como las del ala de la duquesa? —inquirió Eve.

—Son... excesivas —respondió Sam diplomáticamente.

—Necesito detalles, por favor, doctor Hastings —exigió, bromista, lanzándole la maliciosa sonrisa que Michael había encontrado tan irritante mientras la estuvo cortejando—. Eres un hombre de ciencia. No se hacen diagnósticos con palabras tan vagas. ¿Qué te pareció el ala del duque?

—Evelyn... —masculló Michael con un tono de advertencia, reprimiendo su furia.

Sam le lanzó otra mirada de disculpa antes de responder,

—Una mezcla entre garito de juego y burdel de mala fama.

—De modo que representa un adecuado contraste con el serrallo del otro extremo de la casa.

Michael lanzó entonces su servilleta sobre la mesa.

—Basta ya, los dos. Habéis venido a mi casa a difamar a mi familia...

—A nuestra familia —lo corrigió Evelyn.

—¿Perdón?

—Si estamos en tu casa es porque tú nos has invitado. Durante meses nos has estado animando a que considéraramos tu propiedad como nuestra. Sam es tu hermano. Yo soy tu cuñada. Y Maddie es tu esposa. Muy pronto será la madre de tu hijo. Nosotros somos tu familia, Michael. Si hay alguna carga que soportar, ¿con quiénes mejor podrías compartirla?

—No es ninguna carga —insistió él. Pero si no lo había sido, ¿por qué sentía su corazón más ligero ahora que otros lo habían visto?

—Se trata de un secreto innecesario para los que estamos sentados a esta mesa —dijo Eve—. Son obvios los cambios que habrá que hacer si quieres residir aquí. Pudiste haber informado a Madeline del hecho antes de traerla aquí de golpe —se volvió hacia ella—. Y tú, Maddie, pudiste haberle explicado tu pasado a Michael para evitar posteriores situaciones incómodas. La ilegitimidad no tiene por qué ser algo vergonzoso. Un ejercicio mutuo de sinceridad habría podido ahorraros la embarazosa conversación que yo he provocado esta noche.

—Pero si apenas nos conocemos... —objetó Madeline.

—Pero habéis concebido un hijo. Y aunque más adelante sigáis caminos separados, es necesario que cada uno esté mínimamente informado del pasado del otro.

Michael la fulminó con la mirada.

—Supongo que estás decidida a no dejarnos en paz hasta acabar con nuestra intimidad.

Sam suspiró, apartando su plato.

—Sospecho que tienes razón. Evelyn es implacable. Yo no he disfrutado de un solo momento de tranquilidad desde que me casé con ella.

—Y tampoco has sido nunca tan feliz —le recordó Eve.

—Sí, Evie —admitió, y se encogió de hombros, resignado. Pero Michael podía ver por el brillo de su mirada que se sentía secretamente divertido—. Y ahora, si nos disculpas, Michael, creo que prescindiré del pudin y del oporto y nos volveremos a la casita de campo. Es un corto paseo, pero parece que el tiempo está cambiando y no me gustaría que nos sorprendiera la lluvia.

—Muy bien —Michael se levantó y, junto a su esposa, acompañaron a los huéspedes hasta la puerta.

Cuando la otra pareja se hubo marchado, se hizo un silencio entre ellos mientras Michael buscaba las palabras adecuadas.

—Me disculpo —empezó—. Por Evelyn.

—Evelyn es... —Madeline se interrumpió, sonriendo—. Evelyn es Evelyn. Sospecho que no puede evitar entrometerse.

—Me disculpo también por mi propio comportamiento —añadió—. He sido grosero y negligente con usted. Debí haberle preguntado por su familia y por su pasado.

—Dispusimos de muy poco tiempo —repuso ella, mirando por la ventana el jardín a oscuras.

—Yo debí haberlo buscado.

Pensó que Eve había tenido razón. Aunque el suyo no fuera un matrimonio de amor, se imponía un mínimo de respeto y de cortesía por su parte.

—Ya sabe usted que hay otra ala por visitar, aparte de los dormitorios del difunto duque.

—¿La infantil? —si sentía curiosidad, no lo demostró.

—Venga conmigo. Se la enseñaré, y luego podremos retirarnos.

Se retirarían detrás de puertas bien cerradas, cada uno en un extremo de la mansión. Pese a todos sus esfuerzos, la vida en aquella casa no había cambiado tanto. Pero si era necesario que compartiera secretos con su esposa, hasta el último de ellos residía allí, en aquel lugar.

Nueve

Subieron las escaleras y Maddie vio que su esposo echaba mano al bolsillo en busca de la llave. El cerrojo de la puerta de aquella ala era especialmente pesado. A juzgar por los leves arañazos de la madera y la brillantez de la cerradura comparada con las de las otras puertas, había sido instalada recientemente. ¿Qué podía haber allí que necesitara ser ocultado de aquella forma?

—Guardo las novias que despedacé en la última habitación, si es eso lo que se está preguntando —le dijo con un suspiro.

A pesar de sí misma, dio un respingo. Él volvió a suspirar.

—No soy Barbazul, si es eso lo que sospecha usted. Esto es simplemente una zona infantil, como os dije ayer. La mantengo cerrada porque... No tenía necesidad de abrirla.

Pero su extraño silencio vino a decirle a Maddie que había algo más detrás. Una vez hubo encontrado la llave, la giró suavemente en la cerradura.

Estaba bien engrasada, al igual que las bisagras de la puerta. Nada más traspasar el umbral, se estremeció.

—Me alegro de que se haya abrigado. A veces sopla una corriente helada por este pasillo. No nos entretendremos mucho tiempo.

Era una extraña declaración. Con la chaqueta de lana que llevaba, él iba más abrigado que ella. Y sin embargo ella no sentía cambio alguno en la temperatura.

Había retirado una vela de la pared y con ella iba encendiendo las otras velas del corredor mientras avanzaba, abriendo puertas y explicándole las funciones de cada habitación. Si hubiera buscado su opinión profesional como institutriz habituada a tales espacios, Maddie le habría dicho que aquella zona era tan elegante como las estancias de la planta baja. Carecía de la ridícula ostentación del ala de la duquesa, con su laberinto de habitaciones comunicadas. Aquella ala, en cambio, estaba decorada con sensatez y buen gusto. La habitación principal era más agradable que cualquiera de aquellas en las que había trabajado. De día, el sol penetraba por las ventanas con parteluces. Sabía que, con solo abrirlas, sentiría la brisa fresca en el rostro y escucharía el rumor del río a unos cientos de metros de allí.

Aquella habitación serviría de salón para los niños y su profesor. Podía ver las diversas puertas que de allí partían al aula, a una suite de dormitorios para niños mayores y a un cuarto para bebés, con una cunita. La última puerta daba a un dormitorio con un salón para la institutriz.

No pudo evitar una pequeña punzada de satisfacción a la vista de aquel dormitorio. Era alegre, mucho más que cualquier otro que hubiera esperado desde su último trabajo de institutriz. Aquella era la clase de lugar que más le convenía, en vez de los inmensos aposentos de la duquesa. Reprimió una sonrisa mientras se volvía hacia él. El duque no la había llevado allí para que atendiera a niños. Pensaría que estaba loca si ella le pedía que trasladara sus cosas a aquel dormitorio. Por muy apetecible que fuera, esa habitación no le estaba destinada.

El duque se mantenía de espaldas a ella, contemplando el oscuro paisaje por la ventana. Un relámpago estalló a los lejos y las primeras gotas de lluvia empezaron a rodar por el cristal.

—Como puede observar, todo esto es bastante triste. Le quedaría muy agradecido si dedicara alguna porción de su tiempo a equiparlo adecuadamente para recibir al niño. Al fin y al cabo, usted tiene un conocimiento profesional de semejantes lugares.

—¿Triste? —repitió, sorprendida. Era la última palabra que habría usado para calificar los estantes de libros y los armarios que debían de estar llenos de juguetes.

El duque asintió, todavía sin volverse.

—Llevo tiempo sin pisar este lugar. Había esperado que hubiera cambiado. Pero, desafortunada-

166

mente, no ha sido así. Esta habitación está exactamente como la recordaba de niño. Habrá que retirar el papel de pared y redecorarla de nuevo.

Maddie había tenido intención de derrochar su dinero a espuertas. Pero cada fibra de su ser se resistía a hacer cambios en un escenario tan perfecto para educar niños. Se imaginaba a su propio hijo allí y sentía una inmensa emoción ante la perspectiva de tener una criatura. Sería el hijo de Saint Aldric, por supuesto. Y él se mostraría posesivo con él, amparado como estaba por la ley.

Pero al alimentarlo con la sangre de su corazón, y guardarlo a salvo en su vientre, ese hijo sería también suyo. Pese a lo que Eve le había dicho en el comedor. Sería su primera familia de verdad.

Y sin embargo, aquellas habitaciones parecían pedir a gritos toda una feliz camada de hijos, y no solo el bebé que iban a tener juntos.

—Es demasiado espacio para un solo niño —evocó las pulcras filas de camas del internado donde había estado alojada. No había disfrutado de un solo momento de paz desde que lo abandonó. Había suspirado por disfrutar de un poco de intimidad. Pero su esposo, como hijo único en una casa tan inmensa, era seguro que se habría sentido terriblemente solo. No pudo evitar sentir una secreta punzada de compasión por él.

—Había niñeras, por supuesto. Profesores. Y una o dos institutrices.

—¿Disfrutabais de su compañía? —le preguntó.

Los niños a los que había cuidado se habían encariñado mucho con ella.

—Mi padre las contrataba y despedía según su preparación y mis necesidades.

Hablaba de ellas como si hubieran sido una más de sus posesiones. Pero, por un giro del destino, podría haber pensado lo mismo de ella.

Se volvió hacia los armarios para ver con qué se habría entretenido su esposo de niño. . Había esperado encontrar cuadernos, rompecabezas, pelotas y soldaditos de plomo. En lugar de ello, vio filas y filas de figurillas cuidosamente alineadas. Tomó una: una diminuta oveja forrada de lana de verdad con cuatro patitas hechas de alambre. Detrás había un barquito pesquero con toda su tripulación y redes llenas de pescaditos de plomo. Había también reproducciones de casitas de pueblo, granjas, tiendas…

—¿Esto era vuestro? —resultaba sorprendente. Conociendo como conocía a los niños, ella nunca les hubiera confiado algo tan delicado y tan evidentemente valioso.

—Y de mi padre, antes de que me lo legara a mí —se había situado a su lado, tomando la figurita de un diminuto granjero y haciéndola girar entre sus dedos—. Cada figura representaba un arrendatario nuestro, real. Y las casas que ve aquí en miniatura todavía siguen en pie, en el pueblo.

—¿Jugabais con gentes de verdad? —se le antojaba bárbaro y extraño pensar en un chiquillo jugando a ser Dios en un mundo en miniatura.

—Por supuesto que no —se encogió de hombros y volvió a dejar la figurita cuidadosamente en el estante—. Aprendía de ellos. Conocía sus nombres, los lugares. Cada piedra de las carreteras y cada oveja de sus campos.

—Si los rompíais, ¿os castigaban por ello?

—Nunca rompí ninguna —dijo—. Buen cuidado tenía de no hacerlo. Si les causaba algún desperfecto, las arreglaba. Si necesitaban ser repintadas, lo hacía yo mismo. Están tan limpias y perfectas como el día en que fueron modeladas.

Pero no parecía en absoluto satisfecho con ello. Su inveterada y algo artificial sonrisa se había tornado mucho más sombría.

—¿Jugará también vuestro hijo con ellas?

Vio que vacilaba. Y dado que rara vez lo hacía, el silencio se hizo mucho más denso.

—Es una excelente manera para un heredero de conocer sus propiedades.

—Pero también es una gran responsabilidad para un niño tan pequeño —volvió a tomar la ovejita y acarició una de sus patas, curvando levemente el alambre con un dedo.

El hombre que se hallaba a su lado había empezado a contener la respiración. Estaba segura de que si llegaba tan lejos como para romper aquella patita de alambre, él sentiría cómo su pierna se quebraba también de golpe.

Aflojó la presión y volvió a colocar con cuidado la figurita sobre el estante.

—Es muy interesante. Pero no veo razón alguna para mantener cerrada esta ala de la casa. O para asegurarla con una cerradura tan pesada. ¿Por qué os molestasteis en sellarla de esta manera?

—¿Que por qué instalé una cerradura? —se echó a reír—. Fueron mis padres los que lo hicieron, para evitar que yo curioseara por el resto de la casa.

—Vuestros padres os encerraron aquí dentro... —la idea le resultaba inconcebible. Ella había trabajado en hogares estrictos, por supuesto. Y había lidiado con niños indisciplinados. Pero nunca había sentido la necesidad de encerrarlos. No podía imaginar que un niño que había cuidado aquellas figurillas con tanto amor, como si fueran seres reales, pudiera haber causado tantos problemas como para necesitar que lo encerraran bajo llave.

—Yo era muy curioso —explicó, encogiéndose de hombros—. Mis padres tenían muy poco tiempo que dedicarme. Yo quedaba libre para recorrer la casa cuando ellos estaban en Londres. Pero cuando subían aquí, se retiraban a sus respectivas alas con sus amistades y no querían que los molestasen —alargó una mano para enderezar una de las reproducciones de los edificios del pueblo y volvió a colocar la oveja que ella había examinado en el lugar que le correspondía—. A Sam le preocupaba que su nacimiento hubiera sido la causa del extrañamiento que había surgido entre ellos, pero yo estoy convencido de que se trataba de algo mucho más profundo. Fue mi nacimiento lo que les proporcionó la excusa para llevar vidas separadas. Una vez que tuvieron un heredero, dejaron de necesitarse uno al otro.

Maddie pensó que, al parecer, tampoco lo habían necesitado a él.

—Debisteis de sentiros muy solo aquí encerrado, lejos de todo.

—Así fue como me sentí en un principio —dijo—. Hasta que cerraban la puerta, yo vagaba por la casa por la noche, intentando descubrir lo que tanto les fascinaba.

—¿Y qué encontrasteis? —inquirió, aunque sabía ya la respuesta.

—A mis padres no, eso es seguro. Mi madre mantenía cerradas las puertas de sus aposentos mucho antes de que cerrara la del ala infantil. Pero el ala de mi padre estaba abierta. Y allí encontré a una mujer que se ofreció a explicármelo todo —cerró la puerta del armario, pero no la miró mientras hablaba—. Sospecho que estaba furiosa por tener que compartir las atenciones de mi padre, O quizá celosa de que su marido estuviera en ese momento con mi madre. Dijo que me lo enseñaría todo. Así que la seguí a uno de los dormitorios y obtuve mi respuesta.

—¿Mientras estabais todavía en el ala infantil? —pero eso quería decir que… —. ¿Qué edad teníais entonces?

—No lo recuerdo —respondió—. Pero no más de doce. Ella me dijo que después me daría tarta —

se sonrió, como si se tratara de una broma—. Recuerdo que ese fue un factor decisivo —se interrumpió—. Desde entonces no soporto los dulces. Y tampoco puedo soportar esta casa. Pero quizá ahora entienda usted cómo llegué a convertirme en la clase de hombre capaz de agredir a institutrices, Como puede ver, se trata de un rasgo de familia. Y ahora, si me disculpa, estoy cansado —rebuscó en su bolsillo y le entregó unas llaves—. Apague las velas y cierre la puerta cuando se marche.

Y, dicho eso, se giró sobre sus talones y la dejó en el ala más silenciosa de toda la casa.

Diez

La tormenta que durante la cena no había sido más que una amenaza había estallado por fin, con la lluvia repiqueteando en aquel momento contra las ventanas. Maddie se arrebujó bajo las mantas, esperando que terminara. No era normal que la lluvia la molestara tanto. Cuando trabajaba con niños, su obligación había consistido en proporcionarles consuelo. Pero aquella casa era tan extraña... La noche anterior había estado demasiado cansada para advertirlo. Pero aquella noche, después de haber hablado con el duque, podía sentirlo hasta en los huesos. Y ser la única persona que habitaba aquella ala de la casa la llenaba de una soledad aún más profunda.

Hacerle eso a un niño...

Por muy rodeado que estuviera de niñeras, profesores e institutrices, un niño siempre querría ver a sus padres. A veces ocurría que cuando menos interesados estaban sus padres por su hijo, más anhelaba el niño su atención. La historia que le había contado su esposo era absolutamente horrible.

Había sido demasiado pequeño para comprender lo que le sucedía.

Cuando Maddie llegó a Londres, Saint Aldric le había parecido absurdamente alejado del resto de los mortales. El mundo parecía inclinarse ante su título y lo consideraba además una especie de santo. Mientras que ella lo había tenido por un villano y un farsante.

Nunca había esperado encontrarlo tan humano, una vez se hubo despojado de todo artificio. Habiendo visto aquella casa, y la reacción del duque ante ella, podía imaginarse perfectamente al aterrado niño que debía de haber sido. Sus padres no habían sabido qué hacer con él y lo habían encerrado. Y de ese modo se había retirado a su feudo de juguetes, soñando desde entonces con convertirse en el hombre que no había sido su padre.

Y había fracasado. En el ala infantil la temperatura había sido más bien cálida. Pero la cama en la que yacía en ese momento era inmensa y fría, y la detestaba. Si se quedaba allí, ¿estaría destinada a convertirse en la clase de mujer que había sido la madre de su esposo, entreteniendo amantes en secreto y encerrando a su hijo bajo llave? Antaño había imaginado eso mismo como un justo castigo para Saint Aldric. Pero, por muy resentida que todavía estuviera con él, nunca podría caer tan bajo. Por muy baja que fuera la opinión que tuviera de su persona, sabía que jamás daría la espalda a su progenie como sí habían hecho sus padres con él.

Eran muchas las cosas que seguía sin entender sobre el duque de Saint Aldric. Pero estaba segura de una cosa: allí se había sentido muy solo. Y probablemente seguiría sintiéndose así. Una persona con tantos y tan buenos amigos no necesitaba mostrarse tan reservado. Esa noche, durante la cena, Evelyn había sentido la necesidad de recordarle que tenía una familia. Si así era como se comportaba con sus seres más queridos, dudaba que cualquiera en Inglaterra conociera al verdadero Michael Poole que se ocultaba detrás de tan santo título.

Si había algo que Madeline podía entender, era la soledad. Y esa noche no deseaba estar sola. Aunque habían sido unidos en matrimonio, estaban separados por razones de clase, por sus circunstancias y por el colosal tamaño de aquella enorme casa. Quizá fueran demasiado diferentes para congeniar en carácter. Pero había otra manera, muy física, de aliviar el dolor de la soledad.

Había querido mantenerse alejada de Saint Aldric, temiéndolo como lo temía, y temiendo también la incontrolable reacción que había tenido hacia él en Dover. Pero… ¿por qué? Ya no era una tímida institutriz desesperada por proteger lo que quedaba de su reputación. Había sobrevivido a la ruina y a la deshonra no solo una vez, sino dos. Y aunque la castidad podía ser una virtud para una solterona, en una mujer casada no era algo natural.

Recordaba bien la manera en que el duque la había mirado aquella mañana cuando la sorprendió en el salón, con aquel vestido. La había deseado. Y su propio cuerpo había reaccionado de la misma forma. La sensación seguía todavía allí, y creciendo además. Tenía los senos sensibles. Su cuerpo latía. Su mente estaba pendiente de su presencia, yaciendo solo en el otro extremo de la casa.

Un relámpago iluminó de nuevo el dormitorio, seguido de cerca por el trueno. El resplandor iluminó fugazmente los cortinajes de seda y las borlas doradas, en un breve instante de alivio antes de que la oscuridad se abatiera de nuevo. Era un crimen encontrar tantas fealdades en una casa que debería ser tan hermosa. Y, a juzgar por la descripción de Sam, los aposentos del duque no eran mejores.

Quizá Saint Aldric le hubiera contado la verdad cuando le dijo que se había reformado. Parecía un hombre distinto de aquel que había conocido en la posada. Pero también era distinto del hombre con quien se había casado en Londres. Su rápido ingenio y su falsa sonrisa habían desaparecido. Era un hombre desagraciado. Vulnerable. Y ella ya no le tenía miedo.

Se levantó, en camisón como estaba, y decidió envolverse en la sábana en lugar de ponerse la bata. Atravesó luego la suite hasta el corredor principal y la puerta que se abría al fondo. Unos pocos pasos más y se hallaría frente a la puerta que llevaba a los aposentos del duque. No estaría cerrada: estaba segura de ello. Bastante cansado estaba él ya de puertas cerradas. Acertó. El picaporte giró sin resistencia, y las bisagras estaban tan bien engrasadas como las de la puerta del ala infantil.

Al otro lado, el corredor estaba oscuro a excepción de las dos velas de pared del fondo. Era un alivio, porque no tenía ninguna gana de ver los detalles. Le bastaba con saber que las alfombras amortiguaban sus pasos y los espejos de las paredes mostraban su figura dorada a la luz de las velas. Estiró una mano para deslizar los dedos por la pared y no tocó papel, sino terciopelo. Gruesos cortinajes ahogaban todo sonido, escondiendo solo Dios sabía qué pecados. Sentía también el aire un tanto pesado. ¿Incienso? ¿Tabaco? ¿O sería tal vez opio? La mareaba. O quizá fueran los nervios.

Al contrario que en su ala, había una puerta al fondo mismo del corredor. Lo lógico era que fuera la del dormitorio del amo. Se detuvo por un instante con una mano en el picaporte, lo giró y empujó la puerta. Entró, cerró a su espalda e inmediatamente quedó envuelta en una completa oscuridad.

No necesitó ver, sin embargo, para saber que lo había encontrado, Aquella habitación olía a él: a colonia, a brandy, a tabaco. Lo había advertido antes, cuando entraron juntos en el ala infantil. En aquel momento le había producido una sensación reconfortante. Pero esa vez su cuerpo se estremeció, como si percibiera su cercanía,

El fuego de la chimenea se había apagado, pero el resplandor de un nuevo relámpago iluminó su figura en la cama. Yacía boca arriba, con una mano sobre los ojos. La sábana que debería haberlo cubierto estaba apartada, revelando su cuerpo desnudo. La habitación volvió a quedarse a oscuras, pero la imagen siguió grabada en su mente. Los fuertes miembros, el ancho torso que terminaba en una estrecha cintura y su impresionante sexo, listo para despertarse a su contacto.

Rindiéndose al deseo, subió a su cama. Él se despertó sobresaltado e intentó sentarse.

Ella lo empujó hacia atrás con una mano en el centro de su pecho desnudo. Se relajó al reconocerla, esperando a que hablara.

—Dijisteis que podría tener todo lo que quisiera —le recordó—. Y, esta noche, quiero esto —y alargó una mano hacia su sexo para acariciarlo una vez, desde la punta hasta la base.

El cuerpo que hasta hacía unos momentos había estado dormido se despertó instantáneamente y Maddie experimentó otro sobresalto interior cuando consiguió excitarlo por completo.

Por un instante pareció demasiado asombrado para moverse. Pero luego su mano se cerró sobre la de ella, acariciándose una vez más antes de entrelazar los dedos con los suyos. La acercó luego hacia sí para tumbarla encima, pecho contra pecho.

Y cuando sus labios su encontraron, supo Maddie que había obrado bien al ir allí. El beso fue tierno, pero solo por un momento. Porque en seguida se disolvió en un anhelo recíproco, de bocas abiertas y desesperadas. ¿Hasta ese punto se había olvidado? ¿O acaso nunca la habían besado así? Sus labios eran tan dulces que parecía que no podía saciarse de ellos. Su lengua se hundió profundamente en su boca y delineó luego sus labios antes de trazar un húmedo sendero desde su cuello hasta su seno.

Nunca antes había experimentado nada tan placentero. Apenas habían empezado y ya podía sentir los primeros temblores del orgasmo. Pero antes de que terminara, quería explorar cada centímetro de su piel y sentirlo moviéndose dentro de ella.

Se apartó de él y lo oyó gemir a modo de protesta mientras intentaba acercarla de nuevo. Ella se echó a reír y le apartó las manos, para luego hundir los dedos en la humedad de su propio sexo y untarlo con ella. A continuación se puso de rodillas y se dedicó a frotarse con la punta de su miembro, abriéndose de piernas, antes de dejarse caer sobre el mismo.

Relumbró otro relámpago y lo vio sonreír. Quizá fuera aquella luz crudamente blanca la que pareció alterar sus rasgos, porque su expresión era completamente distinta. La estaba mirando con una pura, desinhibida alegría. Aunque solo hubiera sido por un instante, estaba yaciendo con el hombre, y no con el duque. Su cuerpo reaccionó con un estremecimiento de goce.

La tormenta estallaba mientras se movían juntos, acompañados por el rumor del trueno. Cegadores resplandores de luz blanca le regalaban visiones de su cuello arqueado y de sus manos buscándola, justo antes de que encontraran su sexo.

Conforme el ritmo se incrementaba, Maddie sintió que perdía el control mientras se inclinaba hacia delante, agarraba sus bíceps y empujaba con fuerza contra él, cada vez más rápido, gritando cuando lo sintió verterse en su interior, dejando que la arrastrara hasta el abismo.

Se derrumbó sobre él, exhausta. Él la acercó hacia sí y enterró el rostro en su pelo, acariciándole los mechones con los dedos. Ninguno de los dos dijo nada, y ella se alegró de ello. No deseaba explicarle por qué estaba con él. No estaba segura de tener una respuesta para eso. Solo sabía que había estado bien. La tormenta estaba amainando. Ahora estaba en paz y él estaba empezando a adormilarse, así que lo besó por última vez en la frente y recogió la sábana de la cama. Después de envolverse en ella, salió sigilosamente al pasillo rumbo a su habitación.

¿Qué era lo que acababa de suceder?

Michael yacía en la cama tal como lo había dejado ella, intentando analizar la situación. Tenía frío. Faltaba su sábana. Era una prueba de que lo que había experimentado no había sido un simple sueño erótico.

Cuando atravesó la habitación tambaleándose para avivar el fuego, encontró la sábana que había llevado ella cuando se presentó. Olía a su perfume. Se lo acercó a la nariz y aspiró profundamente su aroma antes de llevársela a la cama.

El día había estado lleno de acontecimientos inesperados. La llegada de los Hastings le había proporcionado la oportunidad de explicarle parte de la embarazosa historia de su familia a Sam. Su hermano se había tomado la noticia como se tomaba todas las sorpresas, con la tranquila y mesurada reacción de un médico. Lo cual lo había dejado a él tranquilo y aliviado.

Y encontrar luego a Madeline ataviada con aquel vestido… El sentido común debería haberle impulsado a insistir en que se cubriera en presencia de invitados. En lugar de ello, la boca se le había hecho agua ante su sola vista. Sus senos llenos, apenas velados… En aquel momento no había deseado otra cosa que despachar a sus huéspedes, recostarse en aquel diván y enterrar el rostro en ellos. No había querido admitir la atracción que sentía hacia ella, pero estaba allí. Y creciendo cada vez más.

¿Había sabido ella cuál sería su reacción? ¿Habría acudido a él porque sentía algo, ella también? ¿O lo habría concebido como una nueva clase de tortura?

Quizá se había casado con una diablesa. Se había marchado llevándose consigo algo de él, aparte de la sábana. Echaba en falta una parte sustancial de su persona después de aquel breve encuentro. ¿Le habría robado el alma?

Lo dudaba. Se sentía más ligero, pero no incompleto. Se sentía vaciado, pero mareado. Agradablemente mareado. Si se miraba en el espejo, sabía que probablemente estaría sonriendo. Si ella estaba intentando hacerle daño, entonces era que no comprendía para nada a los hombres. Había sido la excitación de aquel anónimo encuentro lo que lo había puesto en aquella situación. Y él que había pensado que había dejado atrás aquellas cosas…

Nunca había imaginado que podría encontrar tanto consuelo y tanta felicidad en su propia esposa. Tal vez no encontraran un terreno común de acercamiento durante el día, pero un ocasional y erótico encuentro durante la noche sería de lo más bienvenido. Sam le había explicado que algunas mujeres, estando encintas, entraban en estados de histeria que podían manifestarse de aquella manera. Le había asegurado que no había mal alguno en ello. Pero las ventajas eran obvias. La única desventaja que se le ocurría a Michael era la posibilidad de que, una vez nacida la criatura, aquellos accesos de deseo terminaran convirtiéndose en un lejano recuerdo para ella… y volvieran a convertirse en unos completos desconocidos durante las veinticuatro horas del día.

De repente se puso serio. Si su vida hubiera dado un giro diferente, si no hubiera caído enfermo, o al menos hubiera permanecido sobrio en Dover, habría podido encontrar una compañera tanto para los días como para las noches. Pero enseguida hizo a un lado aquel pensamiento. Poco sabía del matrimonio y menos aún del amor. No había visto exitosos ejemplos de ambas cosas, a excepción de la relación de Sam y Evelyn. Pero valoraba la satisfacción física, y esa noche la había alcanzado. Cerró los ojos, apoyó la mejilla en la sábana perfumada y se durmió.

Once

Maddie se despertó a la mañana siguiente sintiendo un extraño contento. La cama, que le había parecido grande e intimidante la pasada noche, le resultaba cálida y acogedora, aunque estuviera sola en ella. Había demasiado silencio, por supuesto. Deseó que el duque ocupara una habitación en aquella ala, para poder escuchar los sonidos de otro humano despertándose cerca. Debería oír rumores de conversaciones de criados, puertas abriéndose y cerrándose, quizás una risa o una tosecilla.

Enterró el rostro en la sábana que se había llevado de la habitación del duque, aspirando su aroma. No estaba sola. Cuando la pasada noche partió en busca de su aventura, no se había detenido a pensar en lo que le depararía la mañana. ¿Pero qué iba a hacer a partir de aquel momento?

Peg le había sacado el mismo vestido que había elegido el día anterior, todavía esperando que se lo pusiera. Y parte de ella se sentía inclinada a ello. Ese día, si el duque visitaba su ala y la veía con él puesto, las cosas podrían resultar muy diferentes…

Pero Sam y Evelyn podrían volver a aparecer y eso la incomodaría. Así que desechó el vestido y le pidió a Peg uno con un escote más alto, aunque sin el puritano recato de aquel que se había puesto después. No se tenía por una mujer vanidosa, pero dedicó una considerable cantidad de tiempo a mirarse en el espejo hasta que dio el visto bueno al vestido. Quería asegurarse de que el color le favorecía y de que el corpiño mostraba suficiente porción de su seno para resultar atractivo, pero sin escandalizar.

Solo entonces permitió que Peg la peinara. En el pasado, se las había compuesto con un peinado sencillo y unas cuantas horquillas. Pero ese día se preguntó si sus rizos no necesitarían de un tratamiento especial…

¿Qué era lo que le sucedía? ¿O deseaba seriamente presentar su mejor aspecto antes de encontrarse con el hombre cuyo lecho había compartido la pasada noche?

En cualquier caso, a Maddie le martilleaba el corazón cuando bajó al salón del desayuno y se encontró frente a frente con el duque.

Su esposo sonrió cuando la vio entrar en la habitación, pero eso era algo que siempre hacía, incluso cuando no se alegraba de verla. No era la sonrisa de la noche anterior. Era la misma clase de sonrisa que le regalaba a Evelyn. No exactamente insincera, pero sí común, normal.

—¿Huevos? —le ofreció. Sin esperar su respuesta, tomó su plato y se lo llenó. Le acercó también el frasco de salsa.

—Gracias —su respuesta fue tan insulsa como su oferta. ¿Acaso no tenía nada que decirle, aparte de ofrecerle comida?

—De nada —¿era la insinuación de una sonrisa verdadera lo que veía en su rostro? Pero enseguida desapareció, reemplazada por la misma distante expresión que a menudo usaba cuando hablaba con ella.

—¿Se reunirán el doctor y la señora Hastings a desayunar con nosotros?

El duque negó con la cabeza.

—Eve mandó recado diciendo que visitarían a unos pacientes de la zona y que no llegarían hasta la cena, si es que les da tiempo.

—Son muy devotos de su trabajo —comentó Maddie, pensando que quizá habría sido mejor que no lo fueran tanto. Porque su devoción a la medicina significaba que iba a pasarse el día a sola con el duque.

—Ciertamente. Anoche cayó una buena tormenta —añadió—. Otro comentario insustancial.

—No me di cuenta —mintió ella.

—Hacía tiempo que no venía por aquí. Pero no recordaba que el tiempo fuera tan cambiante.

Maddie pensó que si se estaba refiriendo a su

comportamiento en la cama, al menos podría decírselo directamente. No le gustaban las insinuaciones ni los ocultamientos. Prefería al hombre de la pasada noche, que tanto figurativa como literalmente se había desnudado ante ella.

Pero ese hombre había desaparecido y el duque de Saint Aldric había vuelto, portando consigo toda su vacía cortesía.

—Eso es probablemente porque pasabais demasiado tiempo en el ala infantil —le espetó—. Supongo que la vista era muy diferente desde allí.

Fue un error por su parte golpearlo en un punto tan vulnerable. Pero eficacia no le faltó. Porque ante la mención del ala infantil, la sonrisa del duque desapareció para ser sustituida por una especie de mueca.

—Yo no la llevé a esa ala para que pudiera admirar la vista —le dijo—. Había confiado en que usaría su experiencia como antigua institutriz para sugerir alguna mejora. Ahora que ya ha dispuesto de algunas horas para pensarlo, ¿cuáles son sus recomendaciones?

¿De modo que requería su experiencia como institutriz? Si eso era lo que quería, entonces eso sería todo lo que recibiera de ella en el futuro. Lo miró directamente a los ojos, recurriendo a la expresión que reservaba para los niños malcriados.

—¿Deseáis que haga lo que esté en mi mano para que ese lugar resulte menos triste para vuestro heredero? Entonces dejaré abierta la puerta del ala, pero clavetearé el armario con vuestros singulares juguetes dentro, hasta que el niño sea lo suficientemente mayor como para entender las responsabilidades que estará destinado a heredar. Y luego le compraré juguetes convencionales.

Al parecer había estado esperando que le sugiriera un color más alegre para las paredes, o una alfombra nueva. La brusquedad de su recomendación lo dejó sin habla. Antes de que pudiera decir algo, Maddie continuó:

—Me habéis pedido mi ayuda y yo os la he dado. Conozco a los niños y sé cómo hay que cuidarlos. Y puedo aseguraros que vuestras perfectas miniaturas son, más que un juguete, un motivo de terror.

—Son necesarias para enseñar a una criatura el valor de su heredad —replicó firmemente el duque.

—Pero guardarlas intactas y sin mácula durante generaciones no es natural. Nadie puede viajar del nacimiento a la muerte sin experimentar algún daño. No hay nada que temer en ello. Los niños suelen aprender de sus errores. Si no les es permitido cometerlos, tendrán problemas después en la vida.

—Yo he cometido errores —dijo él—. Usted lo sabe bien, ya que nunca se cansa de recordármelos —se levantó y arrojó su servilleta sobre la mesa. Acto seguido abandonó la habitación dando un portazo.

«No era eso lo que yo había querido decir», pensó Maddie. Por una vez, no había pretendido recordarle lo de Dover. Lo que ahora la preocupaba era el futuro, no el pasado, y el temor muy real de que su hijo pudiera cargar con la imposible misión de mantener la santidad de su padre.

Saint Aldric no era un hombre infalible, al menos no más que ella. Y después de la pasada noche, ella prefería con mucho al hombre verdadero que a su fachada. Podría incluso ser capaz de construir un futuro con él, si es que volvía a verlo después de la discusión de aquella mañana.

Cuando hubo terminado de desayunar, casi había reunido el coraje necesario para ir a buscarlo e intentar explicarse. Pero para entonces él se había encerrado en su despacho con Upton, el administrador de la propiedad, y una cola de arrendatarios aguardaban turno para tener audiencia con el duque.

En algún momento, ella tendría también que enfrentarse con aquellas gentes. Querrían conocer a la duquesa y contemplarla como si fuera la osa enjaulada en la Torre de Londres. Porque, con aquel matrimonio, se había convertido en una curiosidad para ser exhibida ante las masas.

Pero ese día no podía hacerlo. No cuando todavía podía recordar las filas de diminutas figurillas guardadas a cal y canto en el cuarto de juegos, preocupada como estaba de que pudiera reconocer a alguien en alguna de ellas. El simple pensamiento le producía escalofríos.

Se apartó del despacho y de la parte delantera de la casa para dirigirse a las ventanas francesas que llevaban a los jardines traseros. Si la residencia de Londres había sido impresionante, la Aldric House era todavía de una mayor suntuosidad y los campos que la rodeaban eran un reflejo de esa perfección. Senderos de gravilla blanca y setos de boj separaban la rosaleda del huerto de la cocina. La lluvia de la noche anterior se estaba ya secando en la hierba y el aire llegaba cargado con los aromas del verano.

Y lo mejor era que todo era natural, perfectamente real. Los arriates de flores estaban perfectamente atendidos, y carecían además del temible diseño de los dormitorios, o de la distante altivez de las estancias del piso bajo. Allí las plantas crecían juntas como si fueran viejos y entrañables amigos. Mientras las contemplaba se fue dirigiendo a la parte trasera de la casa, hacia las cuadras.

No pensó en entretenerse allí mucho tiempo. No se había encariñado mucho más con los caballos durante los escasos días transcurridos desde su visita a Tattersall's. Pero cuando pasó por delante de uno de los corrales, vio a un animal al que un mozo llevaba de la brida, hacia los pastos más frescos.

—¿Buttercup?

La yegua no respondió a un nombre que en todo caso había oído solo una vez. Pero el sonido de la voz de Maddie hizo que la gran cabezota girara en su dirección, como si de algún modo le resultara familiar.

—Así es, Excelencia —la saludó el mozo—. Es así como lo llama el duque —lo dijo como si la palabra «caballo» no resultara apropiada—. Es una pena de animal. Pero si Su Excelencia parece pensar que es importante conservarlo… ¿quién soy yo para objetar nada?

Si lo había salvado del matadero, entonces tenía sentido conservarlo con los demás animales. Pero eso no explicaba su presencia en Aldricshire.

—Vi a esta yegua en Londres hace apenas unos días —dijo Maddie—. Seguro que no habrá venido andando hasta aquí —cuando la adquirió, hasta había dudado de que pudiera soportar el trayecto hasta las cuadras de Saint Aldric en Londres. Y sin embargo allí estaba, a sesenta kilómetros de allí y cuidada de la mejor manera posible.

—No, Excelencia. El duque pensó que el aire del campo sentaría mejor a sus viejos pulmones, pero no era lo suficientemente fuerte para hacer el viaje, así que fue transportada en un vagón carruaje —el mozo sonrió—. Todo un espectáculo cuando llegó. Creo que ningún otro caballo de Saint Aldric habría aceptado ser transportado de esa manera. Pero Buttercup se lo tomó como si fuera una mansa vaca.

—La trajo hasta aquí —pronunció de nuevo Maddie, sin salir de su asombro.

—Y dejó especiales instrucciones para su cuidado —añadió el mozo—. Esta misma mañana bajó a visitarla para darle un azucarillo y una zanahoria para desayunar —sonrió—. Ignoro por qué la conserva. Pero parece pensar que es merecedora de un tranquilo retiro. Y ella le está muy agradecida, porque aguza las orejas cada vez que oye su voz y acude a él como un perro fiel.

Cuando adquirió aquella pobre yegua, Maddie no había pensado más allá de aquel momento puntual. Pero algo tan grande como un caballo no era una cosa que se evaporara de repente, desaparecida la urgencia inicial. En ese momento experimentó una punzada de culpabilidad por su proceder. Había pagado por Buttercup una exorbitante suma sin preocuparse de que pudiera ser para ella nada más que un simple instrumento de venganza.

Pero a Saint Aldric no se le podía enfurecer con una bagatela como aquella. Lejos de ello, había rescatado a la yegua, de la misma manera que había pasado su infancia repintando modelos en miniatura de granjas y cuidando figurillas de ovejas con lana de verdad.

Maddie alargó con gesto cauto una mano hacia la yegua, que la miró con gesto escéptico.

—Oh, vamos —dijo con tono pragmático—. Puede que el duque te haya cuidado, pero fui yo quien te compró en primer lugar. Merezco algún mérito por ello, ¿no?

La yegua la hociqueó tentativamente y se apartó enseguida al ver que no llevaba ningún regalo para ella. Maddie arrancó entonces un puñado de tréboles de la hierba y se lo ofreció al animal, que lo aceptó gustoso.

—¿Ves? Ni tú ni yo tenemos nada que temer —y era verdad, ¿no? Ella no corría peligro . No había existido amenaza alguna contra su persona desde que abordó al duque en Londres. La noche anterior se habían acostado juntos, pero había sido ella la iniciadora.

Eso era algo que, tres semanas atrás, jamás había creído posible. Palmeó el hocico de la yegua.

—Este es mundo muy extraño, Buttercup. Lleno de acontecimientos inesperados.

El animal pareció lanzarle una comprensiva mirada y resopló contra su mano.

Maddie se limpió los dedos en la hierba y volvió a tomar a la yegua por la nariz, mirándola a los ojos.

—La próxima vez que venga a verte, te traeré una zanahoria. Y será mejor que la aceptes agradecida, o haré que los mozos te ensillen.

La yegua le acarició el cabello con el morro, con reacio afecto. Casi como si hubiera comprendido la idea y hubiera escarmentado.

Maddie se marchó de las cuadras de un humor mucho más pensativo que aquel con el que había entrado. Aunque era consciente de que había hecho un favor al animal, comprarlo había sido una estupidez, pensando como había pensado únicamente en sí misma y en sus propias necesidades. Se había equivocado y se lamentaba por ello.

Se arrepentía en aquel momento de haber sermoneado al duque sobre la necesidad de permitirse cometer algún error de cuando en cuando. Ella había cometido uno muy grande con Buttercup, pero había sido él quien había tenido que lidiar con sus consecuencias.

El sendero que había tomado desde la casa continuaba colina abajo hacia el río. Al pie de los jardines había un edificio pequeño y redondo construido con tosca piedra y salpicado de defecaciones de pájaros. Se acercó sigilosamente, nada deseosa de molestar a sus residentes. Nunca había trabajado en una casa con palomar, pero parecía que ahora era la dueña de uno. Pensó que sería agradable contemplar el suave plumaje gris de palomas y pichones, escuchar su zureo y quizá darles de comer un poco de grano de la mano.

Pero cuando asomó la cabeza por la puerta, no fueron precisamente ojos de pichón los que la miraron. La mayoría de los nidos estaban ocupados por pájaros de un vistoso plumaje rojo, y sus gorjeos y silbidos eran los mismos que había escuchado el día de su boda. El hombre que los atendía le lanzó una mirada triste.

—Bienvenida, Excelencia. Y gracias por honrarme con su visita —alzó la mirada a las vigas del techo—. Aunque habitualmente no suelo ocuparme de aves como estas.

—¿Le dan problemas los pájaros? —le preguntó, experimentando el mismo sentimiento de culpa que la había asaltado en las cuadras.

—Estos nuevos están sacando a las palomas de sus nidos. Sospecho que las palomas se mudarán a otra propiedad en cuanto puedan hacerlo. Pero si lo hacen, ¿qué voy a hacer yo con un puñado de loros?

—Periquitos —la corrigió ella con tono suave—. Periquitos de Abisinia.

—Los loros son loros —repuso el guardián del palomar, terco—. Y cuanto más brillante es su plumaje, más estridentes son. Aparte de los faisanes, claro, que también son muy ruidosos. Pero al menos la carne de faisán es sabrosa —el hombre parecía poco acostumbrado a recibir visitantes, porque insistió tenazmente con su tema—. Estos periquitos tienen poca carne. Y dado que proceden de África, ¿cómo soportarán el invierno inglés? Tendré que encender fuegos para mantenerlos en calor. Pero si no puedo abrir una sola ventana, se morirán todos por el humo. Y además son demasiado fértiles. Cada día he de recoger sus huevos, porque no cesan de aparearse. Si no llevo cuidado, estaremos de loros hasta el cuello —se quitó el sombrero y se inclinó ante ella—. Os suplico disculpéis mi brusquedad, Excelencia.

—Cuenta usted con mi comprensión —dijo Maddie, entre divertida y horrorizada ante el pensamiento de un palomar completamente inundado de loros—. Hablaré de ello con Su Excelencia. Estoy seguro de que podrá encontrar hogares para las parejas. En Londres están haciendo furor —ella también había sido la causa de aquel problema. Pero quizá se si deshacía de los pájaros, podría aportar al mismo tiempo la solución.

Sin embargo, antes incluso de que ella hubiera sido consciente del problema, Saint Aldric se había ocupado de él. Tal parecía que «el santo» se había ganado su apodo, por mucho que lo detestara. Evocó de nuevo las ovejitas en miniatura, las delicadas redes del barquito pesquero y los diminutos granjeros plantados cada uno en la puerta de sus respectivas casitas. No había detalle del cual no se ocupara el duque, por nimio que fuera. No había nombre del que se olvidara, ni dificultad que no se molestara en solucionar.

Y un hombre así había deshonrado a una institutriz. Qué aberrante debía de haber sido aquel acto en una existencia tan pulcra y ordenada hasta ese momento. Recordó sus disculpas y su insistencia en que jamás antes había hecho algo así, ni volvería a hacerlo. Si eso no le hubiera sucedido precisamente a ella, no lo habría condenado de aquella forma, de por vida. Y le habría otorgado la absolución.

Dio las gracias al guardián del palomar y se dirigió hacia la casa. Por muy incómodo que fuera, necesitaba hablar con su marido y enterrar el pasado entre ellos, de una vez por todas.

Doce

«Los niños suelen aprender de sus errores. Si no les es permitido cometerlos, tendrán problemas después en la vida». Michael escuchaba el sonido de sus propios pasos en el suelo de caoba del vestíbulo, tan precisos y mesurados como siempre. Eran los mismos de siempre y los contaba sin pensar. Si alguien le hubiera preguntado por el número de pasos necesario para alcanzar cualquier estancia de aquella casa, habría aportado la cifra acertada sin dudarlo.

Entró en su despacho. Los únicos espacios que no se sabía de memoria eran las dos alas de los dormitorios, donde de niño rara vez se le había permitido entrar. Aunque la parte de la casa que correspondía a su esposa le era completamente ajena, debía al menos tomarse el tiempo necesario para conocer sus propios dominios. ¿Cómo si no podría encontrar algún consuelo en ellos?

Con una esposa y un hijo, se vería obligado a pasar tiempo allí. No podría educar a un hijo en

Londres y esperar luego que aprendiera y comprendiera su papel como nuevo duque de Saint Aldric. Había imaginado vagamente que, cuando llegara la ocasión, dejaría a su esposa allí para que se encargara ella sola de la casa. Pero había sido cuando todavía había esperado casarse con Evelyn. En la primera ocasión en que visitó aquel lugar, ella lo había calificado de absolutamente encantador. Aunque él se había asegurado de enseñarle únicamente las estancias de la planta baja, alegando la pobre excusa de que los dormitorios necesitaban ser aireados.

Pero había tenido la intención de dejarla allí para que se ocupara de todos los detalles. En ese momento, si se marchaba, sería Madeline la que habitaría aquella mansión con un impresionable chiquillo. Y eso era algo que no podía permitir, al menos hasta que estuviera seguro de que ella no utilizaría aquella ausencia para inculcarle sus propias y desquiciadas ideas, en lugar de las de él, mucho más razonables.

Se detuvo en seco. ¿Qué conocimientos tenía él sobre criar y educar a un niño, aparte del que le había dado su padre? De niño, había sido terriblemente desgraciado. Y aunque se sentía razonablemente satisfecho con su vida adulta, comportamientos que antaño le habían parecido adecuados y ordenados se le antojaban en aquel momento demasiado rígidos. El cuidado con que el que había conservado aquellas miniaturas del ala infantil había sido, más que responsable, casi antinaturalmente obsesivo. Al fin y al cabo, no eran otra cosa que juguetes. No había querido cometer con ellos ni siquiera el más ligero error, consciente de lo mucho que ello podría costarle.

Ya de mayor, se había negado a admitir la posibilidad de que la enfermedad o la debilidad pudieran cambiar los planes que se había trazado para sí mismo. Había estado convencido de poder controlar su propio cuerpo como si se tratara de una máquina. Y cuando eso le falló, se había sentido como un barco sin timón, a la deriva…

El hecho de que su esposa necesitara señalarle sus flaquezas resultaba aún más mortificante. Cuando Maddie no se veía obligada a correr para alcanzarlo, su paso era firme y regular, sin ser rígido. Era el paso de una institutriz. Una mujer que no admitía tonterías, capaz de cambiar de rumbo y de alterar sus planes cuando lo consideraba necesario por el bien de sus pupilos.

Y, la noche anterior, había demostrado también que podía ser espontánea, apasionada y deliciosamente indecente.

—¿Excelencia? —Upton lo miraba expectante.

Se había detenido con un pie a cada lado del umbral, fantaseando con acostarse con su esposa. Sonrió a su administrador y terminó de entrar en la sala, procurando concentrar su mente en los negocios.

Después de leerle un breve informe sobre el estado de las finanzas y las proyecciones de beneficios, Upton se dirigió al vestíbulo delantero e hizo pasar al primero de los arrendatarios que aguardaban turno. Era tanta la gente que quería verlo... Cada uno iba con un problema o una petición que requería tanto una reflexión detenida como un sabio consejo.

No dudaba de la capacidad de su subordinado para lidiar con aquellos asuntos. Simplemente le había resultado demasiado fácil evitar aquellas sesiones quedándose en Londres y dejar la administración cotidiana de los asuntos de la propiedad en manos de Upton. Pero... ¿acaso era eso justo para la gente que dependía de él?

Las sonrisas de la mayor parte de los rostros le aseguraban que no lo era. Muchos de ellos habían acudido ese día más para darle las gracias que para expresarle sus quejas, como si estuvieran rindiendo tributo a un emperador. Aunque nunca se atrevería a admitirlo ante el Regente, suponía que se trataba de una práctica similar a la de la audiencia real, y bastante halagadora, por cierto.

Había echado de menos a sus arrendatarios, por supuesto. Pero... ¿se merecía aquel tratamiento? Podía sentir cómo el conocimiento que había heredado de sus propiedades se estaba anquilosando por la falta de uso. Alzó la mirada hacia el hombre que se acercaba en ese instante a su escritorio, intentando recordar su nombre, y, por un momento, la mente se le quedó completamente en blanco.

Entonces vio el jamón de matanza que el hombre portaba bajo el brazo y comprendió que se trataba de un carnicero, y no un granjero.

—¿El viejo Joe? —sonrió al reconocerlo—. No puede ser, ya que ha pasado mucho tiempo. El joven Joe, entonces... Su hijo.

—Ya no tan joven, Excelencia —el hombre le sonrió a su vez.

—Entiendo que habrá heredado la tienda del pueblo. ¿Sigue su padre con nosotros?

El hombre asintió.

—Sí, y todavía le quedan dientes suficientes para probar nuestros productos, que me aseguró eran dignos de vos.

El jamón. Lo recordaba bien. El jamón dulce, ahumado, rosado y bien curado, sin quedar del todo seco. Se le hizo la boca agua al evocarlo.

Joe sacó una navaja del bolsillo, con la que cortó con destreza el jamón y le ofreció una rodaja. Michael la aceptó para saborearla con un suspiro de placer.

—Pura ambrosía. Es bueno estar en casa de nuevo —y, por un fugaz instante, aquellas palabras no fueron una mentira. Recordaba también los quesos y la cerveza de la señora Weaver. Curiosamente, la señora Weaver procedía de una familia de panaderos, mientras que los Baker, pese a su nombre, cultivaban e hilaban lino. Uno por uno, los nombres de aquellas gentes le fueron viniendo a la cabeza con el sabor de la comida.

—Me alegra teneros por aquí, Excelencia. Y a vuestra esposa.

Vio que varios de los arrendatarios que esperaban al fondo estiraban sus cuellos para buscar a la duquesa. Muchos habían llevado regalos como excusa para visitar la propiedad, con la esperanza también de conocer a su nueva señora.

—Les transmitiré sus saludos —intentó que el pensamiento de Madeline no pusiera un matiz helado en su tono, antes de entregar el jamón a su administrador para que lo guardara. Procuró luego centrar la conversación en el techado y acristalamiento de la cabaña y de la tienda, junto con la necesidad de arreglar la carretera del pueblo antes de que se echaran encima las lluvias del invierno.

Uno a uno, los inquilinos se acercaron y Michael los fue saludando, escuchando sus problemas y aceptando sus regalos. Les preguntó por sus familias y sus vidas. Aunque Upton se ocupaba de tomar notas en su cuaderno de piel, se esforzó por registrar mentalmente las informaciones que iba recibiendo.

La cola se fue reduciendo, pero en un determinado momento percibió un cambio en el grupo: un murmullo al fondo seguido de un consternado silencio. Maddie estaba acechando en el pasillo.

La maldijo en silencio por haber manifestado su interés por los asuntos de la casa en un momento tan poco oportuno. No le había hecho advertencias ni dado instrucción alguna sobre lo que se esperaría de ella en el futuro, sencillamente porque no había querido provocar otra discusión. Peor aún: mucho se temía que pretendiera ponerlo en ridículo recordándole sus errores en presencia de sus arrendatarios.

Últimamente su actitud había mejorado mucho. Y, después de lo ocurrido la pasada noche, albergaba esperanzas. Su encuentro amoroso de la otra noche le había hecho olvidar la naturaleza de su matrimonio y la manera en que se había comportado en Londres. Sin embargo, la tregua provisional que habían firmado podía terminar con la misma rapidez con que había surgido.

Pero, durante el desayuno, él mismo había estado a punto de provocar una discusión. Y luego se había marchado dando un portazo. Había sido una estupidez por su parte.

Se alzó un creciente murmullo en el grupo mientras Madeline se iba abriendo paso. Y, cuanto más se acercaba, tanto más tenso se sentía Michael. Aunque tal vez las apariencias fueran engañosas. Las únicas personas a las que ambos habían visto recientemente no eran otras que Sam, Evelyn y los criados. Y Madeline tenía una opinión demasiado buena de ellos como para conducirse mal en su presencia. Últimamente había exhibido el mejor de los comportamientos, algo que le había complacido mucho. Además de que todos ellos lo conocían demasiado bien como para dar pábulo a cualquier posible opinión negativa que ella pudiera expresar sobre su persona.

Sus arrendatarios también lo conocían, pero no tan bien como debieran. Se alegraban de tenerlo de vuelta y albergaban la esperanza de que se quedara. ¿Y si Madeline se había dado cuenta de ello y decidía ensanchar esa brecha? Capaz era de agitar la región mediante unos cuantos rumores bien difundidos. Podría cubrirlo de vergüenza revelando a todo el mundo el comportamiento que había tenido con ella, la mujer a la que había escogido para ser su duquesa.

Avergonzarlo en Londres era una cosa; hacerlo allí era algo por completo distinto. Si ella se interponía entre él y su gente, Michael estaba seguro de que terminaría odiándola. Pero eso no había sucedido todavía. Se levantó y sonrió, dispuesto a presentar los debidos respetos a su duquesa, al margen de que se lo mereciera no.

—Acercaos, esposa mía, para que os presente a mis arrendatarios.

Vio que se aproximaba a paso vacilante, con los ojos muy abiertos. No parecía que fuera a cometer ninguna maldad . De hecho, casi parecía intimidada, temerosa.

Pero los animales asustados solían ser los más peligrosos. Tendría que mantener la guardia. Indicó a Upton que le sacara una silla, pero ella vaciló y decidió no sentarse. Lo que significaba que él tampoco podría hacerlo. Incluso un agradable día de audiencias podía resultar agotador, y no tenía ninguna gana de permanecer de pie hasta que se hubiera marchado el último de los peticionarios.

Se acercó entonces la siguiente familia. Eran los Baker: marido, mujer y una muchacha de unos catorce años, que habían ido a quejarse de la estación seca y a tratar de la posibilidad de que la renta pudiera retrasarse. ¿Con qué podía tejer uno cuando el lino se había secado? Asintió comprensivo mientras Madeline permanecía a su lado sumida en un confuso silencio.

—Pero eso no quiere decir que no tengamos nada que ofreceros —le aseguró el señor Baker, a pesar de las protestas de Michael de que no tenían nada de qué preocuparse—. Es una nadería, en realidad. Pero nuestra hija está aprendiendo de su madre, que es lo que tiene que hacer. Y con el tejido que hemos conseguido, ha bordado un pañuelo. Un regalo de boda para vuestra dama.

La muchacha se adelantó para entregarle el cuadrado de tela bordada, bajando la mirada y conteniendo el aliento a la espera de su reacción. A Michael se le encogió el corazón. Si su esposa decidía destruir aquella mañana, se encontraba ante la oportunidad perfecta. No tenía más que tomar el pañuelo y declarar que no tenía ni de lejos la calidad de los de Bond Street. Aunque era digno de admirar el escudo de armas de Saint Aldric, Michael podía ver que los grifos de cada lado no eran idénticos, que el monograma no estaba bien centrado. Y el tejido tampoco era lo suficientemente fino para la delicada piel de una dama. El desdén de su esposa, aunque sería embarazoso para él, resultaría demoledor para la muchacha y humillante para los Baker, que nada habían hecho para ganarse su hostilidad.

Era demasiado tarde para ordenarle que se marchara. Un solo comentario cruel y las buenas sensaciones de aquella mañana desaparecerían, el día quedaría arruinado. Sería precisamente la clase de visita que él tanto había temido y ningún otro revolcón nocturno en las sábanas podría hacer que la perdonara. Así que esperó en silencio lo inevitable.

—Es... —Madeline pareció buscar la palabra—. Es...

Michael podía ver que los hombros empezaban a temblarle, probablemente por algún desdeñoso ataque de risa.

—Lo siento tanto... —se llevó el pañuelo al rostro y ahogó un sollozo. El lino se fue humedeciendo con las lágrimas y las palabras que farfullaba apenas resultaron coherentes—. Es tan precioso... estoy emocionada... no me lo merezco... gracias.

El señor Baker retrocedió un paso, evidentemente alarmado, pero su señora miró a su hija y le dio un discreto codazo para que hiciera una reverencia.

—De nada, Excelencia. El honor es mío. También hacemos trabajos con lana. Ahora mismo contamos con un vellón en nuestra tienda con el que podríamos tejer una mantita para el pequeño, suave como una nube, ideal para la piel de un bebé.

Los húmedos ojos de Madeline asomaron por encima del pañuelo de lino, enormes y castaños como los de un cervatillo, a la vez que asentía ligeramente con la cabeza. La señora Baker dio un nuevo y discreto codazo a su hija. La boca de la muchacha no dejó de formar una «o» perfecta mientras ensaya una segunda reverencia. Entonces la madre sonrió con expresión triunfante, contenta con la información que había conseguido y que se convertiría en el cotilleo más suculento de la región. Porque no solo había sido la primera en presentar un regalo a la nueva duquesa, sino que había descubierto también la verdadera razón por la que Su Excelencia había regresado al campo después de tan larga ausencia.

Maddie se retiró tan pronto como fue capaz de disimular sus lágrimas y corrió a su habitación. Pero la deslumbrante y chillona decoración hizo que se sintiera aún peor. Sus armarios estaban llenos de vestidos de seda y muselina, de innumerables colores. Poseía más de lo que podría necesitar en toda su vida. Y todos le apretaban precisamente por el corpiño. Dentro de poco ninguno le valdría, incluso aunque pudiera encontrar alguna excusa para lucirlos. En ese momento colgaban inútiles en aquella horrible habitación, lo cual constituía en sí mismo una burlona extravagancia. El palomar de la finca estaba lleno de periquitos. En los corrales pastaba el patético jaco que había impuesto a Saint Aldric. Nada de todo ello le reportaba la menor satisfacción.

Había creído que Saint Aldric era un hombre frío e insincero, cuando él se había esforzado todo lo posible por ayudarla. Las gentes que trabajaban en sus tierras lo adoraban. Conocía a todos y cada uno por su nombre y velaba por ellos como si pertenecieran a su misma familia.

Aunque ellos nunca la habían visto antes, le habían dado gozosos la bienvenida con regalos, sin sospechar que había acudido a aquella casa dispuesta a cometer todo tipo de maldades y diabluras. Se había esforzado por convertir a su marido en un enemigo a fuerza de repetírselo a sí misma continuamente. Muy pronto daría a luz a una inocente criatura en aquella horrible casa y no tenía la menor idea de lo que haría a partir de entonces.

Las lágrimas volvieron a asaltarla. Esa vez no intentó detenerlas. Se sentía desvalida y sola. Así que se volvió y abandonó la suite de la duquesa en busca de una habitación donde pudiera sentirse mínimamente cómoda.

Poco después, el duque pasaba por delante de la puerta abierta de la habitación de la institutriz, como simulando que tenía una excusa para su presencia en aquella parte de la casa que no fuera la de buscar a Madeline. Titubeó en el umbral, reacio a acercarse a ella.

—Perdona que te lo pregunte, Madeline, pero... ¿te encuentras bien? Hace un momento, en mi despacho, parecías bastante alterada.

Maddie volvió a sollozar en voz alta y alzó una

mano hacia él. En seguida la dejó caer, nada deseosa de involucrarlo en su patético estallido emocional.

—¿Quieres que llame a tu doncella? ¿A Evelyn, quizás? —y se volvió, dispuesto a llamarlas.

—¡No! —no sabía lo que quería, pero no era algo que pudiera ser resuelto con un té y algo de compañía. Las lágrimas afluían con mayor fuerza ante la enormidad de los cambios en los que se había visto atrapada su vida. Estaba embarazada. Y se había casado con un desconocido. ¿En qué había estado pensando? ¿Realmente había pretendido pasar el resto de su vida enfadada? Como institutriz, había educado a los niños con los que había trabajado en la importancia de asumir sus responsabilidades y de no perder el tiempo con disputas nimias. Pero... ¿quién iba a enseñarle eso a ella?

¿Y qué iba a hacer con su nuevo título, con su nueva posición y con las obligaciones que conllevaba? ¿O con el hecho de que la pasada noche se había metido en la cama de su esposo?

—Oh, diablos...

Aparentemente, hasta un santo perdía la paciencia ante los estallidos ilógicos de emoción. Pero cuando estaba ya segura de que se marcharía dejándola a solas con su berrinche, el duque entró en la habitación y se sentó en la cama, a su lado. Acto seguido, la envolvió en sus brazos y la besó. Sus bocas se fundieron atrapando el sollozo que escapó de su garganta mientras le acariciaba delicadamente la lengua con la suya.

Por un momento, siguió sin saber qué era lo que quería realmente. Pero luego cedió y se dejó besar. Fue una sensación agradable, al menos, hasta que le resultó difícil respirar. Interrumpió el beso y, apoyándose en él, enterró el rostro en su pecho y continuó sollozando.

Sintió que se tensaba. ¿La despreciaría? Se había comportado de una manera horrible con él. Y, durante todo el tiempo, él había estado intentando corregirse. El solo pensamiento la hizo llorar con más fuerza.

Una voz racional en un rincón de su cerebro le dijo que semejantes pensamientos no eran más que las clásicas reacciones físicas de una mujer embarazada. Había tenido razones lógicas y naturales para estar furiosa. Pero esa misma voz le recordó que dejar de estarlo era algo que solo dependía de ella: perdonarlo y dar su agravio por zanjado.

Lo oyó suspirar de nuevo. Fue un suspiro exasperado, frustrado y hasta cariñoso.

—Tranquila, no pasa nada —con la otra mano le rodeó la cintura y le dio unas palmaditas en la espalda—. Todo saldrá bien. Dime qué es lo que necesitas. Sea lo que sea, lo tendrás — volvió a suspirar, como si se estuviera preguntando desesperado qué era lo que podía hacer para hacerla feliz—. ¿Qué es lo que quieres de mí? ¿Cómo puedo ayudarte?

Era tan característico de él decir aquellas cosas... Estaba pensando en ella primero, visto el estado de necesidad en que la había encontrado. Desde que lo conocía, ¿acaso había sorprendido en él algún comportamiento egoísta? En Dover, por supuesto. Pero la noche anterior se había revelado como un amante más que generoso.

—Vi la yegua —susurró—. Y los periquitos —volvió a sollozar. Pero esa vez fue ella la que le rodeó la cintura, aferrándose a él.

El duque suspiró de nuevo, evidentemente confuso, y la abrazó a su vez. Tumbándola sobre el lecho, se echó a su lado. Allí quedó incómodamente tumbado, con los pies todavía en el suelo. Ella subió los pies a la cama y se acurrucó contra él, reconfortada.

Él se apartó pero solo por un momento, para sacarse un pañuelo de la chaqueta y ofrecérselo.

—Gracias —logró pronunciar Maddie—, pero ya tengo uno —y le enseñó el pañuelo empapado que le habían regalado con tanto cariño.

Saint Aldric le puso sin embargo el suyo en la mano y esperó mientras ella se sonaba la nariz de una manera muy poco femenina.

—¿Mejor? —le preguntó él.

Cuando se secó los ojos y alzó la mirada, vio que estaba sonriendo. No era la tensa sonrisa de frustración a la que estaba acostumbrada, no. Parecía incluso divertido.

—Un poco —admitió—. Lamento... ser tan sentimental —terminó, no muy convencida de que deseara disculparse por algo.

—Sam me ha asegurado que tales reacciones

son frecuentes entre las mujeres encintas. No tienes nada que temer al respecto.

—¿Consultáis con él todos los asuntos relativos a mi persona?

—Es mi hermano —respondió Saint Aldric, como si la explicación fuera tan sencilla—. Según Sam, su esposa es más experta al respecto. Pero acudo a él, como médico que es —se interrumpió por un momento—. Y aunque Evelyn es la autoridad en la materia, me resultaría incómodo pedirle consejo en temas tan personales.

—¿Porque antaño estuvisteis prometidos?

—Porque ella me atormentaría de manera implacable —le dijo—. Y porque es mujer. Para un caballero, expresar curiosidad por tales asuntos sería antinatural. Especialmente por cosas como la ocurrida la pasada noche —al ver que se quedaba sin aliento, se apresuró a añadir—: No te preocupes. No he comentado nada concreto. Pero sí que me he cerciorado de que las fluctuaciones de humor y el desarrollo de ciertos apetitos, antojos y preferencias extrañas, son achacables a tu estado. Ni yo ni nadie te echaremos nada en cara.

—Lo de anoche... —no sabía cómo introducir el tema.

—Fue el desarrollo de ciertos apetitos. No pienso reconvenirte por ello, y tampoco volveré a mencionarlo —le prometió, convertido de nuevo en el más diplomático de los hombres.

—¿Entonces no os gustó?

Él había vuelto a apoyar la cabeza en su pelo, de modo que Maddie pudo sentirlo reír mientras le acariciaba delicadamente los rizos con los labios.

—Todo lo contrario. Fue increíble. Pero no albergo expectativas de que se repita. No pretendo exigirte nada, tal como te prometí desde el principio.

—Entiendo.

—Sin embargo, en caso de que desees hacerlo de nuevo, me tienes a tu disposición. Te complaceré, porque estás encinta —no había artificio alguno en la sonrisa que iluminaba su rostro.

Las lágrimas habían cesado. Y, en ese momento, hasta soltó una carcajada:

—Qué generosidad la vuestra...

—Seré siempre vuestro humilde servidor —bromeó.

Pero determinada parte de la anatomía de aquel humilde servidor estaba en ese instante presionando contra ella, y además no tenía nada de humilde. Maddie se apretujó entonces contra él, incrementando el contacto. Fue un error. Era pleno día y seguía llevando su vestido de paseo. Él había interrumpido lo que había estado haciendo para ir a buscarla, y, por lo que ella sabía, medio pueblo de Aldricshire podría seguir todavía en el recibidor, esperando a que volviera...

—¿Madeline? —musitó.

Estaba tan cerca que el sonido de su propio nombre vibró a lo largo de su piel.

—¿Mmmm? —acercó el oído a su pecho, para

poder sentir también la vibración de sus siguientes palabras mientras las escuchaba.

—Creo que, a no ser que quieras complacerme de inmediato, probablemente deberíamos abandonar este dormitorio.

—¿Porque aún no ha sido aireado? —no hizo intento alguno por desasirse. En lugar de ello, se tumbó de lado y movió las caderas para acomodar mejor su creciente erección contra su entrepierna.

—A cada momento me resulta más difícil marcharme...

—¿Más duro, queréis decir? —apretó las piernas, atrapándolo entre sus muslos.

—Te estás burlando... —pero no parecía disgustado por ello. Estaba constatando solamente la verdad.

—Y vos sois un hombre muy ocupado —le recordó ella—. Tendríais que actuar muy rápido, para no alterar vuestra agenda —lo agarró de las nalgas, apretándoselas.

El duque soltó un único gemido de frustración. Echó mano entonces a sus calzas, abriéndoselas con tanta precipitación que Maddie oyó saltar un botón y el sonido de la tela al romperse. Acto seguido se apoderó de sus labios con besos bruscos, ávidos. Le llenó la boca con la lengua y ella se la acarició y lamió a su vez, en respuesta. Le subió luego las faldas, desnudándola, y abrió delicadamente los pliegues de su sexo con los dedos antes de deslizar uno en su interior.

—¿Es esto lo que quieres, hechicera?

Resultó absolutamente deliciosa la sensación que volvió a asaltarla, mientras tensaba los músculos en torno a aquel dedo. Pero no era suficiente,

—Más —susurró—. Más.

Él retiró la mano y entró en ella, duro y rápido, a la vez que presionaba los labios contra su oreja.

—Descarada —empujó con fuerza mientras susurraba—. Tentadora... Me estás volviendo loco... —y continuó empujando, implacablemente frustrado, desesperado por alcanzar satisfacción.

Él no era el único que se estaba volviendo loco. Maddie jadeaba mientras le abría la camisa para poder sembrar su cuello de besos y pequeños mordiscos. Era como si no pudiera saciarse de él. Sus senos parecían forcejear con el encierro de su corsé. Estaba toda húmeda para él, y se recreaba en sus movimientos, en sus manos tirando de su pelo, levantándole una pierna para hacerle apoyar la corva en su cintura, mientras se hundía cada vez más profundamente en ella...

Gritó cuando alcanzó el orgasmo, derrotada, pero él continuó empujando, con sus embates finales avivando el lento fuego que ardía en sus entrañas... Hasta que lo sintió tensarse y relajarse por fin en sus brazos.

Bajó poco a poco a la realidad para enfrentarse con lo que acababa de suceder. Vio que levantaba la cabeza de donde antes la había tenido apoyada, sobre sus senos todavía cubiertos por el corpiño. Estaba sonriendo.

—Pareces algo sorprendida, Madeline. Por favor, no me digas que he malinterpretado tus intenciones.

¿Malinterpretar la sensación de sus manos en sus nalgas, que era donde seguían en ese momento? ¿Qué era lo que la había impulsado a hacer aquello, en pleno día, cuando apenas unos minutos antes había estado llorando?

—No. No he malinterpretado nada. Es solo que estoy sorprendida de haber albergado tales intenciones. Es como si me asaltaran de repente...

—Me alegro entonces de no haberlas dejado pasar —repuso él. Sacó una mano de debajo de su cuerpo y se frotó distraídamente un músculo del cuello.

Maddie miró la zona que acababa de tocarse. Tenía una marca. Una cicatriz, o más bien varias, muy pequeñas. Tres líneas paralelas, de unos pocos centímetros, que le corrían por un lado del cuello y el hombro. Por el día, el pañuelo se las disimulaba bien. El perfecto Saint Aldric tenía, en fin, una imperfección.

—¿Qué os hicisteis ahí? —le preguntó, curiosa.

—¿Esto? —sonrió—. Imaginaba que tú sabrías la respuesta mejor que yo.

—¿Yo os lo hice? —se echó hacia atrás, sorprendida

Saint Aldric le agarró la mano que tenía apoyada sobre su pecho. La sorpresa le hizo cerrar los dedos de manera involuntaria. Y él le deslizó suavemente las yemas a lo largo de su cuello, siguiendo el recorrido de las cicatrices.

—Aquella noche en Dover —le dijo en voz baja— cuando te diste cuenta de lo que había pasado, me arañaste. Solo entonces tomé conciencia de que había cometido un error. Cuando me desperté a la mañana siguiente, tenía sangre seca en el hombro. Debí haber tenido más cuidado. Es curioso lo muy rápidamente que puede infectarse un simple arañazo.

—¿Estuvisteis enfermo? —le preguntó, sorprendida.

—No, solo fue un simple enrojecimiento de la piel. Me molestó una semana, no más. Pero las heridas no cerraron bien. De ahí las cicatrices —se encogió de hombros—. Creo que, de alguna manera, merezco llevar esta marca. Ahora, cada vez que me miro en el espejo, el hecho de saber que las cicatrices siguen allí, ocultas bajo la camisa, me previene contra posibles excesos.

Ella lo había marcado. Experimentó una punzada de dolor por haber mancillado, de alguna forma, un cuerpo tan hermoso y tan perfecto.

—Lo lamento —murmuró.

Él le apretó la mano contra su cuello, cubriéndosela con la suya.

—No tienes por qué. Soy yo quien lamenta no ser el hombre que esperabas y deseabas.

«Pero quizá lo seas», le recordó una voz interior. ¿No era acaso aquel hombre el que siempre había querido? No porque fuera un duque, porque jamás, ni en sus más alocadas fantasías, había soñado con algo así. Había querido un hombre que yaciera a su lado, con quien compartiera risas, que le hiciera sentirse segura y parte de su vida y de su familia.

Alguien a quien amar.

Sus dedos seguían cubriendo los suyos, cálidos, tiernos. Era un hombre tierno: eso era lo que era. Permanecieron así durante varios minutos, con él todavía dentro de ella. Pero el lugar donde sus manos seguían reposando sobre su cuello representaba, de algún modo, una unión mucho más íntima. Podía sentir el latido de su pulso bajo sus dedos. Cada respiración, cada suspiro. Lentamente, empezó a sentir cómo su propia respiración, sus propios latidos, entraban en sincronía con los suyos.

Había pasado demasiado tiempo furiosa. No sin motivo, pero resultaba cansado alimentar aquella ira. Había sido como intentar agarrar a un animal que forcejeara siempre por escapar. Si lo soltaba, podría volverse contra ella con sus garras y colmillos, y devorarla. Pero retenerlo significaba heridas, rasguños, cicatrices.

Cerró los ojos y se olvidó de ello.

Trece

Había sido el primer verano en casi cinco años que Michael pasaba en Aldricshire. Aunque seguía sin gustarle la casa, tenía que reconocer que se había olvidado de muchas de las agradables ventajas que suponía pasar allí la Temporada. Sonrió mientras veía retirarse a los dos últimos arrendatarios, quienes, si bien no se marchaban como amigos, al menos habían aceptado sus sugerencias sobre los lindes que separaban sus tierras y se atendrían a ellas. Upton había dejado a un lado el pesado libro de mapas y acababa de recoger el de contabilidad donde registraba las cuentas.

La gente era feliz allí. La tierra era próspera y Michael disfrutaba recorriéndola en largos paseos. Su esposa estaba sana. Tenía un saludable color que le recordaba los capullos de rosa del jardín: dulces, sensuales, embriagadores. Si los criados consideraban extraño que pasara la mayor parte de las noches con ella en un pequeño dormitorio del ala infantil, no pronunciaban palabra alguna al respecto. Incluso el hombre más cuerdo podía permitírsele alguna excentricidad de cuando en cuando.

Podía echarle la culpa a ella, por supuesto. Podía decirse que no era más que el capricho de una mujer encinta, antigua institutriz, que además se encontraba más cómoda en un lugar como aquel. Pero, en realidad, la idea había sido suya. El colchón era mejor que el de su propia habitación, posiblemente a causa de su inocente pasado. La habitación era pequeña y cómoda. Allí no lo asaltaban las pesadillas. Dormía cada noche como un bebé, abrazado a Madeline, en el mismo lugar donde por vez primera habían hecho las paces.

Michael regresó a su despacho, sacudiendo la cabeza. Todavía no sabía muy bien qué era lo que había terminado convenciendo a Madeline de sus buenas intenciones para con ella. ¿Había sido algo que había dicho o hecho? Si se trataba de eso, ya lo había hecho antes. Ella se había echado a llorar aquel día, mascullando algo sobre caballos y pájaros. De repente sus diferencias habían desaparecido y ella había sido suya.

Siempre la había encontrado deseable. No podía negar que, ya desde el principio, la había admirado. Pero había concluido que sus sentimientos hacia ella no eran tan distintos de lo que sentía cada vez que veía a una mujer atractiva. Era bien parecida, y por tanto la deseaba. Cuando lo requirió por primera vez, un hombre habría tenido que estar loco para negarse.

Sin embargo, durante los últimos meses, Maddie se había convertido en algo más que una guapa muchacha. Su pelo castaño había crecido mucho, y sus delicadas ondas le hacían cosquillas en la cara cuando la besaba. Su cuerpo era dulce, deliciosamente maduro. Sus enormes ojos sonreían ya más que lloraban. Y, cuando lloraba, se volvía hacia él en busca de consuelo.

Y cuando la besaba...

Volvió a experimentar aquella corriente de emoción. Afecto había, por supuesto. Pero aquello era distinto. Era como si fuera una prolongación de su propio cuerpo. Quizá se tratara de la reacción natural de cualquier hombre cuando miraba a la mujer que portaba a su hijo en sus entrañas.

¿O sería amor? ¿Sería realmente tan fácil experimentar aquel sentimiento? Seguía desconfiando, porque hasta el momento le había resultado demasiado ajeno. Había amado a su madre, por supuesto, pero eso había sido diferente y, además, escasas veces recíproco. Había respetado a su padre porque se había visto obligado a ello. Su padre había sido un Saint Aldric, y solo por eso había sido merecedor de su respeto. Pero habían sido tan raras las ocasiones en que había visto a sus padres que sus sentimientos de afecto hacia ellos habían sido más teóricos que prácticos.

Cuando por primera vez tomó la decisión de casarse, había escogido a Evelyn porque le había gustado, no porque la hubiera amado. Y que tampoco la había conocido demasiado bien quedaba demostrado por las esperanzas que había tenido de moldearla como una duquesa perfecta. Evelyn era encantadora, pero, a su manera, totalmente inflexible, absolutamente dueña de sí misma. Su hermano era el único que podía ejercer alguna influencia sobre ella.

Pero estar casado con Madeline era algo por completo distinto. Admiraba su rápido ingenio. Él no le dictaba órdenes y ella no lo obedecía ciegamente. Y, sin embargo, parecían coincidir en muchas cosas y congeniaban muy bien. Cada vez que ella le devolvía un beso, Michael sentía algo corriéndole por dentro, como si no deseara otra cosa en el mundo que congelar aquel instante en el tiempo. Especialmente agradables eran las noches en las que yacían lado a lado en aquella pequeña cama, hablando de nada en particular, susurrando y haciendo bromas hasta que uno de los dos se quedaba dormido.

¿Se suponía que uno podía ser así de feliz y no tener razón alguna para ello? Comparado con los rápidos y fáciles placeres que estaban a disposición de un hombre soltero, semejante alegría se le antojaba peligrosa. ¿Qué sería de él cuando se acabara?

Allí estaba en ese momento su esposa, recortada su figura en el umbral de su despacho, tambaleándose ligeramente, y jadeando un poco como si acabara de llegar corriendo. No era propio de su carácter recorrer apresurada la casa en pleno día. Levantándose de un salto, se acercó a ella.

—¿Madeline? ¿Qué sucede?

Vio que alzaba una mano, como si estuviera escuchando algo que él no pudiera oír. Parecía confusa.

—Tengo que hablar con vos. En privado —lanzó una mirada de disculpa a Upton—. Si no es demasiada molestia.

—Por supuesto que no —Michael hizo un gesto y su subordinado salió con su libro bajo el brazo, cerrando la puerta a su espalda—. ¿Qué es? ¿Se trata del bebé? —pensó que era demasiado pronto para eso—. ¿Debo llamar a Sam? ¿A Evelyn, quizás? —la tomó del codo para hacerla entrar en la habitación.

—No, no —dijo con una pequeña carcajada—. No hay motivo alguno para alarmarse. No necesito un médico.

—Pero si puedo ayudarte de alguna manera...

Maddie le sonrió como si acabara de decir algo maravilloso y le tomó la mano, para ponérsela sobre su vientre,

Sintió un movimiento. Y otro más. Era como si alguien estuviera deslizando una mano al otro lado de una cortina que él estuviera tocando y, fugazmente, sus manos se hubieran encontrado.

Dio un respingo de sorpresa y se retiró con rapidez. Pero luego volvió a poner la mano en el mismo lugar y esperó. Estaba ocurriendo de nuevo. El movimiento fue más lento esa vez, como si la otra persona hubiera perdido interés por el juego y se hubiera echado a dormir.

Era la cosa más milagrosa que había experimentado nunca. La vida. Su hijo. Podía ver por su mirada que a ella le sucedía lo mismo: estaba igual de entusiasmada, o más. Su rostro, su cuerpo, toda ella parecía irradiar felicidad. Y le sonreía.

—¿Y bien? —dijo, porque Michael seguía con la mano sobre su vientre y aún no había dicho nada.

Aunque nunca le habían faltado las palabras, se había quedado mudo por la enormidad de lo que acababa de vivir. Tenía una esposa... e iba a tener un hijo. En un lugar donde hasta entonces no había conocido más que sufrimientos, se sentía más feliz de lo que se había sentido nunca.

Porque estaba con ella. Y ella llevaba un hijo suyo en las entrañas.

Sacudió la cabeza y sonrió.

—Hablad, Saint Aldric. ¿No tenéis nada que decir cuando os presento una información tan importante como esta? Vuestro heredero goza de suficiente salud como para darme pataditas.

«Llámame Michael». Fue lo único que se le ocurrió decirle. Pero el hecho de que nunca la hubiera oído dirigirse a él por su nombre de pila no era un tema pertinente en aquel momento.

—Increíble —pronunció al fin.

—Lo es, verdad —le sonrió—. No debería sorprenderme. Y sin embargo...

—A mí tampoco —reconoció él—. Pero sigue siendo increíble —se apresuró a besarla. Luego puso ambas manos sobre su vientre, ya quieto, deslizándolas suavemente, y las subió para acariciarle los senos.

—Saint Aldric... —dijo ella sin aliento, tomándole las manos y bajándoselas.

Otra vez volvía a llamarlo por su título, cuando tantas ganas tenía él de acabar con las formalidades.

—¿Madeline? —dijo él a manera de respuesta antes de sentarla en la silla que había detrás de su escritorio.

—Saint Aldric —repitió ella con mayor firmeza—. No estamos en nuestro dormitorio.

—Pero nadie se atreverá a interrumpirnos aquí.

—¿No tenéis trabajo que hacer? Estamos en pleno día.

—El trabajo puede esperar —le besó el cuello—. Pero yo no. Déjame tocarte de nuevo —bajó todavía más la mano, para que no le quedara duda alguna sobre sus intenciones.

—Pero... ¿en una silla? —intentó incorporarse—. Ya no soy tan ágil como antes, Excelencia.

—¿Todavía con esas formalidades, Madeline? —se arrodilló frente a ella—. Veamos qué es lo que podemos hacer para cambiar eso —y, levantándole las faldas, la besó en un muslo.

—Estamos a plena luz del día... —jadeó, sin aliento.

—Así podré verte mejor, querida —volvió a besarla, deslizando un dedo debajo de una de sus ligas para palpar la carne que se escondía debajo.

—Suponed que alguien pasa por delante de la ventana que da al jardín...

—Entonces probablemente se sorprenderá de ver esto —le separó las piernas y empezó a lamerla.

Maddie se aferró a los brazos de la silla, intentando levantarse, pero con ello solo consiguió acercarse todavía más a él. Michael se apoderó entonces de los labios de su sexo y se concentró en succionarlos mientras seguía acariciándole el vientre con las manos, hasta que consiguió relajarla.

—Oh, Dios mío... —soltó los brazos y enterró los dedos en su pelo.

—Así está mejor —susurró contra su piel—. Mucho mejor —y, sin embargo, todavía no era suficiente. Volvió a besarla, acariciándola con la lengua. Se detuvo de pronto—. Háblame.

—Querido... —se estremeció convulsivamente.

La besó de nuevo, deslizado la lengua una y otra vez dentro de su dulce abertura.

—Oh, qué delicia... —a esas alturas estaba arqueando el cuerpo para recibirlo, totalmente impotente para resistir el placer.

—Y que lo digas —convino él mientras volvía a ocuparse de aquel pequeño nudo de placer.

—Os amo —musitó ella.

Sus palabras lo tomaron desprevenido. Respondió con un implacable beso que la dejó jadeante, muda. Todavía la atormentó durante unos minutos más hasta que Maddie empezó a retorcerse en la silla. Si en aquel momento hubiera dicho algo, no habría sido ya una declaración de amor, sino una súplica demandando la liberación. Entonces le provocó el orgasmo con un movimiento final de su lengua y descansó la cabeza sobre su muslo, esperando a que se calmara.

Cuando volvió a alzar a mirada hacia ella, vio que estaba sin aliento y sonriente.

Todavía acarició uno de los oscuros rizos que tenía delante y le dio un delicado tirón.

—Esto ha sido algo inesperado —admitió ella.

—Ya lo habíamos hecho antes —le recordó.

—Aquí no.

Michael asintió con la cabeza.

—Pero ha sido bonito —reconoció.

Había sido algo más que bonito. Michael estaba seguro de ello.

—Gracias —repuso, imitando su tono contenido.

—No siempre os mostráis tan directo conmigo en pleno día.

Michael pensó que tenía razón, pero era ella la que se empeñaba en no llamarlo por su nombre de pila.

—Ya hemos hecho esto antes —volvió a insistir.

Ella se echó entonces a reír, de una manera que él nunca había escuchado con anterioridad. A ella no, al menos. Era la risa cortés, como de salón, que tantas veces había oído en Londres. Como la de Evelyn en aquellas raras ocasiones en que intentaba comportarse.

—Pero, aun así, no ocurre a menudo que el duque de Saint Aldric caiga de rodillas ante mí para darme placer sin preocuparse de lo que pueda pensar la servidumbre —se alisó las faldas y se levantó, haciéndole un pícaro guiño—. Os estoy muy agradecida, Excelencia. Os devolveré el favor a un hora más decente, cuando volvamos a encontrarnos en nuestro lugar habitual a la hora de acostarnos.

—A vuestro servicio, *madame* —respondió con la misma falsa cortesía que ella estaba utilizando con él.

Intercambiaron sendas sonrisas, él le sopló un beso y ella se marchó. El episodio había sido muy placentero y ardía ya de deseos de que llegara la noche. Porque más afortunado no podía ser de tener una esposa tan apasionada y expansiva.

Y, sin embargo, no podía sacudirse la sensación de que algo había ido muy mal.

Catorce

El otoño estaba llegando y Maddie estaba contenta. Pero le molestaba que sintiera la necesidad de recordárselo a sí misma tan a menudo.

A juzgar por las patuditas que le estaba dando, en menos de un mes daría a luz un niño perfectamente sano. El miedo que la asaltaba cuando pensaba en ello era muy diferente del miedo que había experimentado en un principio, cuando todo empezó. En aquel entonces no había deseado otra cosa que escapar a lo inevitable. Habría sido un desastre para ambos que perdiera al niño.

Pero... ¿y ahora? Seguía teniendo esos miedos, por supuesto. ¿Y si el niño al final no nacía sano? ¿Y si ella no era lo suficientemente fuerte como para traerlo al mundo? ¿O para amamantarlo una vez que llegara? ¿Y si cometía algún error? Sin nadie que la enseñara, ¿cómo se las iba a arreglar?

Preocuparse era una estupidez. ¿Acaso no era una duquesa? ¿Acaso no lo sería hasta el fin de su vida? Se suponía que las duquesas no tenían miedo.

Tenía riquezas, estatus, y ella tenía al menos una buena amiga, porque Evelyn se había convertido prácticamente en una hermana para ella. Incluso había conseguido deshacerse de todos los periquitos menos dos. Después de la boda, había recibido corteses cartas de varios de los invitados, preguntándole cómo podían procurárselos. Cada misiva la había respondido con un envío de cada pareja, junto con instrucciones sobre su cuidado.

El último par se lo había guardado para ella. Había conseguido una jaula de oro y la había instalado en un rincón del dormitorio de la duquesa. Les gustara o no, la decoración les cuadraba perfectamente.

En cuanto a su hijo, debía recordar que no estaba sola. Pese a lo que se había imaginado cuando aceptó su propuesta de matrimonio, Maddie había encontrado un marido que le era absolutamente devoto: no pensaba en otra cosa que no fuera su felicidad y su comodidad. Llevaba una vida segura, ordenada y feliz durante el día. Por la noche tenía un amante que tocaba su cuerpo como si fuera un arpa, conociendo como conocía la cuerda exacta que debía pulsar para excitarla, para provocarle el clímax y serenarla luego lo suficiente para dormir bien.

Lo único que no tenía era su amor. La cuidaba como hacía con todas sus otras posesiones, con una completa dedicación. Y sin embargo exhibía ante ella una benevolente distancia, como si la considerara una responsabilidad más, por muy agradable que fuera. Saint Aldric le reservaba únicamente la porción de su corazón que le quedaba después de haber compartido la mayor parte con sus tierras y arrendatarios. Y, tras el título, seguía existiendo una fina capa de artificio que la separaba del verdadero Michael Poole, salvo en ocasiones muy especiales. Y sospechaba que siempre sería así.

Se decía que debería aprender a conformarse con eso. La devoción era casi tan buena como el amor. La muerte de Richard le había enseñado que el amor romántico, aunque maravilloso, causaba un enorme dolor cuando se perdía. Debería sentirse agradecida, pero la situación era difícil.

Había pensado decirle que si no había querido que ella terminara enamorándose de él, debería haber hecho algo para evitarlo. Habría podido ser, aunque solo fuera en forma de pequeñas dosis, el hombre al que tanto había temido cuando se casó con él. Habría podido ser el frívolo y despreocupado libertino que había creído que era la primera noche que se encontraron.

Pero, en lugar de ello, había sido sencillamente adorable. Y, en su actual estado de debilidad, ella había sucumbido con gran contento a sus encantos. Sin embargo, con la práctica, estaba aprendiendo a ser como era él: apasionada por las noches, cariñosa por el día y constantemente cortés. Era por eso por lo que pasaba las mañanas en el salón matutino y no en el principal de la casa. Quería prepararse para recibir visitas, aunque no tuviera perspectivas de ninguna. Visitaba también el pueblo, se tomaba su tiempo para hablar con la gente de allí y aprender sus nombres y la situación de sus familias. Si realmente se había casado con un santo, al menos debería ser digna de él.

Cuando por fin se presentó el mayordomo para anunciarle que tenía una visita, lo último que había esperado Maddie era encontrarse con alguien procedente de su propio pasado.

—El señor Colver, Excelencia. Me dijo que os conocía.

—Por supuesto —se levantó, olvidándose por un instante de que no tenía que hacerlo. Después de todo ese tiempo, no había esperado recibir la visita del hombre que la había acogido de niña en su casa. Que la hubiera ido a buscar no podía presagiar nada bueno. Las noticias alegres se daban en cartas, no en sorpresivas visitas. Esperaba que no estuviera allí para comunicarle el fallecimiento de la señora Colver. Aunque ambos la habían expulsado del hogar nada más enterarse de su aventura con Richard, no les guardaba ya resentimiento alguno.

En un gesto inconsciente, se secó el sudor de las palmas de las manos en la falda mientras pedía al mayordomo que le hiciera pasar. Volvió luego a sentarse, procurando ordenar sus pensamientos y utilizar los trucos que había aprendido a fuerza de observar al duque. Forzó una falsa sonrisa de interés y repasó mentalmente las corteses preguntas que le haría sobre su familia y amigos, así como el compasivo discurso que podría proporcionar al hombre algún consuelo por la probable pérdida de su esposa.

Pero el hombre que apareció en el umbral no era el tendero que había hecho de padre adoptivo suyo durante los primeros días de su vida. Era el señor Colver hijo: la misma persona a la que había creído perdida para siempre.

—¡Richard! —no pudo evitar la gozosa exclamación, ni la manera en que corrió a sus brazos. Estaba vivo; sano y salvo. Su rostro no presentaba ninguna cicatriz y no cojeaba al andar. Pese a todos sus temores, había sobrevivido. Y seguía tal como lo recordaba, con su negro cabello rizado y su lánguida sonrisa. Era el momento que había esperado durante tantos años. Su amor había regresado, haciendo realidad sus sueños.

Pero era ya demasiado tarde.

La besó, tal como había tenido por costumbre, todo sonriente y acercándola hacia sí con una mano en su pelo. Pero no pudo abrazarla a causa del obstáculo de su vientre. Y el leve jadeo de Maddie tuvo más que ver con la presión del bebé contra las costillas que con una supuesta oleada de deseo.

Había sido su entusiasta recibimiento lo que lo había animado a saludarla de aquella forma. Y en ese momento debía poner freno a ello. Se esforzó por apartarse antes de que él pudiera deslizar la lengua dentro de su boca y besarla como lo habría hecho un amante. Se estaba comportando como si nada hubiera cambiado entre ellos, pero si había ido a buscarla allí, por fuerza tenía que saber que estaba casada. Era triste que tuviera que ser ella la que le rompiera el corazón, algo que nunca había tenido intención de hacer. Pero su relación pertenecía ya al pasado.

—Richard —dijo de nuevo, retrocediendo un paso para ganar un mínimo de distancia—. Debo disculparme por lo informal de mi saludo, pero es que me has tomado por sorpresa. Y me alegra tanto saber que estás bien… Ven, siéntate. Mandaré que nos traigan algo. Tenemos muchísimo de que hablar.

El mayordomo, que normalmente se mostraba tan cortés como inexpresivo, se había quedado mirándolos fijamente, sorprendido de la intimidad existente entre su señora y aquel desconocido. Pero se limitó a hacer una rígida inclinación de cabeza.

—Por supuesto, Excelencia.

—Brandy, por favor —le pidió Richard con una sonrisa—. Estoy seco y tenemos mucho que hablar.

Alcohol por la mañana. Maddie accedió con un gesto al mayordomo y pidió té para ella, esperando que la bebida templara algo sus nervios. Escogió luego un asiento junto a la ventana en lugar de su sofá preferido, para guardar una conveniente distancia.

Pensó que Saint Aldric no se habría contenido de hacer alguna travesura con ella, se sentara donde se sentara. El pensamiento la hizo ruborizarse. Richard la miraba con expresión radiante.

—Tienes un excelente aspecto, amor mío. Ese rubor que enciende tus mejillas… ¿es por mí?

—Las mujeres en mi estado tienen tendencia a enrojecer —se apresuró a contestarle. Se dijo que no debería sentirse disgustada con él por su sentido de la oportunidad, ni por la confusión que pudiera mostrar ante su cambio de afectos. Su matrimonio debía de haber supuesto una sorpresa casi tan grande para él como lo había sido para ella.

—Y supongo que se imponen las felicitaciones —le dijo con tono irónico, bajando la mirada hasta su vientre—. No había esperado encontrarte así a mi vuelta. Habrán trascurrido unos nueve meses multiplicados por nueve desde la última vez que nos vimos…

El criado estaba entrando con la bandeja del refrigerio y Maddie chistó discretamente a Richard para que llevara cuidado. Hasta que no tomara una decisión al respecto, lo último que deseaba era dar pábulo a rumores.

Pero Richard la ignoró, y volvió a meter la pata mientras el criado se retiraba:

—Cuando me marché, pensaba que ambos teníamos expectativas…

Parecía dolido. Pero después de haber pasado meses con Saint Aldric, Maddie estaba desarrollando una especial habilidad para no dejarse engañar por falsas fachadas. Richard podía simular estar afectado por su supuesta infidelidad, pero en ese momento parecía demasiado complacido por la excelente calidad del brandy para resultar convincente.

—Creía que habías muerto —le informó ella, rotunda—. La Guardia a Caballo nada sabía de tu paradero después de la batalla de Nueva Orleans. Hablé con tus padres y ellos tampoco sabían nada.

—Probablemente porque hasta el mes pasado no volví a contactar con ellos —explicó con un gesto de indiferencia—. Sabes bien que mi padre perdió la paciencia conmigo desde que me negué a hacerme cargo de su tienda. Fue por eso por lo que me enrolé en el ejército.

—Si se enfadó contigo fue por que sacaste dinero de su caja de caudales sin pedirle permiso —le recordó con la mayor suavidad posible. Richard se había mostrado muy tozudo entonces, al igual que su padre. Las discusiones habían sido terribles—. Y además ellos no aprobaron lo que sucedió entre nosotros. Yo no fui bienvenida en aquella casa después de tu marcha.

—¿Me culpas a mí por eso ahora? —parecía indignado.

—Por supuesto que no —se apresuró a asegurarle—. Eso a mí no me importó tanto. Pero te eché mucho de menos. No recibir ni una sola palabra tuya, incluso después de terminada la guerra… —se dijo que probablemente habría una explicación lógica. Él le hablaría de alguna herida seguida de unas fiebres y de una larga recuperación en algún remoto hospital de campaña. Le aseguraría que todo contacto entre ellos había resultado imposible. De esa manera ella podría volver a sentirse arrepentida de su traición, en lugar de disgustada porque él hubiera tardado tanto tiempo en reaparecer.

—Estuve ocupado —respondió, y volvió a bajar la mirada hasta su vientre—. Como tú.

¿Ocupado? Maddie pensó que se merecía algo más que eso después de todo el tiempo que había pasado esperándolo. Los meses se habían convertido en años. ¿Realmente había estado tan ocupado como para no poder escribir al amor de su vida? Carecía de sentido desenterrar el motivo exacto de su desaparición.

—Ahora estoy casada.

—Ya lo veo —seguía esforzándose por mostrarse dolido.

—Te esperé —le recordó ella, para que no pensara que era una mujer demasiado voluble—. Te esperé durante años. Hice todo lo posible para estar localizable si volvías. Escribí también a tus padres, comunicándoles cada cambio en las casas donde estuve trabajando.

—Cuando los visité, ellos me entregaron tu última carta y me informaron de tu intención de mudarte de nuevo —le dijo Richard con una sonrisa—. Pero cuando fui a visitarte a esa dirección, otra institutriz estaba trabajando en tu lugar. Tu patrón me contó una historia de lo más interesante. Y luego leí en el *Times* el anuncio de tu súbito matrimonio con el duque de Saint Aldric.

Lo sabía, pensó Maddie. Quizá no todo, pero sí lo suficiente para adivinar lo que había sucedido.

—Fue un embarazoso equívoco —dijo, sorprendida ella misma de expresarse así—. Durante un tiempo, nuestra relación fue bastante difícil. Pero al final la situación se arregló y ahora somos felices —no tanto como le habría gustado, pero más de lo que había llegado a imaginar nunca.

—Es un consuelo que lo resolvieras tan bien y evitaras el escándalo —siguió un expectante silencio—. Por culpa de aquel accidente en Dover, Saint Aldric te hizo duquesa —volvió a bajar la mirada—. Supongo que es su hijo el que llevas en las entrañas…

—¿Lo supones? —aquello le dolió todavía más que su expresión—. Por supuesto que es suyo. ¿De quién si no podría ser?

Richard se encogió de hombros.

—Corría el rumor de que estaba… incapacitado. Y tienes que comprender, después de lo que cada uno significaba para el otro, que yo precisamente tenía que saber que estabas muy dispuesta a…

—¡Yo te amaba! —seguro que no podía pensar de ella que era una especie de ramera…

Oyó entonces unos pasos acercándose en el pasillo, más fuertes que lo usual. Casi como si alguien quisiera advertir de su presencia antes de entrar en el salón.

Un momento después Saint Aldric aparecía en

el umbral, sonriente, simulando no haber oído la última frase de la conversación.

—Me dijeron que tenías compañía, querida. ¿Señor Colver? —miró a Richard, y luego nuevamente a ella—. ¿Voy a conocer por fin a un miembro de tu familia?

Maddie se levantó, animando a Richard a hacer lo mismo.

—Excelencia, os presento al señor Richard Colver —no balbucearía ni se sonrojaría. Era la duquesa de Saint Aldric y debería ser perfectamente capaz de superar una temporal incomodidad mientras presentaba a su antiguo amante a su marido—. Es el primogénito de la familia que me acogió.

Richard tuvo el buen sentido de saludarlo con una reverencia, y Saint Aldric respondió con una inclinación de cabeza y una sonrisa bastante más fría que lo normal.

—Señor Colver —puso un especial énfasis en el «señor». Algo inusual, ya que nunca sentía la necesidad de subrayar la inferioridad de su interlocutor.

Maddie pensó que quizá podría utilizar algún rango militar a la hora de dirigirse a Richard, para causar una mejor impresión. Pero en seguida se reprendió por su esnobismo. ¿Tanto la habían cambiado los pocos meses pasados con el duque?

—Maddie y yo somos viejos amigos, Excelencia. Viejos y muy queridos amigos…

¿Por qué Richard parecía tan incapaz de comportarse como un caballero? Era el hijo de un tendero, de visita en la casa de un duque. Su «vieja» amistad no le daba derecho a exhibir aquella posesiva sonrisa ni tampoco a usar de manera deliberada el diminutivo con ella, algo que ni siquiera estaba haciendo Saint Aldric.

—Por supuesto —repuso el duque—. Mi esposa me ha hablado de usted a menudo.

—¿De veras? —sonrió Richard, como si estuviera cuestionando la verdad de aquella afirmación.

Pero no podía estar más sorprendido que la propia Maddie. En ocasiones Saint Aldric podía mostrarse evasivo. Pero jamás le había oído pronunciar una mentira tan descarada.

—Hacía muchísimo tiempo que no veía al señor Colver —se ocupó de recordarles a ambos—. Años, de hecho —volvió a mirar a Richard—. Como antes le estaba diciendo, le creía muerto. En la batalla de Nueva Orleans.

Richard respondió con un asentimiento mecánico, como si estuviera aceptando lo que no era más que una completa falsedad para evitar una discusión.

—Él leyó el anuncio de nuestra boda y me buscó para felicitarme —terminó ella, para dejar clara la situación a su marido. Era posible que esa no hubiera sido la verdadera razón de su visita, pero era la única que ella estaba dispuesta a aceptar—. Y ahora que ya lo ha hecho, señor Colver, seguro que estará usted deseoso de continuar la visita a sus padres. Viven en Norfolk —añadió mirando a Saint

Aldric, como para asegurarle que no se trataba de una simple ocurrencia para salir del paso—. Eso está bastante lejos de aquí.

—Espero entonces que querrá descansar antes de emprender el viaje —le dijo el duque con otra falsa sonrisa—. Si han pasado años desde su última conversación con la duquesa, seguro que son muchas las cosas que tendrán que decirse, si es que realmente son tan viejos y queridos amigos…

—Estoy segura de que el señor Colver tendrá otros planes —se apresuró a objetar Maddie.

—Al contrario, no tengo ningún otro compromiso —Richard sonrió a su vez al duque, ignorando los intentos de Maddie por despacharlo.

—Entonces deberá quedarse con nosotros todo el tiempo que guste —dijo el duque, la imagen misma de la hospitalidad—. De hecho, insisto en ello. Creo que deberíamos instalarlo en la suite roja del ala oeste —le dijo a su esposa—. La vista es encantadora. Sí, estoy seguro de que será lo más adecuado.

La frase sonó perfectamente inocente, pero ella conocía bien su significado. La suite roja formaba parte del laberinto que conectaba con los aposentos de la duquesa. Le estaba preguntando si tenía intención de acogerlo en ellos. De hacer lo mismo que había hecho su madre: entretener a sus amantes con su marido viviendo bajo el mismo techo.

—Yo más bien creo que eso no será necesario…

—Será maravilloso —se adelantó Richard a su

objeción, antes de que ella pudiera idear alguna manera de echarlo de allí.

—Pero las habitaciones azules serán mucho más convenientes —insistió Maddie—. Son más amplias y estarán mejor atendidas por la servidumbre —y menos comprometidas, ya que estaban más cerca de la escalera y se abrían al pasillo principal de aquel ala—. Hablaré inmediatamente con el ama de llaves para que las vayan preparando—. Y ahora, caballeros, si me disculpan…

Representaba un riesgo dejar a los dos juntos, pero tenía otras cosas de las que preocuparse. La plantilla de criados debía preparar una habitación de invitados en una casa poco apropiada para recibir huéspedes. Y debía invitar... no, debía reclamar la compañía de Sam y de Evelyn durante la cena. Unos pocos minutos a solas con los dos hombres se le habían hecho eternos. Dudaba que pudiera soportar cenar a solas con ellos, también.

Pero lo primero de todo era encontrar a Peg y ordenarle que cerrara todas las habitaciones del ala de la duquesa que no fueran la suite azul. Sobre todo aquellas que conectaban con su dormitorio.

Quince

Así que aquel era el hombre al que había amado su esposa.

Michael no pudo evitar sentirse decepcionado, porque había pensado que tendría un mejor gusto. Suponía que Richard Colver era bastante guapo, con aquel cabello oscuro y abundante y el brillo travieso de sus ojos. Si realmente lo conocía desde siempre, Maddie habría sido quizá demasiado joven e ingenua para resistirse a sus encantos la primera vez que él la sedujo. Pero eso no explicaba lo que estaba haciendo aquel hombre en su casa y por qué había oído a su mujer confesándole, en un tono de protesta, que lo amaba.

Ahora que Madeline se había marchado, el muy patán tuvo el descaro de sostenerle la mirada con una mueca engreída en los labios. Solo le faltaba anunciarle a gritos la pasada intimidad que había compartido con su esposa.

El duque esperó. Y esperó todavía más, hasta que transcurrió cerca de un minuto y la sonrisa del tipo empezó finalmente a desvanecerse. Se acercó luego al sofá y se dispuso a sentarse, mientras le señalaba la silla más incómoda de toda la habitación.

—Por favor, señor Colver, sentémonos.

El visitante aceptó el asiento ofrecido e intentó ponerse lo más cómodo posible, para enseguida alcanzar su copa de brandy.

Michael se quedó mirando la copa, sin hacer comentarios. Pero la intensidad de su mirada era un recordatorio de que él, como anfitrión, tenía al menos el buen sentido de no beber antes de mediodía.

Colver volvió a dejar la copa sobre la mesa.

—Bien, señor Colver —sonrió—, yo siempre estoy interesado en conocer a los amigos de mi esposa. Por favor, hábleme de usted,

El silencio de Colver resultó bastante revelador. En la experiencia de Michael, los hombres que hacían pausas tan significativas ante preguntas tan simples no estaban haciendo otra cosa que ganar tiempo para mentir.

—Soy un viejo amigo de Maddie.

—Eso ya lo ha dicho.

—Y un veterano de la guerra en las Américas —añadió Colver.

—La batalla de Nueva Orleans —le recordó Michael—. Pero esa batalla ocurrió hace varios años, ¿verdad? ¿En qué se ha ocupado desde entonces?

—Cosas de poca importancia.

Lo que probablemente significaba que se había dado a la bebida, al juego y a las meretrices, pensó Michael.

—Cuando descubrí que Maddie se había casado, decidí visitarla para cerciorarme de que era feliz.

—Lo es —no estaba acostumbrado a hacer declaraciones tan rotundas en su nombre, pero... ¿quién mejor para hacerlo que el hombre con quien compartía el lecho cada noche?

—Estábamos muy unidos, Excelencia —Colver estaba sonriendo de nuevo, recuperada su confianza—. Incluso podría decirse que llegamos a estar prometidos.

—O estaban prometidos o no lo estaban —le espetó Michael—. ¿Lo estaban o no?

Se hizo otro largo silencio.

—Teníamos un acuerdo —dijo Colver—. Ella aceptó esperarme mientras yo marchaba a hacer fortuna, para que luego pudiéramos casarnos.

—Qué desafortunado para usted que no pudiera regresar antes.

—Ciertamente que sí, Excelencia. Pero yo me habría quitado de en medio si ella misma no me hubiera buscado, hablándome de su infelicidad y de su anhelo de que volviéramos juntos.

Eso era evidentemente una mentira. Madeline nunca habría dicho tal cosa. Últimamente no, al menos. Estaba seguro de ello.

—Y cuando ella me habló de las desafortunadas

circunstancias de vuestro encuentro, el alboroto que se produjo en medio de la noche cuando fuisteis descubierto...

Sabía lo de Dover. ¿Y quién podía habérselo contado, salvo Madeline? ¿Acaso el súbito cambio de actitud de su esposa hacia él no había sido más que un truco? Últimamente la había visto algo distante. Y estaba también aquella insistencia en dirigirse a él por su título, negándose a llamarlo por su nombra de pila... ¿Qué sabía él de las mujeres?

Y, lo más importante: ¿qué sabía él de Madeline? Pensó que de nada serviría expulsar a aquel hombre de su casa antes de haber comprendido la extensión del problema.

—Ocurriera lo que ocurriera entre nosotros, hace ya tiempo que está arreglado. Ella está casada y encinta.

—Es cierto que no había esperado que se casara con otro hombre —reconoció Colver—. Pero que esté encinta no constituye para mí una sorpresa tan grande. Cuando una persona está enamorada, suele mostrarse descuidada a la hora de hacer determinadas cosas.

—Ella no se merece que nadie la culpe de esto —repuso Michael, acudiendo en defensa del honor de su esposa—. Fui yo quien se mostró descuidado aquella noche —además de que ella no lo había amado cuando concibieron.

—Pero nosotros estábamos muy, muy enamorados...

De repente Michael tomó conciencia de que aquel era un diálogo de sordos. Se sintió como un estúpido. Durante aquellos últimos meses solo había estado seguro de una cosa. A pesar de todos sus miedos, había sido capaz de engendrar un hijo. Pero... ¿y si Colver decía la verdad y Maddie se había apresurado a buscarlo estando embarazada de otro hombre?

Ignoraba lo que había sucedido entre ellos, pero aquel hombre había esperado hasta estar seguro de que Madeline llevaba algún tiempo casada, antes de acudir en su auxilio. Su comportamiento resultaba sospechoso y sus respuestas a sus otras preguntas habían sido evasivas. No tenía, pues, razón alguna para creerle.

Pero siempre existía la posibilidad de que, en aquel punto en concreto, aquel hombre estuviera diciendo la verdad.

La duda de Michael era minúscula. Pero, si no llevaba cuidado, crecería hasta convertirse en un gusano en una manzana.

—De modo que estaban enamorados —dijo Michael—. Qué suerte la suya. Pero no acierto a comprender qué puede tener que ver su amor perdido con mi esposa y con mi hijo —fuera cual fuera la verdad, y lo que él pudiera sentir por una mujer que todavía se negaba a tutearle, lo que sí tenía claro era que odiaba a Richard Colver.

—No discutiremos sobre la paternidad del niño, porque el tema no puede ser más despreciable —dijo Colver en un aparente intento por complacer a su anfitrión, pero sonriendo al mismo tiempo como si no tuviera duda alguna sobre la verdad—. Maddie, sin embargo, es asunto completamente distinto. Ella sostiene que me creyó muerto. Aceptar vuestra proposición fue claramente un acto desesperado por su parte.

«Llévatela entonces y márchate de aquí». Ese era el grito dolido de su corazón. Pero, dado que Michael ni siquiera estaba seguro de tener corazón, lo ignoró.

—Parece suponer, ahora que finalmente ha vuelto, que ella preferiría marcharse con usted.

—Podríamos dejar el bebé con vos, por supuesto —repuso Colver.

—Qué generosidad la suya.

—Pero si al final resultara ser una niña, la situación sería bastante incómoda, ¿no le parece? Porque entonces se quedaría sin esposa y sin heredero.

O bien sucumbiría a sus impulsos y echaría personalmente a Colver a la calle. Luego cerraría las puertas del ala de la duquesa con ella dentro y seguiría visitándola por las noches hasta que engendrara un hijo. Y acabaría con la absurda idea de que ella pudiera renunciar a una vida de lujos para marcharse con un soldado sin fortuna.

Pero entonces se imaginó a Madeline forcejeando sin éxito con una puerta cerrada. Madeline, la mujer a la que se lo había prometido todo, incluida su libertad.

—Por supuesto, podríamos resolver este asunto

de otra manera —sugirió Colver para llenar el silencio—. Una simple compensación por la pérdida de sus favores y yo me marcharía con el corazón destrozado.

—¿Quiere usted que le pague por dejarla en paz? —Michael se echó a reír—. Usted no necesitó recibir cantidad alguna cuando la abandonó la primera vez.

—Pero ahora estoy muy preocupado por su bienestar. Después de lo que sucedió en Dover… —sacudió la cabeza, asqueado—. No podría separarme de ella con tanta facilidad.

—Quiere usted que lo soborne para que desaparezca —Michael reflexionó por un momento y volvió a reír.

—Estábamos prácticamente casados —insistió Colver.

De repente Michael se levantó y se acercó a él. Colver era el más alto de los dos, aunque por un estrecho margen. Sería de esperar que un soldado entrenado poseyera las habilidades necesarias para defenderse.

Colver levantó las manos, dispuesto a luchar.

—Antes de que me golpee, recuerde contra quién se enfrenta. Pegar a un lord es algo más que un delito común. Le ahorcarán por ello —le recordó Michael. Y era una pena, porque nada le habría gustado más que darle una paliza. Pero no habría sido justo provocar una pelea solo para hacer que arrestaran a su oponente.

—No me amenacéis —balbuceó Colver.

—No le estoy amenazando —repuso Michael con una sonrisa—. Es más bien una promesa. Si se marcha de aquí, no será porque yo le pague para que lo haga. Puede que tenga el poder de sobornarle, pero si lo hiciera, estoy seguro de que volvería en cuanto se le acabara el dinero. Pero también tengo el poder de hacerlo desaparecer. Una palabra mía y lo mandaré a la cárcel de Newgate. Dos palabras y morirá ahorcado.

—No se atrevería… —replicó Colver con escasa convicción.

—No me molestaría en hacerlo… a no ser que Madeline me lo pidiera. El afecto que le profeso a ella me ha disuadido de intervenir hasta el momento. Dado que usted es tan buen amigo suyo, no le negaré su compañía. Si, una vez nazca el niño, ella decidiera irse en su compañía, yo no se lo impediría. Yo se lo he prometido todo. Y pretendo dárselo, incluso aunque lo que me pidiera fuera marcharse con usted —se lo quedó mirando fijamente—. Pero si Madeline se cansa de su compañía, o si usted la incomoda o disgusta de alguna manera, ya puede encomendarse a Dios: no necesito decirle lo que podría suceder. Con el embarazo, ella se encuentra en un estado mental de lo más inestable. Le sugiero entonces que, decida lo que decida ella hacer con usted, se esfuerce por tratarla bien. Porque si le hace el menor daño, le mataré.

Y, dicho eso, abandonó la habitación para dejar

que el amante de su esposa decidiera si se marchaba o se quedaba en la casa.

Por primera vez desde que había vuelto a Aldric House, Michael cerró la puerta a su espalda antes de dirigirse a su ala de la casa. No le gustaban las puertas cerradas, ni aun teniendo él la llave. Esa noche, sin embargo, cuanto menos supiera sobre lo que estaba sucediendo en el resto de la casa, mejor.

Había esperado que el problema pudiera resolverse por sí mismo después de su conversación con Colver. Pero aunque el sujeto no era particularmente listo, sí que era persistente. Se había trasladado a la habitación que Madeline había elegido para él y probablemente se quedaría allí hasta que alguien lo sacara por la fuerza. Y dado que Michael no tenía ninguna intención de intervenir, le correspondería a su esposa zanjar el asunto.

La cena había estado presidida por la tensión, pese al intento de Maddie de serenar las cosas invitando a los Hastings. Colver había aprovechado todas las oportunidades que se le habían presentado para recordar su estrecha asociación con Madeline, intentando dirigir la conversación hacia sus amigos comunes y contando anécdotas que solo ellos dos podían entender. Madeline se había mostrado claramente incómoda.

Pero el tono había cambiado cuando Sam encontró motivos particulares para detestar al recién llegado. Una vez que las damas se hubieron retirado al salón. Colver había sacado el tema de su servicio en el ejército. Sam, antiguo cirujano de la marina, había derivado la conversación hacia detallados análisis de cada batalla librada durante los quince últimos años, a la vez que se aseguraba de que la copa de Colver no quedara nunca vacía.

Cuando Colver se hubo retirado de la habitación para aliviar sus necesidades, tambaleante por el exceso de licor, Sam le había confiado a Michael:

—Si ese hombre es oficial del ejército, entonces yo soy lord Nelson.

Le había comentado que, aunque el sujeto parecía haber servido en la campaña que les había descrito, era más que probable que su conocimiento de la batalla proviniera de las miradas que había lanzado a su espalda mientras desertaba con sus camaradas.

Colver había regresado a la habitación. Sam había descorchado otra botella y, a partir de aquel entonces, las cosas habían ido cuesta abajo. Para cuando Evelyn fue a buscar a su admirablemente sobrio marido para volver a la casita de campo dando un paseo, los criados se habían visto obligado a llevar a Colver, completamente inconsciente, a su habitación. Michael, por su parte, ya estaba sintiendo los efectos del oporto, lamentando haber cometido la locura de intentar seguirle el ritmo al militar.

En ese momento llamaron a la puerta cerrada.

Suponiendo que fueran efectivamente golpes en la madera, y no el martilleo de su cabeza. Se volvió hacia Brooks, su ayuda de cámara.

—Dile a quien sea que no estoy de humor para visitas —se sacó él mismo las botas y se estiró en la cama, esperando que llegara la muerte o la mañana.

Pero su ayuda de cámara no volvió. Cuando unos segundos después abrió los ojos, era Madeline, con las manos en las caderas, quien estaba frente a él.

—No me mires así —le dijo, demasiado cansado para fingir que no estaba furioso.

—Y vos no os atrincheréis detrás de puertas cerradas cuando deseo hablar con Vuestra Excelencia. Le dije a Brooks que si me impedía la entrada, mandaría a los criados que desmontaran la puerta de sus bisagras.

—Muy bien —cruzó las manos detrás de la cabeza y se apoyó en el cabecero de la cama, intentando mantener la calma. Pero por una vez no sintió deseos de arreglar las cosas diplomáticamente. Quería tener una discusión—. ¿Qué es lo que deseas de mí?

—Quiero saber qué es lo que pretendéis hacer con nuestro invitado.

—Colver es tu problema, no el mío.

—Pero no necesitáis invitarlo a quedarse en esta casa —le dijo ella—. Y tampoco me ha gustado vuestro intento de alojarlo cerca de mi dormitorio.

—¿No era eso lo que queríais? Cuando esta mañana entré en el salón, tú le estabas declarando tu amor —intentó decirse que «amor» no era más que una simple palabra. Pero aunque reaccionaba con incomodidad cuando ella se la decía, detestaba que la utilizara con otro hombre.

—Yo lo amé —le confesó, reacia a negarlo—. Pero eso pertenece al pasado. ¿Esperabais que os mintiera al respecto, como hicisteis vos cuando afirmasteis que yo os había hablado a menudo de él?

Michael se echó a reír.

—Una curiosa omisión, porque estoy seguro de que se trata de una historia muy interesante. Yo no mentí. Tú no tenías intención de hablarme de él, pero yo me enteré de todas formas. La noche que nos casamos, lloraste por él en sueños. Le suplicabas que te rescatara. De mí.

Pareció consternada al oír aquello, y Michael no pudo contenerse de añadir:

—Y sigues llamándolo por su nombre en sueños, en algunas de las ocasiones en que estamos juntos.

—Íbamos a casarnos —le espetó como si eso fuera explicación suficiente.

—¿Y tú te lo creíste? —rio de nuevo, disfrutando con su incomodidad—. Él nunca tuvo intención de casarse contigo, niña estúpida. Te engañó para desflorarte, y luego se marchó. Me pregunto con cuántas otras novias yació antes de escapar para alistarse en el ejército. Y con cuántas habrá estado desde que volvió.

—Eso no puede ser cierto… —la voz le temblaba de rabia.

—¿Te lo imaginas conservándose célibe para ti, durante todos estos años? —quizá al día siguiente se arrepentiría del placer que le estaba produciendo hacerle daño al enfrentarla con la realidad, pero esa noche se estaba vengando. Alzó las manos al cielo y las dejó caer—. Oh, pero me estoy olvidando de algo. Tú decías que había muerto. Pero a mí me parece que está bastante vivo, ¿no? Estoy seguro de que, cuando la próxima vez le pidas que se quite la ropa, descubrirás que ni siquiera tiene cicatrices.

—¿Cómo os atrevéis? —estaba lívida de rabia, tambaleándose, como si el peso de cargar con la verdad y con el bebé fuera demasiado para ella.

—¿Que cómo me atrevo? Lo lamento si no quieres reconocer lo que es obvio. Pero qué causalidad que, ahora que llevas ya unos meses casada conmigo, haya aparecido tu amor perdido… —se llevó una mano a la barbilla, fingiendo meditar—. Apostaría a que ese hombre anda detrás de dos objetivos: acostarse contigo y conseguir luego que yo le pague para que se marche.

Cuando ella habló, lo hizo con una voz tan débil como su aspecto.

—Si tan seguro estáis de ello, os lo preguntaré otra vez: ¿por qué lo invitasteis a quedarse?

Estaba tan cerca de la cama que Michael podía oler su perfume mientras lo miraba con aquellos oscuros ojos de expresión insondable. Algo en lo más profundo de su ser le gritaba que dejara de comportarse como un imbécil y admitiera su error. Así podría despachar a aquel patán de su casa y todo volvería a la normalidad.

Pero, en lugar de ello, le dijo la verdad:

—Porque fui incapaz de desaprovechar la oportunidad de conocer en persona a tu trágico amor perdido. Y de descubrir si es verdad, como tú sostienes, que no lo has visto en años.

—¿Y por qué no debería ser eso cierto?

El hecho de que no hubiera adivinado sus intenciones constituía una prueba de su inocencia. Pero no podía dejar de acosarla, de fastidiarla:

—¿Niegas que tuviste relaciones íntimas con ese hombre?

Por la expresión de su rostro, supo que había descubierto el único secreto que ella había pretendido guardarle.

—Aquella noche, en Dover, yo nunca afirmé ser virgen. Vos nunca me disteis la oportunidad de decíroslo —seguía hablando en voz baja, pero de vergüenza, no de furia.

—Pero dejaste que lo diera por supuesto desde entonces —le recordó él.

—Porque vos deseabais que fuera cierto —replicó, sacudiendo la cabeza—. ¿Pero alguna vez os habéis preguntado, Excelencia, cómo es que existen en este país tantas mujeres deshonradas para que los hombres como vos podáis divertiros con ellas? No todo el mundo puede permitirse ser tan puro como vos esperáis que sea. Como tampoco algunas de nosotras tenemos la suerte de casarnos con el primer hombre al que amamos.

—¿Afortunada, dices? —sonrió—. ¿Crees que habrías sido afortunada si te hubieras casado con un soldado desertor en vez de con un duque? —quizá así lo pensara. Si amaba a Colver, habría querido casarse con el tipo.

Pero también había afirmado amarlo a él. Otra prueba de lo falsas que eran sus palabras.

—Aquella noche —dijo ella—, yo había elegido entrevistarme con mi nuevo patrón, en Dover, por una razón. Era la misma posada en la que me había alojado con Richard la noche en que nos despedimos. Recé para que él viniera a buscarme y pudiera darme hijos. Era a él a quien yo esperaba ver. Y, en su lugar, aparecisteis vos.

—Ya —eso explicaba el abrazo de bienvenida que tan bien recordaba y la manera en que había llorado en sueños. Pero cabía otra posibilidad—. Pero eso no explica cómo yo me encontré en la habitación equivocada aquella noche.

—Estabais borracho —le recordó ella.

—Nunca había estado tan borracho antes y no fui capaz de encontrar el camino.

—Dicen que siempre hay una primera vez para todo.

—Sí, o tal vez tú pudiste haber averiguado mi identidad y haberme engañado para que me equivocara de habitación. Habría sido una muy provechosa manera de explicar una indiscreción que ya antes había tenido lugar —era una conjetura arriesgada, pero tenía mucho más sentido que lo que, de hecho, había ocurrido entre ellos. Vio que perdía el aliento.

—¿Pensáis que ya estaba encinta?

—Habría sido extremadamente conveniente para ti que encontraras a un miembro de la nobleza lo suficientemente bebido como para dejarse engañar por ese truco.

—¿Cómo os atrevéis…?

Michael se había olvidado ya del tono que ella había usado contra él durante los primeros días, cuando tanto lo había odiado.

—Una cosa es dudar de mí… —continuó ella—. ¿Pero dudar de vuestro propio hijo? Eso es tan despreciable que no tiene nombre, Saint Aldric. El bebé es vuestro. No os penséis que voy a negarlo ahora.

—Eso es cierto. No puedo negarlo. Os he aceptado ante los ojos de todo el mundo como mi esposa y madre de mi heredero —tuvo la sensación de que la historia se estaba repitiendo, como en Dover. Había bebido demasiado y había ido demasiado lejos. Solo que esa vez le estaba haciendo daño con palabras, dando voz a todos sus miedos irracionales sin pensar en las consecuencias.

—Permitidme entonces que os lo asegure —le dijo ella, retrocediendo para situarse fuera de su alcance—. Podéis creer lo que queráis, pero estoy dispuesta a jurar sobre la Biblia, si alguna se puede encontrar en este antro de iniquidades, que la criatura que llevo en el vientre es vuestra. Hacía años que no veía a Richard antes de esta mañana. Cuando me separé de él, fue con la sincera esperanza de que volviera a buscarme y me hiciera su esposa.

—Muy bien —dijo Michael, deseando ya que un sencillo acuerdo pudiera borrar todas las cosas horribles que sabía había dicho.

—Pero lo que no entiendo es por qué debería importaros a vos a quién ame yo, o con quién pueda estar.

—Eres mi esposa —le recordó.

—Y vos me prometisteis, desde el principio, que no deseabais de mí nada más que nuestro hijo.

Por supuesto que lo había hecho. Pero… ¿acaso se había olvidado de lo que había sucedido entre ellos durante aquellos últimos meses?

—Yo pensaba…

—¿Que podía haber algo más entre nosotros? —sonrió, triste—. Y yo también. Incluso me puse yo misma en ridículo declarándoos mi amor. Pero dado que nunca me respondisteis, tuve que asumir que el sentimiento no era recíproco. Y si eso es cierto, no podéis exigirme que os sea fiel.

—Eres mi esposa —insistió.

—Y vos, Saint Aldric, estáis ciego a todo lo que os rodea —miró la habitación en la que se encontraban—. Vuestros padres estaban casados, ¿no? ¿No os enseñaron ellos lo que significa tener un matrimonio de ley, y no de sentimiento? Queréis alguien que comparta vuestro lecho. Lo entiendo, ya que eso es lo mismo que quería yo la primera vez que os busqué aquella primera vez. Y en la cama nos entendemos bien. Pero yo no seré siempre joven y bonita. Algún día os cansaréis de mí, y eso será el final. Tomaréis una amante y yo me arrepentiré de no haberme marchado cuando me disteis la oportunidad de hacerlo. Y ahora, si me disculpáis, ha sido un día muy cansado. Y, por muchas ganas que tenga, carezco de la energía necesaria para abandonaros esta noche.

Dieciséis

Para Maddie, la llegada de Richard Colver era la prueba de que a veces lo peor que le podía pasar a una persona era ver cumplidos sus deseos. Había esperado durante mucho tiempo aquel momento, sin pensar que al final podría resultar desagradable, o que Richard resultaría ser todo lo contrario del atractivo héroe que tan bien recordaba.

La pasada noche, durante la cena, su relajada sonrisa le había parecido más bien una mueca lasciva. Podía distinguir trazos de gris en su pelo, el enrojecimiento de sus ojos y el color cetrino de su piel. Los cambios parecían deberse más a la disipación de costumbres que a la edad. Y a lo largo de lo que debería haber sido una cena formal, lo había sorprendido admirando tanto su pecho como el de Evelyn, como si hubiera esperado que se los sirvieran como un postre. No había tenido el menor empacho en servirse de la carne y del vino de Su Excelencia, engullendo la comida como si no supiera si comérsela o llenarse los bolsillos con ella y echar a correr.

¿Siempre habría dido así? Porque ahora le parecía que el duque había tenido razón: el hombre al que había entregado su inocencia era un granuja egoísta y codicioso. No la había amado entonces más de lo que la amaba ahora. No se imaginaba ninguna otra razón para su presencia allí que no fuera la de causar problemas.

Y lo había conseguido. Todo ello había llevado a la riña que había tenido con Saint Aldric antes de acostarse. Si sencillamente al duque le habían entrado celos, bien podía considerarse halagada. A juzgar por el olor de la habitación, había estado tan bebido como lo había estado aquella noche en Dover. Aunque él mismo le había asegurado que las cicatrices de su hombro y de su cuello bastarían para mantenerlo sobrio, el día anterior no habían surtido su efecto. Había cuestionado su honor y la había acusado de mentir en algo tan importante como la paternidad de su bebé. Sus dudas le dolían muchísimo más que la ausencia de toda palabra de amor.

Habían sido unos minutos realmente tristes, pero que le habían proporcionado una nueva comprensión sobre varias cosas. Por ejemplo, estaba segura de que no quería tener nada que ver con Richard Colver. No pensaba flagelarse a sí misma por haberlo amado. En aquel entonces había sido una muchacha joven e inocente, con escaso juicio, pero a esas alturas solo una imbécil se iría con un hombre como él.

Había descubierto también otra verdad menos

desagradable. Seguía amando a Saint Aldric, a pesar incluso de todas las cosas horribles que le había dicho. Pero él no le había hecho una declaración similar, y sospechaba que tampoco se la haría. Cuando ella se enfrentó a él con incómodas verdades, él se había limitado a recordarle que era su esposa, tratándola como si fuera de su propiedad. Y no la había querido lo suficiente como para protegerla de Richard. De hecho, se había quitado de en medio para que ellos no tuvieran ningún problema en juntarse. No recibiría ayuda alguna de su marido para deshacerse de aquel molesto contratiempo.

Dudaba que Michael acogiera de buen grado su infidelidad. De hecho parecía esperarla, aunque ella no le había dado motivo alguno para ello. Como tampoco él le había prometido que le sería fiel. Cuando ella le vaticinó que acabaría cansándose de su matrimonio, no escuchó ninguna negativa por su parte. Le había dado la oportunidad de demostrarle que se equivocaba, y él la había desaprovechado. Simplemente se la había quedado mirando fijamente, como sorprendido de que tuviera el descaro de señalarle lo hipócrita de su comportamiento. Lo que demostraba que sus sentimientos hacia ella se reducían a su orgullo herido. Herido porque no había sido virgen la primera vez que yació con ella.

Si no llevaban cuidado, estaban destinados a seguir el mismo camino que sus padres. Y, por mucho que él afirmara odiar el pasado, no estaba haciendo absolutamente nada para evitar repetirlo.

Ella se marcharía antes de que eso llegara a suceder. No quería ver mujeres deslizándose a escondidas en los aposentos del duque, como tampoco deseaba exhibir ella misma amantes delante de sus narices. Durante los últimos meses, había empezado a imaginarse un futuro para ellos completamente distinto de su plan original. Tendrían una vida en común, una casa llena de hijos. Y aunque Saint Aldric nunca llegara a amarla, adoraría a sus hijos. ¿No era eso lo que había anhelado siempre?

Y si no era así, ella tendría amor suficiente para todos. Se acarició distraída el vientre, como si pudiera ofrecer algún consuelo al bebé que descansaba tan cerca de su corazón.

Pero en ese momento había vuelto al lugar de partida: a punto de tener un hijo, pero en un matrimonio sin amor.

Aquella mañana, cuando bajó a desayunar, no vio señal de Saint Aldric. Richard estaba sentado a la cabecera de la mesa como si fuera el amo de la casa, con un plato bien cargado delante y una sonrisa irónica en los labios.

Maddie tomó nota mental de invitar a Evelyn y a Sam a cada comida a partir de ese momento, como fuera.

—Buenos días, señor Colver.

—Buenos días, Excelencia —se levantó para hacerle una reverencia, burlón, antes de continuar comiendo.

Maddie preguntó por el duque. El criado le informó, con un elocuente carraspeo, que Su Excelencia había optado por tomar sus comidas en sus aposentos. Lo habría llamado cobarde por rehuir a un rival, pero obligarse a quedarse en el ala del viejo duque, un lugar que sabía que apenas podía soportar, constituía en sí una forma de castigo. Después de los excesos de la pasada noche, esperaba también que le doliera mucho la cabeza.

En cuanto a ella, su apetito había desaparecido con la discusión y ninguna cantidad de salsa Wow Wow bastaría para devolvérselo. Había dormido muy mal, además, porque el bebé no la había dejado un momento en paz. Pero ni los sufrimientos de Saint Aldric ni los suyos propios la librarían del problema que tenía entre manos.

—Bien, señor Colver —empezó de nuevo, no sabiendo muy bien cómo empezar la conversación—. Ha sido estupendo volverlo a ver después de todo este tiempo.

Él le sonrió después de beber un largo trago de café.

—Lo mismo digo, querida. Me alegra ver lo bien que te ha ido desde la última vez que nos vimos.

—Ahora que ya se ha quedado tranquilo al respecto, probablemente querrá continuar su camino y marcharse —le sugirió.

—No veo por qué habría de hacerlo. Tu marido me invitó a quedarme todo el tiempo que quisiera —le recordó él.

—Pero eso no explica por qué está usted aquí en primer lugar…

—Quería asegurarme de que eras feliz.

—Su preocupación por mí resulta conmovedora, pero innecesaria. Ahora que estoy casada, vivo segura y feliz.

—Lástima que no todos seamos tan afortunados —comentó con un suspiro.

Maddie supuso que se referiría a sí mismo. Pero seguía sin saber lo que esperaba de ella. Reflexionó por un momento y adoptó una actitud de ánimo optimista, como cuando tenía que lidiar con niños enfurruñados.

—Es cierto que la vida puede llegar a ser muy difícil. Pero cuando uno persevera y se empeña en mejorar, quién sabe los éxitos que puede llegar a alcanzar.

—Un noble sentimiento —convino él—. El éxito es posible cuando las circunstancias no trabajan en contra de uno. Como por ejemplo cuando uno es traicionado por un antiguo amor. Al matrimonio le acompañan ciertas expectativas, que la disolución de un compromiso destruye.

Maddie suponía que eso era cierto, pero… ¿de qué manera resultaba aplicable a su situación?

—Desde que me he casado —le aseguró—, no he hecho el menor daño a nadie.

—A ti no, quizás.

Tardó un momento en darse cuenta de que se estaba refiriendo a sí mismo, pero aquella mirada dolida perdía su efecto por culpa de los carrillos llenos del beicon de Saint Aldric.

—No puede usted mantener en serio que yo haya roto ninguna promesa.

—Tú te prometiste conmigo. Y luego me abandonaste para casarte con Saint Aldric.

Y todavía tenía el descaro de hacerse el ofendido…

—Porque creía que estabas muerto —le recordó, abandonando toda formalidad y resoplando de disgusto—. Lo siguiente que me dirás es que te deshonré —pensó que Saint Aldric tenía razón. Aquel hombre era un granuja. La había manipulado y abandonado. Y en ese momento estaba buscando la manera de manipularla de nuevo.

—Yo no te habría hecho el amor si no hubiera pensado que eras una mujer seria y constante en tus afectos —le dijo él—. Al esperarte, me privé a mí mismo de la oportunidad de hacer un buen matrimonio. Y ahora no tengo nada. Ni siquiera te tengo a ti.

El hecho de que la hubiera colocado en último lugar lo decía todo sobre sus verdaderos sentimientos.

—¿Y qué esperas que haga yo con tan trágicas circunstancias?

—En estos casos se impone un arreglo.

Maddie sonrió, porque a eso sí que podía responder.

—Entonces estás hablando con la persona equivocada, Richard. Yo no tengo nada que darte.

—Pero eres duquesa… —objetó, confundido.

—Sin un penique en el bolsillo —le aseguró, con-

266

fiada en que le estaba diciendo la verdad—. Agoté todos mis ahorros antes de la boda. Y no he tenido motivo alguno para pedirle nada a Saint Aldric desde entonces —reflexionó por un momento—. A no ser que quieras aceptar ropa de señora, un par de periquitos o, quizá, un caballo. Ve a las cuadras y di a los mozos que te he dado a Buttercup.

—Yo no necesito un caballo.

—Mejor, porque yo tampoco quiero regalarte la yegua. Si es dinero lo que buscas, entonces tendrás que hablar con el duque.

—Ya he hablado con él —le informó Richard—. Y ha dejado la decisión en tus manos.

Maddie lo maldijo para sus adentros. Si de ella dependiera, Saint Aldric le entregaría a aquel intruso la suma que fuera con tal de que se marchara de allí. Pero sospechaba que lo que habían compartido durante aquellos últimos meses había quedado arruinado para siempre por culpa de la llegada de Richard. Se lo quedó mirando fijamente por unos segundos, preguntándose qué era lo que había podido ver en aquel hombre para proyectar tantos sueños en él.

—¿Quieres que yo tome una decisión, Richard? Pues aquí la tienes. Si Saint Aldric pensara que merecías recibir algún dinero, yo ya te lo habría dado ahora mismo… para que te fueras.

—¿Quieres decir que permanecerás a su lado, a pesar de lo que te hizo en Dover?

—No alcanzo a comprender de qué manera llegar a un arreglo contigo podría cambiar el pasado —le dijo con el tono más razonable posible—. Y dado que tú me has dejado bien claro que estás dispuesto a cambiar mi amor por dinero, no me siento muy inclinada a concederte ni una cosa ni la otra.

—Si me he expresado mal —replicó Richard, esforzándose por explicarse—, es porque pensaba que no existía otra opción. Tú vales para mí más que todo el oro de Saint Aldric. Si te hice la sugerencia fue solamente porque dudaba que te decidieras a abandonarlo. Saint Aldric no te ama. Si te amara, no habría tolerado mi presencia en esta casa.

Aunque Maddie sabía que por lo menos la mitad de las palabras que salían por la boca de Richard eran falsas, de cuando en cuando acertaba y decía la verdad. Como en aquel momento.

—No todos los matrimonios se fundamentan sobre el amor —le dijo, convencida de que era cierto—. Pero nos llevamos bien. Y eso es más de lo que muchas parejas pueden decir.

Richard se mantuvo impasible.

—Por lo que he oído comentar a la gente de la región, no es nada difícil llevarse bien con Saint Aldric. Sospecho que es su beatífica naturaleza lo que le impide recordarte la pareja tan extraña y descompensada que hacéis.

—Quizá, pero veo que las maneras no te han impedido a ti mencionarlo.

Richard sacudió entonces la cabeza con gesto cansado.

—Deseo simplemente recordarte lo que ha resultado obvio desde el principio. Tú eres una institutriz, Maddie. Y él es un duque. Si no fuera por el niño que llevas en las entrañas, él no se habría dignado a mirarte dos veces. Habría elegido a alguien más parecido, por ejemplo, a la señora Hastings. Alguien de su misma esfera social.

Quizá eso fuera cierto. Pero aunque podía haberla considerado más apropiada, Saint Aldric no se había casado con Evelyn.

«Pero porque ella lo había rechazado», le recordó una voz interior.

Muy bien. Su marido no la amaba. Y quizá tampoco hacían buena pareja. Ella tendría un futuro lleno de comodidades, de cualquier posesión material que pudiera desear. Pero ese futuro se le antojaba extrañamente vacío cuando pensaba en el hombre con quien lo compartiría: siempre tan educado, siempre tan solícito… pero nunca verdaderamente suyo. Tal vez tendría que dejarlo. Pero no hasta que hubiera dejado a su bebé sano y salvo en sus manos. Sin pensarlo, volvió a acariciarse distraídamente el vientre. «Tampoco a ti quiero dejarte», le prometió en silencio. «Pero no siempre podemos tener lo que queremos».

Richard lo vio y asintió con la cabeza.

—Haces bien en pensar en la criatura. Pero llegará pronto, Maddie. Y entonces, ¿qué harás?

No lo sabía, así que no pudo responder nada.

Richard la estaba mirando con la misma expresión de antaño, como animándola a creer en él.

—Sé que no me quieres aquí. Y sé también que no recibiré ningún dinero. Pero pretendo quedarme hasta que nazca el niño. Cuando llegue ese momento, si quieres, te llevaré conmigo y te cuidaré. Al menos te debo eso, querida. Cuando descubras que no puedes soportar quedarte aquí, no tendrás nada que temer. Yo cuidaré de ti —hizo su plato a un lado, se levantó de la silla y se acercó a ella. Y le dio un beso en la frente antes de dejarla sola.

Diecisiete

Después de lo sucedido la tarde anterior, Michael no esperaba encontrarse a Richard Colver a la hora del desayuno. Pero parecía que dormir hasta tarde después de haber bebido demasiado no figuraba entre los vicios de aquel hombre. Cuando fue requerido para ello, Brooks lo informó de que el invitado ya estaba desayunando en el salón matutino con Su Excelencia. Michael pensó por un momento en interrumpir su conversación e imponerles su compañía.

Pero luego recordó su disputa con Madeline de la pasada noche. Si aquel tipo trataba a su esposa con la amabilidad que ella se merecía, entonces no había nada que interrumpir. Ella le había dicho que lo amaba. Ya se lo había dicho una vez, por supuesto. Pero no había querido escucharla entonces. Solo cuando pensó que tal vez no volviera a escuchar aquella frase tomó conciencia del valor de aquellas pocas palabras.

Ella lo amaba. Y él se negaba a corresponder a sus sentimientos.

Incluso en ese momento, seguía sin estar seguro de poder acudir a ella y decirle lo que deseaba escuchar. Le había lanzado unas acusaciones tan duras que se imponía una disculpa. ¿Pero acompañar la disculpa de una declaración de amor? Aunque pudiera formular la frase con la suficiente confianza, dudaba que ella le creyera. Lo miraría como hacía algunas veces, cuando sospechaba que sus pensamientos no concordaban con sus palabras.

En todo caso, no deseaba ver a Madeline en compañía de Colver. Esperaría hasta después del desayuno, y entonces la buscaría y escogería sus palabras con tanto cuidado como si estuviera en una discusión de la Cámara de los Lores. Mientras tanto, iría a ver a su hermano y le pediría consejo. Sam sabía más del amor de lo que él podría llegar a saber nunca. Seguro que podría resultarle útil en aquel asunto.

Cuando el criado hizo entrar a Michael en la casita de campo, Sam estaba solo en el salón. Eso era algo poco habitual, ya que rara vez veía al marido sin la esposa. Su hermano le había explicado que después de haber pasado años separado del amor de su vida, cada momento compartido con ella era como un tesoro para él.

Había pensado que semejante devoción era un sentimiento admirable. Pero ese día le recordaba a su propia esposa y a su supuesta alma gemela desayunando juntos…

—¿Dónde se ha metido tu esposa esta mañana? —le preguntó Michael—. Después de tus excesos de anoche, espero que no haya vuelto a Londres sin ti…

—Por supuesto que no —sonrió Sam—. Está ayudando con un parto en el pueblo. Pero no es por eso por lo que estás aquí, ¿verdad?

Michael solo pudo responder con un gruñido.

—Esa no es la contestación que yo esperaba. Vas a ser padre. Llevas seis meses acosándome a preguntas sobre la gestación humana. Pero ahora que estás casi al cabo de la carrera, ¿has perdido ya todo interés?

—No he perdido el interés —dijo Michael—. Pero tengo otras cosas en la cabeza.

—¿Más importantes que el nacimiento de tu primer hijo? Que por cierto, según mis cálculos, podría ocurrir en cualquier momento.

Como médico que era, Sam no era dado a la exageración, pero Michael sospechaba que, en esa ocasión, podía ser culpable de ello. La noche anterior había visto a Madeline en un excelente estado de forma, al margen de que hubiera estado furiosa con él.

—Sigo tan interesado en el bebé como siempre. Pero, en este mismo momento, es Colver quien me preocupa.

—Entonces échalo de tu casa. No necesitas cargarte con un invitado indeseado en un momento como este.

—Es el invitado de Madeline —replicó Michael.

—En tu casa —le recordó Sam.

—¿Pero y si ella prefiere que se quede?

Sam se echó a reír.

—¿Te lo ha dicho ella?

—No —admitió.

—Entonces supongo que esperaste a que Colver estuviera borracho perdido y luego tuviste una terrible discusión con ella sobre él, ¿verdad? Le dirías algo supremamente estúpido, en lugar de echar a Colver cuando tuviste la oportunidad. Y ahora probablemente ella se aferrará a él para darte la lección que te mereces.

—Sí, bueno, pero… ¿qué voy a hacer ahora? —le espetó Michael. Le molestaba que pudiera leer tan bien sus sentimientos.

—Disculparte. Declararle tu amor. Decirle que debe renunciar a Colver, si no quiere que lo eches tú en persona. Y puedes darle joyas, supongo. Aunque yo nunca he encontrado necesaria esa medida en mis conversaciones con Evie.

—Supón que no lo hago.

—¿Que no haces qué? ¿Disculparte? En ese caso no tienes esperanza. Sea lo que sea que haya ocurrido, probablemente la culpa es tuya y será mejor que lo remedies cuanto antes.

—Supón que no la amo.

Podía ver, por la sorprendida expresión de Sam, que esa posibilidad ni siquiera se le había pasado por la cabeza.

—Entonces despacha inmediatamente a ese hombre. Tú no lo quieres en tu casa, y lo que sienta ella hacia ti, o hacia ese tipo, no importa.

Pero, aunque no estaba enamorado, estaba seguro de que los sentimientos de Maddie le importaban, y mucho.

—Cuando nos casamos, le prometí que le daría libertad absoluta para hacer las cosas a su manera.

—Sí, yo estaba presente —le recordó Sam—. Y me pareció algo muy estúpido por tu parte.

—En aquel momento lo único que me preocupaba era convencerla de que se quedara por el bien del bebé. Pero si ahora quiere irse con Colver...

—Quieres cambiar el primer acuerdo al que llegaste con ella —dijo Sam.

—Me he acostumbrado a ella.

—Hablas como si tu esposa fuera un perro de caza —resopló su hermano—. O un par de botas que te sentaran bien.

—Es más que eso —protestó Michael, intentando encontrar las palabras adecuadas—. Es una compañía agradable.

—¿En qué sentido lo es? —presionó Sam—. ¿Crees que constituye una pareja adecuada a las cartas? ¿O simplemente te gusta yacer con ella? —rio de nuevo—. No pongas esa cara de sorpresa. Al fin y al cabo, estáis casados. Es lógico que tengáis intimidad.

Michael se había quedado asombrado.

—¿Tan obvio resulta?

—Con solo miraros a los dos juntos, resulta obvio que hace ya tiempo que vuestro matrimonio ha dejado de ser de pura conveniencia. Os adoráis mutuamente.

—¿De veras? —intentó pensar en algo que pudiera haber hecho para que Sam sacara esa conclusión—. Aunque ella se muestra cariñosa conmigo, todo discurre dentro de los límites de la corrección. La trato con la cortesía que se merece.

—Y cuando estáis juntos, no podéis dejar de miraros. Cuando creéis que nadie os está observando, encontráis cualquier excusa para acariciaros las manos o pegaros mucho. Cuando después de cenar me quedo demasiado rato con vosotros tomando el oporto, te pones a bostezar y me haces comentarios sobre la necesidad de que la duquesa descanse bien.

—Se cansa con facilidad —insistió Michael.

—No necesitaría dormir tanto si tú no la tuvieras despierta toda la noche.

—Tú dijiste que esa necesidad de afecto era algo perfectamente normal en las mujeres embarazadas.

—Entonces tú también debes de estarlo —concluyó Sam—. No hace tanto tiempo que te conozco. Pero nunca antes te había visto mirar con ojos de ternero a una mujer, o quedarte mirando la puerta cerrada cada vez que ella se ausenta por un momento, como si no pudieras esperar a su regreso.

—No la miro de una manera distinta a como lo hacía antes —insistió Michael.

—Hace un par de días, te sorprendí dándole bocados de tu plato e incitándola a que te lamiera los dedos cada vez.

—Me preocupo cuando no come —replicó, consciente de lo estúpido que sonaba eso.

—¿Y por eso consideras necesario darle de comer de tu mano? —Sam sacudió la cabeza—. Te habría llamado la atención si no hubiera sido tan terriblemente divertido.

—Dudo que tengas más motivos de diversión en el futuro —le dijo, recordando la manera en que se había separado de su esposa—. Después de mi comportamiento de anoche, será más seguro dar de comer de la mano a un tigre.

—¿Si hubiera un tigre en el jardín y ella te pidiera que le dieras de comer de la mano, lo harías?

Michael reflexionó por un momento.

—Si con ello pudiera hacerle sonreír, por supuesto que lo haría.

—Entonces ya tienes tu respuesta a tus sentimientos por ella —dijo Sam—. Y ahora sigue este consejo de tu médico personal. Vuelve con tu esposa y exprésalos. Nada que no sea la sinceridad en este determinado asunto podrá curar la particular afección de tu corazón —y, dicho eso, lo echó de su casa.

Michael regresó caminando a la casa, todavía confuso. Aunque las sencillas instrucciones del médico le parecían el mejor curso de acción, no podía evitar pensar que por fuerza tenía que haber algo más. Ya se había disculpado con ella antes y eso lo podía hacer sin dificultad. Si recordaba lo que le había dicho Sam sobre su reciente comportamiento, bien podría confesarle su amor con plena confianza.

¿Pero y si le ordenaba que despidiera a Colver y ella se negaba? Echar directamente a ese tipo sería romper la promesa que le había hecho en un principio… ¿pero y dejar que se quedara?

Era por eso por lo que había evitado el amor en el pasado. El amor llevaba a pensar cosas extremadamente dolorosas, como dar directamente de comer a un tigre de la mano o soportar al amante de la esposa de uno. Quizá sería mejor que fuera directamente a su despacho y reflexionara sobre ello durante un buen rato, hasta que encontrara las palabras adecuadas. O abrir la caja fuerte y sacar las joyas…

O no hacer ninguna de las dos cosas. Madeline estaba esperando en lo alto de la escalera. No a él, sin embargo. Estaba de hecho apoyada contra la pared, doblada sobre sí misma con las manos en las rodillas, como si hubiera perdido la fuerza para bajar.

—¿Te encuentras bien? —corrió a asistirla—. ¿Es el bebé?

Lo miró de una manera extraña y rechazó su oferta de ayuda.

—No todos mis problemas tienen que ver con el bebé, ¿sabéis?

—No, claro —¿querría decir que él era un problema? ¿O el problema era que parecía querer más al niño que a la madre?

—Lo siento.

Maddie cerró los ojos mientras se incorporaba, con la espalda todavía pegada a la pared.

—Es un mareo que me ha dado nada más subir la escalera. Adivinasteis bien: fue por el bebé. Y después me detuve a descansar.

—Siento también lo de anoche —dijo él—. Dije muchas cosas. Y todas injustas.

Ahora que ya había pronunciado la disculpa, Madeline no parecía sentirse ni furiosa ni satisfecha. Casi como si le diera igual.

—Y te amo —añadió Michael, y esperó luego el cambio que haría que todo volviera a solucionarse, a estar bien.

Lo miraba en ese momento con una expresión compasiva, como si él fuera un niño que, por mucho que se hubiese esforzado, continuara sin aprender la lección. Seguía sin decir nada. Michael pensó que si así era como se había sentido ella cuando él acogió su declaración de amor con el silencio, entonces estaba empezando a comprender el problema.

—Acerca de Colver… —estaba decidido a sacarlo todo, antes de que terminara perdiendo el coraje o la paciencia.

—Pretende quedarse hasta que nazca el niño —le informó ella de pronto, como si se tratara de algo acordado sin su conocimiento—. Y creo que probablemente sea lo mejor.

¿Qué había querido decir con eso? Si Colver no era el padre, ¿qué sentido tenía que se quedase? Pero formular aquellas preguntas significaría iniciar otra discusión.

—Sam dijo que eso podría ocurrir pronto.

Ella asintió con la cabeza.

—Dice también que necesitas descansar —eso no lo había dicho. Pero seguramente era cierto.

—Voy a tumbarme. No me siento bien.

Ahora que lo decía, tampoco tenía buen aspecto. Pero no quería asustarla diciéndoselo.

—Todo acabará muy pronto —le aseguró él, esperando que eso pudiera consolarla.

Aparentemente no fue así, porque le estaba lanzando la penetrante mirada con que solía escrutarlo cuando no estaba segura de lo que quería decir.

—Antes de retirarme a mi habitación, tengo una pregunta que haceros. Si pudierais borrar el pasado y empezar de nuevo…

Era el principio de una de aquellas retóricas preguntas que solían hacer las mujeres, y que nunca parecían acabar bien. Se preparó para lo peor.

—¿… habríais sido más feliz casándoos con Evelyn?

—Dios mío, no —había respondido demasiado rápidamente y con demasiada honestidad. Se apresuró a corregirse—. Ella no me quería a mí. Está enamorada de Sam.

—Pero, por lo demás, habría sido mejor pareja que yo —le informó Madeline.

—Ciertamente que no.

—Os habría dado menos problemas —insistió ella—. Conocía a vuestros amigos, y ellos a ella. No os habría fastidiado con periquitos, o con patéticos caballos. O con antiguos amantes.

—Yo la quiero mucho —dijo Michael, algo avergonzado de que las palabras le vinieran tan fácilmente a los labios cuando hablaba de alguien que no era su mujer—. Pero solo como si fuera una hermana. Me habría engañado con mi hermano antes de que hubiera pasado un año. Para no hablar de que sus maneras son terribles y se empeña en no cambiar. En la primera y única cena que dimos juntos, consiguió que uno de nuestros invitados sufriera una apoplejía. Y, cuando la besé, no sentí nada.

Madeline estaba sonriendo. Una sonrisa débil, pero sonrisa al fin y al cabo.

—¿Una apoplejía?

—Tú, en ocasiones, pones a prueba mi paciencia, pero en eso no eres ni de lejos tan buena como puede llegar a serlo Evelyn. Y ella además lo consigue sin proponérselo.

La sonrisa había desaparecido y otra vez lo estaba mirando con expresión extraña. Pensó que quizá había vuelto a meter la pata al criticar a su amiga.

—¿Quieres que te ayude a llegar a tu habitación? —le preguntó, porque veía que se estaba apoyando de nuevo en la pared.

Volvió a negar con la cabeza y se dirigió al pasillo que llevaba a su ala después de hacerle un vago gesto de indiferencia con la mano.

Aparentemente no lo necesitaba. No le gustaba la sensación de sentirse innecesario en la vida de su propia esposa.

—Quizá te vea en la cena —gritó mientras la veía alejarse. Invitaría también a Sam y a Evelyn, en caso de que ellos sí fueran necesarios. Y luego iría a la caja de caudales a buscar algunas joyas.

Dieciocho

La cama del ala de la duquesa, pese a sus cojines y a sus sábanas de satén, no inducía al sueño reposado. Maddie llegó a sestear algo a primera hora de la tarde, pero no se sentía mejor que cuando se acostó. El duque le había enviado un montón de cartas de futuras niñeras y doncellas, que debería leer al objeto de preparar las próximas entrevistas. Aparentemente, cuando una iba a dar a luz al futuro duque de Saint Aldric, ninguna chica normal de pueblo valía para la sencilla tarea de hacerle de niñera.

O quizá Saint Aldric estuviera picado todavía con Richard y quisiera molestarla a ella con aquel asunto. Se había comportado de la manera más extraña cuando coincidió antes con él en el rellano. Se había disculpado con ella y luego, de repente, le había dicho que la amaba, como si lo único que hubiera sacado en claro de su discusión de la pasada noche fuera que ella esperaba escuchar aquellas mismas palabras. Pero durante todo el tiempo había lucido la misma sonrisa superficial que había exhibido en el despacho y en el salón, como si lo sucedido exigiera un ejercicio de diplomacia y no de pasión.

El verdadero Michael que se escondía detrás de su marido no había aparecido hasta que ella le preguntó por Evelyn. Por un segundo o dos, se había olvidado de ser cortés y se había mostrado verdaderamente aliviado de que aquel antiguo compromiso suyo se hubiera malogrado. Pero luego había vuelto la cortés sonrisa y ella se había retirado a su habitación.

Y Richard, por el que antaño tanto había suspirado, seguía sin marcharse. ¿Acaso no se daba cuenta de que estaba a punto de dar a luz al hijo de otro hombre? A esas alturas ya se lo habría recordado a gritos, si no fuera porque la pequeña criatura que se removía en su vientre no la dejaba respirar siquiera. Pero el discurso que le había soltado Richard aquella mañana, durante el desayuno, había sonado casi sincero una vez que dejaron de hablar de dinero. Quizá, realmente, su antiguo amor no deseara otra cosa que ayudarla...

Oír de labios de su esposo que se había equivocado al elegir a Evelyn la había dejado contenta y satisfecha. Pero eran tantas las cosas de las que todavía dudaba... ¿Cómo podría soportar vivir toda una vida entera con un hombre que no la quería?

Hasta que no diera a luz, supiera por fin si se trataba de un niño o de una niña y comprobara si su nacimiento provocaba una verdadera emoción en el duque, no estaba segura de lo que iba a hacer. Según la ley, la criatura era de su padre y lo que pudiera sentir ella no importaba. Si decidía marcharse, debería hacerlo sola. Eso significaría dejar la mitad de su corazón con el duque y la otra mitad con su hijo. Se quedaría con su hijo, aunque eso significara sacrificar su orgullo.

¿Pero y si tenía una hija? No había duda alguna de que Saint Aldric querría un varón. Una niña sería una decepción para él, como parecía haberlo sido ella misma. Pensó en su propia infancia y en el constante conocimiento que la había acompañado de que ella no había sido una niña deseada por sus padres.

Ninguna hija suya se sentiría no deseada, ni siquiera por un momento. Quizá Saint Aldric les diera permiso para que se retiraran las dos de su vida. La niña podría recibir una adecuada educación, con todas las ventajas de su nacimiento y, al menos, una madre que se desvelaría por ella.

En cualquier caso, Maddie no tenía intención de volver a acoger al duque en su cama sin alguna indicación de un sentimiento sincero por su parte. Se encerraría en sus habitaciones. Él le había prometido que no la forzaría ni le exigiría nada. Por el bien de su maltrecho corazón, ella le recordaría aquella promesa.

No tendría que esperar mucho para recibir su respuesta, ya que el niño no tardaría en llegar. Todo el mundo así se lo decía. Y sería mejor que tuvieran razón, porque Maddie no podía ya soportar los malestares físicos que acompañaban a su agitación emocional. No se encontraba cómoda de ninguna forma, ni durmiendo ni levantada. Se sentía fea e hinchada. Ese día se sentía particularmente mal. Y en ese momento algo estaba retumbando contra las paredes, como si la rata más grande de todo Aldricshire hubiera localizado su habitación con la intención de atormentarla.

Afortunadamente no había advertido ese tipo de problemas en el ala infantil, pero, en cualquier caso, no pensaba arriesgarse a criar a un niño en una casa llena de alimañas. Si lograba bajarse de la cama, agarraría una escoba e iría a investigar. Le daría un gran placer acabar con cualquier intruso que encontrara. Y luego le reprocharía a Saint Aldric que no le hubiera permitido tener un terrier en la casa, o al menos un gato, para que hiciera el trabajo por ella.

Escuchó otro golpe seguido de un rumor, y de repente uno de los cortinajes de la pared del fondo se agitó. Maddie saltó de la cama, agarró lo primero que encontró a mano, una zapatilla, y la blandió por encima de su cabeza.

Entonces el cortinaje se abrió y apareció Richard, lleno de polvo y con los brazos abiertos.

—¡Querida mía!

—¡Dios mío! —Maddie apartó la tela para descubrir el secreto panel de madera que había sido descorrido, revelando un estrecho pasaje.

—Descubrí la puerta en una pared de mi habitación. Entonces comprendí por qué te habías mostrado tan insistente en asignarme aquella cámara en particular —estaba sonriendo como si acabara de encontrar un tesoro y no un montón de telarañas—. Sabía que este pasaje me llevaría hasta ti.

Como si se hubiera molestado con pasadizos secretos, cuando habría podido instalarlo en la habitación contigua de haberlo querido. El pensamiento de tener a Richard cerca le resultaba casi tan aterrador como su repentina entrada en su dormitorio. Ya antes le había costado bastante respirar, pero la impresión de verlo allí la había dejado sin resuello.

—¿Qué estás haciendo aquí?

La miró como si fuera la cosa más evidente del mundo.

—He venido a amarte, cariño mío.

—No recuerdo habértelo pedido —repuso con el tono más razonable que fue capaz de encontrar, llevándose las manos al estómago cuando sintió un violento tirón—. De hecho, te había pedido que te marcharas.

—Esta mañana acordamos que me quedaría hasta que naciera el bebé —le recordó él—. Temí que tus sentimientos por mí se hubieran enfriado y que no desearas de mi persona nada más que una simple amistad. Pero ahora que he descubierto esto… —señaló el pasaje que se abría a su espalda— lo he visto todo claro.

—Entonces mejor será que me ilumines —repuso ella—, porque no entiendo nada en absoluto.

—Tú deseabas que viniera a buscarte.

—Dispusiste de años para encontrarme. Richard. No pude ponértelo más fácil. Y ahora que acabas de aparecer arrastrándote por un agujero en la pared de mi dormitorio, ¿crees que todo ha cambiado?

—No era aquella la ocasión adecuada para buscarte —explicó él con una sonrisa—. Yo no tenía nada que ofrecerte.

—¿Por qué abandonaste tu mando en el ejército y saliste corriendo?

—Yo no salí corriendo del ejército.

—O andando. O a caballo, me da igual —replicó, cansada de todo aquel asunto—. Pero si la Guardia a Caballo te dio por muerto y no informó a tus padres de lo contrario, entiendo entonces que eres un desertor.

—Tú no sabes lo que es eso. Encontrarte solo y sin amigos, tan lejos de casa…

Maddie se echó a reír.

—De todos los argumentos a los que podías recurrir, el de la soledad es el que mejor comprendo, te lo aseguro.

Richard pareció vacilar por un momento, aunque enseguida recuperó su sonrisa.

—Pero ahora he encontrado la manera de llegar hasta ti…

—Deberías haber llamado a la puerta al menos. O pedirme permiso para entrar en mi habitación.

—Antes eso no te habría importado —le dijo.

Sus ojos verdes eran tan hermosos como los recordaba, pero no ya tan inocentes.

—Hace mucho tiempo de eso —repuso ella—. Y ahora estoy casada.

—Eso es lo mejor de todo. Tu marido me aseguró que te había dado libertad absoluta, y no te negará nada. Podemos estar juntos, incluso en tu situación de mujer casada.

—Eso será si yo lo quiero —le recordó.

—Si crees que eso puede molestarle, no tienes por qué decírselo —volvió a señalar el pasaje por el que había entrado—. Podemos amarnos en secreto, como antes.

Cuando eran jóvenes, él le había asegurado que el secreto era necesario para proteger su honor. Pero, en ese momento, la explicación del mismo no era otra que el muy razonable miedo a Saint Aldric. La paciencia del duque podría agotarse en cuanto se enterara de que existía un pasadizo oculto que comunicaba ambas habitaciones. Maddie tomó la firme decisión de decírselo.

—Ámame ahora —insistió Richard—. Una vez que haya nacido el bebé, te verás libre de ese hombre. El niño es lo único que quiere de ti. Me lo dijo él mismo.

¿Realmente había dicho Saint Aldric tal cosa? El súbito dolor que sintió fue el de su corazón resquebrajándose.

Pero entonces recordó que Richard era un pésimo mentiroso. Y el dolor se atenuó un tanto.

—Deja al bebé con él —le dijo Richard—. Y huye conmigo como te sugerí esta mañana. Será como cuando estuvimos juntos la primera vez.

La idea de cambiar un solo instante con su hijo por una vida entera con Richard Colver fue la gota que colmó el vaso de su paciencia.

—Esta mañana me hablaste como amigo. Ahora quieres que seamos amantes. Y antes de eso solo deseabas una compensación económica porque decías que yo había arruinado tus perspectivas de hacer un buen matrimonio.

—Y sigo necesitando tu ayuda —admitió él—. Pero si te separas de tu marido, él te dotará de una pensión.

—¿Quieres que lo deje porque, cuando lo haga, él me mantendrá a mí y de paso a los dos?

—Haces que parezca algo sórdido, palomita mía —volvió a acercarse a ella.

—Porque lo es —replicó, dándole un ligero golpecito en la frente con la zapatilla que no había soltado—. ¿No sientes deseo alguno de satisfacer tus propias necesidades? ¿De mantenerte a ti mismo?

—La vida de un veterano no es agradable —suspiró—. Muchos de los nuestros andan mendigando por las calles.

—Aquellos a quienes les falta una pierna, quizás. Esos están incapacitados para trabajar.

¿Le había hablado alguna vez Richard de un trabajo? Tiempo atrás había concebido un nebuloso plan para hacer fortuna mientras servía en el ejército. A menudo se había quejado del trato injusto que recibía de su padre.

—Por supuesto, me postularé para algún trabajo —le aseguró él—. Es solo cuestión de encontrar uno que me convenga. Hasta entonces, mi pichoncita, no veo razón por la que no podamos empezar nuestra vida juntos.

—Oh, Richard… —sacudió la cabeza, con una sonrisa—. Hay una muy buena razón.

—¿Cuál es, paloma mía?

—Porque, aunque me planteara dejar a mi marido, nunca me separaría del bebé. Y no cambiaría ni a uno ni a otro por una nueva aventura contigo. Y ahora, haz tu equipaje y vete a… Norfolk. O al Hades. De verdad que no me importa —estaba harta de aquella discusión. De hecho, le entraban ganas de arrastrarse hasta la cama y dejarse morir allí.

—Pero patita mía, mi…

Aquello fue lo último. Se volvió y agarró lo primero que encontró a mano, un cojín de borlas doradas, y se lo lanzó.

—Yo no soy tu patita. Y, lo que es más importante: yo no soy tuya para nada.

Richard esquivó el cojín y continuó acercándose.

—No seas estú… ingenua.

Esa vez agarró el cepillo del tocador y lo se lo lanzó directamente a la cabeza.

—Fuiste mía antes de que fueras suya —la estaba rodeando, aproximándose cada vez más—. Y estabas muy contenta de serlo, si mal no recuerdo.

—Porque te amaba —las palabras parecieron acalambrarse en su interior, como si el bebé y todo su ser se rebelaran ante la sola idea.

Richard no se mostró más que levemente sorprendido.

—Pero cuando me marché, no te costó nada olvidarme. Te buscaste este mullidito nido, mientras yo no tenía plumas para volar.

Otra vez la imagen de los malditos pájaros. Maddie soltó un gruñido de disgusto y buscó otra cosa que arrojarle. Él alzó los brazos para protegerse al tiempo que seguía avanzando.

—No puedes querer despacharme tan pronto, olvidar el amor que compartimos… separarte de tu viejo y querido amigo…

—Ya no somos amigos —replicó. Ese día no se sentía amiga de nadie, y menos aún de Richard—. Y tampoco somos amantes.

—Pero podemos volver a serlo, ¿verdad? Podríamos empezar de cero —bajó las manos y esbozó la misma sonrisa de antaño, cuando ella era joven y confiada—. Será perfectamente seguro hacerlo, porque ya estás embarazada.

—Saint Aldric…

—Se encuentra al otro lado de la casa y no oirá nada —su sonrisa se trocó en una mueca diabólica.

Maddie agarró otro cojín y se lo lanzó con todas sus fuerzas a la cabeza. Como resultado, se rompieron las costuras y estalló en una nube de plumas. El esfuerzo la dejó sin aliento y con un nuevo tirón en el vientre.

—Además de que estás muy atractiva. Rebosante de salud, más encantadora que nunca. ¿Qué, nos damos un revolcón? —se lanzó hacia ella.

Lo siguiente que agarró fue la pesada palmatoria de bronce de la mesilla, que blandió como si fuera una maza, para golpearlo a un hombro.

—¡Fuera!

—Vamos, mi palomi… ¡Ay! —y recibió un segundo golpe antes de que terminara de pronunciar una nueva metáfora aviar.

—¡He dicho que fuera! —seguía blandiendo la palmatoria—. Ahora mismo. De esta habitación. De esta casa. No esperes a recoger tus cosas, que ya te las mandaré yo.

—Pero yo estoy dispuesto a esperar —le dijo él, llevándose las manos al corazón—. Toda la vida, si es necesario.

Le propinó otro golpe. De no haber sido por el dolor que le atenazaba el vientre, la sensación habría sido de satisfacción.

—Si no te vas ahora mismo, acabarás este día lleno de golpes y arañazos de la cabeza a los pies —esa vez lo alcanzó en el brazo.

—No te dejaré —insistió él, esquivando el siguiente golpe—. Llama a los criados si quieres. Resultará muy embarazoso que nos encuentren en plena riña de enamorados.

Maddie sacudió la cabeza y sonrió cuando se le ocurrió una idea descabellada.

—Eso sería esperar demasiado. Estoy encinta, y

mis humores son muy… volátiles —lo golpeó de nuevo y en esa ocasión Richard rodó por el suelo. Se incorporó enseguida, protegiéndose detrás de las columnas de la cama.

—Vamos, Maddie…

Le arrojó la palmatoria, que rebotó sobre su hombro. Rápidamente buscó algo más que lanzarle.

—Quieres mi compañía, ¿eh, Richard? ¿Después de todo este tiempo? Volviste de la guerra y no te diste ninguna prisa en regresar conmigo, pese a que yo todavía era joven y de dulce carácter. Bien, pues ya me has encontrado. ¿Qué, te gusto ahora? —le lanzó un pisapapeles del escritorio, que pasó volando al lado de su cabeza para estrellarse en el espejo de pie que tenía detrás. El espejo se resquebrajó y la mitad cayó hecha pedazos sobre la alfombra.

—¡Por el amor de Dios, Maddie! ¿Has perdido el juicio? —retrocedió hasta la puerta del salón y, al encontrarla cerrada, masculló—: Maldita sea…

—Quizá no lo haya tenido nunca —replicó con un brillo de rabia y de dolor en los ojos. El objeto de porcelana que agarró esa vez hizo impacto en su frente, dejándole un rastro de sangre—. Pregúntale al duque cómo soy ahora. Una arpía, una bruja. He aprovechado hasta la última oportunidad que se me ha ofrecido de hacerle desgraciado —agarró el atizador de la chimenea—. Y el caso es, Richard, que al final me he encariñado mucho con él. Hasta podría decirse que le amo. Él no me deshonró ni me abandonó, como tú sí que hiciste —esgrimió el atizador contra él como si fuera una espada.

—Oh, mi primer amor —Maddie le asestó un golpe—. Mi patito… —otro más—. Mi orgulloso gallito… —sonrió, avanzando hacia él—. La gente me dice continuamente que mi apetito no cesa de crecer. Pero yo creo que más bien se trata de un apetito de violencia. Si no tienes el buen sentido de marcharte en este mismo instante, serás un gallo capón para cuando haya terminado contigo. Y ni el duque ni todos sus criados moverán un dedo para ayudarte.

Al oír eso, el gran amor de su vida se giró en redondo y desapareció corriendo por el pasadizo secreto que llevaba a su habitación, cerrando la puerta a su espalda.

Diecinueve

Maddie llamó a Peg, que contempló horrorizada el desastroso estado en que había quedado la habitación.

—Tíralo todo —le ordenó—. Y arranca también las cortinas. Manda luego a un criado que clavetee también las paredes.

—¿Perdón, Excelencia? —se la quedó mirando atónita.

—Y encárgate de que el señor Colver sea expulsado de esta casa. Inmediatamente.

—Muy bien, Excelencia —eso, al menos, tenía sentido.

Una vez arreglado el asunto de la marcha de Richard, Maddie se dirigió tambaleándose al despacho de su marido. Justo antes de verse asaltada por una nueva punzada de dolor.

—¡Saint Aldric! ¡Exijo hablar con vos en este mismo instante!

Al ver su expresión, Upton se apresuró a recoger sus libros y cuadernos con la idea de retirarse. Pero la sonrisa que le lanzó el duque fue tan neutral e impasible como siempre.

—¿Sí, amor mío?

—No me vengáis con zalamerías —le espetó, apoyándose en una esquina del escritorio. Tomó aliento y añadió—: Esta casa me resulta… claramente insatisfactoria.

—¿De veras? —pronunció con voz cansina, un tono que nunca había utilizado con Maddie, ni siquiera en los días en que más había perdido la paciencia—. ¿Cuál es el problema, querida? ¿Te gustaría una casa más grande? Podría convencer al Regente de que nos prestara Carlton House… aunque quizá no tendría las dimensiones suficientes para alojar tu guardarropa.

Se estaba burlando, y Maddie no estaba de humor para ello.

—Esta servirá, pero una vez que haya sido vaciada y reformada por dentro —le dijo, fulminándolo con la mirada—. Y no me miréis así, como si no supierais de qué os hablo, porque es obvio que a vos tampoco os gusta.

—No admitiré tal cosa —replicó mientras desviaba la mirada hacia Upton, como para recordarle a su esposa la necesidad de guardar las formas—. Ya sabes que es el hogar de mi infancia.

—Pues yo no quiero pasar una sola noche más en él.

—Volveremos a Londres dentro de una semana, o quizá antes —le dijo con el tono más razonable posible—. Pero dudo que Evelyn te anime a viajar en tu actual estado. Y acuérdate de que tienes un invitado —de repente puso los ojos en blanco… y se quedó pálido cuando se le ocurrió algo—. ¿O acaso pretende él marcharse contigo y sacarte de aquí…?

De modo que la descabellada idea de que pudiera marcharse con Richard lo había dejado sin habla. Pero Maddie no tuvo oportunidad de disfrutar de ese momento, porque él ya la estaba agarrando del brazo. Estaba segura de que, si intentaba marcharse, se lo impediría.

Pero entonces la acometió otra punzada de dolor. Jadeante, las palabras fueron saliendo de su boca en frases cortas, pronunciadas casi sin aliento.

—He echado a Richard… Entró en mi habitación… A través de un pasadizo secreto.

Consiguió disimular su dolor, pero las palabras hicieron su efecto. Vio cómo caía su máscara de impasibilidad mientras se la quedaba mirando fijamente.

—¿Que él qué?

Maddie pudo ver cómo se tensaban sus músculos bajo la chaqueta como si se estuviera preparando para una pelea. Tomó aliento de nuevo.

—Entró en mi habitación sin mi permiso. Algo que ni siquiera a vos os lo tolero.

El duque siempre había sido un hombre alto, pero en aquel momento lo parecía todavía más de lo sumamente indignado que se sentía por aquella ofensa cometida contra su esposa.

—¿Y dónde está ahora? —había un brillo asesino en sus ojos azules y sus labios se habían convertido en una fina línea, furiosa y muy, muy real.

Pensó que evocaría encantada aquella reacción suya, pero después, cuando no estuviera tan preocupada. Porque podía sentir el siguiente dolor, la siguiente contracción, acechando a solo unos segundos de distancia.

—No lo sé. A estas alturas, probablemente los criados lo habrán echado ya de la casa. Pero yo me las arreglé sola con él. Se han roto algunas cosas de mi habitación.

—¿Cosas?

—Un pisapapeles, un espejo… Estaba muy alterada —dijo, jadeando como si alguien estuviera a punto de meterle la cabeza bajo el agua—. Tardé bastante en afinar mi puntería.

Vio que fruncía los labios antes de comentar en voz baja:

—Creo que tuve mucha suerte de que las habitaciones de la posada de Dover estuvieran exentas de adornos. Aquella noche me merecí una buena paliza.

El dolor la acometió de nuevo y sus siguientes palabras brotaron en forma de un chillido:

—Os merecéis una ahora mismo… porque sois responsable del lastimoso estado en que me encuentro.

—¿El estado en que te encuentras?

—Qué memo que sois… —esa vez el dolor fue

lo suficientemente fuerte como para dejarla sin aliento, de manera que solo pudo marcar las palabras con los labios—. Si le preguntáis a Evelyn… ella os contará más de lo que querréis saber… Han pasado nueve meses y dos semanas exactas desde lo de Dover.

—Sí. Dijeron que sería pronto.

Pensó que era una lástima que un hombre tan guapo pudiera ser tan obtuso. La presión había aflojado un poco e inspiró profundamente antes de hablar de nuevo.

—Dos semanas de más. Y el bebé ha esperado hasta ahora.

—¿Ahora?

Se aferró al escritorio de lo débiles que sentía las rodillas.

—Ahora. Pero eso no quiere decir que me olvide de lo muy inadecuada que es esta abominación que tenéis por casa.

—Ahora —parecía obsesionado con aquella palabra—. Debemos llevarte inmediatamente a tu habitación.

—No me estáis escuchando —le reprochó, dándole un manotazo en un brazo—. No quiero ir a mi habitación —clavó las uñas de la otra mano en la madera del escritorio, tanto para apoyarse como porque tenía miedo de que él la despacharla antes de que pudiera terminar lo que estaba diciendo—. Odio mi habitación. No volveré allí. Además, está llena de cristales rotos.

—Una de las habitaciones de invitados, entonces —la tomó del brazo.

—El ala entera es odiosa: habitaciones y habitaciones, todas ellas comunicadas, pasadizos secretos y amantes como ratones correteando por las paredes… —el dolor volvió a atacarla y se dobló sobre sí misma.

Lanzó una rápida mirada a Upton, que seguía en la habitación con ellos, entre estupefacto y aterrorizado. Cerró los puños y se golpeó con ellos los rígidos músculos de su estómago, como si quisiera distenderlos. Pero el duque le agarró una mano y la acercó a su pecho, antes de envolverla en un protector abrazo.

—Por supuesto, querida. Lamento haberte traído aquí. ¡Upton! Prepare un presupuesto, busque un arquitecto y contrate a unos carpinteros. Iniciaremos la reforma de la casa dentro de una semana, quizá dos.

—No, inmediatamente —insistió ella—. Tiene que ser totalmente rehecha. Tendremos un corredor principal, como todas las casas decentes. Y dormitorios normales. El vuestro es extremadamente inapropiado.

La estaba llevando lentamente hacia la puerta.

—Quizá la habitación inapropiada sea la tuya. Pero ahora que la has destrozado, te buscaré otra. Lo más cerca posible de la mía.

—Vuestra ala no es mejor. Dormís en un burdel —liberó las manos, señalando con expresivo gesto la primera planta—. Una atroz decoración y olor a humo de tabaco y a licor. Y a opio.

—Estoy de acuerdo —repuso, apresurando algo el paso. A Upton le ordenó en un susurro—: Traiga al doctor Hastings y a su esposa. ¡Dese prisa, hombre! —y se volvió nuevamente hacia ella—. Estoy seguro de que el ama de llaves se encargará de airear las habitaciones…

—Yo soy extremadamente sensible —le recordó ella—. Y sé lo que ha pasado allí. Eso no se puede airear: apesta a pecado —señaló entonces la parte trasera de la casa—. Solo el ala infantil resultará soportable.

—Entonces será allí a donde te llevaré —le dijo, besándole el pelo.

—No hasta que hayas desmontado la cerradura.

—Ordenaré que la arranquen tan pronto como estés instalada. Pero ahora tenemos que acostarte.

Maddie sintió que el abdomen se le empezaba a tensar y se aferró con fuerza a su cuello.

—No tiene ningún sentido que esa ala tenga una puerta. No pienso encerrar a este niño como si fuera un animal, Michael.

—Michael —repitió en un murmullo. Era la primera vez que lo llamaba por su nombre de pila. Mientras la llevaba hacia allí se ocupó de masajearle la espalda, intentando aflojar sus duros nudos de tensión.

—¿Y si se incendiara la casa y no pudiéramos entrar donde el bebé…? —soltó un pequeño sollozo, porque el simple pensamiento la aterraba y acentuaba su dolor—. Se quedaría atrapado allí… con aquella pequeña y diminuta granja…

—La mandaremos retirar.

Pero no parecía capaz de dejar de llorar y el dolor seguía acechando, con punzadas más largas y duras que la última.

—Maldita sea mi suerte…

El duque pareció sobresaltarse ante su exclamación.

—He cuidado a decenas de chicos antes, Michael. He oído esa frase muchas veces.

—Entiendo —sonrió.

—Y esto duele —le recordó ella.

—Por supuesto, amor mío —se agachó para pasarle un brazo por las corvas y la levantó en brazos.

De repente se encontró transportada rápidamente hacia la planta superior.

—Puedo caminar —protestó, pataleando.

—Has cuidado de muchos chicos, Madeline, pero nunca has tenido un bebé. Déjame ayudarte.

—Muy bien… —cedió. Pero temía que, antes de que todo aquello hubiera terminado, la mayoría del proceso recayera completamente sobre ella.

—Evelyn vendrá muy pronto y se encargará del resto.

—Tendremos que conseguir mascotas de verdad para los niños, y no muñequitos de alambre y lana. Puede que no pienses como yo, pero constituyen una buena compañía para los niños. Tienes que traerte un perrillo de las cuadras. Y uno de los gatitos de la cocina, para que mantenga alejados a los ratones.

—En seguida, querida. Tan pronto como te hayamos acostado.

Eso probablemente sería lo mejor. El dolor y las prisas lo estaban tornando todo muy confuso. Michael no parecía el mismo. O quizá fuera ese su verdadero ser. Se estaba olvidando de todo. Pero, al menos, él había escuchado sus quejas. Cuando la bajó al suelo, lo hizo en la habitación de la institutriz, en el ala infantil, ya desmontada la puerta del ala. Las sábanas estaban limpias y la manta era de algodón suave, sin el absurdo del satén y las cintas.

Él se sentó en el borde del colchón y la ayudó a desvestirse. Llamó luego a Peg para que llevara un camisón limpio, que le puso por la cabeza, y finalmente la acostó.

Permaneció sentado a su lado, acariciándole la mano y enjugándole el sudor de la frente hasta que llegó Evelyn para echarlo. Ambas mujeres necesitaban concentrarse en el trascendental asunto de traer al mundo al nuevo duque.

Michael tenía la sensación de que había transcurrido una eternidad desde que Maddie entró en su despacho despotricando como una loca. Pero según el reloj de Sam no habían pasado más que doce horas, tiempo que, según él, no era ni demasiado largo ni demasiado corto.

En ese momento estaban sentados juntos en el último peldaño de la escalera, esperando. Michael había rechazado toda sugerencia de que se retiraran a su despacho, así como las sillas que les habían ofrecido los criados para que se sentaran en el pasillo. No le parecía justo esperar cómodamente mientras su esposa sufría por culpa de algo en lo que él había colaborado. Pero se arrepentía de haber cedido a su exigencia de que desmontara la puerta del ala infantil. Porque la madera de la puerta habría ahogado al menos parcialmente los gritos de Maddie.

Representaba un pequeño consuelo que Colver no estuviera allí para incordiarles. Aunque habría sido capaz de llamar de vuelta a ese canalla, renunciar a su esposa y entregársela si con ello hubiera podido aliviar sus dolores.

Pero ella le había llamado Michael. Y lo había hecho más de una vez. Transida de dolor, había acudido a él en busca de ayuda, llamándolo por su nombre de pila. Esbozó una mueca: quería remover cielo y tierra por ella. Encontraría un lugar tranquilo para que madre e hijo descansaran mientras acometía las obras de reforma de la casa. O exigiría a los obreros que trabajaran en completo silencio. No podrían hacer tanto ruido, comparado con la algarabía de su casa de Londres cuando alojó a aquellos pájaros tropicales. Bastaría con mantener unas pocas puertas cerradas.

Maddie gritó de nuevo y Michael contuvo la respiración durante el estremecedor silencio que siguió. La incómoda sensación de la dura madera de caoba en el trasero venía a ser una pequeña penitencia. Y la barandilla a la que se agarraba era como un ancla que lo mantenía clavado a aquel lugar cuando se moría de ganas de correr en busca de su licorera de brandy.

—No durará mucho más —le dijo Sam. Él sí que parecía demasiado cómodo con todo el proceso, pero eso era porque los gritos de Maddie no le desgarraban el corazón, como lo hubieran hecho si se hubiera tratado de su esposa.

—¿Cómo puedes saber cuánto tiempo durará?

—He asistido a partos antes.

—¿Y todos son iguales?

—No, cada uno es único. Pero, estando Evelyn, no tienes nada que tener.

—Y esa esposa comadrona tuya… —se soltó del poste de la barandilla el tiempo estrictamente necesario para señalar la puerta cerrada—, ¿ha tenido un porcentaje del cien por cien de éxito en su trabajo?

Sam se quedó callado. El silencio fue suficiente respuesta. Y el silencio que en ese momento procedía de la habitación del parto resultaba igualmente ominoso. Antes los gritos habían sido altos, pero regulares. ¿Qué podía significar que se hubieran detenido?

—Ya está bien. Voy a verla.

—No debes —lo agarró del brazo para volver a

sentarlo en el peldaño—. No hay espacio para ti allí. Deja que Evelyn haga su trabajo. Mandarán a buscarte cuando todo haya terminado.

«Cuando todo haya terminado», repitió para sus adentros. ¿Qué diablos quería decir eso? Si esperaba hasta que todo hubiera terminado, cabía la posibilidad de que hubiera esperado demasiado tiempo. La perdería y Maddie nunca llegaría a saber lo que sentía por ella. Sam pasó de largo a su lado y se detuvo en el umbral del ala infantil, como para impedirle la entrada. No lo consiguió. Michael lo hizo a un lado y empujó la puerta.

Maddie miraba fijamente la grieta que había en el techo mientras esperaba a que se detuviera el dolor. Pero a esas alturas el dolor ya no se detenía: crecía y crecía en oleadas sucesivas y sus pensamientos se volvían cada vez más débiles. Estaba segura de que había visto aquella grieta en el yeso antes, en tiempos más felices. Pero el láudano le impedía recordarlo bien.

—No podéis estar aquí, Excelencia. No querréis verlo —Evelyn estaba usando su más firme tono de comadrona, aparte del distante tratamiento formal. Estaba intentando espantar al duque.

Una idea absurda. En la experiencia de Maddie, los duques eran difíciles de espantar. Otra contracción la tomó por sorpresa y le robó el aliento, aprisionando su cuerpo en un cepo imaginario.

—Michael. Vete. Este no es lugar para ti —dijo su hermano.

¿Sam también estaba allí? ¿Acaso había ido todo el mundo para contemplar aquello? ¿No podía disfrutar de un mínimo de intimidad? Lo único que deseaba era estar sola. Arrastrarse hasta los bosques como un animal y replegarse sobre sí misma en su dolor hasta que cesara.

—¡Diantre! Fuera de mi vista, los dos.

Oyó el ruido de una silla al arrastrarse, pero era incapaz de girar la cabeza para mirar. Si lo hacía, estaba segura de que el mundo estallaría en llamas como un reflejo de lo que estaba sintiendo en su interior. En ese momento hasta los bordes de su campo de visión estaban rojos como la sangre, con la grieta en el yeso de la pared corriendo como un río a través de una ciudad ardiendo. Cerró los ojos para protegerlos de las llamas.

—¡Madeline! ¡No te mueras!

Como si Michael pudiera ordenarle algo así. Solo era un duque. Le entraron ganas de reírse, solo que no tenía aliento para ello.

Pero sabía que él estaba con ella, agarrándole la mano con tanta fuerza que hasta le dolían los dedos. Y, por un instante, ese fue el único punto de la realidad con el que pudo hacer contacto, más allá del dolor de la siguiente contracción. Se concentró en él, dejando que la anclara bien a la tierra.

—Lo siento. Lamento muchísimo haberte causado esto. Nunca volverás a necesitar pasar por algo así —le acarició la frente, apartándole el pelo—. Solo será una vez, y pasará pronto. Yo estoy aquí, contigo.

¿Cómo lo sabía? Él no era médico. Y comadrona tampoco. ¿Pero de qué le había servido la asistencia de uno y de otra durante las últimas horas? Estaba sola, completamente sola.

Entonces volvió a sentir el apretón de su mano y se lo devolvió a su vez. O al menos lo intentó. Sobrevino otra contracción y toda fuerza abandonó su brazo mientras su cuerpo entero se cerraba en un puño.

—Nunca más. Serás libre, si quieres. Llevarás una vida de lujos y de comodidades. No volverás a sufrir dolor alguno, te lo juro.

¿Cómo podía decir eso? La muerte era el único final para el dolor. Todo volvió a ponerse rojo.

—No me dejes, por favor. Ahora no. Mañana tendrás tu libertad, si quieres. Pero no hasta que hayas terminado con esto.

Como si lo que estaba haciendo fuera una pequeña tarea, un pequeño encargo… Parecía tan seguro de que aquello iba a terminar… Ella, en cambio, tenía la sensación de que iba a durar por siempre.

—¡Maddie! ¡Maddie! Quédate conmigo. Te amo.

Quizá no lo había dicho. Quizá estaba viviendo un sueño y su mente había conjurado las palabras que tanto deseaba escuchar.

—Te amo, Madeline. Maldita sea, mujer. ¿Me oyes? Te amo. Y nunca dejaré de decírtelo. Pero debes volver conmigo para que puedas oírmelo decir.

—¡Ya está!

De repente Evelyn parecía complacida con algo. Solo Dios sabía qué podía ser, pero la comadrona se había desplazado al otro lado y en ese momento se estaba inclinando sobre ella, muy cerca de su rostro.

—Maddie. Abre los ojos. Solo un momento.

Lo intentó. Evelyn parecía una loca, y casi tan despeinada y desarreglada como ella. Cuando giró la cabeza, Michael tenía aún peor aspecto. De poco le servía que estuviera sonriendo.

—Empuja —le ordenó Evelyn con tono bajo y urgente—. Cuando venga la siguiente contracción, empuja con ella. Deja que tu cuerpo te diga lo que tienes que hacer.

Todo a su alrededor pareció apretarse, constreñirse. Pero había una presión que tiraba de ella hacia abajo. Estaba emitiendo horribles sonidos animales.

Al fin cesó la contracción. Volvía a respirar. Aquello era más fácil. Intentó hablar, pero no tenía energías para ello. Miró a Michael y asintió con la cabeza; ni siquiera ella sabía bien lo que quería decirle. Pero tampoco podía hacer otra cosa.

Sonrió y asintió a su vez, animándola.

—Empuja —el tono de Evelyn era casi tan autoritario como el del duque. Y más fácil de obedecer.

—Oh, Dios mío… —Michael parecía consternado. Pero cuando ella lo miró, estaba sonriendo.

—Esto es perfectamente normal, Michael —era Evelyn, tan tranquila y controlada como siempre. Luego se dirigió a ella—. Vemos la cabeza, Maddie.

Unos minutos más. Es lo único que te pedimos. Luego podrás descansar.

El pensamiento del descanso la alegró. Se acercó otra contracción, como una marea. Y ella procuró acompañarla, Evelyn desapareció de su lado, pero Michael no la abandonó. Lo veía lanzar nerviosas miradas a su vientre y luego a su rostro. Y entonces sonrió. Con una sonrisa bobalicona y muy poco digna.

—Otra vez, Maddie. Otra vez…

Empujó de nuevo.

Oyó un grito, un lloro. No era suyo. Y a continuación una exclamación de triunfo de su marido, como si hubiera hecho él todo el trabajo.

Se derrumbó sobre las almohadas.

—¿El bebé?

—Déjame cogerla. Déjame.

Evelyn se echó a reír.

—Primero hay que lavarla, Michael. Y luego se la daré a su madre.

¿Una niña? Pero entonces… ¿por qué Saint Aldric parecía tan contento?

—Tenemos una hija —dijo Michael, besándola en la frente. Una, dos veces. Y una tercera—. Tenemos una hija. Y, salvo la madre, es la mujer más hermosa que he visto en mi vida.

Sintió un pesado bulto en los brazos. Cálido. Suave. Y se movía.

Se quedó dormida.

Veinte

Cuando Maddie se despertó, su marido no se había movido de su lado. Procedente de alguna parte, oyó un leve lloriqueo y sintió otro apretón en la mano.

—¿Michael? —estaba ronca de tanto gritar. Y si su aspecto era un reflejo de cómo se sentía, acalorada, sudorosa y agotada, entonces debía de dar auténtico miedo. Debería despedir al duque y llamar a su doncella para que la arreglara un poco. Un espejo le diría seguramente que no tenía aspecto ninguno de duquesa.

Pero a él no parecía importarle. Sin pronunciar una palabra, le pasó un brazo por la espalda para incorporarla un poco mientras le daba algo a beber. La miraba como si fuera el mayor tesoro del mundo.

—¿Dónde? —intentó ver al bebé. La sensación era extraña. Se sentía débil, pero ligera al mismo tiempo, como si estuviera flotando en el agua.

—La niñera te la traerá en seguida. Pero tienes que descansar —tenía una sonrisa de felicidad como nunca antes le había visto Maddie. Una sonrisa de hombre enamorado—. ¿Podríamos llamarla Eleanor? Era el nombre de mi madre.

Ahora, al parecer, estaba pensando con cariño en su madre. Dios sabía por qué, porque nunca habían estado tan unidos. Era extraño que le pidiera permiso, como si a ella le estuviera permitido tener una opinión, decir algo al respecto. Como también lo era que le importara tanto, con tantas ganas como había tenido de tener un heredero.

—Pero tú necesitabas un hijo —le recordó ella, y volvió a mirar ansiosa hacia la puerta—. En ese momento, no deseaba otra cosa que saber que la pequeña Eleanor estaba sana y salva—. Te daré uno la próxima vez. Y ahora, déjame ver a mi pequeña…

—No hables de una próxima vez —le dijo él con tono suave—. Ya lo has pasado suficientemente mal. No quiero volver a verte sufrir.

—¿Cómo si no podremos tener un niño? —replicó, mirando todavía al umbral, ansiosa por ver a su hija.

—Como te dije cuando me casé contigo, encontraremos otra manera. Pero no temas por Eleanor. Será tratada como una princesa.

—Por supuesto —dijo Maddie.

—Y tendremos un cachorro y un gatito, tal como deseabas.

No recordaba haber deseado tales cosas. Los recuerdos del día anterior eran tan nebulosos… Excepto uno.

—¿Dijiste que me amabas?

—Te adoro —le dijo, besándole el pelo—. Eres la luz de mi vida. Y es por eso por lo que no quiero arriesgarte de nuevo. No más niños, Maddie. No podría volver a soportar pasar por esto.

Pero ella desechó la idea.

—Con un niño no es suficiente. Eleanor querrá un compañero de juegos, o quizá dos, o tres.

Michael parecía dudoso y abrió la boca como para protestar. Pero Maddie le lanzó una severa mirada.

—Si tanto te molesta, la próxima vez no te dejaré ver nada. Pero pretendo volverlo a hacer. No hoy, por supuesto. Pero sí dentro de un año o dos. Será mucho menos aterrador ahora que ya lo hemos hecho una vez.

—Sssh —le puso mano en un hombro, obligándola suavemente a tumbarse de nuevo—. No te agites tanto. Todavía estás débil.

Pero ella intentó sentarse otra vez.

—No tan débil como para que te libres de mí.

—No me estoy librando de ti —le aseguró antes de inclinarse para darle un beso en la frente—. Te prometí la libertad desde el principio. No pienso retenerte aquí y hacerte sufrir para que yo pueda tener un heredero.

No servía de nada razonar con aquel hombre, así que lo agarró de su desaliñado pañuelo de cuello y tiró de él para acercarle el rostro y besarlo. Para alguien dispuesto a abjurar de esa forma de su compañía, no hizo grandes esfuerzos por resistirse. Su boca sabía salada, a sal de sudor y de lágrimas. Él, a su vez, no la besó como un duque, correcto y formal: en lugar de ello, reaccionó con toda la alegría que le inundaba el corazón.

—Si no quieres más hijos, nos perderemos la diversión de hacerlos —le dijo ella.

—Pero tú estarás tan ocupada con las reformas de la casa que apenas tendrás tiempo para mí.

—¿Yo? —inquirió distraída mientras le delineaba los preciosos labios con la punta de un dedo.

—Entraste como un ciclón en mi despacho, despotricando sobre la casa y exigiendo tirar sus muros para reconstruirla de nuevo. Fue después de que echaras a tu querido Richard.

—¿Querido, dices? Richard era un granuja. Se aprovechó de la peor manera de mí y se comportó luego como si yo todavía le debiera algo. Desperdicié años de mi vida esperándolo.

—Y fue por eso por lo que yo te encontré —le recordó Michael—. Así que de algo te sirvió conocerlo.

—Pero yo no supe qué clase de demonio era hasta que me casé con un santo.

—Yo no soy un santo —replicó, todavía disgustado por aquella etiqueta.

—Por supuesto que no lo eres, Michael. Eres tan proclive a cometer errores como el resto de nosotros. Porque eres de carne y hueso — «¡y de qué carne!», exclamó para sus adentros. Porque ni siquiera su estado de agotamiento había apagado del todo el deseo que sentía por él—. Y yo no entré en tu despacho despotricando —añadió—. Simplemente expuse mis opiniones con energía, porque me sentía frustrada. Y tenía dolores.

La expresión de Michael se suavizó inmediatamente cuando escuchó aquella última palabra, y volvió a llevarse las manos a la cara. ¿Quién habría pensado que aquel hombre se mostraría tan sumamente preocupado por su bienestar?

—Me parece que ha sido mucho más difícil para ti ser testigo de mi dolor que para mí sufrirlo —le dijo, mirándolo compasiva—. Y, ahora en serio, no deberías haber estado presente. Los hombres son demasiado delicados para soportar los partos. Es por eso por lo que Dios ha dejado ese trabajo a las mujeres.

La reflexión lo dejó mudo de sorpresa, momento que aprovechó Maddie para inclinarse hacia delante y apoderarse de sus labios, robándole otro delicioso beso. Cuando se apartó para mirarlo, volvió a pensar en lo muy guapo que era su marido. Y en lo muy afortunada que era de tener a aquel Adonis comiendo de su mano.

En ese momento la niñera apareció con su hija. Y Maddie pensó que su marido había tenido razón. Era la niña más bonita que había visto nunca, con su pelusita rubia y sus ojos de un azul profundo.

—Se parece a ti —susurró—. Y Eleanor es un nombre precioso. Ahora que la tengo, mi vida es casi perfecta.

—¿Casi? —Michael simuló un suspiro—. ¿Cómo me las arreglaré yo, teniendo a mi lado a dos mujeres para agobiarme con irracionales exigencias?

—Por una de las dos no necesitas preocuparte, porque tu hija no hablará hasta dentro de un año o dos —sonrió Maddie—. Pero te recuerdo que tú me prometiste todo lo que quisiera si me casaba contigo.

—Es verdad. ¿Y qué es lo que ordenáis en este momento, Excelencia?

—Quiero tu corazón, para el resto de mi vida.

—Ya lo tienes, amor mío.

Maddie deslizó una mano por su pecho e introdujo un dedo debajo del cuello de su camisa, buscando la piel desnuda.

—Y tu cuerpo también.

Michael tragó saliva, nervioso, pero asintió con la cabeza.

—Y quiero que me llenes la casa de niños, todos parecidos a ti —y volvió a besarlo para hacerle olvidar lo muy enorme que era aquella casa.

CHRISTINE MERRILL

El mayor pecado

Después de haber pasado seis años creyendo una mentira sobre su origen, y condenado a un infierno personal, el doctor Samuel Hastings se enfrentó por fin al objeto de sus deseos, la única mujer a la que nunca podría tener…

Lady Evelyn Thorne estaba a punto de casarse con el muy conveniente duque de Saint Aldric cuando una impresionante verdad fue revelada… ¡y a partir de aquel momento, Sam se convirtió en un hombre diferente y no le daba tregua con tal de seducirla!

El pecado de amar

El honorable y para colmo atractivo Michael Poole, duque de Saint Aldric, se había ganado a pulso el apodo de "El Santo". Pero la alta sociedad se habría estremecido si hubiera sabido la verdad. ¡Porque, lanzado al libertinaje, aquel santo se había convertido en un pecador impenitente!

Con la aparición de la institutriz Madeline Cranston, embarazada de su heredero, Saint Aldric buscó redimirse por medio de un matrimonio de conveniencia. Pero la misteriosa Madeline estaba lejos de ser una sumisa duquesa…

No. 80

¡YA EN TU PUNTO DE VENTA!

DESEO

KATHERINE GARBERA

UNA BELLEZA EN LA CAMA

Una declaración de amor en una limusina era lo último que necesitaba Sarah Malcolm. Era cierto que Harris Davidson era rico, poderoso y muy sexy, pero también le había dejado muy claro que en su vida no había sitio para el amor.

Teniendo que cuidar a sus hermanos y dirigir el restaurante, Sarah no entendía por qué no podía dejar de pensar en aquel hombre.

N.º 540

UN ASUNTO DEL CORAZÓN

Con solo oír la campanada de medianoche, CJ Terrence recordó que, a pesar del vestido de alta costura, seguía siendo la vulgar estudiante deseosa de creer en cuentos de hadas. Años atrás, el empresario de cuyo negocio dependía la carrera de CJ se había hecho amigo suyo y después la había traicionado. Pero ahora acudía en busca de su perdón... y de sus besos. CJ deseaba sus besos y sus caricias, como siempre. Y algo le decía que una extraña hada madrina le había dado una segunda oportunidad...

BIANCA™

LYNN RAYE HARRIS

EL PRÍNCIPE Y LA PRINCESA

El príncipe Cristiano di Savaré no tenía escrúpulos a la hora de conseguir sus propósitos. Su objetivo del momento, Antonella Romanelli, formaba parte de una dinastía a la que él despreciaba... Antonella se vio turbada por el poderoso atractivo de Cristiano. Sin embargo, no se fiaba de él. Pero Cristiano tenía un plan para lograr que se sometiera a sus deseos.

Si para conseguirlo tenía que acostarse con ella, su misión sería aún más placentera...

N.º 475

CORAZONES DE DIAMANTE

Francesca d'Oro solo tenía dieciocho años cuando el sexy y misterioso Marcos Navarro se casó con ella. Luego, antes de que se secara la tinta del certificado de matrimonio, la abandonó. Aunque le había regalado un anillo de compromiso, a cambio, él robó una joya mucho más valiosa: El Corazón del Diablo, un espectacular diamante amarillo que, según creía Marcos, había pertenecido antiguamente a su familia.

Años más tarde, Francesca decidió recuperar la joya, pero había olvidado que el nombre del collar era perfecto para Marcos... y que hacer tratos con el diablo era extremadamente peligroso.

¡YA EN TU PUNTO DE VENTA!